歐亨利短篇小說選集

Selected Short Stories of O. Henry

歐亨利 O. Henry 著

王聖棻、魏婉琪 譯

目錄

推薦序

笑完結果又哭了：歐亨利式的領悟

作家　何曼莊

在我很小的時候，有一天教畫畫的女老師告訴我們一個故事：有個男人每天會到麵包店買剩下的硬麵包，在麵包店工作的小姐看著他手上沾染的顏料，想說他是個畫家，對他心生愛慕，也心疼他每天只吃最便宜的硬麵包，偷偷地在麵包裡加了奶油，想像著男子發現時感動的神情。然而，事情卻朝完全相反的悲慘方向發展……雖不知畫畫老師試圖傳達何種訊息給七歲兒童，距離談戀愛智商降低的年齡也為時尚早，但那個故事深深刻畫在我腦中，隨著年歲增長不斷反芻，我逐漸明白箇中真諦；每一件小事都是真實的，然而每一件小事都是渺小而微不足道的——我們的人生也差不多就是那樣——為愛燃起希望、然後被現實擊沉。

時間快轉到二十一世紀的某日，在布魯克林河畔，一個紐約男人對我說：「這個世界上要是沒有女人，男人就會一事無成。你要知道，有多少偉大作品、傑出發明、劃時代建設，都是某個男人為了讓心愛的女人刮目相看才拚死做出來的。」

我心中浮現問號，但不好意思說出口，他繼續指著東河對岸的曼哈頓天際線，篤定地說：「要是沒有女人，帝國大廈根本就不會站在那裡。」

紐約的倒影映照在河面上，那幾近完美的輝煌輪廓，要是紐約市本人低頭一看，恐怕也要沉醉在自戀中。此時夏夜晚風拂過，吹皺了一池妄想，等等，我心想，可是帝國大廈不是紐約豪門阿斯特（Astor）家族為了賺大錢而建造的超級摩天樓飯店嗎？

富豪根本不需要拚命追妹，有錢有權，愛情自然就會來。蒙兀兒皇帝為了紀念亡妻，下令建造「全世界最美麗的陵寢」——泰姬瑪哈陵，文豪泰戈爾說這是「一滴永恆的淚珠」，後人歌頌這偉大的愛情推動文明進步、創造建築奇蹟。但實際上創造奇蹟的，是蒙兀兒皇帝的權力與金錢；光是種植陵寢所需要的木料就要先花十年，又從世界各地請來了兩萬多名工匠與藝術家，另出動一千頭大象搬運建材，皇陵占地總共十七萬平方公尺，要不是業主是皇帝誰辦得到？

然而在紐約，沒人有閒花二十二年讓他證明愛情。「紐約時間」（New York Minute）只不過是一瞬間，卻有成千上萬的事情發生，時報廣場的霓虹由桃紅轉為銘黃之間的一秒鐘，多少情人互許終生、同時另外一批伴侶正在簽字分道揚鑣（外加他們花上幾個月才清算出來的財產分配協議書）。歐亨利站在燈下，觀望二十世紀初的紐約市，在這個大都會裡，夢想的週期很短，愛情發生得很快，當〈汽車等待的時候〉，收銀員搭訕到的美女開口閉口都是上流社會；在〈最後一片葉子〉落下之前，少女不知道某人的命運因為自己而永遠改變；在〈紙醉金迷〉裡，二十二歲的錢德勒先生省吃儉用六十九天，能換來一夜的上流紳士高檔消費：「一個人有十塊錢，就能完美地扮演幾小時的富貴閒人，這筆錢足夠付一份經過仔細斟酌的餐點。」與曇花一現的愛苗相較起來，六十九比一的富貴週期，算是很不錯的。

我在紐約住了快八年，終於發現當年畫畫老師說的麵包故事，是歐亨利寫的，是他在紐約寫下的三百八十一則短篇小說其中之一。寫下這三百八十一個故事的時間，正好八年，平均每七．六天就要生出一個故事，八年之後他就歸西了。一個作家三十九歲搬到紐約，大量寫作、酗酒揮霍，直到嚥氣，我看得心驚膽跳；我一直以為他講的是愛情，結果發現他心裡想的都是錢。

歐亨利小說以勞動階級視角出發，沒錢的人當然老是在談論賺錢的方法，而人氣小說家歐亨利本人，即便已經聲名大噪，卻改不掉窮人視角。一九〇九年四月四日，紐約時報刊登了罕見的獨家訪談，記者想盡辦法挖掘作家內心真正的想法，作家卻左閃右躲，絕口不提來到紐約之前的往事；然而一提到稿費，他便控制不住似地絮叨了起來，當他還是一字五分錢的新人作家時，鼓起勇氣向編輯要求提高到每字十分錢，沒想到編輯就答應了，「原來他只是在等我開口。」他說。

渴望成功的小說家，在匹茲堡努力攀到了一篇故事七十五美元的行情，接著，因為出版社承諾每篇一百美元（一年最少一千二百美元）的行情而搬到紐約。直到訪問當下，盛名如日中天的歐亨利，忍不住哂出當下行情：每則故事七百五十美元。根據歷史資料，當年紐約市一名木匠每日工作八小時可獲得週薪五十美元；名作家的酬勞絕對優渥，但以壽命換算，依舊字字血汗。

刻意炫富的人肯定不是真富，絕望索愛的人注定不會幸福。歐亨利的紐約八年，結局是肝硬化、糖尿病，還有心室肥大，他死的時候只有四十七歲。我經常想歐亨利到紐約之前的「前世」：那個漫不經心、犯下侵占罪的銀行員歐亨利；買下一間雜誌社圓夢卻倒閉收場的歐亨利；被定罪關在牢裡擔任藥劑師的歐亨利，他並沒有擺脫這些「背後靈」，他們都跟著作家來到了紐約，成為那個爆肝寫作、賺錢之後馬上揮霍一空的酗酒名作家歐亨利。他稱呼親愛的紐約街頭為「哈德森河上的巴格達」，呼吸著街道上曝晒的愛恨癡嗔，那些人都跟他一樣，知道這是一場美夢，卻不想醒來。

有一天，當你正啜飲香檳、穿戴著高貴的服飾、購物不看標價、美麗的人兒為你傾倒，然後鬧鐘鈴響，你睜開眼睛，明白那只是一場夢，就算這不是第一次發生，你還是哭了。

警察與讚美詩

索皮在麥迪遜廣場[1]的長椅上睡得很不安穩，輾轉反側。當野雁開始在夜空中高聲哀鳴，少了件海豹皮大衣的女人對丈夫變得和顏悅色，而索皮在公園的長椅上焦躁起來的時候，就知道冬天的腳步近了。

一片枯葉落在索皮膝頭，這是冰霜傑克[2]送來的問候卡片。冰霜傑克對常駐在麥迪遜廣場的老住戶很體貼，每年例行拜訪前總是做足了提醒。他會在十字路口把卡片交給這棟露宿大廈的門房北風，好讓這兒的住戶們提前準備。

索皮意識到，為了抵禦即將到來的酷寒，他必須籌組一個個人的對策委員會。為了思索因應之道，他在長椅上不安地翻騰。

對於過冬，索皮要求並不高。巡航地中海，在維蘇威海灣令人昏昏欲睡的南方天幕下四處漂流這種事，在他的願望裡是想都沒想過的。他最夢寐以求的，就是到島上待三個月，有得吃，有得睡，有談得來的夥伴，又沒有酷寒的北風和藍制服警察找麻煩。對索皮來說，這些似乎才是吸引他的頭等大事。

多年來，好客的布萊克威爾島[3]一直是索皮的冬季寓所。就像比他有福氣的紐約佬們必須買票才去得了棕櫚灘和里維耶拉海岸[4]一樣，索皮也必須為自己一年一度逃往小島的行程做點小小的安排。是時候了。前一天夜裡，他睡在古老廣場噴水池附近的長椅上，把三份厚厚的週日報紙分別塞進外套，包住腳踝，蓋在大腿上，卻還是抵擋不了寒冷，於是島上的景象又適時而鮮明地在他腦子裡浮出來。為城裡的窮苦人提供生活物資都掛著慈善的名義，這種事是他最看不起的。在索皮看來，法律比慈善還溫厚得多。市政府和慈善團體辦的救濟機構到處都是，那些地方他都可以去，弄個吃住不缺不成問題。但索皮個性裡天生帶著一股傲氣，讓他沒辦法對這些機構低

---

1 麥迪遜廣場（Madison Square）：位於紐約市曼哈頓區第五大道、百老匯、二十三街的交會點。廣場得名自第四任美國總統、美國憲法的主要作者詹姆斯．麥迪遜。

2 冰霜傑克（Jack Frost）：西方民間傳說裡冬天的精靈，人們認爲冬季天寒地凍的天氣以及鼻頭和手指凍傷是由他帶來的，可以說是冬天擬人化的具體形象。

3 布萊克威爾島（Blackwell's Island）：位於美國紐約市東河上的狹長島嶼，十九世紀時做爲精神病患收容中心及監獄使用，現稱羅斯福島（Roosevelt Island）。

4 棕櫚灘（Palm Beach）：位於美國佛羅里達州。二〇〇〇年，棕櫚灘經常居住人口只有一萬人左右，在度假季節激增至三萬人。里維耶拉（Riviera）：位於義大利，地中海著名的避寒聖地。

頭。接受這些慈善機構的援助也許不需要付錢，但每一分好處都必須以精神上的羞辱做為代價。就像凱撒也有個背後插刀的叛徒布魯圖[5]一樣，想睡慈善機構的床就得先被逼著洗澡，想吃救濟麵包就得用隱私和身家調查去換。所以比起來還不如接受法律機構款待，雖然他們做事總是一板一眼地按規矩來，至少不會對一位紳士的私事干涉太多。

既然去小島的計畫已定，索皮便立刻動手實行。要達成這個目的有很多簡單的方式，最愉快的莫過於找一家昂貴的餐廳大吃大喝一頓，然後雙手一攤，表明自己沒錢付帳，接著就會安安靜靜，不引起一絲騷亂地被送到警察手裡。剩下的，就交給助人為樂的地方法官了。

索皮離開長椅，悠哉地走出了廣場，穿過百老匯街和第五大道交叉口平坦無比的柏油路。他轉向百老匯街，在一家金碧輝煌的小餐廳前面停住腳步，每天晚上，那裡都塞滿了葡萄、蠶和細胞質製造出來的頂級產品[6]。

索皮對自己背心最底下那顆釦子以上的部分還滿有信心，他鬍子刮過了，外套也算像樣，打好了活結的整潔黑領帶是感恩節時一位女宣教士送他的禮物，只要他能不引人猜疑地走到餐桌坐下，就成功在望了，他露在餐桌外的上半身絕對不會讓侍者起疑。索皮想，點一隻烤野鴨應該差不多，配上一瓶夏布利白酒，再來塊卡門伯特起司，一小杯濃咖啡和一根雪茄，一根一塊錢那種就行。這樣的話，帳單總數不至於高到招來餐廳老闆的嚴厲報復，卻又能讓他吃飽喝足，快樂地迎接他的冬季避寒之旅。

但索皮的腳才剛踏進門，侍者的眼睛便落在他磨損的長褲和爛鞋上。那人一句話也沒說，便用強壯敏捷的雙手推著他轉身出去，草草地把他丟在人行道上，讓那隻險遭不測的野鴨避開了被他吃掉的可恥命運。

索皮掉頭離開了百老匯街。看來靠一頓奢華美食登上嚮往的小島這招是行不通了，要進靈薄獄[7]，得想別的方法才行。

在第六大道轉角處，亮燦燦的燈光和玻璃後頭擺設精巧的商品，讓商店櫥窗格外引人注目。索皮撿起一大塊鵝卵石，一下砸穿了玻璃。群眾湧向路口圍觀，領頭的是個警察。索皮靜靜地站在現場，雙手插在口袋裡，看著警察制服上的黃銅釦子微笑。

「砸玻璃的人在哪？」警官氣急敗壞地問。

「你不覺得，這件事說不定跟我有關係嗎？」索皮說著，口氣雖然不無嘲諷之意，但很親切，像交了什麼好運似的。

警察一點也沒把索皮當成嫌犯，打破窗戶的人絕對不可能留在那兒跟執法人員談判，一定是

5 布魯圖（Brutus）：凱撒的親信，也是謀刺凱撒的叛徒。
6 這是作者的戲謔說法，指的是好酒、好衣服和體面人物。
7 靈薄獄（limbo）：指地獄的邊緣，引申解讀為罪不致落地獄，又沒有資格進入天堂的靈魂安息地。

溜掉了。他看見半個街口外有個人正奔向一部車，便抓起警棍追了過去。索皮心裡煩悶得很，但也只能慢慢踅開，他再一次失敗了。

對街有家不太起眼的餐廳，顧客都是些胃口不小但荷包不大的人。它的餐具和空氣一樣粗劣厚重，湯和餐巾卻都薄得可以。索皮穿著他受了詛咒的鞋子，和那條讓他暴露身分的長褲，不費吹灰之力就進去了。他找了張桌子坐下，吃了牛排、燕麥烤餅、甜甜圈和派，接著便向服務生表明，自己身上一個子兒都沒有。

「現在，快去叫警察，」索皮說，「別讓大爺我久等。」

「你這種人用不著警察，」那個服務生聲音軟得像牛油蛋糕，眼睛卻紅得像曼哈頓雞尾酒裡的櫻桃。他喊了一聲：「嘿，有人吃霸王餐！」

兩個服務生乾淨俐落地把索皮摔在硬邦邦的人行道上，左耳著地。他艱難地挪動關節，一點一點地爬起來，就像木工打開折疊尺一樣，接著他拍了拍衣服上的灰土。被逮捕看來不過是個美夢，小島彷彿遙不可及。隔兩家店外的藥房前面站著一個警察，看了這情景，笑了笑，沿著街走了。

索皮足足走了五個街口，才重新獲得了追尋被捕夢想的勇氣。這次碰到的機會，以他愚蠢的腦子評估起來，是十拿九穩了。一個打扮樸素得體的年輕女子正站在櫥窗前面，饒富興味地看著裡頭展示的刮鬍皂瓷杯和墨水架，距離櫥窗兩碼外，有個體格魁梧的警察正神情嚴肅地靠在消防栓上。

索皮盤算好，要扮演一個下流卑鄙惹人厭的色胚。他鎖定的目標那麼文雅有氣質，旁邊又有一位盡忠職守的警察，讓他深受鼓舞，相信自己很快就能感受到警察抓住他手臂的愉悅，這一抓，就是他登上那理想中門禁森嚴的小島過冬的保證。

索皮整了整女宣教士送的領帶，拉開皺巴巴的袖口，把帽子斜斜地擺出迷人的角度，悄悄往年輕女子那兒挨過去。他朝她使眼色，清嗓子，發出各式各樣引人注意的聲音，一臉壞笑，厚顏無恥地把一個色胚會說的話都說盡了。索皮偷瞄了那個警察一眼，他正緊盯著自己。年輕女子挪開了幾步，繼續專注地欣賞瓷杯。索皮跟過去，大膽地走到她身邊，掀起帽子，說：

「嗨，美女！想來我家後院玩玩嗎？」

那個警察眼睛始終沒離開他，只要那位被騷擾的年輕女子手指一招，索皮就等於搭上前往天堂島的快車了。他已經開始想像警局裡會有多舒適，多溫暖。那位年輕女子轉向他，伸出手，拉住了索皮的外套袖子。

「那是當然啦，帥哥，」她高興地說，「只要你請我喝杯啤酒就成。要不是那個條子一直盯著我，我早就想跟你搭話了。」

那個女人像常春藤一樣緊緊纏著他這棵橡樹不放，索皮愁雲慘霧地從警察身邊走過，看來他註定要永遠自由下去了。

到了下個路口，他甩開那個女人，拔腿就跑，最後他停下來的地方，到了夜裡，可以找到最明亮的街道、最愉快的心情、最輕率的誓言和最輕佻的歌詞。女人身披皮草，男人穿著大衣，在嚴寒中快活地穿梭來去。索皮突然感到一陣恐懼，覺得自己中了一種可怕的魔法，讓他怎麼樣也沒辦法被警察抓走。這念頭讓他有點發慌。所以當他在雄偉的劇院門前，碰上另一個大模大樣巡邏的警察時，他立刻抓住了眼前那根叫做「行為不檢」的稻草。

索皮站在人行道上，用他最大的聲量，像個醉鬼似地胡說八道，還跳舞、狂吼、亂罵，用盡各種方法鬧了個天翻地覆。

那個警察轉了轉警棍，轉身背向索皮，對一位市民解釋：

「這位老弟呢，是因為他們耶魯讓牛津大學哈特福學院吃了個大鴨蛋，所以正在慶祝呢。吵是有點吵，但也沒什麼惡意。我們上頭有指示，就讓他們鬧一鬧吧。」

索皮落寞地停下了徒勞的喧譁。難道永遠不會有警察對他動手了嗎？他渴望的那個島嶼彷彿成了難以觸及的世外桃源。寒風越發刺骨了，他扣緊了單薄的外套。

他望見雪茄店裡有個衣著講究的人正就著搖曳的火焰點雪茄，絲綢傘就放在門邊。索皮一步跨進店門拿了傘，又慢條斯理地走出來。點雪茄的人急急追上他。

「那是我的傘。」那人口氣嚴厲地說。

「哦，是嗎？」索皮冷笑，打算在小小的偷竊罪上再加一條侮辱罪。「那好，你為什麼不叫警察呢？是我拿了，是你的傘！怎麼不去找條子來啊？那邊就站著一個啊。」

傘主的腳步突然放慢了，索皮的動作也跟著慢了下來。他有種不祥的預感，覺得命運一定會再次和他作對。警察好奇地看著他們兩個人。

「當然，」傘主說，「那是——這個嘛，你也知道有時候就是會出點錯——我——如果這傘是你的，希望你能原諒我——這把傘是早上我在一家餐廳撿的——要是你認出這是你的傘，那——我希望你能——」

「當然是我的傘。」索皮惡狠狠地說。

前傘主難堪地退開了。兩個街口外駛來的街車到了，那個警察也沒再注意他們，急著去協助一位身穿晚禮服斗篷的高眺金髮女子過馬路。

索皮向東走去，穿過一條因為修路挖得坑坑洞洞的街道，怒氣沖天地把傘扔在其中一個坑裡。他嘀嘀咕咕地抱怨那些戴頭盔拿警棍的傢伙，因為他是那麼想被他們繩之以法，他們卻彷彿把他當成了永遠不會犯錯的國王。

最後索皮終於走到一條往東的大路上，這兒燈光昏暗得多，也不那麼喧鬧。他順著這條路往麥迪遜廣場走去，回家的本能讓他自然地這麼做了，即使他的家只是公園裡的一張長椅。

但是，在一個異常安靜的轉角，索皮停住了腳步。這兒有座老教堂，樣子很古雅，格局不太規整，是座帶山牆的建築。柔和的燈光從紫羅蘭色的窗玻璃透出來，毫無疑問，教堂的管風琴師為了即將到來的安息日，正在勤練讚美詩，流瀉的甜美樂音鑽進了索皮的耳朵，他就像是呆掉了一樣，整個人靠在彎曲盤繞的鐵欄杆邊，動也不能動。

月亮掛在高高的天上，那麼明亮，那麼寧靜；路上人車稀落，只有屋簷下的麻雀偶爾發出帶睡意的啁啾聲——有一小陣子，這裡的樣子就像一片鄉村教堂墓園。管風琴師彈奏的讚美詩把索皮緊緊地黏在鐵欄杆上，因為在他生命中還擁有母愛、玫瑰、抱負、朋友，以及潔白無瑕的思想和領結的那些日子，他對讚美詩實在是太熟悉了。

索皮心靈的善感狀態碰上了老教堂的感化力，讓他的靈魂發生了突如其來的奇妙變化。他立即驚恐地發現自己落入了深淵，那墮落的日子、貪慾、無望、糟蹋了的身體、和各種卑劣的動機，已經成了他整個人的組成分子。

而同樣在這一瞬間，這全新的心情讓他的心激動得狂跳起來。一股急促而強烈的衝動鼓舞著他，要他和幾近絕望的命運正面迎戰。他要把自己拖出泥淖，他要重新做人，他要擊敗盤據在心中的惡魔。時間還夠，他還算年輕，他要找回當年的雄心壯志，毫不猶豫地實現它。管風琴莊嚴而甜美的音韻在他身體裡掀起了一場革命。明天，他會去繁華的市中心區找份工作。有個毛皮進口商會經想雇他當司機，明天他就去找他，把這份差事接下來。他要成為有頭有臉的大人物，他要——

索皮感覺有隻手按在他的手臂上，他猛一回頭，看見一個警察寬寬的大臉。

「你在這裡幹什麼?」那個警察問。

「沒幹什麼。」索皮說。

「跟我來。」警察說。

隔天上午,違警法庭的法官判決下來了:

「布萊克威爾島,監禁三個月。」

——原刊於一九〇四年十二月四日《紐約週日世界報》,並收錄於《四百萬》(The Four Million, 1906)一書。

汽車等待的時候

黃昏時分剛降臨，那個身著灰衣的女子又來到那個安靜小公園的安靜角落。她在長椅上坐下，拿起一本書讀了起來，距離日落還有半個小時，這段時間都還看得清書本上的字。

再重複一次：她的衣服是灰色的，素淨得足以掩蓋它式樣和尺寸上的完美無缺。一片大網眼的面紗罩住了她的頭巾帽，和那張散發出恬靜氣質和不自覺美麗的臉。前一天她也是這個時間來的，再前一天也是，這點有個人注意到了。

注意到這件事的那個年輕人朝女子迂迴接近，把所有希望寄託在幸運之神的眷顧上。他的虔誠獲得了回報，因為她翻頁的時候手滑了一下，書掉下來，在椅子上碰了一下，彈到了幾碼遠的地方。

年輕人迫不急待地撲過去抓住那本書，用一種在公園和公共場所隨處可見的神態把書還給了主人，那表情殷勤中帶著渴望，還揉雜了一點對巡邏警察的尊重。他用悅耳的聲音，冒險說了一句無關痛癢的話，和天氣有關的（這世間多少不幸都是這句開場白造的孽），然後靜靜地站了一會兒，等待著他的命運。

女子從容地打量了他一番，注意到他普通而整潔的服裝，和他平凡表情底下並不平凡的相貌。

「如果你願意，可以坐下來。」她說，聲音是圓潤的女低音。「說真的，我也希望你坐下。現在已經太暗，看不清字了，我寧願聊聊天。」

幸運之神的寵臣立刻順服地在她身邊坐下。

「你知道嗎，」他把公園裡找人搭訕約會的那一套開場白搬出來，「我好久沒見到像你這麼令人驚豔的女孩了。昨天我就注意到你了。你知道有個人被你那雙漂亮的眼睛勾了魂嗎？小美人？」

「不管你是誰，」女子用冷冰冰的口氣說，「你都得記住，我是個有身分的女士。我會原諒你剛才說的話，因為這種不該用的詞，毫無疑問，在你的生活圈子裡並不罕見。我是請你坐下，但要是這個邀請必須讓我變成『小美人』，那我會考慮撤回。」

「我誠心誠意地求你原諒我。」年輕人承認他用詞不當，剛才志得意滿的表情也變得後悔而謙卑。「是我的錯，你知道的……我是說，公園裡有些女孩子，你知道的……那是，當然，你不知道，但是……」

「如果你願意，這個話題可以停了。我當然知道。現在，跟我談談在這些路上來來往往、推推擠擠的人吧。他們往何處去？為什麼這麼匆忙？他們快樂嗎？」

年輕人迅速收起輕浮的姿態。目前他得到的表演提示就是等待，他完全猜不透對方究竟期待他扮演什麼樣的角色。

「觀察他們確實很有意思。」他推測著她的心情回答。「這是齣生活的精采好戲。有人正要去吃晚飯，有人……呃，要到別的地方去。真想知道這些人經歷過什麼樣的事啊。」

「我可不想知道，」女子說，「我沒這麼愛打聽別人的事。我坐在這兒，是因為只有這裡，才能讓我接近人類那偉大的，共同的，跳動的心。以我生活中所在的地位，是很難感受到那股脈動的。你猜得到我為什麼要跟你聊天嗎？——貴姓？」

「帕肯史泰克。」年輕人回答了她的問話，接著便殷切而滿懷希望地期待她說出自己的姓氏。

「我不告訴你，」女子舉起一根修長的手指，微微一笑，說：「這樣你立刻就認出我來了。要讓名字不上報簡直不可能，甚至照片也是。這片面紗和我女僕的帽子掩飾了我的身分，你應該已經看見了，我的私人司機總是在他以為我沒注意的時候朝著我看。不瞞你說，顯赫非常的五六個名門家族中，我碰巧出身於其中一個。我之所以跟你聊天，史泰肯帕克先生……」

「是帕肯史泰克。」年輕人謙虛地糾正。

「帕肯史泰克先生，我之所以跟你聊天，是因為我想跟自自然然的人說話，一次也好，和一個沒被可恥的銅臭味和虛偽的社會地位腐蝕的人聊聊。噢！你不知道我對這一切有多厭煩——

錢，錢，錢！還有那些男人，他們在我身邊晃來晃去，全像一個模子刻出來的牽線木偶。歡樂，珠寶，旅行，交際，奢華的一切，我都已經膩了。」

「我總覺得，」年輕人有點遲疑，但還是冒險說出了口，「錢應該是種相當不錯的東西。」

「人總是渴望生活溫飽。可是等到你有了幾百萬——！」她用一個絕望的手勢結束了這句話。

「一切都那麼單調乏味，」她繼續說，「令人生厭。兜風，午宴，看戲，舞會，晚宴，全都用過剩的財富鍍了一層金。有時候，就連我香檳杯裡冰塊的叮噹聲都讓我覺得要發瘋。」

帕肯史泰克先生坦率地露出感興趣的神情。

「我向來呢，」他說，「很喜歡讀或者聽人說那些有錢人和時尚人士的生活。我想我是有點硬充內行，但我總希望自己知道的東西精確無誤。就我目前的觀念，我認為香檳應該是連瓶冰鎮，而不是在杯子裡放冰塊。」

女子發出一串銀鈴似的，打心裡覺得好笑的笑聲。

「你得明白，」她解釋，口氣帶著寬容，「我們這種吃飽飯沒事幹的人就靠標新立異來找樂子，現在在香檳酒裡放冰塊正流行。這個點子是韃靼王子某一次來訪，在華爾道夫飯店[1]宴請賓客時

1 華爾道夫—阿斯托里亞酒店（Waldorf-Astoria Hotel）：位於紐約曼哈頓中城，於一八九三年啓用，一九三一年改爲現名。許多外國名流政要來訪紐約時都下榻在華爾道夫酒店，包括李鴻章在內。

想出來的，不用多久，就會有別的點子取代它。就像這星期在麥迪遜大道的一場晚宴上，每位賓客的盤子旁邊都放了一隻綠色的小羊皮手套，好讓大家吃橄欖的時候用。」

「我明白。」年輕人謙虛地承認。「上流人士核心生活圈裡的這些特殊玩意，一般大眾確實不熟。」

「有時候，」女子微微欠了欠身，接受了他的認錯，接著又繼續說下去，「我會想，假如我愛上了誰，那必定是個低階層的男人，一個自食其力工作，而不是只會打發時間混日子的人。但是，毫無疑問的，階級和財富的考量還是會凌駕我的意願。目前追我的人就有兩個，一個是日耳曼公國的某位大公爵[2]，我想他是有妻子的，或者曾經有過，只是被他的放縱和殘忍逼瘋了，下落不明。另一個是位英國侯爵，冷酷無情、唯利是圖到了極點，比起來，我還寧願選那位惡魔似的公爵。我怎麼會跟你說這些呢，派肯史泰克先生？」

「是帕肯史泰克。」年輕人吸了口氣。「說實話，能得到你的信任，你難以想像我有多榮幸。」

那位女子用平靜、冷淡、符合兩人懸殊身分的眼光注視著他。

「你是做哪一行的？帕肯史泰克先生？」她問。

「很卑微的工作，不過我還是希望能在世界上揚名立萬。你剛才說，你說不定會愛上低階層的男人，這話是認真的嗎？」

「當然是認真的。不過我說的是『有可能』，還有大公爵和侯爵在呢，你知道的。如果那人合我心意，做什麼工作都不卑微。」

「我，」帕肯史泰克宣布了答案，「是在餐廳工作的。」

女子有點退縮。

「不會是服務生吧？」她語氣裡帶著祈求。「勞動是神聖的事，但是服侍別人，你知道的……像是伺候別人換衣服的男僕和……」

「我不是服務生，我是收銀員，」他們眼前那條街對面有塊閃亮的電燈招牌，寫著「餐廳」兩個大字，「看見那家餐廳了嗎？我就是那裡的收銀員。」

女孩看了看左手腕上鑲在華麗手鐲上的小錶，急急地起身。她把書塞進掛在腰上的閃亮小包包，但和那包包比起來，書實在是太大了。

「你怎麼沒上班？」她問。

「我上晚班，」年輕人說，「還有一小時才上班。我還有沒有機會再見到你？」

「我不知道。也許吧……但是我這個怪念頭說不定不會再出現了。我得快點走，還有場晚宴，還得去劇院包廂看戲……還有，唉，都是些一成不變的老把戲。說不定你來的時候注意到了，公

---

2 大公爵（Grand Duke）：是一種歐洲爵位的對應翻譯，低於國王、高於王子及公爵（Duke, Herzog, Fürst等）以下的所有爵位。

園北邊角落停著一部車，車身是白的。」

「而且輪圈是紅的？」年輕人皺著眉頭沉思。

「是的，我向來都搭那部車過來。皮耶在那裡等我，他還以為我在廣場對面的百貨公司買東西呢。想想這種毫無自由的生活，我們甚至連自己的司機都得瞞。晚安了。」

「可是天色很暗了，」帕肯史泰克先生說，「公園裡到處都是粗魯的男人，要不要我陪你……」

「如果你對我的意願還有那麼一點尊重，」女孩堅定地說，「我離開之後，就在這張椅子上坐十分鐘再走。我並不是說你心懷不軌，但你說不定知道，汽車上通常都鑲著車主姓氏的首字母裝飾。再跟你說一次，晚安了。」

她在暮色中迅速而端莊地離開。年輕人看著她優美的身影走到公園邊的人行道，又沿著人行道走向汽車停著的角落。接著他背叛了約定，毫不猶豫地以公園裡的樹林和灌木叢做為掩護，選了一條和她平行的路線，緊緊地盯著她。

到了車停的那個轉角，她轉過頭看了那部車一眼，接著經過它，繼續往對街走去。年輕人躲在一部方便藏身的出租馬車後面，密切注意著她的行動。她走下公園對街的人行道，進了那家有閃亮招牌的餐廳。那是個擺明了讓人招搖的地方，整家餐廳漆成白色，裝滿了透明玻璃，在那裡吃飯既便宜，又能引人注目。女子走到餐廳後面一個比較隱蔽的地方，片刻之後又再度出現，這時她的帽子和面紗都拿下來了。

收銀檯就在正對面。一個紅髮女孩從高腳凳上下來，一面刻意地看了看鐘。灰衣女子坐上了她的位置。

年輕人手往口袋裡一插，沿著人行道慢慢地走回來。到了轉角，他踢到一本小小的平裝書，把它踢到了草皮邊。他從那本書別緻的封面，認出這就是女子剛才讀的書。他漫不經心地撿起來，看見書名是《新天方夜譚》，作者叫史蒂文森[3]。他把書扔回草地，遲疑了片刻，便坐進了那部汽車。他安穩地坐在鬆軟的椅墊上，對司機吩咐：

「上俱樂部去，亨利。」

——原刊於一九〇三年五月號《安斯利》（Ainslee）雜誌，並收錄於《城市之聲》（The Voice of the City, 1908）一書。

3 羅伯特・史蒂文森（Robert Lewis Balfour Stevenson, 1850～1894）：蘇格蘭小說家、詩人與旅遊作家。短篇故事集《新天方夜譚》出版於一八八二年。

愛的奉獻

當一個人深深愛著他的藝術，就沒有什麼付出是難以承受的。

那是我們的前提。這個故事將由此導出一個結論，並同時證明前提的謬誤。在邏輯領域，這是一件新鮮事；但就說故事而言，這種技巧的歷史可比中國的萬里長城還老得多。

喬．賴瑞比出身於中西部一片長滿了櫟樹的平原，血液裡流淌著繪畫藝術天賦。他六歲的時候就畫了一幅以小鎮抽水機為主題的畫，抽水機旁有位鎮上的名人正匆匆路過。這件作品被裱了框，掛在藥房櫥窗裡，旁邊還高高低低地掛了幾串玉米穗。二十歲那年，他戴著一條飄垂的領帶，和一筆不太充裕的資金，就這麼離家去了紐約。

迪莉亞．卡魯瑟斯住在南方一個松林小村，在六個八度音程中的種種演奏都表現得潛力十足，於是親戚們湊了一筆錢，讓她到北方去深造，期待她學成歸鄉。他們沒能見到這個結果，但這就是我們接下來要說的故事。

喬和迪莉亞在一間畫室裡相識，那裡常有許多學美術和音樂的學生聚會，討論著明暗對比、華格納、音樂、林布蘭的作品、繪畫、瓦爾托菲爾、牆紙、蕭邦[1]和烏龍茶。

喬和迪莉亞愛上了對方，或者說彼此傾心，隨你愛怎麼講，然後很快就結婚了——因為（請看本文開頭第一句）當一個人深深愛著他的藝術，就沒有什麼付出是難以承受的。

賴瑞比夫婦在一棟公寓安下身來，那地方很荒涼，沒什麼人會去，有點像鍵盤最左邊那個升A音。然而他們很快樂，因為他們擁有他們的藝術，也擁有了彼此。所以我奉勸有錢的年輕人，把你所有的東西都賣了，把錢送給貧窮的看門人吧，這樣你就能得到和你的藝術以及你的迪莉亞一起住在小公寓裡的無上特權了。

公寓住客應該會同意我這句話：住公寓，是唯一真正快樂的生活。家庭要是幸福，房子再小

---

1 華格納（Wilhelm Richard Wagner, 1813～1883）：德國作曲家，以其歌劇聞名。因爲他在政治、宗教方面思想的複雜性，成爲歐洲音樂史上最具爭議的人物。
林布蘭（Rembrandt Harmenszoon van Rijn, 1606～1669）：歐洲巴洛克藝術的代表畫家之一，也是十七世紀荷蘭畫派的主要人物。在林布蘭的作品中，光影效果得到了充分的運用，著重捕捉光線和陰影的繪畫技術讓人物栩栩如生。
瓦爾托菲爾（Émile Waldteufel, 1837～1915）：法國鋼琴家、指揮家、作曲家。最著名的作品有《溜冰圓舞曲》和《女學生圓舞曲》。
蕭邦（Frédéric François Chopin, 1810～1849）：波蘭作曲家、鋼琴家，波蘭音樂史重要人物之一，也是歐洲十九世紀浪漫主義音樂代表人物。

都覺得安心適意。垮掉的櫃子可以當彈子桌，火爐架當划船練習器，寫字檯當成睡鋪，臉盆架當成直立式鋼琴，如果可以，再讓四面牆收攏起來，你和你的迪莉亞便在這當中緊緊依偎著。但如果你的家庭屬於另外一種，可能就會希望房子又寬又大了。你會巴不得從金門進去，把帽子掛在哈特拉斯角，披風掛在合恩角，然後從拉布拉多離開[2]。

喬在偉大的馬吉斯特門下學畫，這位大師的名望眾人皆知，他的精采畫作讓他譽滿天下，學費高昂，課程倒是很輕鬆。迪莉亞拜了羅森史塔克為師，他是個專門在琴鍵上找麻煩的人，這點可是出了名的，大家都知道。

只要還有錢用，他們真是幸福得不得了。這點每個人都是一樣的，但是我不想這麼憤世嫉俗。他們的目標非常明確清楚。喬很快就能學成出師，開始有畫作問世，接著那些兩鬢稀薄卻荷包厚實的老紳士就會排隊擠進他的畫室，以買到他的作品為榮。迪莉亞不用多久就能把音樂練得純熟精通，接著便以居高臨下的姿態蔑視它。要是她看見音樂廳和包廂有座位沒賣出去，就推說自己喉嚨痛，待在私人用餐室裡吃龍蝦，拒絕登臺。

但是依我看，最美妙的還是小公寓裡的家庭生活。上了一天課之後，兩人一見面就滔滔不絕；晚餐美味適口，早餐新鮮清爽；他們對未來的志向交換意見，因為志向要是沒有考慮對方，那就沒有意義了；他們還談互助，談靈感，而且，請寬恕我把這個也講出來，到了晚上十一點，他們還有填餡橄欖和起司三明治可以吃。

但是一段時間之後，藝術就撐不住了。有時候事情就是這樣，即使也沒有鐵道轉轍工人硬去扳倒它。在眼裡只有錢的俗人看來，這種生活就叫坐吃山空。馬吉斯特和赫爾．羅森史塔克兩位先生的學費付不出來了。當一個人深深愛著他的藝術，就沒有什麼付出是難以承受的。於是，迪莉亞說，為了讓家裡不斷炊，她得去給人上音樂課才行。

接下來兩三天，她每天都出門去找工作。有天傍晚，她興高采烈地回到家。

「親愛的喬，」她開心地說，「我有學生了。而且，噢，都是好棒的人！是將軍呢，平克尼將軍的女兒，在七十一街。那房子真是富麗堂皇啊，喬，你真該看看那房子的前門！我想你會說那叫拜占庭風格。房子裡頭更厲害了！噢，喬，我以前從來沒見過那樣的房子。

「我要教的是他的女兒克蕾曼緹娜，我已經喜歡上她了。她是個嬌弱的小姑娘，總是穿著一身白，態度親切純樸，今年才十八歲。我一星期上三次課，然後，喬，你想想，一堂課五塊錢，

---

2 金門（Golden Gate）：位於美國舊金山灣口，金門大橋是當地地標。哈特拉斯角（Cape Hatteras）：位於美國北卡羅萊納州的哈特拉斯島上，燈塔是當地地標，這裡取地名與「帽架（Hat racks）」諧音。合恩角（Cape Horn）：位於南美洲智利火地島南端，取地名與「披風架（Cape hanger）」諧音。拉布拉多（Labrador）：加拿大一個地區，位於大西洋沿岸，與紐芬蘭島組成紐芬蘭與拉布拉多省，與「後門（the back door）」諧音。

是不多，這我不在乎，因為我只要再收兩三個學生，就可以再回赫爾．羅森史塔克老師那兒上課了。現在，別皺眉頭，寬寬心，我們好好吃一頓晚餐吧，親愛的。」

「你是沒問題，迪莉，」喬一面說，一面用雕刻刀和小斧頭跟青豆罐頭奮戰，「但是我呢？你認為我會讓你在外頭拚命賺錢，而我自己待在高雅藝術的領域裡悠遊追逐嗎？我以切里尼[3]的骨頭發誓，絕不！我想我可以去賣報紙，搬石頭，也能帶個一兩塊錢回來。」

迪莉亞過來摟住他的脖子。

「喬，親愛的，你這個傻瓜，你一定要繼續學畫。看起來我好像是放棄了音樂去做別的工作，其實不是，我一邊教，一邊也在學，我一直都和我的音樂在一起。而且我們每星期有了這十五塊錢，就能活得跟百萬富翁一樣幸福。你可千萬不要離開馬吉斯特先生門下啊。」

「好吧。」喬說，一面伸出手去拿一個藍色貝殼形菜碟。「只是我真的不喜歡你去教課，這根本不是藝術。但你還是願意這麼做，真是太善良，太可敬了。」

「當一個人深深愛著他的藝術，就沒有什麼付出是難以承受的。」迪莉亞說。

「馬吉斯特稱讚我在公園畫的那張素描，說天空畫得很好。」喬說。「還有，丁可答應讓我在他的櫥窗裡掛兩幅畫，說不定會有個好心的有錢傻瓜正好看見，那我就可以賣一幅出去了。」

「我相信你一定賣得掉的。」迪莉亞溫柔地說。「那麼，先讓我們感謝平克尼將軍，和這份烤小牛肉吧。」

接下來一整個星期，賴瑞比夫妻每天都早早就吃早飯。喬急著想在中央公園畫幾幅晨光下的素描，迪莉亞弄完他的早餐，打理好他需要的東西，讚美他一番之後，在七點鐘和他親吻，送他出門。藝術是個迷人的情婦，等到他傍晚回到家，幾乎都已經七點鐘了。

到了週末，溫柔、自豪、然而疲憊不堪的迪莉亞，歡欣鼓舞地掏出三張五塊錢鈔票，扔在那八乘十呎大小公寓客廳裡的那張八乘十吋大小的桌子上。

「有時候，」她說，口氣有點厭倦，「克蕾曼緹娜真的很讓我費心，我覺得她根本沒好好練習，同樣的東西我得一講再講。而且她老是穿白的，看起來實在很單調。但是平克尼將軍這位老先生真是親切！我真希望你能認識他，喬。我給克蕾曼緹娜上鋼琴課的時候他偶爾會過來——他太太過世了，你知道——站在那兒捋著他白白的山羊鬍。『十六分音符和三十二分音符上得怎麼樣啦？』他老是這樣問。

「我真希望你能看看那客廳裡的護牆板，喬！還有那些阿斯特拉罕掛毯[4]。克蕾曼緹娜老是

---

3 本韋努托．切里尼（Benvenuto Cellini, 1500～1571）：義大利文藝復興時期的金匠、畫家、雕塑家、戰士和音樂家，還寫了一本著名的《切里尼自傳》。唯一傳世的金雕作品鹽盅（saliera）被譽為金工界的蒙娜麗莎，現存於維也納藝術史博物館。

4 阿斯特拉罕（Astrakhan）：位於俄羅斯南部伏爾加河匯入裏海處，是阿斯特拉罕州的首府。許多來自中亞的商人在此交易，甚至置館居住，其中有烏茲別克人、亞美尼亞人、甚至有印度人。

微微地咳嗽，不太對勁，我希望她身體比外表強健一點。噢，我真的越來越喜歡她了，她那麼文雅，又那麼有教養。平克尼將軍的哥哥還當過駐玻利維亞大使呢。」

而接著，喬帶著一種基度山伯爵[5]似的神情，掏出一張十元，一張五元，一張兩元和一張一元紙鈔——全是實實在在的法定貨幣——放在迪莉亞賺的錢旁邊。

「有個從皮奧里亞[6]來的人買走了那幅方尖碑水彩畫，」他令人措手不及地突然宣布。

「別開玩笑了，」迪莉亞說，「不是皮奧里亞來的吧！」

「千真萬確。我真希望你也能見見他，迪莉。他是個圍著羊毛圍巾的胖子，嘴裡叼著根翎管牙籤。他在丁可的櫥窗裡看見那幅畫，一開始還以為是座風車呢。就算這樣，他還是對這幅畫很感興趣，無論如何都要買。他還訂了另外一幅拉克萬納[7]貨運站的油畫要帶回去呢。就像你的音樂課！噢！我想裡頭還是有藝術存在的。」

「我真高興你堅持下去了。」迪莉亞發自內心地說。「你一定會成功的，親愛的。三十三塊錢！我們從來沒有過這麼多錢，今晚吃生蠔吧。」

「還有菲力牛排配蕈菇。」喬說。「我們家的橄欖叉在哪兒？」

接下來的那個星期六傍晚，喬先回到家。他把十八塊錢攤在客廳桌上，就去把手上沾著的一大堆黑色顏料似的東西洗掉。

半小時後，迪莉亞回來了，右手亂七八糟地纏著一大包繃帶。

「這怎麼回事？」例行招呼之後，喬開口問。迪莉亞笑了，但笑得並不愉快。

「還不是克蕾曼緹娜，」她解釋，「堅持上完鋼琴課一定要吃威爾斯起司麵包[8]。這孩子真怪，下午五點鐘了還吃起司麵包。將軍也在，你真該看看他跑去拿保溫烘鍋的樣子，好像家裡沒佣人一樣。我也知道克蕾曼緹娜身體不好，她實在太神經過敏了。弄起司麵包的時候她潑了一大堆出來，滾燙的起司就這麼淋在我的手和手腕上。真的好痛啊，喬。那可愛的孩子內疚得不得了。但是平克尼將軍！喬，那位老先生簡直要瘋了，他衝下樓去，叫人——據說是個燒爐工還是個地下室的什麼人——去藥房買了些油和別的東西幫我包紮，現在已經不太痛了。」

「這是什麼？」喬問，一面溫柔地拿起她的手，拉拉繃帶底下的幾根白線。

5《基度山伯爵》（Le Comte de Monte-Cristo，又譯《基度山恩仇記》）：法國文豪大仲馬的經典冒險小說，也是大仲馬公認最好的作品，於一八四四年完成。描述愛德蒙·唐泰斯（Edmond Dantès）早年被仇家陷害，日後尋得寶藏，化名基度山伯爵，向仇家展開一連串報復的故事。

6 皮奧里亞（Peoria）：位於伊利諾州，是伊利諾河沿岸最大的城市。皮奧里亞在探索時代是歐洲殖民者在伊利諾地區最大的定居點。

7 拉克萬納（Lackawanna）：位於美國紐約州伊利縣的城市，地處伊利縣西部、水牛城以南。

8 威爾斯起司麵包（Welsh rarebit 或 Welsh rabbit）：是一道以融化的起司製成鹹味醬汁、加上其他佐料的烤麵包片。菜名最早出現於十八世紀的英國，典型威爾斯起司麵包用的是切達起司。

「就是些軟軟的東西，」迪莉亞說，「上頭塗了油。噢，喬，你又有畫賣掉了？」她看見了桌上的錢。

「我嗎？」喬說，「這話該問那個皮奧里亞人。他今天來拿貨運站那幅畫，雖然還不確定，不過他覺得還想買另外一幅公園畫，還有一幅哈德遜灣風景。你今天下午幾點鐘燙到手的，迪莉？」

「五點鐘吧，我想。」迪莉哀怨地說。「因為熨斗──我是說起司，那個時候剛熱好。你真該看看平克尼將軍的樣子，喬，那個時候──」

「到這裡來坐一下，迪莉。」喬說。他帶她坐到沙發上，自己也在她身邊坐下，手臂環住她的肩膀。

「這兩星期來，你都在做什麼，迪莉？」他問。

她眼神充滿愛與倔強，含糊不清地說了幾句關於平克尼將軍的事，勇敢地撐了一兩分鐘，但最後還是低下頭，哭著說出了實情。

「我根本找不到學生。」她承認。「但是我沒有辦法讓你放棄學畫。所以我在二十四街那家大型洗衣店裡找了個熨襯衫的工作。我覺得我平克尼將軍和克蕾曼緹娜的故事編得很好呢，你不覺得嗎，喬？今天下午，那個洗衣店的女孩用滾燙的熨斗燙傷了我的手，我回家路上就編出了威爾斯起司麵包的故事。你沒生我的氣，對吧，喬？要是我沒找到這個工作，你說不定也沒辦法把你的畫賣給那個皮奧里亞人了。」

「他不是皮奧里亞來的。」喬慢慢地說。

「嗯，他從哪裡來的都沒關係。你真棒，喬——親親我吧，喬——到底是哪一點，讓你懷疑我根本沒有給克蕾曼緹娜上音樂課？」

「直到今天晚上，我一直都沒有起疑，」喬說，「本來今晚也不會。只是這些廢棉布和油，是我今天下午從機房送去給樓上一個被熨斗燙傷的女孩的。過去兩星期，我一直在那家洗衣店的機房燒鍋爐。」

「所以你並沒有——」

「根本沒有什麼皮奧里亞來的買家，」喬說，「我口中的買家，和你的平克尼將軍，都是同一種藝術的創作品——只是你不會把它稱做繪畫或音樂而已。」

兩個人都笑了，這時喬開口說：

「當一個人深深愛著他的藝術，就沒有什麼付出是……」

迪莉亞把手按在他的唇上，沒讓他說完。

「不，」她說，「只要說『當一個人深深愛著的時候』就可以了。」

——收錄於《四百萬》（The Four Million, 1906）一書。

催眠師傑夫・彼得斯

傑夫・彼得斯玩過的賺錢技倆，跟南卡羅萊納州查爾斯頓煮飯的花樣一樣多。

我最喜歡聽他講自己早年的事蹟，那時候他靠著在街頭賣軟膏和咳嗽藥勉強餬口，他和各種人談心，用身上的最後一個硬幣和命運打賭。

「我去了阿肯色的費雪山，」他說，「身上穿著鹿皮衣，腳上穿著鹿皮鞋，頭髮留得長長的，手上還戴著一個三十克拉的鑽石戒指，那是從特克薩卡納一個演員那裡得來的。我也不知道他拿戒指換我的折疊小刀到底想幹嘛。

「我當時的身分是喔呼醫生，著名的印第安草藥師。那時候我只帶了我最棒的一樣賭本，就是『還魂藥水』，是用可以延年益壽的植物和藥草做的。發現那些藥草的人叫塔瓜拉，是美麗的喬克托族[1]酋長夫人，她為了烹煮一年一度玉米舞祭典所需的狗肉，採集裝飾配菜的時候，意外發現了這些藥草。我上一個城鎮的生意做得不太好，所以這時候身上只剩五塊錢了。我去找費雪山的藥店老闆，跟他賒了六打八盎司的玻璃瓶和瓶塞，我自己的手提箱裡還有上一個城鎮剩下的標籤和原料。我住進旅館房間，打開水龍頭調好藥水，把瓶子一打一打地排在桌上，生活看起來又是一片光明。

「你覺得這是假藥？不，先生，這六打藥水裡頭可是放了兩塊錢的金雞納萃取液和十分錢的阿尼林油[2]呢。幾年後我路過那些小鎮，還有人想找我買。那天晚上我就雇了一部運貨馬車，開始在主街上賣藥水。費雪山是個地勢低窪、瘧疾鬧得很凶的小鎮，依我判斷，民眾需要的是一種假想的強心兼抗壞血病複方補藥。藥水賣的速度飛快，就像一頓全素宴席上出現了小牛胸腺[3]烤麵包片一樣。我一瓶賣五十分錢，一下子賣掉了兩打。這時候我突然覺得有人在拉我的外套下襬。這意思我懂，所以我爬下車，在那個翻領上別著銀星的人手裡塞了一張五塊錢鈔票。『警官先生，』我說，『今晚天氣不錯啊。』

1 喬克托族（Choctaw）：美洲原住民中的文明化五部族之一。名稱是來自西班牙語「chato」，意思是沼地，是以表示喬克托人的聚居地為沼澤地。
2 金雞納（Cinchona）：原產於南美洲的茜草科常綠樹，樹皮可提煉奎寧，是治療瘧疾的特效藥。阿尼林油：又稱苯胺（Aniline）、胺基苯。主要用於製造染料、藥物、樹脂，還可以用作橡膠硫化促進劑等。也可以做為黑色染料使用。
3 小牛胸腺（sweetbreads）：法式或義式料理中的珍貴食材，是位於小牛喉嚨附近的腺體，只存在於三到六個月大的小牛身上。

「『你賣這些自封神藥的香料水，』他問，『有本市的販賣許可證嗎？』

「『沒有，』我說，『我不知道這裡算城市，如果明天白天我發現這裡確實是城市，有需要的話，我可以去弄一張。』

「『在你拿到許可證之前，我得先勒令你停業。』警官說。

「藥不能賣了，我回到旅館，跟旅館老闆聊起這件事。

「『噢，你在費雪山是做不了這個生意的，』他說，『這裡唯一的醫生叫霍斯金，是市長的小舅子，他們不會允許假醫生在鎮上行醫的。』

「『我又沒行醫，』我說，『我有一張州政府發的小販許可證，如果他們要求，那我去弄一張市政府發的就是了。』

「隔天早上我去了市長辦公室，他們跟我說市長還沒來，什麼時候會來不知道。所以喔呼醫生我，就窩在一張酒店椅上，點起一根曼陀羅牌香菸慢慢等。

「過了一會兒，有個打藍色領帶的年輕人在我旁邊悄悄地坐下，問我現在幾點了。

「『十點半，』我說，『你不是安迪．塔克嗎？我看過你做生意。你不是在南方各州推銷什麼『愛神綜合大禮包』嗎？我想想，裡頭有一只智利鑽石訂婚戒指，一只結婚戒，一支馬鈴薯搗泥器，一瓶鎮定糖漿和桃樂絲．維農[4]的圖片——一個大禮包只賣半毛錢。』

「安迪聽見我還記得他非常高興。他是個很棒的街頭推銷員，而且不只這樣，他還非常尊重自己的職業，能賺個三倍利潤他就滿足了。很多人拉他去做非法藥物和菜種生意，但是從來也沒能引誘他離開正道。

「我需要一個夥伴，安迪和我同意聯手出擊。我告訴他費雪山的情況，說這兒因為政治跟瀉藥的關係混得不清不楚，所以收入不太好。安迪那天早上也才剛搭火車來到這裡。他目前手頭也緊得很，打算遊說全鎮鎮民募一點錢，集資在尤里卡溫泉[5]造一艘新戰艦。於是我們便走出市長辦公室，到外頭的門廊上細細討論了一番。

「隔天上午十一點，我一個人坐在旅館裡，一個黑奴[6]腳步拖拖拉拉地進來，說要請醫生去看看班克斯法官，也就是市長，他好像病得相當嚴重。

「『我又不是醫生，』我說，『你怎麼不去找醫生？』

「『大人，』他說，『霍斯金醫生到二十哩外的鄉下給人看病去了，他是鎮上唯一的醫生。班克斯老爺病得很嚴重，他要我來請你，先生，請去看看吧。』

---

4 桃樂絲．維農（Dorothy Vernon, 1544～1584）：與夫婿約翰．曼能斯（John Manners）是哈登莊園（Haddon Hall）最有名的主人。哈登莊園是英國曼徹斯特著名的古老莊園。兩人的愛情故事曾於一九二四年改編成電影。

5 尤里卡溫泉（Eureka Springs）：位於阿肯色州（Arkansas）西北部，是一個古樸的度假勝地。

6 阿肯色州直到二戰之前都是黑奴集中地，以黑奴生產棉花，種族主義盛行。

「『我會去看看他，』我說，『直接跟他一對一碰面。』於是我口袋裡帶了一瓶『還魂藥水』，去了山上的市長官邸，那是鎮上最漂亮的一棟房子，屋頂是曼薩爾式[7]的，草坪上還有兩隻鐵鑄的狗。

「班克斯市長除了翹起來的鬍鬚和腳尖之外，整個人都軟癱在床上。肚子裡響聲如雷，那聲音之大，簡直像整個舊金山的人一起到公園健行了一樣。床邊站著一個年輕人，手裡端著一杯水。

「『醫生啊，』市長說，『我病得快死了，你能不能幫我想想辦法？』

「『市長先生，』我說，『我天生不是學醫這塊料，也從來沒進過醫學院，』我說，『我只是以同胞身分來這裡，看看能不能幫上什麼忙。』

「『我非常感激，』他說，『喔呼醫生，這位是我姪子畢斗先生，他想盡辦法想讓我舒服一點，但是都沒有用。噢，老天哪！噢——噢——噢！』他又大叫起來。

「我向畢斗先生點頭打了個招呼，然後坐在床邊摸了摸市長的脈搏。『讓我看看你的肝——我的意思是，你的舌頭。』我說。然後我翻開他的眼皮，仔細看了他的瞳孔。

「『你病多久了？』我問。

「『我這病是——噢，好痛——昨晚才開始的。』市長說。『給我開點藥吧，醫生，可以嗎？』

「『費斗先生，』我說，『可以把窗簾稍微拉開一點兒嗎？』

「『是畢斗，』年輕人說，『詹姆斯叔叔，您覺得您能吃點火腿蛋嗎？』

「『市長先生，』我耳朵貼在他的右肩胛骨上聽了一陣，然後說，『你得的是琴鍵右鎖骨猛爆性發炎，非常嚴重！』

「『老天爺啊！』他帶著哭音說，『你可以在骨頭上抹點什麼，或者幫我整一下骨，做點什麼處置嗎？』

「我拿了帽子，就往門口走。

「『你不是要走吧，醫生？』市長哀號。『你不會就這麼走了，留下我一個人因為這種——什麼護牆板過多症死掉吧，對不對？』

「『站在人道立場，哇哈醫生，』畢斗先生說，『你實在不應該拋棄同胞，眼睜睜地看他受苦。』

「『是喔呼醫生，就是你犁田的時候趕牲口的聲音。』我說。接著走回床邊，把長髮往後一甩。

「『市長先生，你只剩下最後一個希望。藥物對你已經沒用了。雖然藥物的力量很大，但是還有一樣東西比藥物力量更大。』我說。

---

7 曼薩爾式屋頂（Mansard Roof）盛行於十九世紀中葉，爲法國第二帝國拿破崙三世時期廣爲採用的屋頂建築型式，因法國建築師曼薩爾發明而得名，或依譯音不同稱馬薩斜頂。特色爲屋頂呈兩段傾斜，上坡平緩，而下坡較陡，故又稱爲「複折式屋頂」。

「『是什麼?』他說。

「『科學論證,』我說,『意志的勝利遠遠超過菝葜[8]。要相信,痛苦和疾病是不存在的,那只是我們的不舒服造成的假象。發揮你尚未展現過的自我,證明它吧。』

「『你說的那個『把戲』是什麼,醫生?』市長說。『你不是社會主義分子吧?』

「『我說的,』我說,『是心靈資產的偉大學說,一種啟蒙學派,針對思想謬誤和腦膜炎的遠距離潛意識療法,一種奇妙的室內運動,稱為催眠術。』

「『你會嗎,醫生?』市長問。

「『我是猶太公會[9]的成員,也是核心佈道團的對外發言人。』我說。『我只要一施法,跛子就能說話,瞎子就能跑跳。我是個靈媒,是個有華麗技巧的催眠師,一個控制靈魂的人。最近在安娜堡[10]舉辦的降靈會,唯有靠我的力量,才能讓酸苦藥水[11]公司的已故老闆重回世間,和他妹妹珍對話。你看我在街頭賣藥,』我說,『那是針對窮人的。我才不會對那些人施行催眠術,讓我的法術失去價值,』我說,『因為他們一點錢都沒有。』

「『那你願意替我治療嗎?』市長問。

「『聽著,』我說,『我不管到什麼地方,醫療協會總是拚命找我麻煩。我不行醫,但是,為了救你的命,只要你以市長身分同意不拿許可證的事情逼我,我就幫你做心靈治療。』

「『我當然同意,』他說,『現在就開始吧,醫生,因為這會兒又痛起來啦。』

「『治療費用是兩百五十塊錢，兩次療程，包好。』我說。

「『沒問題，』市長說，『我付。我想我這條命還值這個價。』

「我坐在床邊，直直地看進他眼睛深處。

「『現在，』我說，『讓你的意識和疾病分離吧。你沒有生病，沒有心臟，沒有鎖骨，沒有古

---

8 墨西哥菝葜（sarsaparilla）是菝葜科牛尾菜屬（菝葜屬）的多年生植物，原產於中美洲熱帶地區。自古以來便被視作香草、野菜和生藥、中藥，並用於治療風濕、痛風、感冒以及用於退燒。沙士即以此植物做爲主要調味原料。

9 猶太公會或猶太公議會（Sanhedrims）：古代以色列由七十一位猶太長老組成的立法議會和最高法院。猶太公會擁有其他猶太法庭所沒有的權利，比如它可以審判國王、擴張聖殿和耶路撒冷的邊界，它也是最終規定任何法律問題的部門。

10 安娜堡（Ann Arbor，又譯作安阿伯或安納保）：美國密西根州城市，是底特律都會區的一部分，屬於底特律的衛星城市。

11 酸苦藥水：全名爲「華克醫生的酸苦藥水」（Dr. Walker's Vinegar Bitter），是一種宣稱藉由清潔血液來治百病的藥水。發明人約瑟夫·華克（Joseph Walker）原爲礦工，後來工作不順，一八五〇年左右輾轉開始了街頭販賣藥水的生意，同時華克也變成了「醫生」。酸苦藥水的配方據說來自印第安人的草藥，因此藥水帶苦味，但製作過程中的發酵作用又讓藥水帶著酸味，因此稱爲酸苦藥水。後來華克醫生與藥房和報商結合，推出了藥水廣告，造成一時風行，華克醫生也因此大發利市。除了藥水並沒有所宣稱的療效之外，廣告中一直強調的「不含酒精」也是謊稱。華克醫生後來在一八七七年被火車撞死。

怪的骨頭或腦子或任何東西，也完全沒有疼痛。我們宣告一切痛苦都是錯覺。現在，你覺得那本來就不存在的疼痛正逐漸消失中，對嗎？』

『我確實覺得好點了，醫生，』市長說，『但還有些地方沒改善，真是見鬼了。再幫我說幾句謊話，說我左邊這兒沒有腫吧，這樣的話，我想我就能夠讓人扶著坐起來，吃點香腸和蕎麥蛋糕了。』

我又舉起手對他施了幾次法。

『現在，』我說，『你的猛爆性發炎已經好了，近日點[12]的右邊腦葉也平靜下來了。你睏了，眼皮重得睜不開。目前你的病已經控制住了，現在，你睡著了。』

市長慢慢地閉上眼睛，開始打起鼾來。

『踢斗先生，』我說，『你目睹了現代科學的奇蹟。』

『是畢斗，』他說，『你什麼時候來替我叔叔做剩下的療程，噗噗醫生？』

『是喔呼，』我說，『明天上午十一點我會再來一次。他要是醒了，給他吃八滴松節油和三磅牛排。再見。』

隔天早上我準時去了。『嗨，瑞斗先生，』他打開臥室門，我跟他打招呼，『你叔叔今天早上情況如何？』

『看起來好多了。』那個年輕人說。

「市長的氣色和脈搏都很正常。我又幫他做了一次治療，他說連最後的一點點疼也消失了。

「『現在，』我說，『你最好在床上靜養一兩天，然後就沒事了。還好我正巧在費雪山，市長先生，』我說，『因為正規醫學各式各樣的療法全都救不了你。現在既然幻覺已經消失，疼痛也證實是虛妄了，就讓我們聊點快樂的話題吧——就是那兩百五十塊錢治療費。不收支票，抱歉，我討厭在支票後面背書，跟我厭惡在正面簽名開支票差不多。』

「『我這裡準備了現金，』市長一面說，一面從枕頭底下抽出一只皮夾。

「他數了五張五十塊紙鈔，拿在手裡。

「『拿收據來。』他跟畢斗說。

「我簽了收據，市長把錢交給我。我當心地把錢收到內袋裡。

「『現在執行你的任務吧，警官。』市長愉快地笑著，完全不像個病人。

「畢斗先生按住我的手臂。

「『你被捕了，喔呼醫生，別名彼得斯，』他說，『觸犯州政府法律，無照行醫。』

---

12 近日點（perihelion）：各個星體繞太陽公轉的軌道大致是一個橢圓，焦點不在橢圓中心，因此星體離太陽的距離有時會近一點，有時會遠一點。離太陽最近的時候，這一點位置叫做近日點，離太陽最遠的時候叫做遠日點。至於「近日點的右邊腦葉」，則純屬胡謅。

『你是誰?』我問。

『我告訴你他是誰。』市長先生從床上坐起來。『他是州立醫藥協會僱用的偵探,已經跟你跟了五個縣了。昨天他來找我,我們商定了這個計畫抓你,我想你再也不會在這一帶行醫了,騙子先生。你說我得的是什麼病,醫生?』市長哈哈大笑,『那個什麼複合病名——總之,我想不會是腦子太弱。』

『偵探。』我說。

『沒錯,』畢斗說,『我得把你交給警長。』

『有本事你試試看,』我伸手架住畢斗的脖子,差一點就要把他扔到窗外去了,但是他掏出一把槍抵住我的下巴,我只好停住不動。他給我上了手銬,從我口袋裡把錢抽出來。

『我可以作證,』他說,『班克斯法官,這就是我和你做了記號的鈔票。我把他帶到警長辦公室的時候,也會把這筆錢一併交給警長,他會開收據給你。這些鈔票將成為本案的物證。』

『沒問題,畢斗先生,』市長說,『那麼現在,喔呼醫生,』他接著說,『怎麼不來幾招呢?沒辦法用你的伶牙俐齒施展催眠術把手銬打開嗎?』

『走吧,警官,』我態度莊重地說,『我還是把法力留在最該用的地方吧。』接著我轉向老班克斯,晃了晃手銬上的鍊子。

『市長先生,』我說,『你相信催眠術有用的那一天很快就會到來,而你也會確信,催眠術在這個案子裡也是相當成功的。』

「『我想確實是這樣。』

「快走到大門口的時候，我說：『這會兒我們說不定會碰上什麼人，安迪。我想你最好把這東西拿下來，而且——』呃？啊，當然啦，畢斗就是安迪·塔克，是他想的計謀。我們就這樣弄到了合夥做生意的資金。」

——收錄於《善良的騙子》（The Gentle Grafter, 1908）一書。

鐘擺

「八十一街到了——請下車。」穿著藍色制服的牧羊人大喊。

一群綿羊似的市民亂糟糟地擠下了車，另一群又亂糟糟地擠上了車。叮叮！曼哈頓高架鐵路公司[1]的運牲口車哐啷哐啷地開走了，約翰．柏金斯隨著放出來的羊群一起走下了車站階梯。

約翰慢吞吞地往公寓走，腳步遲緩，因為在他日常生活的字典裡，是沒有「可能」這個字的。一個結婚兩年，住在公寓裡的男人，不會有什麼驚喜降臨。約翰．柏金斯帶著陰鬱沉重的自嘲心情，預想著這一成不變的一天還有哪些場景等著他。

凱蒂會在門口迎接他，給他送上一個帶著冷霜和奶油糖氣味的吻。然後他會把外套脫掉，坐在一張硬邦邦的簡陋長椅上，看晚報裡用沉悶的排字印刷機印出來的字體，刊著俄羅斯人和日本人被屠殺的新聞。晚餐會有一鍋燉菜，一盆沙拉，上頭淋的醬料氣味像「保證不傷皮革」的鞋油，配上燉煮大黃，和一瓶對自己「保證成分精純」標籤感到臉紅的草莓醬。吃過晚飯，凱蒂會把拼布棉被上的新補丁指給他看，那是賣冰小販從自己的活結領帶上剪下來送她的布邊。七點半，他們會在家具上鋪好報紙，好接住從天花板掉下來的灰泥粉塊，因為樓上那個胖子要開始鍛鍊身體做運動了。八點整，住在對面、屬於某個乏人問津雜耍團的希奇和穆尼喝了點酒，醉醺醺的，以為漢默斯坦[2]拿著一份週薪五百塊的合約在後頭追他們，把公寓裡的椅子都掀翻了。然後，天井對面的先生拿出長笛，在窗口吹了起來；每晚都要漏的瓦斯會到處亂飄，還頑皮地溢到高速公路上；送菜升降機會脫軌；門房會再次把扎諾夫斯基太太的五個孩子趕過鴨綠江，穿香檳色鞋子牽著獵狐犬的女士會輕快地下樓來，把她星期四用的名字貼在門鈴和信箱上——至此，弗羅格摩爾公寓晚間的例行生活才算正式開始。

約翰．柏金斯知道這些事都會發生，他還知道到了八點十五分，他會鼓起勇氣去拿帽子，接著他太太就會用抱怨的口氣說：

「好了，我倒想知道這會兒你要去哪，約翰．柏金斯？」

「我想去麥卡羅斯基那兒，」然後他會這樣回答，「跟朋友打一兩盤撞球。」

最近打撞球成了約翰．柏金斯的習慣，總要打到十點、十一點才回家。有時凱蒂已經睡了，

1 曼哈頓鐵路（Manhattan Railway）：美國紐約市的鐵路公司，已被跨區捷運公司於一九〇三年合併，當時經營曼哈頓區與布朗克斯區的高架鐵路系統。

2 威廉．漢默斯坦（William Hammerstein, 1875 ~ 1914）：爲紐約當時的重量級劇院經理，掌管維多利亞劇院（1915年拆除，現址爲時代廣場）。漢默斯坦祖孫三代皆是紐約著名的音樂人。

有時還在等他，準備用她的怒火在坩堝裡把婚姻鎖鍊上的鍍金再熔掉一點。將來當愛神丘比特和弗羅格摩爾公寓裡因他而受害的人一起站在審判臺前的時候，他是一定要為自己的失職做出解釋的。

但今晚約翰．柏金斯到家時，卻碰上了他平凡生活中從未有過的驚天巨變。凱蒂深情帶糖果味的吻不在了，三個房間有種不祥的凌亂。她的東西亂七八糟丟得到處都是，鞋子在地板正中間，捲髮鉗、蝴蝶結髮飾、和服式晨褸與粉盒亂堆在梳妝檯和椅子上，這完全不是凱蒂的作風。約翰看見梳子上纏著一團棕色捲髮，心整個沉了下去，她一定碰上了什麼緊急的不尋常事件才會慌亂成這樣，因為她向來會把這些髮團小心地收在壁爐架上的一個藍色瓶子裡，打算攢夠了拿來做她夢寐以求的假髮。

煤氣燈的噴嘴上顯眼地用繩子繫著一張摺好的紙條，約翰一把抓過來，是他妻子留的，上頭寫著：

親愛的約翰：

我剛剛收到電報，說媽媽病得很嚴重。我搭四點半的火車，我弟山姆會去車站接我。冰箱裡有冷羊肉。我希望她這次不要又是扁桃腺發炎。記得付給送牛奶的人五十分錢。去年春天她這毛病發得厲害。別忘了給煤氣公司寫信講煤氣表的事，還有，你那些沒有破洞的襪子放在最上層的抽屜裡。我明天再給你寫信。先這樣。

凱蒂

結婚兩年來，他和凱蒂連一晚都沒有分開過。約翰目瞪口呆地把紙條讀了一次又一次，一成不變的生活規律突然被打破，他一時竟不知道該怎麼辦才好。

椅背上搭著一件紅底黑點罩衫，她做菜的時候總是穿著它，現在它空蕩不成形的樣子，看上去分外淒涼。她平常穿的衣服匆忙之下扔得東一件西一件，小紙袋裡裝著她最愛的奶油糖，連繩子都沒有解開。一份日報攤在地板上，火車時刻表被剪走了，開了一個長方形的洞。房裡的每樣東西彷彿都在訴說著某種失去，某種不復存在的要素，某種靈魂和生命的消逝。約翰．柏金斯站在遍地殘骸之中，心裡莫名湧起一股荒涼的悲愴。

他動手整理房子，盡可能把家裡弄得整齊一點。當他碰到凱蒂的衣服，一陣幾近恐怖的顫慄突然竄遍他全身。他從來沒有想過，要是凱蒂不在了，生活會變成什麼樣子。她已經完全融進了他的生活，就像他呼吸的空氣一樣，不可或缺，卻又幾乎不會注意到。而現在，她毫無預警地走了，消失了，再也沒有她的影子，彷彿她從未存在過。當然，這只不過是一天或幾天的事，最長也不會超過一兩星期。可是對他來說，這就像是死神之手伸出了一根手指，指向了他安穩寧靜的家。

約翰從冰箱拿出冷羊肉，煮了咖啡，在餐桌前坐下，對著草莓醬上無恥的純淨合格證吃起孤單的晚餐。如今對他來說，連剩下的那一點燉菜和淋著鞋油味醬汁的沙拉，都像是被奪走的幸福中僅存的美好。他的家崩毀了，一個扁桃腺發炎的岳母把他的家庭守護神打飛到九霄雲外。吃完一個人的晚餐，約翰在前窗邊坐了下來。

他不想抽菸。外面的城市呼喊著他，要他加入不用傷腦筋又歡樂無比的舞蹈。這一夜完全屬於他，他可以不受任何盤問地出門，和所有單身漢一樣自由地恣意歡鬧。只要他願意，他可以盡情狂飲，可以到處閒逛，可以縱情放肆到天亮，當他帶著殘留的愉悅回到家時，不會有個怒氣沖天的凱蒂等著他。只要他想，他可以跟鬧哄哄的朋友們在麥卡羅斯基那兒打撞球打到晨光亮起，燈光暗去。當弗羅格摩爾公寓的生活讓他覺得乏味，他總是把這歸咎於婚姻的束縛，現在束縛鬆開了。凱蒂不在了。

約翰並不習慣分析自己的感情，但是當他坐在少了凱蒂的這個十乘十二呎見方的客廳裡，卻精準地看出了自己不舒服的主要原因。現在他明白了，他的幸福人生裡少不了凱蒂。他對凱蒂的感情，在不知不覺之中，被沉悶無聊的家庭生活磨滅了，如今因為她的消失，又鮮明地被喚醒。聲音甜美的鳥兒飛走了之後，我們才珍惜那失去的歌聲——這一類的話，格言、佈道、寓言故事，或者其他詞藻華麗的精闢言論不是都告訴過我們了嗎？

「我真是個徹頭徹尾的笨蛋，」約翰．柏金斯想著，「居然這樣對待凱蒂。我天天跑出去打撞球，跟朋友鬼混，就是不肯留在家裡陪她。這個女孩孤單一個人待在這裡，一點消遣娛樂都沒有，我竟然還那樣做！約翰．柏金斯啊，你真是天字第一號大混蛋。我要補償那個可憐的女孩，我會帶她出去，讓她也看看外頭好玩的東西。我還要立刻跟麥卡羅斯基那幫人一刀兩斷。」

確實，城市還在外頭呼喊，要約翰．柏金斯加入嘲弄之神摩墨斯[3]追隨者的狂舞行列，麥卡羅斯基那兒的夥伴們也正悠閒地把撞球打進球袋，在夜晚的遊戲中爭取自由時間。但不管是放蕩享樂的世界，還是敲得咔咔響的撞球杆，都已經吸引不了妻子不在身邊的柏金斯那自責的心靈。原本擁有的東西，他總是不當回事，甚至有點輕視，如今被奪走了，才開始需要它。從前有個叫亞當的人，被天使從蘋果園裡趕了出來，悔恨的柏金斯也許正是他的子孫。

約翰．柏金斯右手邊有張椅子，椅背上披著凱蒂的一件藍色上衣，還隱隱殘留著她身體的輪廓。袖子中段有幾道細細的皺褶，是她的手臂為了他的舒適和愉快努力做事留下的痕跡。衣服飄出一縷細微卻極具穿透力的鈴蘭花香，約翰拿起它，認真地凝視著這件毫無回應的薄紗上衣，凱蒂從來不會這樣不回應他的。淚水——是的，淚水，湧出了約翰．柏金斯的眼眶。等到她回來，一切都不同了，他會盡力補償過去對她的忽略。沒有了她，生活還算什麼生活呢？

---

3 摩墨斯（Momus）：希臘神話中的嘲弄、譴責、諷刺之神，同時也是作家和詩人的守護神，具有如同惡魔般愛好譴責和進行不公批評的個性。在古典藝術中常常被刻畫為帶著嘲弄面具的毒舌人物。

這時門突然開了，凱蒂拎著一個小包包走了進來。約翰呆呆地看著她。

「哎呀！回到家真高興，」凱蒂說，「媽的病沒啥大礙。山姆到車站接我，說她只是稍微發作了一下，電報發出去之後就好多了，所以我就搭下一班火車回來了。我現在真想喝杯咖啡啊。」

弗羅格摩爾公寓三樓前方這一家的生活機器再度回到有序世界，齒輪發出喀啦吱嘎的聲音，只是並沒有人聽見。傳動皮帶開始滑動，彈簧接上，齒輪咬合，輪子又依照舊有的軌道運行起來。

約翰．柏金斯看了看鐘，現在是八點十五分。他拿起帽子，走向門口。

「好了，我倒想知道這會兒你要去哪，約翰．柏金斯？」凱蒂用抱怨的口氣說。

「我想去麥卡羅斯基那兒，」約翰說，「跟朋友打一兩盤撞球。」

——收錄於《剪亮的燈》（The Trimmed Lamp, 1907）一書。

附家具的出租房

在曼哈頓下城西區紅磚房那一帶，絕大多數的人生活都是漂泊不定、不斷搬遷，如歲月一般無常。無家可歸的人，其實也等於有上百個家。他們在一個又一個附家具的出租房間中流轉，永遠沒有定下來的一天——不僅住所如此，情感與理智亦然。他們用散拍爵士[1]唱著「家，可愛的家」，用紙盒裝著財物家當帶來帶去；他們的葡萄藤是漂亮帽子上的圍邊裝飾，橡膠樹盆栽就是他們的無花果樹[2]。

這一區的房子裡，這樣的住客有上千個，既然如此，也應該有上千個故事可以說，當然大部分都沒什麼意思。不過要說這麼多流浪房客完全沒留下一兩個值得一提的故事，那可就

1 散拍爵士（Ragtime，或音譯「拉格泰姆」）：一種源於非裔美國人社區的音樂風格，普及於一八九七至一九一八年間，主要特點是切分音。最初做爲舞蹈音樂，在聖路易和紐奧良十分流行。

2 《聖經》列王記上第四章二十五節：「所羅門在世的日子，從但到別是巴的猶太人和以色列人，都在自己的葡萄樹下和無花果樹下安然居住。」葡萄藤和無花果樹是安定生活的象徵。

太奇怪了。

一天傍晚天色剛暗，有個年輕人在這區破落的紅磚樓房中徘徊，一家一家按著門鈴。在第十二家門前，他把瘪瘪的手提包放在臺階上，用手揩去帽圈和額頭上的灰塵。門鈴聲聽起來模糊而遙遠，彷彿來自某個空洞的深遠之處。

這是他按的第十二家門鈴，來應門的那位房東，讓他聯想到一條噁心、貪食無度的蛆，她已經把一整個堅果吃得只剩空殼，正在尋找可以吞吃的房客填補空房。

他問這兒有沒有房間出租。

「進來吧。」房東說。她的聲音從喉嚨發出來，喉管裡像是覆著一層舌苔。「三樓後面有個房間，空了一星期了。你想看看嗎？」

年輕人跟著她走上樓梯。不知道從哪裡照進來的一絲微弱光線讓走廊裡的暗影稍微淡了一點。他們無聲地走著，腳下的樓梯地毯可能連製造它的機器都要發誓那不是自己的產品。它幾乎成了植物，在這腐臭、陰濕的空氣裡退化成茂密的苔蘚或蔓延的地衣，斑斑駁駁地長進了樓梯間，踩起來彷彿某種黏稠的有機物。每個樓梯轉角處的牆上都鑲著一個空壁龕，也許以前裡頭放過植物，如果真是這樣，它們也早已在腐敗汙濁的空氣中死去；也許以前裡頭立著聖人的雕像，但不難想像，到處亂竄的小鬼和惡魔早就把聖人拖進黑暗裡，一路拖到底下某個附家具的邪惡深淵去了。

「就是這間，」房東用她那副舌苔嗓子說，「是個很不錯的房間，難得空出來。去年夏天有不少超有品味的人住過，他們從不找麻煩，總是提前預付房租。水龍頭在走廊盡頭。史普勞斯和穆尼在這裡住了三個月，他們是演滑稽戲的，就是布瑞塔．史普勞斯小姐——你說不定聽過她——噢，那只是她的藝名，那張梳妝檯上本來還掛著他們的結婚證書，裱了框的。煤氣燈開關在這裡，然後，你看這房間的壁櫥有多寬敞。這個房間人人都喜歡，向來空不了太久的。」

「有很多在劇場表演的人住過這裡嗎？」年輕人問。

「他們都是來來去去。我很多房客都跟劇場有關係，是的，先生，因為這裡是劇場集中區啊。演員一向不會在一個地方停留太久，住我這兒的時候也是有的。是啊，他們總是來來去去的。」

他租下房間，預付了一個星期的租金。他說他很累了，想馬上住下來。他拿出錢數清楚。她說房間已經整理好，連毛巾跟水都備妥了。房東剛要往外走，他又把那個掛在舌尖的問題提了出來，這已經是第一千次了。

「有個年輕女孩子，叫瓦西納小姐，艾羅伊絲．瓦西納小姐，你記得房客裡有過這麼一個人嗎？很可能是唱歌的。是個很漂亮的女孩子，中等身高，身材苗條，一頭金紅色的頭髮，左眉邊有個黑痣。」

「不，我不記得這個名字。這些在劇場表演的人換名字跟換房間一樣頻繁，他們一向來來去去，不，不，我不記得有這麼一個人。」

不，答案總是不。五個月不間斷的四處打聽，得到的永遠是意料中的否定回答。他花了好多時間，白天去詢問劇院經理、代理人、戲劇學校和合唱團，晚上就混在觀眾裡找，從眾星雲集的名劇場，一直找到粗劣不堪、連他都害怕在那兒找到想找的人的低級音樂廳。他深愛她，千方百計想找到她。他很確定，她離家之後，一定藏在這座四面環水大城市的某個角落。但這個城市就像一片詭異無根的流沙，每顆沙粒都沒有恆定的位置，今天還浮在上層的沙粒，明天就埋到泥漿和黏土底下去了。

這個附家具的出租房間帶著初次見面的虛假喜色迎接新客人，一種激動、憔悴而敷衍的歡迎，像個笑得很熱絡的妓女。房裡有一張破織錦裝飾的沙發和兩張椅子，兩扇窗戶之間有個一呎寬的廉價穿衣鏡，還有一兩個鍍金畫框，角落裡放著一張銅製床架，這些破爛家具微微泛著金光，倒給人一種似是而非的慰藉感。

房客有氣無力地癱在一張椅子上，這時，雖然這個房間就像巴別塔裡的其中一間，和他沒有可以溝通的語言，但它仍然竭盡全力，想把過去住過這兒的房客故事一個個告訴他。

骯髒的地毯上放著一塊彩色腳墊，彷彿波濤起伏的大海上某個鮮花盛放的長方形熱帶島嶼。花花綠綠的牆上貼著無家可歸的人逃到哪都擺脫不了的各種圖片，像是〈在聖巴托羅繆之夜分手的胡格諾教徒〉、〈第一次吵架〉、〈婚宴〉和〈泉水邊的賽姬[3]〉。壁爐架本來線條高雅樸素，卻歪歪斜斜地隨意遮上了一條招搖的帷幔，像亞馬遜[4]女舞者身上的披布。壁爐架上殘留著一些零星物品，都是困在這個孤島的房客有幸獲救到新港口時匆匆扔下的東西——一兩只沒什麼價值的花瓶，幾張女明星照片，一個藥瓶，還有副不成套的紙牌。

住過這個房間的房客留下的細微痕跡所代表的意義慢慢浮現出來，像一份加密文件裡的字母被一個接一個地破解。化妝檯前那塊地毯磨損的地方，顯示有過許多漂亮女人在上頭踩來踩去；牆上細微的指印說明小囚犯們曾經試著探求陽光與微風；一塊彷彿炸彈炸開般噴濺的汙漬，證明有過杯子或瓶子連裡頭裝的東西一起被狠狠砸碎在牆上。穿衣鏡上被人用鑽石歪曲潦草地刻了「瑪麗」這個名字，大大地橫過整個鏡面。前後住過這個房間的人彷彿都變得怨氣沖天——也許是對它張狂的冷酷忍無可忍——便把滿腔怨憤發洩在這個房間上。家具處處是缺口和凹痕；沙發

3〈在聖巴托羅繆之夜分手的胡格諾教徒〉（Huguenot lovers on St. Bartholomew's Day）：英國畫家約翰・艾佛雷特・米萊（John Everett Millais, 1829～1896）一八五二年作品。〈第一次吵架〉（The First Quarrel）：美國畫家查爾斯・達納・吉布森（Charles Dana Gibson, 1867～1944）的作品。〈婚宴〉（The Wedding Breakfast）：英國畫家喬治・艾爾加・希克斯（George Elgar Hicks, 1824～1914）一八六二年作品。〈泉水邊的賽姬〉（psyche at the fountain）：法國畫家吉庸姆・賽伊涅克（Guillaume Seignac, 1870～1924）的作品。

4 亞馬遜人（Amazons）：古希臘神話中一個全部由女戰士組成的民族。

因為彈簧爆出而扭曲變形，看起來像一頭在某種荒誕的抽搐狀態下被殺死的怪獸。大理石壁爐架在某次威力升級的動亂中被劈掉了一大塊。地板每塊拼接的木片各有各的斜度，彷彿因為承受了分離與孤單的痛苦，每一片都在放聲尖叫。所有加諸這個房間的惡意與傷害，都是曾經在某段時間內把這裡稱為「家」的人做出來的，說起來似乎很不可思議。然而也許戀家的本能受到了欺騙，而且盲目地留存了下來，對虛假護家神的憤恨引燃了他們的怒火。如果真是自己的家，就算只是簡陋的小屋，我們也是會用心打掃、裝飾、並且珍惜它的。

年輕房客坐在椅子上，任這些念頭一個個從他腦子裡躍過，這時，各式各樣的聲音和氣味飄進了房間，彷彿也是這個房間附帶家具的一部分。他聽見有個房間傳來吃吃的竊笑和失控般的放肆大笑，其他房間則傳出獨自的咒罵聲、丟骰子的格格聲、催眠曲聲，和隱隱的啜泣聲，樓上還有精神抖擻的班究琴叮噹作響。某個地方有人在用力甩門，高架電車不時轟隆隆地駛過，後頭籬笆上有隻貓在哀號。他呼吸著這屋子裡的氣息，與其說臭，不如說是陰濕的潮氣，像是地窖裡的爛油氈布、黴菌和朽木混合蒸散出來的，一種冰冷的霉味。

他坐在那兒休息，就在這時，房間裡突然充滿了一股濃烈而甜美的木犀草香氣。這香氣彷彿乘風而來，那麼真切、馥郁而鮮明，幾乎像房裡來了位活生生的訪客。年輕人像是聽見了有人呼喚他，大聲喊話回應：「什麼事，親愛的？」濃香附在他身上，包住他的全身，他伸出雙手想抓住它，這一刻，他所有的感覺都混亂了。香氣怎麼可能這麼強烈地呼喊一個人呢？呼喚的必定是聲音。但是，剛才觸摸他、愛撫他的，難道真是聲音嗎？

「她住過這個房間。」他大喊，立刻跳起來努力尋找她曾經待過這裡的跡證，因為他很清楚，就算是再小的東西，只要是她的，或者她碰過，他都認得出來。這縈繞不去的木犀香氣，這股她酷愛，而且已經可以代表她的氣味，究竟是從哪兒來的？

房間是整理過，但打掃得很馬虎。薄薄的梳妝檯桌巾上散放著五六支髮夾——一群女性之友，不起眼、分不出誰是誰，具有陰性特質，心情不定，處於難以溝通狀態。他意識到這些髮夾毫無個性，便略過了這些東西。他翻遍了梳妝檯的抽屜，找出一條被丟棄的，小小的破手帕。他把手帕壓在臉上，一股張揚的天芥菜香氣撲面而來，他猛力把手帕扔在地上。接著他在另一個抽屜裡找到幾顆零星的釦子、一張劇院節目表、一張當鋪老闆的名片、兩顆遺漏的棉花糖，還有一本解夢書。最後一個抽屜裡有個女用黑色仿緞蝴蝶結髮飾，讓他在興奮與失望之間躊躇了一陣。但黑仿緞髮飾只是女性端莊冷淡的常見裝飾品，並沒有任何不尋常之處。

接著他像隻追蹤氣味的獵狗一般踏遍了房間裡每個角落，他掃視牆壁，趴在地上仔細觀察房間角落地毯鼓起來的地方，搜索壁爐架和桌子、窗簾和布幕、角落裡搖搖晃晃的櫃子，試圖找出一個肉眼可見的跡證，仍無法理解她就在他身邊、環抱著他、依偎著他、藏在他心裡，浮在他頭上，纏繞他、追逐他、透過細微的感覺對他哀切地呼喚，甚至連他遲鈍的感官都察覺到這呼喚的聲音。他再次大聲回答：「親愛的，我在這裡！」然後轉身瞪視著虛空，眼睛充滿血絲，因為他還是無法在木犀氣味裡辨認出形體、色彩、愛，和伸出的雙臂。噢，上帝啊！這香氣是從哪裡來的？什麼時候起，香氣也有了可以呼喚人的聲音？他一面想，一面繼續摸索著。

他搜遍了每個牆縫和牆角，搜出幾個瓶塞和菸蒂，這些東西他都漠然地不屑一顧。但一次居然在地毯褶皺裡發現半截抽過的雪茄，他冒出一句幼稚而激烈的咒罵，用腳跟把雪茄狠狠地踩爛。他把整個房間從一頭到另一頭仔細篩過一遍，發現了許多漂泊住客遺留的乏味、不光彩的小痕跡。但是他尋找的那個也許住過這裡的她，明明她的靈魂還彷彿盤桓不去，他卻是什麼蛛絲馬跡也找不到。

接著，他想起了那個房東。

他從那個被氣味和痕跡擾動的房間奔下樓，跑到一扇微透燈光的門前。聽見他的敲門聲，房東出來應門，他盡可能克制住自己激動的情緒。

「夫人，請告訴我，」他懇求她，「在我之前，那個房間都住過什麼人？」

「好的，先生，我可以再說一次。之前住的是史普勞斯和穆尼，我說過的，布瑞塔．史普勞斯小姐，這是劇場裡用的名字，其實她是穆尼夫人。我的房子正派體面是人人都知道的。他們的結婚證書還裱了框，掛在釘子上——」

「史普勞斯小姐是什麼樣的人？我是說，長什麼樣子？」

「這個嘛，黑頭髮，先生，矮矮胖胖的，臉有點滑稽。他們是上週二搬走的。」

「在他們之前是誰住那個房間？」

「喔，是個做貨運業的單身男人，還欠了我一星期租金。在他之前是克勞德夫人和她的兩個孩子，住了四個月。再之前是多伊爾老先生，租金是他兒子們付的，他住了六個月。這已經推回到一年前了，先生，再往前我就記不得啦。」

他謝了她，靜靜地爬回自己房間。房裡死氣沉沉，為它注入生命力的要素消失了，木犀草的香氣不見了，取而代之的是發霉家具散發的，彷彿倉庫空氣般陳舊、汙濁的氣味。

希望破滅耗去了他最後一點信心。他坐在那裡，凝望著嘶嘶作響的黃色煤氣燈。過了一會兒，他走向床邊，動手把床單撕成布條，再用自己帶的刀把門窗每個縫隙都以布條塞緊。一切安排停當之後，他關掉了燈火，卻把煤氣開到最大，然後滿心感謝地躺上了床。

這晚輪到麥克庫爾太太拿罐子去打啤酒，她打了啤酒來，和波蒂太太一起坐在屋子的其中一間地下避難室裡，那是房東們聚會的地方，也是蛆蟲不太會死的地方[5]。

「我把我三樓後頭那個房間租出去了，今天傍晚的事。」波蒂太太嘴上一圈細密的啤酒泡沫。「一個年輕人租的，兩個鐘頭前他就上床了。」

「哇，波蒂太太，真的嗎？」麥克庫爾太太羨慕地說。「那種房間你都租得出去，真是太厲害

---

5 《聖經》馬可福音第九章第四十八節：「在那裡（地獄），蟲是不死的，火是不滅的。」

了。你跟他說那件事了嗎？」最後一句話是用嘶啞的氣音說的，充滿神祕意味。

「房間嘛，」波蒂太太用她舌苔厚重的聲音說，「家具備得那麼齊就是為了要租出去啊，我沒跟他說，麥克庫爾太太。」

「你這麼做沒錯，我們本來就是靠租房子過活的，你真有生意頭腦啊，太太。要是租客知道有人自殺死在床上，大概不會有誰願意租那個房間。」

「就是這樣，我們也得過日子不是？」波蒂太太說。

「是啊，太太，確實如此。三樓後頭那個房間，我上星期的今天才幫你清的。那麼漂亮的一個女孩子，居然開煤氣自殺——她那張小臉蛋真可愛啊，波蒂太太。」

「就像你說的，她確實稱得上漂亮，」波蒂太太表示贊同，但又挑剔地說：「就是左邊眉毛那顆黑痣長壞了。再來一杯吧，麥克庫爾太太。」

——原刊於一九〇四年八月十四日《紐約週日世界報》，並收錄於《四百萬》（The Four Million, 1906）一書。

上學這件事

一

老傑若米．華倫住在東區五十幾街三十五號一棟價值十萬美元的豪宅裡。他在市中心擔任證券經紀人，有錢到可以天天早上朝自己的辦公室走幾個街口（這樣對健康有益），然後再叫出租馬車上班。

他有個養子，是他某位老朋友的孩子，名叫吉爾伯特（要是讓西里爾．斯科特[1]來扮演他，一定非常像），目前正往畫家成名之路大步邁進，速度跟他擠顏料一樣快。家中另外一個成員是芭芭拉．蘿絲，是他妻子的姪女。人生在世必遇患難[2]，所以，當老傑若米自己沒有家人要操心，他就挑起了別人的重擔。

1 西里爾．斯科特（Cyril Meir Scott, 1879～1970）：英國作曲家、詩人、作家。

2 出自《聖經》約伯記第五章第七節：「人生在世必遇患難，如同火星飛騰。」

吉爾伯特和芭芭拉順利地成了一對，眾人對此默許，對他們兩人將來會在某天正午站在花鐘下讓牧師證婚，讓老傑若米花上一筆大錢這件事也有了策略性的共識。但在一切順利的時候，事情就難免要節外生枝。

三十年前，那時老傑若米還是小傑若米，他有個兄弟叫做迪克。迪克去了西部，為自己或別人尋找發財的機會。老傑若米從此沒了他的消息，直到某一天，他收到這位兄弟的信，草率地寫在一張帶著培根和咖啡渣的橫線紙上，字跡歪七扭八彷彿發哮喘，拼字也是丟三落四，像得了聖維特舞蹈病[3]。

顯然迪克沒能逼財神爺站在他這邊為他運錢，反而讓自己被命運綁架，成了對方的人質。就像信上說的，他的人生搞得一團亂，已經要完蛋了，連威士忌都救不了他。三十年的夢想，換來的唯一寶貝就是一個女兒，今年芳齡十九，按他信上所列，他已經讓她上車回東部，車資已付，請傑若米供她衣服、吃食、教育、舒適的生活和關愛直到她老死，或者到她嫁人為止。

老傑若米是一條海邊的木板路。每個人都知道，這世界是扛在阿特拉斯[4]肩膀上的；而阿特拉斯是站在柵欄上，柵欄建在一隻海龜背上。現在，那隻海龜也得有個立足之處，正是由傑若米這樣的人建造的木板路。

我不知道一個人能不能長生不老；如果不能，那我真想知道像傑若米這樣的人，什麼時候才能獲得他應有的回報？

他們去車站接內瓦妲．華倫。她是個小女孩，皮膚晒得黝黑，健康漂亮，舉止直率天真，然而卻是個連雪茄推銷員都不敢貿然打擾的人。你看著她，不知道為什麼，會覺得她應該穿著短裙，打著皮綁腿，正拿彈弓射著玻璃彈珠或馴服小野馬，但看見她穿白上衣配黑裙又覺得費解。她輕輕鬆鬆地甩著一只沉重的手提箱，那只箱子連穿著制服的搬運工都沒能從她手裡搶過來。

「我很確定，我們會變成最好的朋友。」芭芭拉說，一面在她結實、晒紅了的臉頰上輕輕啄了一下。

「希望如此。」內瓦妲說。

「親愛的小姪女，」老傑若米說，「歡迎到我家來，希望你能像在自己父親的家裡一樣自在。」

「謝謝。」內瓦妲說。

「那我就要叫你『表妹』了。」吉爾伯特說，臉上帶著迷人的微笑。

「請提提這只手提箱，」內瓦妲說，「它簡直有一百萬磅重。裡頭裝的是我爸的六塊礦石

---

3 一五一八年七月，法國出現一種奇怪的跳舞病。一開始是一位女性無故在大街上跳起舞來，無法停止。一星期之內就有三十四個人加入了她的行列，到當年八月遽增到四百人。當時聖維特大教堂（St. Vitus）把這個舞蹈病當成是一種詛咒，但是當代歷史學家把它歸爲集體發瘋，或因爲壓力產生的精神錯亂。

4 阿特拉斯（Atlas）：希臘神話裡的擎天神，屬於泰坦神族，被宙斯降罪以雙肩支撐蒼天。

標本。」她向芭芭拉解釋。「我算過，一千噸這種石頭，值錢的成分不到九分錢，但我答應過我爸，我會一直隨身帶著它們。」

二

對於一男二女、一女二男，或者一女一男再加上一位貴族，或者——好吧，不管什麼組合，這之中種種複雜的情況，我們習慣通稱為三角關係。但這三角絕對不是任意三角形，它通常是等腰三角形，絕不會是正三角形。所以，自從內瓦妲．華倫來了之後，她和吉爾伯特以及芭芭拉．蘿絲也形成了一個非常具象的三角形，而芭芭拉就是這個三角形的斜邊。

有天早上，老傑若米吃過早餐，讀著這個城市裡最無趣的一份早報，磨磨蹭蹭地拖著不想去市區的辦公室。他越來越喜歡內瓦妲了，他在她身上發現許多屬於他死去兄弟的特質，像是不張揚的獨立，和毫不懷疑的坦率。

女僕送了一張便箋來，是給內瓦妲．華倫小姐的。

「是個送信小童送到門口來的，」她說，「他還在等回音。」

內瓦妲正用口哨吹著一首西班牙華爾滋，一面看著街上川流不息的馬車和汽車。她接過信封，沒拆封就知道是吉爾伯特寫來的，因為信封左上角印著一個小小的金色調色盤標誌。

她拆開信，全神貫注地細細讀了一陣子。接著神情嚴肅地走到她伯父身邊。

「傑若米伯伯，吉爾伯特是個好男孩，對吧？」

「欸，幸虧老天保佑！」老傑若米說，一面大聲地翻著報紙，「當然是個好男孩，他可是我親手養大的。」

「他不會給誰寫那種不怎麼——我是說，不會寫沒人看得懂的東西，對吧？」

「讓我看看，」傑若米伯父從報紙上撕下一張手掌大的紙片，「嗯，寫了些什麼——」

「把這張他剛寫來的信念給我聽吧，伯伯，看看您覺得行不行，恰不恰當。您知道我對城裡人和他們的做事方式不是很清楚。」

老傑若米把報紙扔在地上，雙腳踩在上頭。他接過吉爾伯特的信，很快地看了兩次，接著又讀了第三次。

「噢，孩子，」他說，「雖然我對那孩子很有信心，但你還是差點嚇著我了。他和他爸爸幾乎一模一樣，是塊鑲著金邊的鑽石。他只不過是問你和芭芭拉今天下午四點鐘願不願意一起乘車去長島兜風。除了信封之外，我看不出這封信有什麼好讓人批評的。我一直不喜歡那個藍色。」

「去兜風沒問題吧？」內瓦妲熱切地問。

「是，是，是，孩子，當然沒問題。為什麼不去？但是看見你這麼謹慎，又這麼坦白，讓我覺得很高興。去吧，不管怎麼樣都要去。」

「因為我不知道該不該去啊。」內瓦妲莊重地說。「我想我應該先問問您。您不跟我們一起去嗎，伯伯？」

「我？不不不，不！我坐過一次那孩子開的車，休想要我再坐第二次！但是你和芭芭拉去是絕對適合，是的，沒錯。不過我可不去，不不不，絕不！」

內瓦妲飛奔到門邊對女僕說：

「我們一定到，我替芭芭拉答應了。告訴送信的，叫他跟華倫先生說：『我們一定到』。」

「內瓦妲，」老傑若米喊，「抱歉我提醒一下，親愛的，你也回他一封信不是比較好嗎？寫個一行就行了。」

「不，我才不要那麼麻煩，」內瓦妲開心地說，「吉爾伯特會懂的，他向來都明白。我長這麼大還沒有坐過汽車呢；可是我曾經在小魔鬼河裡划獨木舟穿越失馬峽谷，不知道汽車會不會比獨木舟還刺激！」

三

又過了大約兩個月。

芭芭拉坐在十萬美元豪宅的書房裡，對她來說，書房是個好去處。這個世界上有許多地方，是世間男女為了讓自己從困境中逃離而修建的，像是修道院、哀悼室、水療聖地、告解室、隱居處、律師辦公室、美容院、飛船和書房；其中最棒的地方就是書房。

一條斜邊通常要花很多時間才會發現自己是三角形裡最長的那一條線，但即使知道了，它也依然是一條不會轉彎的長線。

芭芭拉自己一個人在家，傑若米伯伯和內瓦妲去看戲了。芭芭拉不想去，她寧願待在書房裡看書。如果是你，一位千金小姐，一個絕色的紐約女孩，每天看著一個棕色皮膚的西部天真醜女，對你看上的那個年輕人使出甩套索綁馬腿的手段，你也會對音樂劇陳舊的閃亮布景興趣缺缺的。

芭芭拉坐在橡木桌邊，右手臂放在桌面上，手指不安地撥弄著一封未開封的信。收信人是內瓦妲·華倫，信封左上角印著吉爾伯特的金色小調色盤。這封信是九點鐘送來的，那時內瓦妲剛出門。

芭芭拉願意以自己的珍珠項鍊做為代價，只求知道信件內容；但她又不能用蒸氣、筆桿、髮夾、或者其他一般人認可的方式把信拆開來看看，因為她的社會地位不允許她這麼做。她曾經把信迎著強光，讓燈緊緊地貼在紙上，想看出幾行文字來，但是吉爾伯特用的信封材質實在太好了，她看不見。

十一點半，看戲的人回來了。這是個美妙的冬夜，僅僅從出租馬車到門口這一段距離，就讓他們身上積了一層從東邊以傾斜角度颳來的雪花。老傑若米溫和地抱怨著出租馬車的服務態度和被雪封路的街區有多麼糟糕，內瓦妲的臉頰凍得像朵玫瑰，眼睛閃亮如藍寶石，喋喋不休地說著她爸爸的山間小屋在風雪夜裡是什麼樣子。身處在這屬於冬天的一切之間，芭芭拉連心都有點發涼，只好一直望著柴火——這是她目前所能想到最相配的事了。

老傑若米一進門就立刻上樓去找他的熱水袋和奎寧片。內瓦妲奔進了書房，這是唯一亮著燈、讓人覺得舒服的房間。她坐進一張扶手椅，一面絮絮叨叨抱怨著手肘上的手套釦子解不開，一面對表演的缺點滔滔不絕地發表意見。

「是啊，我覺得費爾德先生很好笑——偶爾啦，」芭芭拉說，「親愛的，有你的信，你出門之後有人專程送來的。」

「誰來的信？」內瓦妲問，一面用力拉扯釦子。

「這個嘛，說真的，」芭芭拉笑著說，「我也只是猜猜，信封角落上有個吉爾伯特稱做調色盤的小小怪東西，不過我覺得那看起來更像是女學生情人節禮物上框了金邊的心。」

「真想知道他寫了什麼。」內瓦妲漫不經心地說。

「我們都一樣，」芭芭拉說，「應該說所有女人都一樣。我們努力研究郵戳，想知道一封信裡到底裝著什麼，結果最後還是用上了剪刀，而且拆信之後第一眼就先看信尾。信在這兒。」

她作勢要把信從桌子那頭扔過來。

「去你的大山貓！」內瓦妲咒罵了一聲。「這些讓人火大的釦子簡直煩死人了，我還寧願穿鹿皮。噢，芭芭拉，請你把那封信的皮剝了念給我聽吧，等我把這手套拿下來都半夜了！」

「呃，親愛的，你不會要我把吉爾伯特給你的信拆了吧？信是給你的，你不會希望讓別人看，這理所當然。」

內瓦妲平靜溫和的藍寶石眼睛從手套上抬了起來。

「沒有哪個人寫給我的信是別人不能看的，」她說，「拆吧，芭芭拉，搞不好是吉爾伯特明天又要我們搭他的車出去呢。」

好奇不只能殺死一隻貓，如果情感這個公認屬於女性的東西也對貓科動物有害，那麼光是嫉妒一項，很快就能讓這個世界一貓不剩。芭芭拉拆開了信，臉上帶著一種寵溺又微微不耐煩的神氣。

「好吧，親愛的，」她說，「你要我念我就念。」

她撕開信封，眼光先在信上很快地巡了一回，然後又看了一次，接著迅速機敏地看了內瓦妲一眼，對這時的內瓦妲來說，這世界她唯一關心的就是手套，而那封崛起中的藝術家寫來的信，只不過是則火星來的訊息。

芭芭拉神情古怪地盯著內瓦妲看了十幾秒，接著泛出一縷淺淺的微笑，只讓她的嘴綻開了十六分之一吋，眼睛微微瞇了不超過二十分之一吋，這淺笑掠過她的臉，彷彿某個突來的靈感。

從開天闢地以來，一個女人對另一個女人就沒有任何神祕可言。她彷彿閃電般迅疾地穿透另一個人的心靈與思想，從最精巧的偽裝裡篩出姊妹想說的話，讀出隱藏得最深的欲望。她從最狡猾的言詞裡挑出所有的詭辯，像從梳子上撿出纏著的頭髮，先在拇指和食指間嘲弄地搓揉一番，然後才讓它隨著根深蒂固的猜疑微風飄去。很久以前，夏娃的兒子按了天堂公園中某一戶的門鈴，向應門者介紹了臂彎裡攬著的陌生女士。夏娃把她的兒媳帶到一邊，揚了揚她典雅的眉毛。

「挪得之地[5]，」新娘子懶洋洋地擺弄著身上的棕櫚葉，說：「我想您自然是去過的？」

「最近沒去，」夏娃波瀾不驚地說，「你不覺得那裡供應的蘋果醬糟透了嗎？親愛的，我倒是喜歡那兒桑葉上衣的樣子，但當然，真正的無花果料子那兒是弄不到的。先生們在分派芹菜蘇打水的時候你可得躲到這丁香花叢後面來，我想你的衣服給毛毛蟲啃了幾個小洞，後背有點走光了。」

於是，那個當下——根據歷史記載是這樣——世界上僅有的兩位女人就此結成了聯盟。此後大家便一致同意，女人對其他女人應該永遠像窗玻璃一樣透亮（雖說當時玻璃還沒有發明），對男人則要把自己弄成一個謎，好把自己推銷出去。

芭芭拉似乎有點猶豫。

「說真的，內瓦姐，」她說，顯得有些為難，「你不應該硬要我拆信。我——我確定這信本來是不打算讓外人看的。」

內瓦妲暫時忘了手套的事。

「那就大聲念出來，」她說，「你都已經看過了，念不念出來有什麼差別嗎？如果華倫先生寫了些什麼外人知道不得的東西給我，就更應該讓大家都知道。」

「好吧，」芭芭拉說，「信上是這麼說的：『最親愛的內瓦妲——今晚十二點到我畫室來，勿誤。』」芭芭拉站起身，把信放在內瓦妲膝上。「我真的非常抱歉，」她說，「據我所知，這一點也不像吉爾伯特會說的話。這裡頭一定有什麼問題。這件事就當我不知道，好嗎，親愛的？我現在得上樓了，頭痛得厲害。我想我沒看懂這封信的意思，說不定是吉爾伯特今天晚餐吃得太滿意了，想找人聊聊呢。晚安了！」

四

內瓦妲踮著腳尖走到大廳，聽見樓上芭芭拉關門的聲音。書房裡的青銅時鐘顯示，距離十二點只剩下十五分鐘了。她迅速地奔向前門，身影沒入漫天風雪中。吉爾伯特·華倫的畫室離這裡

5 挪得之地（The Land of Nod）：《聖經》創世紀第四章第十六節：「於是，該隱（亞當之子）離開耶和華的面，去住在伊甸東邊挪得之地。」原意為「漂泊之地」，但因英譯「nod」這個字有「打盹」的意思，於是又被引申為「睡鄉」。

有六個街區遠。

雪白、寂靜的風暴力量從陰鬱的東河乘著氣流襲擊這個城市。人行道上的雪已經積了一呎深，積雪彷彿靠著牆的攻城雲梯一般越堆越高。大馬路寂靜得像死城龐貝，出租馬車不時擦身而過，像白翅海鷗飛掠月光下的海面；比出租馬車更少的汽車（我們還是繼續維持這個比方吧）咻咻越過翻騰的波浪，就像一艘潛水艇，進行著它歡樂而危險的旅行。

內瓦妲一路向前猛衝，像隻乘風的海燕。她抬起頭，看著街邊聳立的摩天大樓，參差不齊的屋脊在夜晚的燈光和凝結的水氣中幻化成深灰、淡褐、灰白、淡紫、暗褐和蔚藍色，像極了她西部老家冬天的群山。她覺得好滿足，這份滿足，是那棟十萬美元豪宅很難給她的。

街角有個警察，讓她稍微遲疑了一下，因為那人的眼睛看起來好凶，塊頭又好大。

「哈囉，瑪貝爾！」他說：「這時候出門對你來說有點晚啊，不是嗎？」

「我——我只是去趟藥房。」內瓦妲說，一面加快腳步超過他。

這個藉口就算對最老練的人來說也是一張安全的通行證。這樣機智的反應，還能說女人永遠不會進化嗎？還是說，這證明了她雖自亞當的肋骨而生，如今卻已經成為才智與詭計都無懈可擊的完整個體了？

內瓦妲朝東轉了個彎，迎面而來的強風讓她的速度一下子慢了一半。她在雪地裡迂迴前進，但她壯實得像株矮松樹苗，彎身的姿態也像矮松一樣優雅。這時，畫室所在那棟樓突然出現在眼前，一個熟悉的標的，就像懸崖上某塊讓人印象深刻的突出岩石。同屬於商業及其敵對鄰人——藝術的這棟樓現在已經漆黑死寂，電梯在十點鐘就停了。

內瓦妲在陰森森的樓梯間爬了八層樓，然後猛敲八十九號房的房門。她來過這裡很多次了，都是和芭芭拉以及傑若米伯伯一起來的。

吉爾伯特開了門。他手上拿著彩色鉛筆，眼睛上方罩著一片綠色的陰影，嘴上叼著一支菸斗。看見內瓦妲的時候，吃驚得菸斗啪一聲落在地上。

「我遲到了嗎？」內瓦妲問。「我已經盡量快了。今天晚上我跟伯伯去看戲。我來了，吉爾伯特！」

吉爾伯特彷彿畢馬龍故事中的葛拉蒂亞[6]，從茫然的雕像狀態突然變成了有事情要處理的年輕人。他把內瓦妲領進屋子，拿了支刷子把她衣服上的雪花刷掉。一盞綠色燈罩的大燈懸在畫架上方，剛才畫家就是在這裡用彩色鉛筆畫素描的。

「你要我來，」內瓦妲坦率地說，「我就來了。你在信裡這麼說的。你要我來這裡幹嘛？」

---

6 畢馬龍與葛拉蒂亞（Pygmalion and Galatea）：希臘神話故事。畢馬龍是一位雕刻家，按照維納斯的形象雕了一座美人像，取名葛拉蒂亞，之後他愛上了這座雕像。維納斯得知之後，便將這座雕像化為眞人。畢馬龍這個名字後來被引用到心理學，稱爲「畢馬龍效應」，指「若對某事有所期望，那麼此事終將成眞」。

「你讀了我的信嗎？」吉爾伯特一面問，一面關門擋風。

「是芭芭拉念給我聽的，我後來才看的信。信上說：『今晚十二點到我畫室來，勿誤。』當然，我以為你病了，但是你看起來好好的。」

「啊哈！」吉爾伯特沒有接續她的話題。「我告訴你為什麼叫你來，內瓦妲，我希望你立刻嫁給我——就在今晚。那點小小的風雪算什麼？你願意嗎？」

「從很久以前，你應該就知道我願意了，」內瓦妲說，「我自己是寧願在大風雪天結婚的，那種正中午到處是花的教堂婚禮，我確定我不會喜歡。吉爾伯特，我真沒想到你有勇氣這樣求婚，讓我們嚇大家一跳吧——這是我們的『葬禮』，是嗎？」

「當然！」吉爾伯特說，「我在哪裡聽過這個說法嗎？」他暗自加了這麼一句。「稍等一下，內瓦妲，我打個電話。」

他把自己關進一間小小的更衣室，發出一通通往天堂的閃電——接著它便濃縮成一串毫不浪漫的號碼和區域代號。

「是你嗎，傑克？你他媽的睡昏啦！對，醒醒；是我，或者我該說，是我打的電話，這文法問題真是煩死人！我打算立刻結婚。是的！把你妹妹也叫起來——不要再回電；把她也帶來——你非這麼做不可！提醒阿格尼絲，當初她掉進朗肯科馬湖的時候，可是我救了她一命——我知道提這件事很下流，但是她一定得跟你一起過來才行。對，內瓦妲在這兒等著。我們訂婚好一陣子了，但是親戚裡有些反對意見，你知道的，所以我們不得不這樣做。我們在這裡等你，別聽阿格尼絲的——帶她來！你會來？好老兄！我會叫一部馬車去接你們，很快就到。去你的，傑克，你說得沒錯！」

吉爾伯特回到內瓦妲等著的房間。

「是我的老朋友，傑克．佩頓，他和他妹妹十一點四十五分會到，」他解釋，「不過傑克動作是該死的慢，我已經打電話過去要他們快點了，他們幾分鐘後就到。我現在是世界上最快樂的男人，內瓦妲！今天你收到的那封信，後來怎麼處理的？」

「我一直帶在身邊。」內瓦妲說，一面從看歌劇穿的大衣裡層掏出信來。

吉爾伯特從信封裡拿出信，仔仔細細地看了一次，然後若有所思地看著內瓦妲。

「你不覺得我半夜把你叫到畫室來，感覺很奇怪嗎？」他問。

「噢，不會啊，」內瓦妲睜大了眼睛，「如果不是你需要我，也不會給我發這樣的信了。在我們西部，要是朋友給你送來一封急件——你們這裡是不是也這樣說？——我們會先到那裡去，先吵上一場，然後再慢慢談。而且事情發生的時候那裡也是常下雪的，所以我不在乎。」

吉爾伯特跑進另外一個房間，抱了幾件能擋風雨也能擋雪的外套出來。

「把雨衣穿上，」他說，拿了一件外套給她。「我們有四分之一哩路要走。老傑克和他妹妹幾分鐘內就會到。」他費力地穿上一件厚重的外套。「欸，內瓦妲，」他說，「要不要看看桌上那份晚報第一頁的頭條新聞？跟西部你們那區有關係，我知道你會感興趣的。」

他等了整整一分鐘，假裝外套穿得很不順利，接著他轉過身。內瓦妲動也沒動，以一種奇特而坦率的憂鬱表情看著他。她的雙頰比被風雪颳過之後更紅，但眼神非常堅定。

「我一直想告訴你，」她說，「總之，在你——在我們——算了，不管在我們要幹嘛之前，我都要跟你說。我爸從來沒讓我上過一天學，不管讀還是寫，我該死的一個字都不認識。現在，如果你——」

這時樓梯傳來踉蹌不穩的腳步聲，傑克的腳步聲像是還沒有完全醒透，而阿格尼絲的腳步聲則彷彿帶著感激之情。

五

婚禮結束後，吉爾伯特．華倫夫婦坐在密閉的馬車裡，晃得微微眩暈地朝家的方向駛去。吉爾伯特說：

「內瓦妲，你想不想知道今天晚上給你那封信，實際上我寫了什麼？」

「你說吧！」新娘子說。

「我一個字一個字念，」吉爾伯特說，「內容是這樣的：『我親愛的華倫小姐——關於那朵花，你是對的。那是八仙花，不是丁香。』」

「就這樣吧，」內瓦妲說，「忘了這件事。不管怎樣，這玩笑是開到芭芭拉自己身上去了。」

——原刊於一九〇八年十月號《孟西》（Munsey）雜誌，並收錄於《隨意選擇》（Options, 1909）一書。

真凶

窗邊的搖椅上，坐著一個紅頭髮、滿臉鬍碴、邋裡邋遢的男人。他剛點上菸斗，萬分滿足地吐出一口青煙。接著他脫了鞋子，穿上一雙褪了色的藍色室內拖鞋。他對報紙新聞有種病態似的飢渴，彷彿酒癮一般。他先把一份晚報笨拙地反摺，迫不及待地囫圇吞下粗大的黑體頭條，接著才開始讀小字體部分比較不重要的細節，當成烈酒之後的清淡飲料。

隔壁房裡有個女人正在做晚餐，香噴噴的培根和煮咖啡的氣味飄了出來，和黃昏菸斗裡的菸草臭味爭搶著地盤。

外面是東區一條擁擠的街道，當暮色籠罩，魔鬼就設起了招募新人的辦公室。一大群孩子在街頭跳舞、奔跑、玩耍，有的衣衫襤褸，有的一身淨白還綁著緞帶；有些像幼鷹一樣狂野不安，有些一臉和善，有點畏縮；有些嘴裡喊著不乾不淨的髒話，有些聽了那些話覺得有點怕，但不久就習以為常，也加入了說髒話的行列——這些都是在「罪惡之家」的過道上遊玩的孩子。廣場上空總是有隻大鳥在盤旋，幽默作家認為那是隻送子鳥，但基絲提街的居民是高明的鳥類學家，都說那是隻兀鷹。

一個十二歲的小女孩怯生生地走到窗邊讀報的男人身旁，說：

「爸爸，如果你不太累，可以跟我下一盤棋嗎？」

那個紅頭髮、滿臉鬍碴、邋裡邋遢的男人光腳坐在窗邊，皺著眉頭回答：

「下棋啊，不，我不想下。一個在外頭拚了一整天的男人，回家也不能稍微休息一下嗎？你怎麼不到外面去，跟人行道上那些孩子一起玩呢？」

燒菜的女人走到門口。

「約翰，」她說，「我不喜歡麗琪在街上玩，那些孩子學了太多不該學的壞事。她在家裡待了一整天，你回家了，也該挪點時間出來陪她解解悶。」

「如果她想解悶，就讓她去外頭跟別的孩子一起玩吧，」紅頭髮、滿臉鬍碴、邋裡邋遢的男人說，「別來煩我。」

✕

「就這麼說定了，」基德．穆拉利說，「我五十塊賭你們二十五塊，看我能不能帶安妮去跳舞。掏錢吧。」

基德的黑眼珠裡閃現著誘惑和挑戰的火焰。他掏出一卷紙鈔，抽出五張十塊錢拍在吧檯上，三四個年輕小伙子只得跟著，慢吞吞地拿出了賭本。吧檯酒保擔任賭金保管人，他收好錢，努力把錢包好，用一根鉛筆頭記下賭金數目，再把整包錢塞進收銀機的某個角落裡。

「哇，看來這次你要賠慘了。」其中一個下注的人說，因為覺得勝利在望，口氣裡掩不住的幸災樂禍。

「那是我的事，」基德嚴肅地說，「麥克，把大家的酒都倒滿。」

大家乾了杯之後，基德的食客、夥伴、導師兼總理大臣伯爾克把他拉到外面美容院轉角的擦鞋攤，他們「午夜俱樂部」的政務和重大事件都是在這裡商定的。當湯尼那天第五次擦亮俱樂部主席兼祕書長的淺褐色皮鞋時，伯爾克終於對主子進了忠言。

「跟那個金髮小妞斷了關係吧，基德，」他勸他，「不然會有麻煩的。你幹嘛甩掉你女朋友呢？你再也找不到像麗琪那樣對你死心塌地的女孩了，一整廳的安妮都比不上一個麗琪。」

「我對安妮一點意思也沒有！」基德說，一截菸灰落在他剛擦亮的鞋尖上，他舉起腳直接在湯尼的肩上抹掉。「但是我想給麗琪好好上一課。她以為我屬於她一個人，老是吹噓說我沒膽跟別的女孩說話。她是不錯啦，某些方面。最近她酒喝得有點多，講話用的詞也不是個有教養的女人該用的。」

「你們訂婚了，不是嗎？」伯爾克問。

「是啊，說不定明年會結婚。」

「她第一杯啤酒還是你逼她喝的呢，我親眼看見的，」伯爾克說，「都兩年前的事了，那時候她總是吃過晚餐，就跑到基絲提街的轉角來跟你見面，連帽子都顧不得戴。那時候她還是個安靜的小女孩，一開口就臉紅。」

「現在啊，有時候根本是個小潑婦，」基德說，「我討厭人嫉妒，這就是我要帶安妮去舞會的原因。這可以讓她學點道理。」

「那，你最好還是小心一點，」最後伯爾克說，「如果麗琪是我女朋友，而我背著她偷偷跟安妮跳舞，那我可得在大禮服底下穿一套鎖子甲才行，就這樣。」

麗琪閒閒走過這片有人叫送子鳥有人叫兀鷹的地方，一對黑眼珠急切又茫然地搜尋著往來人群，不時哼著滑稽的小曲。一曲哼完，潔白的小牙齒才剛合上，齒縫間又爽脆地冒出幾個東區剛開始流行的新詞。

麗琪穿著綠緞子裙，棕粉相間的大格子上衣，非常合身，也不失時髦。她戴著一枚巨大的假紅寶石戒指，一條長長的雞心小盒銀鍊，走起路來在膝蓋上撞來撞去。高跟鞋的鞋跟有點歪了，而且從來也沒擦過。帽子特別大，大得幾乎放不進麵粉桶。

她從後門走進「藍樫鳥咖啡店」，挑了張桌子坐下，用貴婦按鈴吩咐備馬車似的神氣按了服務鈴。一位寬下巴服務生過來，態度畢恭畢敬，尊敬而親切。麗琪滿意地扭了扭身子，把緞子裙理平。她盡情地享受這一切，在這裡，她可以發號施令，讓人服侍。在她的世界裡，這就叫女人的特權。

「威士忌，湯米。」她說話的口氣，跟她住在高級城區附近的姊妹吩咐「香檳，詹姆斯」時一模一樣。

「好的，麗琪小姐。之後的飲料要搭什麼呢？」

「氣泡水。我說湯米，今天基德來過嗎？」

「欸，沒有呢，麗琪小姐，我今天還沒看見他。」

服務生稱呼「麗琪小姐」說得熟極而流，因為人人都知道，基德向來嚴格要求別人尊重他的未婚妻。

「我在找他。」氣泡水在她鼻子下方噴著氣倒好之後，麗琪說。「有人跟我說，他說他要帶安妮．卡爾森去跳舞，讓他去好了。那隻粉紅眼睛的白老鼠！我在找他，你知道我的，湯米。我和基德兩年前就訂婚了，看看這只戒指，他說是五百塊錢買的呢。就讓他帶她去跳舞好了。我會怎麼做？我會把他的心挖出來。再來一杯威士忌，湯米。」

「我就不會太聽信這種傳言，麗琪小姐。」服務生半抿著嘴，圓滑地說。「基德．穆拉利不會把像你這樣的小姐甩掉的，他不是這種人。蘇打水分開放對嗎？」

「兩年了。」麗琪又重複了一次，在酒精影響之下顯得有點傷感，口氣也軟了下來。「我傍晚總會到街上去玩，因為在家裡沒事可做。很長一段時間，我只是坐在門檻上看著街上的燈和來往的人。然後有一天，基德走到我面前打量我，我當下就被他迷住了。第一杯酒就是他逼我喝的，我回家哭了一整夜，還因為哭聲太吵被打了一頓——欸，湯米，你見過這個安妮．卡爾森嗎？就算不提漂金髮的效果，光是漂白的時候飄出來的氯仿分量，老早就把她給放倒了[1]。噢，要是基德來了你跟他說一聲，我正在找他。我？我會把他的心挖出來，看我的吧。再來一杯威士忌，湯米。」

麗琪腳步有些不穩，但眼睛依然明亮銳利，她走到大街，一棟舊磚房門檻上坐著一個頭髮捲捲的孩子，手上的翻花繩糾成一團。麗琪在她身邊坐下，紅紅的臉上不太真心地將就一笑，眼神卻突然變得清澈而單純。

「孩子，我來教你翻貓搖籃。」她說，把綠緞子裙的下襬踩在爛鞋底下。

他們坐在那兒，這時，「午夜俱樂部」大廳裡的燈光亮了起來，準備跳舞了。舞會兩個月才一次，是個盛裝出席的活動，所以會員們個個都興高采烈，盡情打扮。

九點鐘，俱樂部主席基德．穆拉利攙著一位女士滑入舞池開舞。那位女士的頭髮就跟女妖羅

---

1 漂金髮用的雙氧水只要混入酒精，就會產生氯仿煙霧，漂白過程中也會有氯仿釋出；而氯仿是麻醉劑，因此這句話應是諷刺安妮．卡爾森使用的漂劑分量之多。

蕾萊[2]一樣閃著金光，說「好」的聲音綿軟得像「襖」，但裡頭的許可意味對大部分愛爾蘭人來說都是再明顯不過。她踩在自己的裙角上絆了一下，臉紅了起來，又對望著她的基德．穆拉利嫣然一笑。

接著，當這兩人站在打了蠟的地板中央，事情發生了——為了預防這種事，不知道有多少學者專家夜夜焚膏繼晷。

以麗琪之名，穿著綠緞裙子的命運女神從場邊圍觀的人群裡衝了出來，她的眼睛比黑玉更黑、更冷硬。她沒有喊叫，也沒有絲毫猶豫，她吼出一個咒罵的字眼（正是基德最常掛在嘴上的那個字），聲音和基德一樣低沉，幾乎不像女人。當「午夜俱樂部」的人慌亂地四散奔逃，她兌現了自己對服務生湯米誇下的海口——她以手中刀刃的長度和臂力所及，猛地刺了過去。

接著，人類自我保護的原始本能出現了——還是說，那其實是社會在人類天性上強加的自我毀滅本能呢？

麗琪衝出舞池，奔向街頭，動作迅速而精準，就像一隻黃昏時分飛越灌木叢的山鷸。

接下來便是大城市最大的恥辱，最古老、最腐敗的殘餘禍害，是汙染，是醜聞，是病根，是墮落，是永遠的臭名，永遠的邪惡，是從很久以前的野蠻年代遺留下來，一直被培養、珍惜、從未遭受過指謫的行為——就是眾人追捕犯人的叫喊。這種行為唯有在大城市得以留存，最重要的是，越是在文化、公民意識，和所謂的優勢結合得盡善盡美的大城市裡，追捕時的叫囂聲就越大。

他們追趕著，一群尖叫的暴民，有已經當了父母的人，也有情侶和年輕少女，他們咆哮、大吼、呼喊、狂嘯，哭喊著要血債血償。也許狼到了大城市也只會停在門外，說不定牠的心地比這些人還柔軟得多，這樣的圍捕場面，連狼都躊躇不前。

麗琪知道自己要去哪裡，也渴望停止這一切。她奔過熟悉的街巷，直到雙腳終於踏上黯淡堅硬的爛碼頭——慈愛的東河之母把麗琪擁在懷裡，以她混濁而洶湧的河水撫慰她，五分鐘之內，就解決了上千個牧師團和學院焚膏繼晷都沒能解決的問題。

✕

一個人的夢境有時候真的很古怪，詩人把夢稱為幻象，但幻象只不過是用無韻詩體[3]寫出來的夢。我夢到了這個故事的下半部分。

我想我是到了另外一個世界。我不知道自己是怎麼到那裡去的，我猜是搭了第九大道高架火

---

2 羅蕾萊（Loreley）：德國民間傳說裡，在萊茵河中游一座名爲羅蕾萊的大礁石頂端，有位美若天仙的金髮女妖羅蕾萊，她會用動人的美妙歌聲誘惑行經的船隻使之遇難。

3 無韻詩（Blank verse）：一種符合抑揚五步詩（Iambic pentameter）的格律要求，但是並不押韻的詩歌。無韻詩從十六世紀起盛行於英國，常見於戲劇和敘事詩。

車，或是吃了什麼專利藥物，或者是企圖去揪重量級拳王吉姆．傑弗瑞斯[4]的鼻子，不然就是做了什麼愚蠢的特技動作。但是總之，我就是在這裡了。法庭正在審案子，外面聚了一大堆像我這樣的群眾。每隔一小陣子，就會有一位非常美麗而莊嚴的法庭天使出來，宣布下一個待審案件。

我思索著自己在塵世犯下的罪，不知道拿自己住在紐澤西州當藉口會不會有用。這時候，那位法警天使出現在門口，並喊道：

「編號第九千九百八十五萬兩千七百四十三號案件。」

一位便衣員警走了上去——這裡有很多這樣的人，穿得跟神父一模一樣，也跟人間的警察一樣把我們這些靈魂推來推去——他拖進來一個人，你說是誰？居然是麗琪！

法警把她帶進法庭，關上了門。我走到那位便衣警察面前，跟他詢問這個案子的情況。

「是件可悲的案子啊，」他合起雙手，修剪整齊的指尖並在一起，「一個完全無可救藥的女孩。我是駐人間特警瓊斯神父，這個案子是我負責的。這個女孩子謀殺了自己的未婚夫，然後自殺，已經無可辯護了，我呈給法庭的報告詳細列明了所有事實，一切都有可靠的人證。罪惡的代價乃是死亡，讚美主。」

法警打開法庭大門，走了出來。

「可憐的女孩，」駐人間特警瓊斯神父眼裡噙著一滴淚，說：「這是我碰過最悲慘的案子了，當然，她得被……」

「無罪釋放，」法警說，「你過來，瓊斯。你再不注意一下，就要調到普通小隊去了，想被派到南海小島去嗎？啊？現在起，別再亂抓人了，不然你可是會被調職的，知道嗎？這件案子，你該抓的真凶是個紅頭髮、滿臉鬍碴、邋裡邋遢的男人，老是坐在窗戶邊看報，只穿襪子不穿拖鞋，讓自己的孩子在街頭遊蕩的傢伙。現在去把他抓來。」

欸，這是個愚蠢的夢嗎？

——收錄於《剪亮的燈》（The Trimmed Lamp, 1907）一書。

4 詹姆斯・傑克森・傑弗瑞斯（James Jackson Jeffries, 1875～1953）：美國職業拳擊手，世界重量級冠軍。吉姆（Jim）是詹姆斯（James）的暱稱。

財神與愛神

老安東尼・洛克沃原本是洛克沃・尤瑞卡肥皂的製造商及品牌所有人，目前已經退休。他從他第五大道豪宅的圖書室窗戶往外望，輕輕地笑了一笑。住在他右邊的鄰居——高貴的花花公子，喬・凡・舒萊特・蘇福克—瓊斯從家裡走向等待的汽車，照例對著肥皂皇宮前方雕梯的義大利文藝復興風格雕像不屑地皺了皺鼻子。

「一事無成的傲慢老頭！」前肥皂大王評論道：「當心伊甸園博物館[1]哪天把他這塊冷凍陳年果乾收了去。明年夏天，我就把這棟房子漆成紅白藍三色[2]，看他那個荷蘭鼻子能不能再翹高一點。」

接著這位向來不喜歡按鈴的安東尼・洛克沃走到圖書室門邊，大喊一聲：「麥克！」這音量曾經震碎堪薩斯大草原的天幕，如今威力依然不減當年。

「跟我兒子說，」安東尼告訴應聲的僕人，「要走之前到這裡來一下。」

小洛克沃走進圖書室，老人把手裡的報紙放在一邊，光滑紅潤的大臉帶著一種慈藹的嚴肅，他看著兒子，一隻手把自己的白髮弄得亂蓬蓬的，另一隻手嘩啦啦地撩著褲袋裡的鑰匙。

「理查，」安東尼．洛克沃說，「你現在用的肥皂多少錢？」

理查從大學畢業至今，在家裡只待了六個月，有點被這句突兀的問話嚇著了。他還沒摸清楚父親大人的脾氣，父親就像個第一次參加派對的女孩，總是說出一大堆出人意表的話。

「一打六塊錢吧，我想。爸爸。」

「那你的衣服呢？」

「我想是六十塊左右，一般來說。」

「你是個紳士，」安東尼口氣堅定地說，「我聽說現在年輕世家子弟一打肥皂要二十四塊錢，一套衣服要上百。以你的財力，盡可以跟他們一樣浪費，然而你卻始終規矩有節制。我到現在用的還是老尤瑞卡肥皂，不只是因為對它有感情，還因為它是最純粹的肥皂。不管什麼時代，一塊肥皂頂多值一毛錢，你多付的部分，買的都是劣質香料和商標而已。對你這個年紀、地位和身分的年輕人來說，五毛錢的肥皂就已經很不錯了。就像我說的，你是個紳士。俗話說，要造就一個紳士，得花三代時間，這話已經落伍了，錢也可以造就出跟肥皂一樣油腔滑調的紳士。它已經造

---

1 伊甸園博物館（The Eden Musée）：位於紐約的一個娛樂中心，一八八四年三月開幕，以大量蠟像、音樂會和特殊表演如燈光和木偶秀做爲招徠。

2 紅白藍是荷蘭國旗的顏色，意思是他不敢對自家的國旗不敬。

就了你，唉，也幾乎造就了我，我簡直跟左鄰右舍這兩個荷蘭佬『紳士』一樣無禮、一樣難搞、一樣粗魯了，因為我買下了他們中間這戶房子，他們可是夜夜都睡不著呢。」

「有些東西是錢辦不到的。」小洛克沃鬱鬱地說。

「嘿，別這麼說，」老安東尼說，口氣很震驚，「我敢說，錢是萬能的。我百科全書已經翻到Y開頭的部分，還沒找到一樣金錢買不到的東西，預計下週我得去翻翻附錄才行。我是站在金錢無敵那一邊的。不然你說個錢買不到的東西給我聽聽。」

「首先，」理查回答，口氣有點憤恨，「錢就沒辦法把一個人弄進上流社會的社交圈裡。」

「啊！不行嗎？」這位「萬惡之根[3]」的捍衛者怒吼一聲。「要是當年第一代阿斯特[4]沒錢買他的下等艙船票，你告訴我，哪來你們的上流社會社交圈？」

理查嘆了一口氣。

「我正想談談這個，」老人說，態度稍微緩下了一點，「這就是我叫你來的原因。你不太對勁啊，孩子，我注意你兩星期了，說出來吧。我想我二十四小時內可以調到一千一百萬，房地產還不在內。如果你覺得肝氣鬱結，『漫遊者』號就停在海灣裡，煤裝得滿滿的，兩天內就可以開到巴哈馬群島放鬆一下。」

「猜得不錯啊，爸爸，沒差太遠。」

「啊，」安東尼問，一副很感興趣的樣子，「她叫什麼名字？」

理查開始在圖書室裡踱來踱去，這位粗魯的老爹表現出來的夥伴情誼和同理心，讓他忍不住要把真心話說出來。

「怎麼不跟她求婚？」老安東尼追問。「她會立刻撲到你懷裡的。你有錢，有長相，還這麼正派。你的手乾乾淨淨，一點尤瑞卡肥皂都沒沾過。雖然你上過大學，不過她應該不會在乎這個。」

「我沒機會。」理查說。

「那就製造機會啊，」安東尼說，「帶她去公園散步，搭乾草馬車兜風，不然就做完禮拜之後從教堂陪她走回家啊。這不都是機會！哼！」

「你不懂社交圈是怎麼運作的，爸。她就是社交圈的核心人物。她的每一小時、每一分鐘，都是幾天前就安排好的。爸，我一定要得到她，不然這地方就跟一片逼得死人的沼澤沒兩樣。可是我又不能寫信給她——我不能這麼做。」

「嘖！」老人說。「你意思是說，就算拿出我所有身家，也沒辦法買到這女孩跟你在一起一兩

---

3 《聖經》提摩太前書第六章第十節：「要知道，貪愛金錢是萬惡之根。」

4 約翰・雅各・阿斯特（John Jacob Astor, 1763～1848）：德裔美國毛皮商人、投資者，阿斯特家族第一位傑出成員，美國第一批百萬富翁之一。

個小時？」

「已經來不及了。後天中午她就要搭船去歐洲，一去就是兩年。明天傍晚我有幾分鐘時間可以跟她單獨見面。現在她住在拉奇蒙特的姑媽家，我不能去那裡，不過她允許我備好車去中央車站接她，火車明天晚上八點三十分到。我們會沿百老滙大街直奔沃利克劇院，她媽媽和同包廂的親友會在大廳等我們。這種情況下，只有六到八分鐘時間，你覺得她聽得進我的表白嗎？不可能的。看戲之中或散戲之後我還有什麼機會嗎？沒有了。不，爸爸，這就是你的金錢永遠解不開的困境。花再多錢也買不到一分鐘，要是可以，那麼有錢人就會活得比一般人更久。在蘭翠莉小姐出發之前，想再跟她說句話，已經沒有希望了。」

「好啦，理查，我的孩子，」老安東尼愉快地說，「現在你可以到俱樂部去了，我很高興你的肝沒出問題，不過別忘了偶爾去財神廟燒幾炷香。你說錢買不到時間？這個嘛，你當然沒辦法開個價，叫人把『永恆』給你打包好送到家裡來，但我可是看過時間老人[5]走過金礦的時候，腳跟被礦石磕得青一塊紫一塊的樣子呢。」

那天晚上，安東尼看晚報時，溫柔善感、滿臉皺紋、被過多的財富壓得不斷嘆氣的愛倫姑媽來看自己的弟弟，兩人便討論起戀人們的煩惱。

「他已經把事情都告訴我了。」弟弟安東尼一面說，一面打了個大哈欠。「我跟他說，我的銀行帳戶他想怎麼用就怎麼用，結果他就抨擊起錢來了，說錢什麼忙都幫不上，還說上流社會的規矩就是這樣，就算來一群千萬富翁，也是一碼都動不得。」

「噢，安東尼，」愛倫姑媽嘆了一口氣，「我希望你別把錢看得太了不起。在真愛之前，錢什麼都不是，愛情才是萬能的。要是他早點開口就好了！她不可能拒絕我們家理查的，但現在只怕一切都太晚了，他再也沒有表白的機會。就算用盡你所有的錢，也沒辦法換來你兒子的幸福。」

隔天傍晚八點鐘，愛倫姑媽從一個蟲蛀的小盒子裡拿出一只古雅的金戒指，交給了理查。

「今晚戴著它，孩子，」她央求，「這是你媽媽交給我的，她說它能為愛情帶來幸運。她囑咐過我，等你找到了心愛的人，就把這個戒指交給你。」

小洛克沃滿懷敬意地接過戒指，想套在自己的小指上，但才滑到第二個指節就卡住了，他只好拿下來，照男人的習慣把它塞進內衣口袋裡，接著便打電話叫車。

八點三十二分，在熙來攘往的人群中，他接到了蘭翠莉小姐。

「我們可不能讓媽媽和其他人久等。」她說。

「到沃利克劇院，能多快就多快！」理查如實地照著她的要求吩咐車夫。

他們飛快地往百老匯奔去，先走四十二街，接著經過一條街燈如星光閃爍的小巷，把他們從

---

5 在西洋傳說中，第一位發現時間可以計算的人被稱爲「時間老人（Father Time）」，他手持大鐮刀與沙漏教導人類時間的知識。

黃昏柔軟的草坪，帶到了彷彿晨光下聳立岩山的高樓大廈群裡。

車走到三十四街，理查突然探出身子，命令車夫停一下。

「我掉了一個戒指，」他一面下車，一面道歉，「那是我媽媽的遺物，我不想把它弄丟。不會耽誤你超過一分鐘的——我看見它掉在哪裡了。」

一分鐘之內，他就帶著戒指回到車裡。

但就在那一分鐘之內，一部穿越市區的汽車直接在他們前方停住了。車夫打算從左邊繞過去，但一部笨重的快遞運貨車擋住了去路。他試著走右邊，卻又不得不退後，避開一部莫名其妙出現在那兒的家具篷車。他想退回原處，卻又弄掉了韁繩，只得嘴裡咒罵幾句，聊盡本分。他完全被卡在一團混亂的汽車和馬匹陣裡了。

街道完全堵塞，大城市有時候就是會突然出現這種讓所有生意和活動都動彈不得的情況。

「你怎麼不往前走啊？」蘭翠莉小姐不耐煩地說。「我們要遲到了。」

理查從座位上站起來，望著四周，看見了一條由運貨馬車、卡車、出租汽車、篷車和街車擠成的滾滾洪流，把百老匯、第六街和三十四街寬敞的交叉口幾乎塞爆，像一個腰圍二十六吋的女子硬要擠進二十二吋的束腰。每一條路上的車都急匆匆地全速衝向交會點，猛力衝進糾結的車陣裡，結果卡住輪子，於是鬧哄哄的車聲裡又加進了司機們的咒罵。全曼哈頓的車流彷彿都集中到他們周圍來了，人行道上有上千人排隊看熱鬧，就算是最老的紐約人，也沒看過一條街塞成這個樣子。

「我真的很抱歉，」理查坐回車裡，說：「但看來我們是被卡住了，亂成這樣，一個小時內是解決不了的。都是我的錯，要是我沒把戒指弄掉的話，我們就——」

「讓我看看那個戒指吧，」蘭翠莉小姐說，「現在也沒辦法了，沒關係。反正那些戲我也覺得很蠢。」

✕

那天夜裡十一點，有個人輕輕地敲了安東尼．洛克沃家的門。

「進來。」安東尼大喊，他套著一件紅色睡袍，正在讀一本海盜冒險小說。

來的是愛倫姑媽，看起來像個頭髮花白、不小心犯了錯被貶下凡的天使。

「他們訂下婚約了，安東尼，」她緩緩說道，「她答應了我們家理查的求婚，去劇院的半路上他們碰上大塞車，他們的車足足花了兩小時才從車陣裡掙脫出來。

「而且啊，安東尼，別再吹噓什麼金錢萬能了，一個真愛的小信物——一枚小小的、象徵愛情永恆無價的戒指，才是讓我們家理查獲得幸福的關鍵。他在路上掉了戒指，下車去撿，還沒能繼續往前走，大堵車就發生了。就在馬車被圍困的這段時間，他對她傾訴了心中的愛意，也贏得了她的芳心。和真愛相比，金錢根本是廢物啊，安東尼。」

「好啦，」老安東尼說，「我很高興那孩子如願以償了。我跟他說過，這件事我會不計代價的，只要——」

「但是，安東尼，你的錢到底發揮了什麼作用呢？」

「姊姊，」安東尼．洛克沃說，「我的海盜被困住了，他的船被鑿了一個洞，而因為他對金錢的價值太有概念，所以不會讓它就這麼沉了。拜託你讓我把這章看完吧。」

故事應該到這裡就結束了，我和各位讀者一樣衷心地希望如此。但我們還是必須追根究柢，找出事實的真相。

隔天，一個雙手通紅、打著藍色圓點領帶、自稱凱利的人來到安東尼．洛克沃的住處，他立刻被領進了圖書室。

「嗯，」安東尼一面伸手拿支票簿，一面說：「這鍋肥皂做得不錯。我們來看看——你已經先拿了五千塊現金。」

「我自己還多墊了三百塊，」凱利說，「沒辦法，我預算稍微超過了一點。快遞運貨車和出租馬車我大部分都付五塊錢，但是卡車和雙馬馬車就得加到十塊錢了。街車司機開價十塊，還有些運貨車隊要二十塊。條子宰我宰得最凶，一個人要五十，我付了兩個，另外還給了一個二十和一個二十五的，但是他們表演得可真不錯，是吧，洛克沃先生？真慶幸威廉．布雷迪[6]當時不在那小小的戶外塞車現場，因為我不希望威廉看見之後嫉妒得受不了。他們甚至連彩排都沒做過！每個人都準時到位，一秒不差。兩個小時之內，連一條蛇都鑽不到格里利雕像[7]那兒呢。」

「這是給你的一千三百塊錢，凱利，」安東尼撕下支票，「一千塊是給你的，三百是你墊的錢。你不會看不起錢吧，凱利？」

「我？」凱利說，「要是讓我碰見發明貧窮的那個人，我準會把他好好揍一頓。」

凱利走到門邊，安東尼又叫住了他。

「你有沒有注意到，」他說，「堵車的那個時候，是不是哪裡有個光溜溜的胖男孩拿著弓箭到處射啊？」

「啊？沒有，」凱利說，被這句問話弄迷糊了，「我沒看見。要是真像你說的那樣，說不定在我還沒到那裡之前，條子就已經把他抓走了。」

「我想那個小淘氣是不會在的，」安東尼哈哈一笑，「再見了，凱利。」

——收錄於《四百萬》（The Four Million, 1906）一書。

---

6 威廉・布雷迪（William Aloysius Brady, 1863～1950）：美國劇場演員、製作人、體育賽事主辦人。

7 霍瑞斯・格里利（Horace Greeley, 1811～1872）：美國著名報人、編輯，《紐約論壇報》的創辦者。以他爲名的格里利廣場（Greeley Square）位於百老匯、第六大道、三十二及三十三街之間，並立有一座格里利雕像。

婚姻的精確科學

「就像我以前跟你講的，」傑夫．彼得斯說，「對於女人背信棄義的能力，我一向沒有多少信心。就算是最問心無愧的騙局，讓女人當搭檔或夥伴也是讓人信不過的。」

「她們確實值得稱讚，」我說，「我覺得她們完全配得上『最誠實的性別』這個名號。」

「是啊，為什麼不呢？」傑夫說。「她們有另外一個性別的人替她們騙人，替她們賣命。她們做事其實也沒什麼問題，只是一旦鬧起情緒，或者那天髮型打理得不順心，那就完了，然後你就會希望有個長著扁平足、土色鬍鬚、呼吸粗重、拖著五個孩子和一棟已經抵押了的房子的男人，隨時準備替補她的位置。現在要講的這個寡婦也是這樣的。有一次我和安迪．塔克在開羅[1]冒出一個開婚姻介紹所的小點子，就是找她幫的忙。

「只要弄到足夠的廣告費用——大約拖車車把粗的那麼一卷鈔票——開個婚姻介紹所就能賺錢了。我們手裡有六千塊，打算在兩個月內翻它一倍，兩個月剛好夠實行我們的計畫，又不需要拿到紐澤西州的許可。

「我們擬了一份廣告，內文如下：

迷人寡婦，貌美，顧家，三十二歲，擁有現金三千元及鄉間值錢房地產，有意再婚。貧窮深情男子較富裕者更佳，因她深知美德純正之人多出於卑賤。年長或外型平庸無妨，唯忠實眞情爲要，並須勝任管理房產，有投資眼光。請來信詳談。

寂寞之人
由彼得斯與塔克事務所代辦
伊利諾州，開羅

『編到這個程度，也夠壞的了。』我們拼湊出這篇文學大作之後，我說。『那麼，現在的問題就是，』我說，『上哪去找這位女士。』

「安迪火大地冷冷看我一眼。

「『傑夫，』他說，『我還以為你早把你做這行的現實主義想法丟到一邊去了。為什麼需要

1 開羅（Cairo）：美國伊利諾州亞歷山大縣的一個城市，位於伊利諾州最南端。該市得名於埃及首都開羅。

女士？華爾街大賣摻水股[2]的時候，你會期待在裡頭找到美人魚嗎？一張婚介廣告究竟跟女士有什麼關係？』

「『聽著，』我說，『你知道我的原則，安迪，我所有觸犯法律條文的違法勾當裡，賣出去的一定都是實際存在、看得見、拿得出手的東西。因為這樣，再加上我仔細研究過城市法規和火車時刻表，所以我一次也沒惹上麻煩過，那些警察可不是塞張五塊錢鈔票或一根雪茄就可以擺得平的。要進行我們的計畫，現在就得去弄個活生生的迷人寡婦，或者一個差不多的女人，漂不漂亮、有沒有財產、有沒有目錄和糾錯令上列的那些附屬物都沒關係，不然以後治安法官可不會放過我們。』

「『嗯，』安迪心思一轉，『要是郵局或治安委員會要調查我們介紹所，說不定這樣會更安全一點。但是，』他說，『你怎麼能指望找到一個寡婦，願意為這個根本沒有徵婚的婚姻介紹所浪費時間呢？』

「我跟安迪說，我想我認識一個適合的人選。我有個老朋友叫齊克·特洛特，以前在馬戲團帳篷裡賣蘇打水兼拔牙。一年前，他喝了一個老醫生開的消化藥，沒喝他一向拿來當烈酒灌的跌打推拿藥酒，結果害他的老婆成了寡婦。我以前常常去他們家住，我想我們可以去找她幫忙。

「我們距離她住的那個小鎮只有六十哩路，於是我立刻跳上火車出城，發現她還是住在同一棟種滿了向日葵的小屋，公雞也還是一樣站在洗衣盆裡。特洛特太太完全符合我們廣告上的條件，只是在美貌、年紀和房地產價值上可能有點出入，但似乎可行，而且表面上看起來還算值得讚許。再說我們給她這份工作，也是一份對齊克的懷念。

『彼得斯先生，你這生意光明正大嗎？』我把我們想做的事告訴她之後，她這樣問我。

『特洛特太太，』我說，『安迪．塔克跟我估算過，在這個不公不義的廣袤國家裡，大概會有三千人因為看了我們的廣告，打算獻身守護你，以及你虛構的錢和房地產；要是有人贏得了你的芳心，在這裡頭，也大約有三千人會回贈你一個懶惰、唯利是圖、無所事事的活死人，一個人生的失敗者，一個騙子、一個只知道追著錢跑的卑劣混蛋。』

『我和安迪啊，』我說，『打算給這些社會上吃人肉的禿鷹一點教訓。我和安迪好不容易才忍住，沒把公司的名字取成『偉大道德與黃金年代惡意婚姻介紹所』。這樣你滿意了嗎？』我說。

『我明白了，彼得斯先生，』她說，『我早知道你不會做什麼不光彩的事。但我要做什麼呢？是要把你說的那三千個惡棍一個個拒絕掉，還是說我可以把他們整批一起扔出去？』

『特洛特太太，你的工作呢，』我說，『其實就是個吸引他們注意的角色。你就住在一間清靜的旅館裡，什麼事都不用做。所有回信和業務都交給安迪和我就行了。』

---

2 摻水股（Watered stock）：又稱「水分股」或「虛股」，指公司發行的股票，股票票面價值大於實際資本價值的股票。十九世紀末和二十世紀初，股票摻水曾在美國盛行。目前，這種股票摻水的做法在多數西方國家已被明文禁止。

『『當然，』我說，『有些特別熱情、急不可耐的愛慕者，會湊齊了火車票錢自己跑到開羅來哀求，也不管自己穿著什麼樣的衣服。要是有這種情況，你可能就得當面把他們趕走了。我們一星期付你二十五塊錢，旅館費另計。』

『『給我五分鐘，』特洛特太太說，『讓我拿一下粉撲，再把大門鑰匙交給鄰居，你就可以開始算我的薪水了。』

「於是我就把特洛特太太帶到開羅，找了間家庭式旅館把她安頓好，地點距離我和安迪的住處遠得不令人起疑，又近得方便聯絡。安排妥當之後，我把情況告訴了安迪。

『『太好了，』安迪說，『現在手邊有個確實存在的誘餌，也對得起你的良心了，我們先把這事丟在一邊，專心釣魚吧。』

「接下來，我們開始在全國各地的報紙上刊登廣告。我們總共只登了一次，再多登的話，郵局沒多請辦事員和頭髮燙得捲捲的花瓶女祕書會忙不過來，而要是多請了，那些人光是嚼口香糖的聲音就會吵得郵政總長不得安寧。

「我們在特洛特太太的銀行帳戶裡存了兩千塊錢，把存摺交給她，萬一有人對介紹所的誠實善意有疑慮，可以拿存摺給他看。我知道特洛特太太正直可靠，把錢放在她名下是不會有問題的。

「也不過就登了這麼一次，安迪和我一天就得花上十二小時寫回信。

「一天來的信有上百封，我從來不知道這個國家有這麼多心胸寬厚又沒錢的男人，那麼願意娶一位迷人的寡婦，還承擔起拿她的錢去投資的責任。

「他們大部分都承認自己上了年紀、丟了工作、不被這個世界理解，但每個人都很確定自己擁有滿腔柔情和男子氣概，那位寡婦一定會把下半生託付給他。

「彼得斯與塔克介紹所給每個應徵者都回了一封信，說那位寡婦對他坦率有趣的來信印象深刻，希望他們再來信詳談，方便的話請附上照片。彼得斯與塔克介紹所也通知應徵者，把第二封信交給美麗的當事人費用是兩塊錢，請隨信附上。

「你看，這就是這個計畫簡單絕妙之處。不分本地外地，大約九成的單身貴族都湊了錢寄來，整個計畫就這麼回事。只不過拆信封、把錢拿出來這種麻煩事還是弄得我和安迪抱怨連連。

「少數客戶親自來了，我們就把他送到特洛特太太那兒，由她處理。只有三四個人回來找我們要車費。等到鄉村地區免費郵遞的信件也寄到之後，安迪和我一天大約可以收到兩百塊錢。

「有天下午我們忙得要命，我正把兩塊、一塊的鈔票往雪茄盒裡塞，安迪正在哼〈她才不會結婚呢〉，一個油滑的小個子走進來，眼睛滴溜溜地往牆上掃了一圈，像在追查失竊的庚斯博羅[3]畫作似的。我一看見他，得意的感覺油然而生，因為我們做生意的誠信是可以打包票的。

3 托馬斯・庚斯博羅（Thomas Gainsborough, 1727～1788）：英國肖像畫及風景畫家，也是皇家藝術研究院的其中一位創始人，曾爲英國皇室繪製過許多作品。

「『我看你們今天的信件相當多啊。』那人說。

「我伸手去拿帽子。

「『來吧，』我說，『我們一直在期待您大駕光臨，我會帶您去看看貨。您離開華盛頓的時候，泰迪[4]好嗎？』

「我把他帶到河景旅館，讓他和特洛特太太握了手，接著又把帳戶裡存了兩千塊的存摺拿給他看。

「『看起來沒什麼問題。』那個特務說。

「『這是當然，』我說，『如果你沒結婚，我可以讓你和這位女士聊一會兒，那兩塊錢就算了。』

「『謝了，』他說，『如果我沒結婚的話，說不定會接受。再見了，彼得斯太太。』

「生意做了三個月之後，我們賺了超過五千塊錢，覺得該收手了。有很多人對我們不滿，特洛特太太似乎也厭倦了這個工作。一大堆求婚的人跑來看她，她好像很不喜歡這樣。

「所以我們決定抽身。我去了特洛特太太住的旅館，打算把最後一週薪水交給她，跟她道別，並把她那本兩千塊錢的存摺拿回來。

「我一到那兒，就發現她哭得像個不肯上學的小孩。

「『欸欸，』我說，『怎麼回事？是誰欺負你，還是你想家了？』

「『都不是，彼得斯先生，』她說，『我會告訴你的，你一直是齊克的朋友，所以我也不怕你知道。彼得斯先生，我戀愛了。我深深地愛上了一個男人，我非得到他不可。他就是我心目中一直以來的理想對象。』

「『那就跟他在一起啊，』我說，『要是兩情相悅，這麼做不就得了。他是不是也跟你一樣愛你愛得那麼深呢？』

「『他也是，』她說，『他是看了廣告來見我的其中一個人，但除非我把兩千塊錢交給他，否則他不娶我。他叫威廉．威爾金森。』話說到這兒，她又因為激動加上愛得歇斯底里，再度情緒大爆發。

「『特洛特太太，』我說，『沒有人比我更能體諒一個女人的深情了，加上你先生又是我最好的朋友之一。如果這件事我可以自己作主，那我一定會說，拿了這兩千塊錢，跟你看上的那個人一起去過幸福快樂的日子吧。』

「『我們負擔得起，因為我們從那群想跟你結婚的笨蛋身上賺了超過五千塊。但是，』我說，『我還是得跟安迪．塔克商量一下才行。』

「『他是個好人，就是在做生意方面比較精明。我們是合夥出資的，我會跟安迪談談，』我說，

---

4 指當時的美國第二十六任總統西奧多．羅斯福（Theodore Roosevelt, 1858～1919），又譯狄奧多．羅斯福，暱稱泰迪（Teddy），人稱老羅斯福。

『看看怎麼做比較好。』

「我回到我們住處，把事情全部告訴了安迪。

「『我一開始就料到會發生這種事，』安迪說，『不管什麼計畫，只要牽涉到情感和偏愛，你就不能相信一個女人會對你忠心耿耿。』

「『安迪，』我說，『讓一個女人因為我們而心碎，是很讓人難過的事啊。』

「『確實是，』安迪說，『我告訴你我打算怎麼做，傑夫。你一向是個心軟、個性慷慨的人，也許比起來我心太硬、太世故、也太多疑了。我願意讓步一次，去找特洛特太太，跟她說，把銀行裡那兩千塊領出來，交給她迷戀的那個人，幸福地過日子去吧。』

「我跳起來，握著安迪的手足足握了五分鐘，接著就回頭去找特洛特太太，把話告訴她，她高興得大哭，哭得跟她傷心的時候一樣厲害。

「兩天後，我和安迪打包好行李，準備離開。

「『我們走之前，你不打算去特洛特太太那兒，跟她見一次面嗎？』我問他，『她很想認識你，順便表達一下她對你的稱讚和感激。』

「『啊，我想不用了，』安迪說，『我覺得我們最好動作快點，去趕那班火車吧。』

「我正把我們的錢像以往一樣用繩子捆好，塞進貼身的腰包皮帶，安迪從口袋裡掏出一卷大面額鈔票，要我收在一起。

「『這是什麼?』我說。

「『特洛特太太那兩千塊。』安迪說。

「『你怎麼弄到的?』我問。

「『她給我的,』安迪說,『我一星期有三個晚上會去找她,已經這麼做超過一個月了。』

「『所以你就是威廉.威爾金森?』我說。

「『是的。』安迪說。」

——收錄於《善良的騙子》(The Gentle Grafter, 1908)一書。

紙醉金迷

陶爾斯．錢德勒先生正在走廊盡頭的小臥室裡燙晚禮服。一只熨斗在小煤氣爐子上熱著，另一只正在他手裡來回使勁，想壓出一道滿意的摺痕，這樣一來，等一下從錢德勒先生的漆皮鞋到低領口背心的下襬之間就可以看見兩道筆直的線。對於這位主人翁的打扮，也許我們能確定的僅止於此。至於其他的事，就讓那些明明窮酸又想過上流社會生活，於是不得不使些不光彩的權宜之計的人去猜測吧。我們再次看見他的時候，他應該已經整個人完美無缺、服裝得體地走下了租屋處的階梯，安祥、自信、帥氣——就像個典型的紐約公子哥兒，表情帶著微微的厭倦，出門展開這一晚的娛樂之旅。

錢德勒的薪水是每週十八塊錢，在一個建築師辦公室工作。他今年二十二歲，認為建築將成為一門真正的藝術，而且非常相信——雖然他不敢在紐約承認這句話——熨斗大廈[1]的設計，跟米蘭大教堂比起來根本差了十萬八千里。

錢德勒會從每星期的薪水中撥出一塊錢，累積十個星期之後，就可以從吝嗇的時間老人[2]那兒的折扣商品區買到一夜上流紳士生活。他會盛裝打扮成百萬富翁或董事長，到最歡樂最引人注意的場所，吃一頓美味豪奢的大餐。一個人有十塊錢，就能完美地扮演幾小時的富貴閒人，這筆錢足夠付一份經過仔細斟酌的餐點，一瓶牌子尚稱體面的酒、適當的小費、一支雪茄，以及出租汽車和其他零零總總的附加雜費。

從沉悶的七十天裡慢慢積攢出愉快的一晚，對錢德勒來說，是某種不斷再生的至樂泉源。名門閨秀初次在社交界亮相，一生也就只有那麼一次，直到白髮蒼蒼，那仍然是她記憶中獨一無二的甜美回憶。但是對錢德勒而言，每十個星期帶來的歡樂，卻永遠都和第一次同樣強烈、激動而新奇。在棕櫚樹下，和一群懂得享受的人坐在一起，被掩蓋了說話聲的音樂包圍，看著這個天堂裡的常客，也被這些人看著——相比之下，一個少女的初次社交舞會和短袖薄紗衣裙，又算得了什麼呢？

---

1 熨斗大廈（Flatiron Building）：建造時稱爲福勒大廈（Fuller Building），一九〇二年完工，爲當時紐約最高的大樓之一，也是早期摩天大樓的代表作、鋼架建築的先驅。地址爲曼哈頓島第五大道一七五號，座落在二十三街、百老匯大道和第五大道交叉的三角形街區上，以特殊的熨斗造形聞名。三角尖頭指向麥迪遜廣場南邊，大樓周邊社區稱爲熨斗區。

2 見97頁註5。

錢德勒走在百老匯大街，加入了一場黃昏時分的盛裝閱兵式。今天晚上，他不但是觀眾，也是上場表演的人。而接下來的六十九個夜晚，他都會穿著粗呢褲和毛線衣，在低檔餐廳裡吃客飯，在速食店櫃檯吃快餐，或者在自己的小臥室裡吃三明治配啤酒。他情願這麼做，因為他是道道地地的狂歡大城市之子，對他來說，聚光燈下的一夜，便足以彌補許多個黑暗的夜晚。

錢德勒放緩了腳步，慢慢地走到四十幾街和這條偉大燦爛的享樂之路交會處，這晚才剛開始，一個每七十天才能在上流時尚世界待一天的人，總希望盡可能延長這份愉悅。四周充滿了觀者的目光，閃亮的、陰險的、好奇的、讚賞的、挑逗的、誘人的視線紛紛投向他，因為他的打扮，他的神態，都表明了他是個及時行樂的忠實信徒。

走到某個轉角，他停了一下，心裡盤算著是不是要回他平時在奢華之夜固定光顧的那家招搖又時髦的餐廳去。就在這個時候，一個女孩輕快地跑過轉角，卻在凍硬了的雪地上滑了一下，重重地摔在人行道上。

錢德勒迅速而萬分殷勤地扶她起來，女孩一瘸一拐地走到一棟房子的牆邊靠著，態度莊重地謝了他。

「我想我腳踝扭傷了，」她說，「摔倒的時候拐了一下。」

「很痛嗎？」錢德勒問。

「只有把身體重量放在那隻腳的時候才痛，我想我休息一兩分鐘就能走了。」

「如果還需要我幫忙做點什麼的話，」年輕人建議，「我可以幫你喊一部出租車，或者——」

「謝謝你，」女孩輕聲而誠摯地說，「真的不必再麻煩了，真尷尬啊。我的鞋跟一點問題也沒有，摔跤實在不能怪它們。」

錢德勒看著那個女孩，發現自己很快就被她吸引了。她有種優雅的美，眼神既開朗又善良。身上的衣服並不昂貴，是一套素淨的黑色衣裙，讓人想起女店員的制服。便宜的黑色草帽上唯一的裝飾是一條絲絨緞帶和蝴蝶結，帽子底下露出有光澤的深棕色捲髮。她應該可以成為有自尊的職業女性中最好的模範。

年輕建築師突然冒出一個念頭，他想請這個女孩共進晚餐。眼前的她，正是他豪華卻孤寂的週期性盛宴所缺乏的元素。如果能有位有教養的女士相伴，他短暫的優雅奢華慶典應該會加倍有趣。這個女孩就是位有教養的女士，他很確定——她的言談舉止已經證明了這一點。儘管她的穿著那麼樸素，他還是覺得，和她同桌共餐一定會非常愉快。

這些想法飛快地從他腦子裡閃過，他決定邀請她。當然，這不合禮儀規範，但是職業女性在這類事情上頭常常不那麼拘泥於形式。一般來說，她們在判斷男人方面都很精明，而且把自己的判斷能力看得比無用的社會習俗更重。他身上的十塊錢要是花得謹慎些，也足夠兩個人豐盛地吃上一餐。毫無疑問，在這個女孩沉悶且一成不變的生活中，這頓晚餐將成為一段愉快的經歷；而她對這次邀請的無上感激，也可為他的個人成就和喜悅再添上一筆。

「我想，」他坦白而嚴肅地對她說，「你的腳需要的休息時間可能比你想像的要長。現在我想提個建議，既能讓你的腳有時間休息，又能給我個面子。你剛剛在轉角跌倒的時候，我正要一個人孤零零地去吃飯，要是你能跟我去，我們可以一起舒舒服服地吃頓飯、愉快地聊聊天，這麼休息一下，你扭傷的腳踝應該就能平安帶你回家了，我確定。」

女孩很快地朝錢德勒開朗和善的臉看了一眼，眼睛瞬間亮了一下，露出天真無邪的微笑。

「但是我們根本不認識啊——這樣做不太適合，不是嗎？」她說，口氣有點懷疑。

「一點也不會，」年輕人直率地說，「請容我自我介紹一下，我叫陶爾斯．錢德勒。我會盡可能讓這頓晚餐吃得愉快，吃完飯之後就跟你說再見，不然就送你回家，看你喜歡哪一個。」

「但是，天哪！」她看了錢德勒身上完美的盛裝一眼，說：「看我這一身舊衣服和帽子！」

「不用擔心這個，」錢德勒快活地說，「我保證，你看起來比我們會碰見的任何一個為晚宴精心打扮的人都迷人。」

「我的腳踝確實還很痛。」女孩努力跛著走了一步，終於承認。「我想，我願意接受你的邀請，錢德勒先生。你可以稱呼我瑪莉安小姐。」

「那就來吧，瑪莉安小姐。」年輕建築師口氣非常愉快，但依然很有禮貌。「不需要走太遠，下個街口就有一家很不錯的好餐廳。你可能需要靠在我手臂上——對，就是這樣——慢慢來。一個人吃飯真的很寂寞，你在冰上滑了這麼一跤，才給了我機會，倒是讓我有點高興呢。」

兩個人在一張擺設齊全的桌邊坐定，一位幹練的侍者在顧客之間穿梭，這時，錢德勒才開始感覺到自己固定外出行程中，向來會帶給他的真正快樂。

這家餐廳沒有他平時喜歡去的那家那麼招搖氣派，那家餐廳在百老匯街再過去一點，但這裡比起來也相差不遠了。餐廳裡坐滿了衣冠楚楚的客人，還有一支很不錯的樂隊，奏著輕柔的音樂，讓交談成為樂事，菜色和服務也無懈可擊。和他一起用餐的女伴，雖然身上是廉價的衣帽，卻更突出了她的氣質，把她的美貌和身段襯托得與眾不同。理所當然地，當她看著錢德勒活力十足又泰然自若的舉止，以及他閃亮坦率的藍眼睛，她迷人的臉上也流露出一種近乎愛慕的神情。

接著，曼哈頓的瘋狂、大吹大擂的狂熱、自誇桿菌和冒充瘟疫整個吞沒了陶爾斯．錢德勒。他身在百老匯，被各種浮誇和時尚包圍，又有眾人的目光注視著他。在這個喜劇舞臺上，那一晚，他假想自己扮演的是一個時髦公子哥兒兼富貴有品味的閒人。他已經穿上了這個角色的服裝，就算他所有的守護天使都出動，也擋不住他上臺表演了。

他開始對瑪莉安小姐大肆吹噓，俱樂部、茶會、高爾夫、騎馬、養狗場、沙龍舞會[3]、海外旅行，還不時暗示性地提起停泊在拉奇蒙特海灣裡的遊艇。他看得出這種模糊曖昧的話題引起了她的注意，於是又胡謅了些和巨富身分相關的話，熟門熟路地提了幾個無產階級一聽就會

---

3 沙龍舞（cotillion）：十八世紀流行的一種不斷更換舞伴、穿插各種花樣的輕快交際舞。

肅然起敬的名字。這是錢德勒短暫而難得的輝煌之日，他明白這一點，便更努力地搾出這一天可能的最大樂趣。他的自吹自擂在他和所有實物之間揚起了一片讓人看不清的霧，然而有那麼一兩次，他還是看見那個女孩的純真穿透了迷霧，在他眼前閃閃發亮。

「你說的這種生活方式，」她說，「聽起來那麼空虛，那麼沒有意義。難道這世界上就沒有能讓你更感興趣的工作可做了嗎？」

「我親愛的瑪莉安小姐，」他嚷著，「工作！你想想，每天吃飯都得盛裝打扮，一個下午要拜訪五六個地方——而且每個街角都有警察等著跳上你的汽車，只要你的速度比驢車快那麼一點點，他們就要帶你去警察局。我們看似游手好閒，其實我們才是這世界上工作得最辛苦的人。」

晚餐結束，錢德勒慷慨地給了侍者不少小費，兩人又走到剛才見面的那個街角。瑪莉安小姐走路已經完全沒問題，一點也看不出有什麼不便。

「謝謝你的盛情款待，」她真誠地說，「我得回家了。我非常喜歡今天的晚餐，錢德勒先生。」

他和她握手道別，臉上帶著友善的微笑，同時又提了幾句在俱樂部打橋牌的事。他朝她的背影看了一會兒之後，便快步往東走，然後叫了部車，慢慢地往家的方向駛去。

錢德勒在自己寒冷的房間裡仔細地把晚禮服收起來，讓它休息六十九天。他一面整理，一面沉思。

「真是個絕色美人，」他自言自語，「就算她必須自食其力，也完全沒問題，這我可以發誓。

假如我跟她說實話，不要那樣吹牛，我們說不定——可是，該死！我說的話總得配得上我這一身衣服啊。」

這是這位在曼哈頓部落的帳篷裡出生長大的勇士所說的話。

✕

那位小姐和請她吃飯的人道別之後，很快地穿過市區，走到一座華麗莊嚴的宅邸，那兒離東區兩個廣場遠，正對著財神和其他大小神明居住的那條大路。她匆匆進屋，跑進樓上的房間，房間裡有個美麗的年輕女士，身上穿著精緻的居家便服，正萬分焦急地望著窗外。

「噢，你這個瘋女孩！」她進房間的時候，年紀大些的女孩喊著。「你什麼時候才能夠不要這樣嚇我們啊？你穿著那身又破又舊的衣服，戴著瑪麗亞的帽子，一跑出去就是兩個小時。媽媽嚇壞了，叫路易斯坐著車到處找你。你根本就是隻壞透了的胡鬧小野貓。」

年長的女孩按了鈴，立刻來了一個女僕。

「瑪麗亞，去跟媽媽說一聲，瑪莉安小姐已經回來了。」

「別罵我了，姊姊。我只是去了趟西奧夫人的店，跟她說衣服襯料不要用粉紅色，改成淡紫。瑪麗亞的帽子配我這一套衣服正合適，每個人都以為我是個店員呢，我很確定。」

「晚飯已經吃過了，親愛的。你在外頭待太久了。」

「我知道。我在人行道滑了一跤，把腳踝扭了。我沒辦法走路，就一拐一拐進了一家餐廳，等腳好一點再走，所以才花了這麼久時間。」

兩個女孩坐在窗邊，看著外頭路上車水馬龍串成的燈河。妹妹把頭偎在姊姊膝上。

「我們總有一天都要結婚的，」她幻想著──「我們兩個都是。我們家太有錢，不容許讓社會大眾失望。你想知道我會愛上哪種男人嗎，姊姊？」

「說下去吧，你就會亂想。」姊姊笑著說。

「我會愛上一個有著親切的深藍色眼睛的人，他很溫柔，很尊重窮人家的女孩，人帥氣，個性好，又不隨便調情。但他必須有志向，有目標，在這世上有個工作做，否則我是不會愛上他的。要是我有辦法幫助他建立一番事業，我根本不在乎他有多窮。但是，親愛的姊姊啊，我們碰到的男人總是那一種──就是在交際圈和俱樂部之間虛度人生的那種人──就算他的眼睛再藍，對一個在路上碰見的窮女孩再親切，我都不會愛上這樣的男人。」

──收錄於《四百萬》（The Four Million, 1906）一書。

靠不住的規則

我一向主張，也常常這麼強調，女人一點都不神祕；男人完全可以預測、分析、制伏、理解，並且解釋女人。「女人很神祕」只是她們強行讓好騙的男人相信的一個說法。至於我是對是錯，看下去就知道了。用以前「哈潑的抽屜」專欄[1]的介紹詞來說吧：「接下來這篇精采文章，是發生在某某小姐、某某先生、某某先生，和某某先生之間的故事。」

我們不得不把「某某神父」和「某某牧師」略去，因為他們和我要說的故事一點關係都沒有。

1 哈潑的抽屜（Harper's Drawer）：爲《哈潑雜誌》（Harper's Magazine, 1850年創刊）的專欄。始於第三期，主要刊載一些幽默小品與趣聞軼事。在創辦人佛萊契·哈潑（Fletcher Harper, 1806～1877）的家鄉常有循道宗牧師的聚會，與會的人時常在晚餐後閒聊，哈潑如果聽到特別有意思的故事，便會請敘事者將故事寫下來，收在一個特別的抽屜裡備用，這便是「哈潑的抽屜」名稱由來，也是第二段之所以提到神父牧師的原因。因爲哈潑的故事來自神職人員，也通常和神職人員相關，但歐亨利的故事並沒有，只是借用了哈潑雜誌的形式，所以才說跟他們「一點關係都沒有」。

那個時候，帕洛瑪還是南太平洋鐵路線[2]上一個新興的小鎮。記者可能會用「瘋長的蘑菇」之類的詞形容它發展之蓬勃迅速，然而它並不是。帕洛瑪這個地方，自始至終就是一株毒蕈。火車中午會停在這裡，給蒸汽火車頭加水，也讓旅客喝水用餐。鎮上有一家黃松木建的新旅店、一座羊毛倉庫，和三十幾戶住家，剩下的就是帳篷、牧牛用的矮種馬、黑蠟似的泥地和牧豆樹林，散落在一望無際的地平線上。帕洛瑪是個發展中的城市。房子代表信心，帳篷代表希望，一天兩班的火車則勞苦功高地擔當了仁慈的角色，因為你待不下去的時候可以搭著它離開這裡。

「巴黎人」餐廳位於這個小鎮下雨時最泥濘、晴天時最溫暖的地點。餐廳由一位人稱「辛寇老爹」的人打理，他身兼老闆、店主和幕後主使者，從印第安納州來到這個流著煉乳與高粱糖漿的福地，打算發筆大財。

他們一家人住在一棟四房、沒上漆、有擋雨板的房子裡。從廚房往外延伸，用木杆搭出一個棚子來，棚頂鋪了些槲樹枝葉，底下擺了一張桌子和兩張二十呎長凳，出自帕洛瑪家庭木匠之手。巴黎人餐廳菜單上的烤羊肉、燉蘋果、煮豆子、蘇打餅、布丁或派，還有熱咖啡都是在這裡供應的。

辛寇太太和一位大家知道叫「貝蒂」、卻從未露過臉的女僕一起在灶臺上掌廚，擁有一對耐高溫大拇指的辛寇老爹就負責為客人端上熱騰騰的食物。用餐尖峰時間，有個墨西哥年輕人會來幫忙招呼客人，他總是抓緊上菜空檔捲菸來抽。按照慣例，正式的巴黎宴會，甜點總是最後上的，所以我也把最甜美的一道放在我文字菜單的最末。

艾琳．辛寇！

這拼法沒錯，因為我看過她寫自己的名字。毫無疑問，這名字是聽了音之後自己拼出來的[3]。但不管拼字再糟，都減損不了她的風采，就算是湯姆．穆爾[4]本人，要是見過她，也會認可這種拼字法的。

艾琳是辛寇家的女兒，如果畫一條東西向的線穿過加爾維斯敦和德爾里奧[5]，那麼她就是第一個踏入這條線以南的女收銀員。她坐在一張高腳椅上，椅子放在廚房門邊棚子下的一座粗松木看臺上——還是說，這其實是一座神廟？她前方圍著一面帶刺鐵絲網，底下開了個拱形的窗口，付錢時就從這裡遞進去。為什麼需要弄這麼一面鐵絲網真是只有天曉得，因為在這裡吃巴黎風味

---

2 南太平洋鐵路（Southern Pacific Railroad）：美國以前的一條鐵路路線，於一八六五年以地產控股公司的名義成立，是中太平洋鐵路的一部分。

3 艾琳的英文拼法應該爲 Eileen，此處使用了 Ileen，兩者的發音相同，作者也在文章中強調了是「聽了音之後自己拼出來的」。

4 湯瑪斯．穆爾（Thomas Moore, 1779～1852）：愛爾蘭詩人、歌手、詞曲作者、表演者，最爲人所知的作品是〈夏日最後的玫瑰〉（The Last Rose of Summer）。

5 加爾維斯敦（Galveston）：美國德州東部的一個城市，鄰近休士頓和路易斯安那州。德爾里奧（Del Rio）也是德州城市，位於德州與墨西哥邊境。

餐的男人個個都願意拚盡全力擔起保護她的任務。她的工作很輕鬆，一頓飯一塊錢，把飯錢放在底下的拱形小窗口，她就會把錢收走。

我本來打算為你描述一下艾琳．辛寇這個人，但我必須先介紹你看一本埃德蒙．伯克[6]的著作，《論崇高與美麗概念起源的哲學探究》，這是一部詳盡的論文，一開始就提到美的原始概念——我記得伯克的說法是豐滿和光滑，說得很有道理。豐滿的魅力顯而易見，至於光滑——一個女人的皺紋添得越多，人就越油滑。

艾琳是純正的植物性化合物，我們可以用亞當被逐出伊甸園那年頒布的《純淨仙境食品與基列乳香法案[7]》做擔保。她是個水果攤似的金髮美女——滿滿的草莓、蜜桃、櫻桃，每一樣都新鮮多汁。她的眼距寬寬的，帶著一種暴風雨前的寧靜神情，然而暴風雨永遠不會來。但對我而言，用文字（無論稿費多少）描繪美麗完全是白費力氣。美和幻想一樣，「是在眼裡點亮的[8]」——我生來愛說教，老是說說就離題，現在回到正題吧——說起美人呢，可以分成三種類型。

第一種是你喜歡的那個雀斑臉、塌鼻子女孩；第二種是莫德．亞當斯[9]；第三種是布格羅[10]筆下的那個、或者那群女人。艾琳．辛寇是第四種。她是純潔市的女市長，和她相比，海倫不過是特洛伊洗衣店的一個洗衣婦，就算有一千個金蘋果，也都是艾琳的囊中之物。

巴黎人餐廳吸引了附近的客人前來，即使是遠在這股吸引力範圍之外的人，也會騎著馬來到帕洛瑪，只為博得美人一笑。他們都能達成心願，一頓飯，加上一個微笑，只要一塊錢。但是，即使艾琳對所有來客都一視同仁，似乎還是對其中三個愛慕者特別青眼有加。基於禮貌原則，我會把我自己擺在最後一個講。

第一位是個矯揉造作的傢伙，名叫布萊恩．傑克斯——一個顯然老是失敗的名字[11]。傑克斯是鋪著柏油馬路的城市所孕育的產物，個子很小，像是用某種有彈性的砂岩材質製造的。頭髮顏

---

6 埃德蒙．伯克（Edmund Burke, 1729～1797）：愛爾蘭政治家、作家、演說家、政治理論家及哲學家，曾任英國下議院輝格黨議員。他的主要事蹟包括反對英王喬治三世和英國政府、支持美國殖民地與美國獨立革命，以及批判法國大革命。

7 一九〇六年美國頒布《純淨食品與藥品法案》（Pure Food and Drug Act），這裡的《純淨仙境食品與基列乳香法案》（Pure Ambrosia and Balm-of-Gilead Act）是作者仿這個法案杜撰的名稱。

8 出自莎士比亞《威尼斯商人》第三幕第二景：「愛情的火在眼睛裡點亮，凝視是愛情生活的滋養（It is engendered in the eyes, With gazing fed）」。

9 莫德．亞當斯（Maude Adams, 1872～1953）：舞臺劇女演員，百老匯的第一代彼得潘，也是電影《似曾相似》（Somewhere In Time）中的女主角原型。

10 布格羅（William Adolphe Bouguereau, 1825～1905）：法國學院派畫家，女性軀體是他常見的描繪主題。十九世紀後半，布格羅於法國和美國都享有高度名聲；到二十世紀則因其學院派的傳統畫風，飽受前衛藝術與現代主義的批評。

11 指他的名字和當時政治人物威廉．布萊恩（William Jennings Bryan, 1860～1925）相同。布萊恩是美國政治家、律師，能言善辯，曾三次代表民主黨競選總統（1896, 1900, 1908），均失敗。

色像貴格會[12]的紅磚聚會所，眼睛像一對蔓越莓，嘴巴則像「信件在此投遞」牌子底下的投信口。

從東北部的班戈到西岸的舊金山，從這裡往北到波特蘭[13]，再往南偏東四十五度到佛羅里達某個特定點，這個範圍內的每個城市他都一清二楚。世界上每一種技藝、行業、遊戲、生意、職業和運動他都精通。從他五歲開始，東西岸之間發生過的每一個重大事件，他要不是在現場躬逢其盛，就是正在趕去的路上。你可以翻開一本地圖，隨便用指頭指一個城鎮，在你合上地圖本之前，傑克斯就可以告訴你那裡三個名人的教名。他說著百老匯、燈塔山、密西根、歐幾里得、第五大道和聖路易四法院[14]時，那種高人一等的口吻，甚至已經近乎失禮。他四海遊歷的範圍之廣，流浪的猶太人跟他比起來只能算是隱士。這個世界能教他的一切他都已經學盡，而且也很願意說給你聽。

我很討厭聽別人提起波洛克的《時間的歷程[15]》，相信你也是；但每次我見到傑克斯，就會想起這位詩人描述另一位詩人拜倫[16]所說的話，他說他「飲得早，飲得濃，遠超過世間百萬人盡興的分量；然後死於乾渴，因為再也找不到可飲之物。」

這話也很適合傑克斯，只不過他沒死，而是到帕洛瑪來了，這其實跟死也差不了太多。他是電報員兼火車站務員（還兼貨物快遞員），一個月拿七十五塊錢。一個什麼都懂、什麼都會的年輕人，為什麼會滿足於這樣一個默默無聞的工作，就算他曾經暗示，接這個工作是為了給南太平洋鐵路公司的董事長和股東賣個人情，我還是完全不能理解。

我再形容他一句，就由你們自己去想像傑克斯這個人了。他穿的是亮藍色衣服、黃色皮鞋、領帶和襯衫是同花色布料做的。

我的第二號對手是巴德．康寧漢，他在帕洛瑪附近的一個大牧場工作，幫忙把不聽話的牛群管得服服貼貼、規規矩矩。我見過的所有舞臺下的牛仔當中，巴德是唯一一個像是從舞臺劇裡走

---

12 貴格會（Quaker）：又稱公誼會或者教友派（Religious Society of Friends），是基督新教的一個派別，反對任何形式的戰爭和暴力，在美國南北戰爭的廢奴運動中扮演重要角色。

13 班戈（Bangor）：美國緬因州的城市。

舊金山（San Francisco）：美國加州北部的城市。

波特蘭（Portland）：美國西北部奧勒岡州的城市。

14 燈塔山（Beacon Hill）：美國波士頓的一個古老街區，以煤氣燈照明的狹窄街道和磚砌人行道著稱。燈塔山目前是波士頓最好、最昂貴的街區。

歐幾里得（Euclid，前 325～前 265）：古希臘數學家，被稱爲「幾何學之父」。

聖路易四法院（St. Louis Four Courts）：聖路易舊市立法院大樓，因爲容納當時四個法院而得此別稱，建於西元一八七〇年。當時同一棟大樓內還有警察局、監獄、停屍間和絞刑架。

15 羅伯特．波洛克（Robert Pollok, 1798～1827）：蘇格蘭詩人，最爲人所知的作品《時間的歷程》於他過世同年出版，初版即大賣一萬兩千部，四版甚至到達七萬八千部，在北美家喻户曉。

16 拜倫（George Gordon Byron, 1788～1824）：英國詩人，浪漫主義代表人物，以其美貌著名。世襲男爵，人稱「拜倫勳爵」（Lord Byron）。

出來的。他戴著寬邊帽，穿著皮套褲，脖子上還繫了條結打在後面的大手帕。

巴德每星期會從瓦維德牧場騎馬到巴黎人餐廳吃兩次飯。他騎著一匹蠻橫的肯塔基駿馬，步伐快得驚人。他會在這匹馬跑到棚子角落那棵高大的牧豆樹下時，把韁繩猛地一收，讓馬蹄在地上刨出好幾碼長的溝來。

當然，傑克斯和我就是餐廳的固定客人了。

以這個布滿了黑蠟泥的城鎮來說，辛寇家的起居室算是個相當整潔的小客廳。裡頭擺著柳條搖椅、手工編織的簍子、相簿，還有一排海螺殼，角落裡放著一架小小的直立式鋼琴。

傑克斯、巴德和我——或者有時候只有其中一個或兩個人，視運氣而定——等晚上他們忙完之後，就會到這兒坐坐，順便「拜訪」一下辛寇小姐。

艾琳是個很有想法的女孩子。她是那種注定要成大事的人（如果真有這種大事），而不是整天待在鐵絲網窗口後面收錢。她讀書、傾聽、思考。如果是一個胸無大志的女孩，憑她的外貌，就已經不缺工作做了；但是，艾琳超越了皮相的美，她要創立某個類似文藝沙龍的東西——帕洛瑪獨一無二的沙龍。

「你不覺得，莎士比亞真是個偉大的作家嗎？」她會這樣問，一對彎彎的眉毛因為思索而微微蹙著，已故的伊格內修斯．唐納利要是親眼見到她，大概也很難替他的培根繼續辯護下去[17]。

艾琳還認為，波士頓比芝加哥更有文化；羅莎．邦賀[18]是最偉大的女畫家之一；西部人比東部人要主動真誠，倫敦絕對是個霧濛濛的城市，而且春天的加州一定非常美。除此之外，她還有很多其他看法，以表示自己完全跟得上世界先進思想的腳步。

然而，這些都只是從傳聞和顯而易見的事實蒐羅來的東西，艾琳還有她自己的一套理論。其中有一條，她尤其不厭其煩地對我們再三強調：她厭惡恭維。她表示，言語行為的坦率和誠實，是男女心靈最亮麗的光彩。如果她會喜歡哪個人，就是因為這人具有這種特質。

「我簡直煩死了，」有天傍晚，當我們牧豆樹三劍客齊聚在她的小客廳裡，她這麼說，「人們老是讚美我的外貌，可是我知道，我根本一點也不漂亮。」（巴德・康寧漢後來告訴我，她說這話的時候，他好不容易才忍住沒大喊「騙子！」）

「我只不過是個中西部小女孩，」艾琳繼續說，「只想生活得樸素整潔，並且給自己父親餬口的小生意幫點忙。」（辛寇老爹每個月從這家餐廳弄出上千美元淨利，都存在聖安東尼奧的一家銀行裡。）

---

17 伊格內修斯・唐納利（Ignatius Loyola Donnelly, 1831～1901）：美國律師、政治家及作家，他提出亞特蘭提斯的災變論，因而聞名。唐納利甚至主張「法蘭西斯・培根（Francis Bacon, 1561～1626）才是莎士比亞劇本眞正的作者」。當代歷史學者已視其學說爲假科學、假史學。

18 羅莎・邦賀（Rosa Bonheur, 1822～1899）：十九世紀的著名法國藝術家。她擅長描繪動物，是第一位榮膺「法國榮譽大十字勳章」的女性。在保守的當時，邦賀穿男裝，剪短髮出沒屠宰場和賽馬場觀察動物，還必須取得警察廳批准，而且每半年要重新申請一次。

巴德在椅子上不安地扭動，折著手裡那頂他怎麼也不肯離手的帽子帽沿。他不知道她想聽的話究竟是她嘴上說的那種，還是她心知肚明自己應得的那種。許多比他更聰明的人在下定決心出口前都是猶豫再三。巴德終於做了決定。

「呃——啊，艾琳小姐，就像你說的，美麗並不是一切。不是說你不好看，而是，你對待父母的那份善良體貼一向讓我非常敬佩，遠勝其他。一個人對父母好，又戀家，倒不需要長得太漂亮。」

艾琳給了他一個甜蜜無比的微笑。「謝謝你，康寧漢先生，」她說，「我想這是我很長一段時間以來聽到最棒的讚美了。我寧願多聽你講這樣的話，而不想聽你提我的眼睛和頭髮。我說過我不喜歡聽人恭維，很高興你相信我。」

這是給我們的暗示。巴德猜中了，傑克斯可不能落後，他接著插話。

「確實如此，艾琳小姐，」他說，「長得好看的人不見得什麼都行。當然，你也不算難看啦——不過這不相干。我在杜比克[19]見過一個女孩子，臉長得跟顆椰子一樣，但是她可以雙手抓單槓，在不換手的情況下，把兩隻腳和身體從雙手之間穿過去再向後翻轉兩次。現在的女孩子啊，就算還有把加州桃子壓爛做成果醬的力氣，要想跟她一樣可是做不到的。艾琳小姐，我也見過——呃——比你還難看的人，但是我喜歡的是你做事有條有理，既冷靜又聰明——這是一個女孩子最迷人的地方。辛寇先生跟我說過，你從做這個工作以來，從來沒收過一個鉛做的銀幣或者其他混充的冒牌貨。哎，這才是女孩子該有的素質——也是吸引我的地方。」

傑克斯也獲得了一個微笑。

「謝謝你，傑克斯先生，」艾琳說，「你真是太懂我有多欣賞坦率不說好聽話的人了！大家老是說我漂亮，聽都聽膩了。我覺得，擁有能跟你說真話的朋友實在是件棒透了的事。」

然後，艾琳看了我一眼，我覺得我在她臉上看見了期待。我突然有種瘋狂的衝動，想挑戰命運，想告訴她，在偉大造物主所有美麗的作品中，她是製作得最精緻的一個——她是顆完美無瑕的珍珠，在黑泥和翠綠草原的背景下發著純粹而寧靜的光芒——她就是一個——一個絕色美人。對我來說，我才不管她待她親愛的父母是不是毒如蛇蠍，或者她能不能分辨假銀幣和馬轡頭上的銅釦有何不同，我只要能夠高歌、吟誦、讚美、頌揚、膜拜她無與倫比、令人驚嘆的美麗就好了。

但我克制住了。我害怕面對恭維者的可怕命運。巴德和傑克斯狡猾而慎重的用詞讓她那麼高興，這是我親眼看見的。不！辛寇小姐不是會被恭維者的如簧之舌蠱惑的人，所以我加入了坦率誠實的陣營。我立刻換上虛偽說教的口吻。

「無論什麼時代，辛寇小姐，」我說，「不管當時的詩歌和傳奇故事怎麼說，女性的聰明才智總是比美貌更令人佩服。就算是埃及豔后克麗奧佩脫拉，男人們也發現她女王般的智慧比她的外貌更為迷人。」

---

19 杜比克（Dubuque）：位於愛荷華州密西西比河畔的城市。

「嗯，我也這麼覺得！」艾琳說。「我看過她的畫像，是長得不怎麼樣。她的鼻子真的長得要命。」

「恕我冒昧，」我繼續說，「不過您確實讓我想起了克麗奧佩脫拉，艾琳小姐。」

「嘿，我的鼻子才沒有那麼長！」她說，眼睛睜得大大的，用豐潤的食指點著自己秀氣的鼻子。

「啊——呃——我的意思是，」我說，「——我的意思是天賦才智。」

「噢！」她說。然後我也像巴德和傑克斯一樣領到了我那份微笑。

「謝謝你們大家，」她說，語氣非常、非常甜蜜，「因為你們對我這麼誠實，這麼坦白，我希望你們能一直這樣。你們只要坦誠、真實地把心裡想的東西告訴我，我們就會一直是世界上最好的朋友。現在，因為你們對我這麼好，而且這麼了解我有多討厭只會一味把我捧上天的人，所以我要小小彈唱一段，獻給你們。」

當然我們都表達了感謝和喜悅之情，但是如果艾琳繼續坐在那把矮矮的搖椅裡和我們面對面，讓我們可以繼續盯著她看，那我們會更高興。因為她畢竟不是阿德琳娜．帕蒂[20]——連這位女歌唱家告別巡迴演出最後一場的水準都比不上。她聲音很小，咕嚕咕嚕的像隻斑鳩，要是門窗都關好，貝蒂又沒在廚房裡乒乒乓乓地掀鍋蓋的話，勉強可以傳遍整個客廳。我估計她的音域大概只有鋼琴琴鍵的八吋寬，她唱起急板和顫音的時候，聽起來就像你外婆在鐵盆裡洗衣服發出的噗噗聲。

當我說這聲音對我們來說像音樂，你就可以相信，她絕對是個天仙般的美人。

艾琳的音樂喜好很廣泛。她會把一大疊樂譜放在鋼琴上的左手邊，一首一首地唱過去，宰掉一首，就把曲譜放到右手邊，隔天傍晚再從右手邊唱回來。她喜歡孟德爾頌，還有穆迪和山基的作品[21]。應聽眾要求，她最後總是以〈甜蜜的紫羅蘭〉和〈當葉子轉黃的時候〉做為結束。

十點鐘告辭之後，我們三個總是會到傑克斯的木頭小車站去，坐在月臺上，一面晃蕩著腿，一面企圖從彼此嘴裡套出一點蛛絲馬跡，想知道艾琳小姐是不是比較偏愛誰。我們既不避開目光，也不怒目相視，只是聚在一起談論分析——情敵就是這樣運用策略技巧估計對手實力的。

有一天，帕洛瑪突然殺來一匹黑馬，他是個年輕律師，一到鎮上就立刻大秀招牌，自吹自擂。他叫做文森．維西，一眼就看得出他是剛從西南部某個法學院畢業的學生。他身上的長外

---

20 阿德琳娜．帕蒂（Adelina Patti, 1843～1919）：西班牙女高音歌唱家，一曲《可愛的家庭》（Home, Sweet Home）曾在一八六二年令林肯總統感動不已。日本動畫《螢火蟲之墓》也採用了她唱的這首歌做爲主題音樂。

21 孟德爾頌（Jakob Ludwig Felix Mendelssohn Bartholdy, 1809～1847）：德國浪漫樂派作曲家。穆迪（Dwight Lyman Moody, 1837～1899）：美國著名佈道家。山基（Ira David Sankey, 1840～1908）：美國衛理公會佈道家、讚美詩作家、歌唱家和指揮家，與穆迪共同旅行佈道。

衣、淺條紋長褲、寬邊黑色軟帽和窄窄的白細布領結，比任何文憑都更能顯示他的身分。維西是丹尼爾．韋伯斯特、切斯特菲爾德勳爵、美男子布魯梅爾、和小傑克．霍納[22]的綜合體。帕洛瑪因為他的到來而突然發展起來，他抵達的隔天，鎮上就多了一塊測量後劃分成好幾塊的土地。

當然，維西為了拓展自己的事業版圖，必須跟帕洛瑪的居民和外人都混熟。他也努力和軍人以及地方上喜歡吃喝玩樂的人們打好關係，所以傑克斯、巴德．康寧漢和我便有幸結識了他。

要是維西沒有見到艾琳．辛寇，也沒因此成為第四個決鬥者，那麼所謂的宿命論就完全不可信了。他吃住都氣派地在黃松旅店解決，不會到巴黎人餐廳吃飯，但他卻成了辛寇家客廳最難對付的一個訪客。他加入戰局，讓巴德淪為一個感情用事、髒話暴增的人；讓傑克斯離奇地冒出各種俚語，聽起來比巴德最惡毒的詛咒還可怕；也讓我憂鬱得更加拙口笨舌了。

因為維西簡直是舌粲蓮花。字句滔滔不絕地從他嘴裡往外冒，就像油井不斷噴出來的石油。誇飾、讚美、歌頌、感謝、甜如蜜的殷勤、有見地的看法、頌揚，和毫不掩飾的稱讚，爭先恐後地從他嘴裡衝出來，我們幾乎沒辦法寄望艾琳抵擋得住他那張嘴和那一身華服。

但是某天，我們的勇氣降臨了。

一天黃昏時分，我坐在辛寇家客廳外的小走廊等艾琳出來，突然聽見裡頭有人聲。艾琳跟她爸爸進了房間，辛寇老爹開口對女兒說話。我以前就注意到他是個精明人，而且自有一套哲學。

「艾琳，」他說，「我注意到最近有三四個小伙子常常來找你，而且已經好一段時間了。他們當中，有你比較喜歡的嗎？」

「哎，爸爸，」她回答，「他們幾個我都很喜歡。我覺得康寧漢先生、傑克斯先生和哈里斯先生都是非常好的年輕人，對我說的每一句話都是那麼坦白誠實。我認識維西先生的時間還不長，但我覺得他也是個很棒的年輕人，對我也是每句話都絕對坦白誠實。」

「嗯，我想說的就是這個，」辛寇老爹說，「你向來都說你喜歡說真話、不用奉承和謊言哄騙你的人。現在你不妨對這幾個人做個小測試，看看哪一個對你說話最坦誠。」

「可是要怎麼做呢，爸？」

「我告訴你怎麼做。你知道你稍微能唱點歌，艾琳，你在洛根斯波特[23]上了快兩年音樂課，時

---

22 丹尼爾·韋伯斯特（Daniel Webster, 1782～1852）：美國政治家，曾三度擔任美國國務卿。

切斯特菲爾德勳爵（Lord Chesterfield, 1694～1773）：英國外交家、作家，曾在給兒子的大量信件中闡述紳士的品格與修養。

美男子布魯梅爾（Beau Brummell, 1778～1840）：喬治四世時期的花花公子，男子時尚服裝先驅。

小傑克·霍納（Little Jack Horner）：英國兒童念謠中的角色名。原文是：「Little Jack Horner, Sat in the corner, Eating a Christmas pie; He put in his thumb, And pulled out a plum, And said, "What a good boy am I!"」（小傑克·霍納坐在牆角，吃著聖誕派，他把大拇指插進派裡，挖出一顆李子來，然後說：「我是個多麼乖的小孩！」）

23 洛根斯波特（Logansport）：位於印第安納州的城市。

間不長，但那時我也只能負擔到那個程度。你的老師說你沒有天賦，再學下去也只是浪費錢。現在，你不妨問問那些小伙子對你歌聲的看法，聽聽他們是怎麼說的。會在這上頭跟你說實話的人必然擁有非凡的勇氣，值得交往。你覺得這個計畫怎麼樣？」

「行得通，爸爸，」艾琳說，「我覺得這點子不錯，我試試看。」

艾琳和辛寇老爹從內門走出來，我趁他們沒注意，飛快地趕到火車站，傑克斯正坐在電報桌前等著八點鐘下班。那天也是巴德到鎮上來的日子，當他騎馬抵達的時候，我把艾琳父女倆的對話跟他們重述了一次。我對情敵是很有高尚情操的，天下每一個艾琳的追求者都應該這樣。

我們三人都被一個振奮人心的想法弄得坐立難安。這個測試，絕對會把維西從競賽裡踢出去。他的油腔滑調、曲意奉承，會讓他自己從待選名單上除名。我們都記得清清楚楚，艾琳喜歡坦率誠實——她是那麼珍惜真實和坦蕩，遠勝過虛假的討好和奉承。

我們三個挽著手臂，在月臺上高興地蹦跳，歪七扭八地跳著舞，還用最大的音量唱著〈馬爾登是個老實人〉。

那天晚上，除了幸運地支撐著辛寇小姐苗條身段的那張柳條搖椅之外，還有四張椅子也坐了人。我們三個強自克制住內心的興奮，等待測試登場。首先接受測試的是巴德。

「康寧漢先生，」艾琳唱完〈當葉子轉黃的時候〉，露出燦爛的笑容，說：「對我的歌聲，你究竟心裡是怎麼想的？現在坦率誠實地告訴我，你知道，我一直都希望你們這樣。」

巴德知道題目的指定方向是誠實，現在表現的機會來了，他在椅子上忍不住扭動起來。

「跟你說實話吧，艾琳小姐，」他認真地說，「你的音量實在沒比鼬鼠大多少——你知道，就只是微弱的吱吱叫而已。當然，我們都很喜歡聽你唱歌，因為你唱歌畢竟還是有那麼點甜蜜撫慰人的成分，而且你坐在琴凳上，看起來跟面對我們的時候一樣好看。不過說到真正的唱歌呢——我覺得你還算不上。」

我緊緊盯著艾琳，想知道巴德這樣說是不是誠實過頭了。但是她滿意的微笑和甜蜜的道謝讓我相信，我們走的路線沒有錯。

「那你怎麼想，傑克斯先生？」她問了下一位。

「相信我，」傑克斯說，「你不是歌劇女主角那塊料。美國每個城市歌劇女主角的歌聲我都聽過，我跟你說，你的音量不行，不然你早就把那群頭牌歌劇演員都趕到肥皂工廠去了——我的意思是，憑外貌。因為那些尖嗓子通常長得跟星期四跑出來趕集的鄉下女孩沒兩樣。但是你沒辦法唱漱喉音，你的會厭軟骨不會動——根本一點章法也沒有。」

傑克斯的評語讓她愉快地大笑起來，接著艾琳用詢問的眼神看著我。

我承認我有點猶豫。世上難道沒有太誠實這種事嗎？我可能有點言詞閃爍，但還是堅持走批評路線。

「我對科學性的音樂並不拿手，艾琳小姐，」我說，「但是，坦白說，對於老天賜給你的歌喉，我說不出太好的讚美。長久以來，人們老愛把偉大的歌唱家比做鳥，但是呢，鳥和鳥之間差別也是很大的。我會說，你的聲音讓我想到鶇鳥——帶喉音，不太響亮，音域不廣，變化也不大——但是呢——呃——自有——討人喜歡的地方，而且——呃——」

「謝謝你，哈里斯先生，」辛寇小姐打斷了我，「我就知道你的坦率和誠實值得信賴。」

接著，文森．維西一捋雪白的袖口，口中的羅多雷瀑布[24]開始傾瀉而下。

我的記憶力不夠好，沒辦法恰當說明他對上帝賜予的無價瑰寶——辛寇小姐的嗓子，是如何熟練地大加讚揚。他用盡了一切溢美之詞，要是這些話說給一起唱歌的晨星們聽，星星合唱團一定會因為自滿的火焰燃燒而集體爆炸，化成一整片流星雨。

他用白皙的指尖遍舉了各大洲偉大的歌劇明星，從珍妮．林德說到艾瑪．阿伯特[25]，盡是在貶低這些人的天賦。他還說到喉頭、胸音、樂句、琶音[26]，和其他歌唱藝術的奇怪詞彙。他彷彿萬分無奈似地承認，珍妮．林德在高音域有一兩個音是辛寇小姐還達不到的——但是——「!!!」——那只不過是練習和訓練的問題。

在結尾的時候，他還預言——鄭重地預言——聲樂藝術界「即將在西南方誕生一位巨星，壯麗古老的德克薩斯將引以為傲」，而且在迄今的音樂史上是空前盛事，無人能及。

我們十點鐘告辭的時候，艾琳跟往常一樣，帶著迷人的微笑跟我們每個人溫暖誠懇地握了手，還邀請我們再來。我看不出她對我們之中的誰特別偏愛——但我們三個人心知肚明——我們清楚得很。

我們知道坦率和誠實贏得了勝利，競爭者的數目已經從四個減到三個了。

到了車站，傑克斯拿出一品脫好酒，我們一起慶祝那個囂張闖入者的失敗。

接下來四天平淡地過去了，沒什麼值得說的事。

第五天，傑克斯和我走進棚子吃晚餐，發現鐵絲網後頭收錢的是那個墨西哥年輕人，穿潔白上衣、海軍藍裙子的仙女不見了。

我們奔進廚房，正好碰上辛寇老爹端著兩杯熱咖啡出來。

---

24 羅多雷瀑布（Lodore Falls）：位於英國西北部坎布里亞郡，瀑布高度約三十公尺。

25 珍妮·林德（Jenny Lind, 1820～1887）：本名約翰娜·瑪麗亞·林德（Johanna Maria Lind），瑞典女高音，有「瑞典夜鶯」之稱。

艾瑪·阿伯特（Emma Abbott, 1850～1891）：美國歌劇女高音、劇團經理，以純粹、清澈靈活的音色及音量著名。

26 胸音（chest notes）：以胸腔共鳴的低音域。

琶音（arpeggio）：指一串從低到高或從高到低的和弦組成音，依次連續圓滑奏出，是樂器演奏的一種基本技巧，常出現在短小的連接句或經過句等旋律聲部，或是用在和聲的伴奏聲部之中。

「艾琳呢？」我們用歌劇宣敘調[27]似的口氣問。

辛寇老爹是個和善的人。「呃，兩位先生，」他說，「她突然就做了決定，我手頭上也有餘錢，所以就隨她去了。她去了波士頓的一個玉米——溫室[28]——要待四年，好好培養她的嗓子。呃，兩位先生，抱歉讓一讓，咖啡很燙，我的大拇指很嫩的。」

那天晚上，坐在月臺上晃蕩著腿的不是三個人，而是四個。文森．維西成了我們其中一員。我們討論著事情，狗群對升上樹梢的月亮狂吠，月亮就跟一個五分錢一樣大，或者跟一個麵粉桶一樣大。

我們討論的主題是，對一個女人，究竟是說謊好，還是說實話好。

那時候我們都還年輕，並沒有得到結論。

——原刊於一九〇九年八月號《人人雜誌》(Everybody's Magazine)，並收錄於《隨意選擇》(Options, 1909) 一書。

---

27 宣敘調（recitative）：也稱朗誦調，指歌劇、清唱劇等大型聲樂中類似朗誦的曲調。以類似歌唱的方式說話，旋律與節奏是依照言語的自然強弱，形成簡單的朗誦或說話般的曲調。

28 辛寇老爹先說了「玉米」（corn），又說了「溫室」（conservatory），事實上都不對，應該是「音樂學校」（conservatoire），只是辛寇老爹弄不清楚。

最後一片葉子

華盛頓廣場西邊有個小區，裡頭的街道彷彿發了瘋似的亂竄，把自己截成了許多小段，稱為「街段」（places）。這些街段構成了奇特的角度和曲線，一條街甚至可以跟自己交叉一兩次。某位畫家有一次發現了這條街道的潛在價值。假如有個帶著帳單來收顏料、紙張和畫布錢的收帳人闖了進來，在這條路上兜來轉去，卻猛然發現自己繞回原處，分文未得，那多有意思啊！

於是，玩藝術的人很快就來到古雅的格林威治村四處探尋，想找到有朝北的窗戶、十八世紀的山牆、荷蘭式閣樓和低廉房租的地方。接著再從第六大道弄來一些錫杯和一兩個保溫暖鍋，就這樣把這裡變成了一個「藝術家聚集區」。

在一棟矮胖的三層磚房頂樓，蘇和瓊希建立了她們的畫室。「瓊希」是瓊安娜的暱稱。她們一個來自緬因州，一個來自加州，兩人是在第八大道的迪摩尼可餐廳吃套餐的時候認識的，並且發現彼此對於藝術、菊苣沙拉和燈籠袖的品味十分相近，便一起合租了畫室。

那是五月的事情。到了十一月，一位冷酷、看不見的，醫生稱為「肺炎」的陌生人，開始在聚集區裡肆意來去，用冰冷的手指戳這碰那。這個破壞狂在東區橫行，受害者幾十個幾十個地倒下，但在穿越這長滿青苔、彷彿迷宮的狹窄街段時，他的腳步卻慢了下來。

肺炎先生並不是一般人認為會對女士彬彬有禮的老紳士。一個連加州的微風都能把她吹得沒了血色的小女生，要當那個握著血紅拳頭、喘著粗氣的老混蛋的對手根本就不公平。但他還是出手擊倒了瓊希。她躺在一張漆過的鐵架床上，一動不動，透過小小的荷蘭式窗玻璃，望著隔壁紅磚屋那面空白的牆壁。

某天上午，忙碌的醫生揚了揚他雜亂的花白眉毛，示意蘇跟他到走廊去。

「就我們醫生的看法，她只有一成機會。」他說，一面把手上溫度計的水銀柱甩下去。「而這一成機會，取決於她自己的求生意志。要是人們像這樣認定自己站在殯儀館老闆那一邊，就算搬出一整本藥典來也無能為力。你這位小女士打心裡覺得自己不會好，她是不是有什麼惦記的事？」

「她——她一直希望有一天能去畫那不勒斯海灣。」蘇說。

「畫畫？——胡說八道！她心裡有沒有什麼值得她想上兩次的東西？——比如說，男人？」

「男人？」蘇的聲音裡夾著單簧口琴似的鼻音。「男人哪裡值得——不過，不，醫生，根本沒有這種事。」

「嗯，那麼，應該是因為太虛弱了，」醫生說，「我會盡我所能，只要是科學能達成的，我都會去做。但是一旦病人開始算著自己的送葬隊伍會有多少馬車，我的藥物療效就會減掉一半。要是你可以讓她對今年冬天新款大衣的袖子問出一個問題，我就能跟你保證，把她存活的機會從一成提高到兩成。」

醫生離開之後，蘇在工作室裡哭爛了一整張日本紙巾，然後才帶著畫板，吹著散拍爵士[1]，大搖大擺地走進了瓊希的房間。

瓊希躺在床上，臉朝窗口，裹在被子裡的身軀沒有一絲動靜。蘇以為她睡著了，趕緊停下了口哨。

她擺好畫板，開始替雜誌小說畫鋼筆插畫。年輕畫家必須以這種方式鋪平自己的藝術道路；如同為雜誌寫小說，也正是年輕作家鋪平自己文學道路的方式。

蘇正在為小說的主人翁，一位愛達荷州牛仔，畫上一條漂亮的牛仔皮褲和一只單片眼鏡，突然聽見一個低沉的聲音重複了好幾次。她立刻跑到床邊。

瓊希的眼睛睜得大大的，一面看著窗外，一面數數——她在倒數。

「十二，」她說，不久之後又說：「十一，」接著是「十」，然後「九」，接下來是幾乎連在一起的「八」和「七」。

蘇關切地望向窗外。外頭到底有什麼可以算的呢？眼前只有一個空蕩陰鬱的院子，和二十呎外另一棟磚房的外牆。一株非常、非常老的常春藤爬在磚牆大約一半高的地方，長滿節瘤的

1 見55頁註1。

根已經有點朽爛了。它的葉子幾乎全被寒冷的秋風吹落，只剩下幾根光禿禿的枝條攀在鬆動的磚牆上。

「是什麼呀，親愛的？」蘇問。

「六，」瓊希說，聲音小得像是耳語，「它們現在掉得比較快了。三天前還有將近一百片，算得我頭都痛了，現在數起來容易得多。又掉了一片，現在只剩五片了。」

「五片什麼？親愛的，跟你的蘇迪[2]說。」

「葉子。常春藤上的葉子。等到最後一片葉子掉下來，也就是我該走的時候了。我三天前就知道了，難道醫生沒有告訴你嗎？」

「噢，我從來沒聽過這種荒唐的話，」蘇用非常不屑的口氣發著牢騷，「那棵老常春藤的葉子跟你身體好起來到底有什麼相干？只不過是因為你一直很喜歡那棵常春藤，所以才會這樣想。你這個頑皮的小女孩，別傻了。嘿，今天早上醫生告訴我，你迅速恢復的機會是——我們聽聽究竟他是怎麼說的——他說機會是十比一呢！嘿，這幾乎跟我們在紐約搭街車或者走過一棟新大樓的機率一樣高啊。喝點湯吧，讓蘇迪繼續回去畫畫，這樣她就可以把畫賣給編輯，然後就能給她生病的孩子買點波特酒[3]，順便替嘴饞的自己買幾塊豬排了。」

「你不必再買什麼酒了。」瓊希說，眼睛依然盯著窗外。「又掉了一片。不，我不想喝湯。只剩四片了，我希望在天黑之前看見最後一片葉子掉下來，然後我也該走了。」

「親愛的瓊希，」蘇彎下腰對她說，「你可不可以答應我，在我畫完之前把眼睛閉上，別看窗外？這些畫我明天要交件，我需要光線，不然我早就把窗簾放下來了。」

「你不能到別的房間去畫嗎？」瓊希冷冷地問。

「我寧願在這裡陪你，」蘇說，「再說，我也不想讓你一直盯著那些蠢葉子看。」

「你畫完就告訴我吧。」瓊希說完，便閉上眼睛，臉色蒼白地靜靜躺著，就像一尊傾倒的雕像。「因為我想看著最後一片葉子落下來。我已經懶得再等，也懶得再想了。我只想放開一切，像那可憐、疲憊的葉子一樣往下飄，往下飄。」

「試著睡一下吧，」蘇說，「我得去叫貝爾曼上來當模特兒，我要畫一個隱居老礦工。不用一分鐘時間，我回來之前你千萬別亂動。」

老貝爾曼是個畫家，就住在她們這棟房子一樓。他已經六十多了，長著一把米開朗基羅摩西雕像般的長鬍，彎彎曲曲地從薩梯[4]似的頭部垂到小魔鬼的身體上。貝爾曼在藝術領域是個失敗

---

2 蘇迪（Sudie）：蘇（Sue）的暱稱。

3 波特酒（Port Wine）：葡萄牙的加強葡萄酒（加入烈性蒸餾酒的葡萄酒），產於葡萄牙北部的杜羅河谷。通常是甜的紅葡萄酒，常做爲甜點酒。

4 薩梯（Satyr）：希臘神話中的森林之神，嗜酒好色，是潘與戴奧尼索斯複合體的精靈。薩梯擁有人類的身體，同時也有部分山羊的特徵，例如山羊尾巴、耳朵和陰莖。

者，揮舞畫筆四十年，始終和藝術女神有段距離，連她的裙襬都沒碰到過。他的曠世傑作總在誕生邊緣，卻從未真的動筆。除了偶爾塗幾幅商業圖畫或廣告之外，幾年來什麼作品也沒有。他靠著給聚集區裡請不起職業模特兒的年輕畫家當模特兒賺點小錢，琴酒總是喝過量，老是談著他即將出現的名作。此外，他還是個暴躁的小老頭，極度看不起軟弱的人，他認為自己是條特別的看門獒犬，任務就是保護樓上畫室的兩位年輕藝術家。

蘇在樓下光線昏暗的小房間裡找到他，貝爾曼整個人泛著濃濃的杜松子酒氣。角落的畫架上放著一幅空白畫布，等待曠世傑作的第一條線已經等了二十五年。她把瓊希的奇怪想法告訴了他，也跟他說了自己有多害怕，怕她越來越無力抓住這個世界的時候，真的會像一片輕輕的、易碎的葉子一樣飄然而去。

老貝爾曼通紅的眼睛顯然泛著淚，但他吼叫著，對這種愚蠢的憑空想像表示輕蔑，大加嘲諷。

「這什麼話！」他喊，「世界上有這種傻瓜，因為葉子從該死的常春藤上掉下來就要去死？這種事我聽都沒聽過。不，我才不要去當你那什麼笨蛋隱士模特兒。你怎麼會讓這種蠢念頭跑到她腦子裡去呢？啊，可憐的小瓊希小姐。」

「她病得很重，也很虛弱，」蘇說，「高燒把她的腦子都燒糊塗了，裡頭全是些奇怪的幻想。那好，貝爾曼先生，如果你不想當我的模特兒，也不需要勉強。我只是覺得你是個糟糕的老——老長舌鬼。」

「你果然像個女人！」貝爾曼嚷著，「誰說我不去了？走啊，我這就跟你去，我說我準備好當模特兒都說了半小時了。老天哪，瓊希小姐那樣的好人實在不應該在這種地方病倒。哪天我把我的曠世傑作畫出來，我們就可以離開這個地方了。老天哪！就是這樣。」

他們回到樓上，瓊希已經睡著了。蘇把窗簾放下，示意貝爾曼到另一個房間去。他們在那裡擔心地看著窗外的常春藤，接著好一會兒沒說話，只是彼此對望。冰冷的雨一直在下，還夾著雪花。貝爾曼穿著藍色的舊襯衫，坐在一只倒扣著充當岩石的鐵壺上，扮演一個隱居的礦工。

第二天早上，蘇從僅僅一小時的睡眠中醒來，發現瓊希眼睛睜得大大的，呆呆地望著放下的綠窗簾。

「把窗簾拉起來，我要看。」她聲音微弱地命令。

疲倦的蘇照做了。

但是，看哪！經過漫長一整夜的狂風暴雨吹打，居然還有一片常春藤葉緊貼在磚牆上。那是藤枝上最後一片葉子了，葉柄還是深綠的，但鋸齒狀的葉緣已經染上了枯敗的黃色，即使如此，它依然無畏地掛在距離地面二十呎高的一根枝條上。

「那是最後一片了，」瓊希說，「我還以為經過昨天那一夜，它絕對掉下來了。昨晚的風聲我都聽見了。今天它就會落下，同時也將是我的死期。」

「親愛的，親愛的！」蘇把憔悴的臉貼在枕頭上，說：「就算你不為自己想，也為我想一想啊。到時候我要怎麼辦？」

但瓊希沒有回答。這世上最寂寞孤絕的，莫過於準備獨自踏上神祕遙遠旅程的靈魂。當友情和塵世的連結一個接一個鬆開，幻想對她的糾纏就變得更強烈。

這一天過去了，即使暮色昏黃，她們還是能看見那片孤零零的葉子附在靠牆的葉柄上。接著，隨著夜晚降臨，北風又颳了起來，雨也不斷地打在窗戶上，順著低矮的荷蘭式屋簷滴答答往下落。

天才剛亮，瓊希就毫不留情地命令蘇把窗簾拉起來。

那片常春藤葉依然在那兒。

瓊希躺著，看它看了很久，然後喊了蘇，那時蘇正在煤氣爐上攪雞湯。

「我真壞啊，蘇迪，」瓊希說，「冥冥中有股力量，讓那最後一片葉子一直待在那兒，好讓我知道自己有多邪惡。求死是一種罪孽。現在你可以給我端點雞湯來，再加一點摻了波特酒的牛奶，然後再——不，先給我拿個隨身鏡來吧，然後幫我堆幾個枕頭，這樣我就可以坐起來看你做飯了。」

過了一個小時，她說：「蘇迪，我希望有一天能去畫那不勒斯海灣。」

下午醫生來看她，醫生離開的時候，蘇也找了個藉口去走廊。

「機會一半一半，」醫生握住蘇削瘦顫抖的手，「好好照顧她，你會打贏這場仗的。現在我得去看樓下的另一個病人，叫貝爾曼——我相信他也是某一類的藝術家。也是肺炎，不過他年紀大了，身體差，病勢又凶猛，沒希望了。不過今天我們會把他送到醫院去，應該會讓他舒服一點。」

隔天，醫生對蘇說：「她已經脫離危險期，你勝利了。現在只需要調養和照顧啦——就這樣。」

那天下午，蘇來到瓊希床邊，瓊希正滿足地織著一條很藍、也很無用的羊毛披肩，蘇一把將她連枕頭一起摟住。

「我有事要告訴你，小不點，」她說，「貝爾曼先生因為肺炎，今天在醫院過世了。他只病了兩天。他病的第一天早上，門房發現他在樓下自己房間裡痛苦無助的樣子，鞋子衣服都濕透了，冷得跟冰一樣。沒有人想得到，天氣那麼糟糕的夜裡，他到底跑哪裡去了。後來，他們找到一個提燈，還亮著，一只移動過位置的梯子、幾支畫筆，還有一個調色盤，上頭混合了綠黃兩色顏料，然後——看看窗外吧，親愛的，看看牆上那最後一片葉子。你不是一直納悶，為什麼那片葉子任憑風怎麼吹都紋絲不動嗎？啊，親愛的，這就是貝爾曼的曠世傑作——那天夜裡，當最後一片葉子落下的時候，他把它畫在牆上了。」

——原刊於一九〇五年十月十五日《紐約週日世界報》，並收錄於《剪亮的燈》（The Trimmed Lamp, 1907）一書。

並非報導

為了避免多心的讀者把這本書丟到房間角落去，我要及時聲明，這並不是一篇新聞報導。你不會在這篇文章裡看見穿著襯衫、無所不知的市政新聞編輯，也不會碰到剛從鄉下來的天才菜鳥記者，沒有獨家，沒有報導——什麼都不會有。

但如果您容許我把第一幕的場景放在《燈塔晨報》的記者辦公室裡，我一定嚴格遵守上述承諾，做為報答。

那時，我替《燈塔》寫稿，按字計酬，希望有一天能成為領薪水的正式員工。不知道是誰用耙子或鏟子在一張堆滿交換刊物、國會記錄和舊檔案的長桌尾端替我清出了一塊小小的空間，那就是我工作的地方。我在大街小巷努力跑新聞，這個城市裡的耳語、咆哮、嬉笑怒罵，不管聽到什麼我都寫。但我的收入一直很不穩定。

有一天崔普進了辦公室，靠在我桌上。崔普是印務部門的，我想工作跟圖片有點關係，因為他身上有製版藥水的氣味，雙手也老是有酸類腐蝕的痕跡和傷口。他二十五歲上下，但看起來像四十歲。又短又捲的紅色絡腮鬍蓋住了半張臉，像一張「歡迎光臨」字樣被磨掉了的門毯。臉色蒼白，帶著病容，一臉搖尾乞憐的悲苦相。他老是跟別人借錢，數目從兩毛五到一塊錢不等，一塊錢是上限，他明白自己的信用範圍，就像國家化學銀行，知道擔保品只要一經分析，裡頭的水分含量立刻一清二楚。他坐在我桌上，一隻手握住另一隻，好讓雙手都不發抖。這一定是喝了威士忌。他裝出一副輕鬆自在、虛張聲勢的好漢神氣，騙不了任何人，但對他借錢倒是有用，因為看起來實在太可憐、裝得太假了。

這天我剛從出納那兒拐出五個亮晶晶的銀幣，那是週日版編輯勉強接受了的一篇報導預付稿費，還帶著點牢騷味。因此，雖然我並不覺得自己和這世界的戰爭就此結束，至少可以暫時宣布休兵，於是我幹勁十足地開始寫一篇布魯克林橋的月色風光。

「嗯，崔普，」我不耐煩地抬起頭看他，「怎麼啦？」他今天的樣子，比我以前看過的任何時候都更悲苦、更退縮、更憔悴、更飽經滄桑，他不幸到那種地步，讓你忍不住對他湧出滿腔同情，簡直讓人想踢他一腳。

「你有一塊錢嗎？」崔普問，用的是最巴結的表情，在他蔓延得過高的雜亂鬍鬚和長得太低的亂髮之間，一對小狗似的眼睛在那條狹長地帶上不斷地眨著。

「我有，」我說，然後又說了一次，「我有，」但聲音更大，口氣也更冷淡，「除了這一塊錢之外，我還有四塊錢。我可以告訴你，這五塊錢是我好不容易才從老阿特金森那兒挖出來的，因為，」我繼續說，「我經濟上有個缺口——有需要——一個燃眉之急——緊急狀態——是個非用它不可的情況，剛好需要五塊錢。」

我一定得這麼強調，因為我有預感，覺得自己馬上就要失去其中一塊錢。

「我不是要跟你借錢。」崔普說，我鬆了一口氣。「我覺得你會喜歡別人給你提供報導線索，」他繼續，「我替你找了個很棒的題材，至少可以寫成一篇專欄。要是處理得好，一定會成為一篇精采的報導。要拿到報導材料可能要花上你一兩塊錢，我自己一毛不拿。」

我軟化了。這個建議顯示，雖然他從來沒回報過以前我對他的恩情，但心裡還知道感激。要是他夠聰明，在這個時候跟我敲個兩毛五，是拿得到手的。

「什麼樣的報導？」我懸著手上的鉛筆，刻意擺出一副編輯的神氣。

「我跟你說，」崔普說，「是關於一個女孩子，一個美人。她是你平生見過最嬌豔的一顆水蜜桃，一朵帶露珠的玫瑰花苞，是嫩綠青苔花壇上的紫羅蘭——有一卡車這樣的形容詞可以形容她。她在長島住了二十年，從沒來過紐約。我在三十四街碰到她，她剛剛才搭東河渡船過來。我跟你說，她美得可以讓全世界用雙氧水漂假金髮[1]的人工美女都自慚形穢。她在街上攔住我，問我哪裡可以找到喬治．布朗。她在這麼大一個紐約市問我哪裡可以找到喬治．布朗！你想得到有這種事嗎？

「我跟她聊了一下，知道她下星期就要跟一個姓多德的年輕農場主——希拉姆．多德——結婚了，但似乎喬治．布朗在她年輕的心裡還是占著最重要的位置。幾年前，喬治給自己的牛皮靴上了油，到城市打天下，忘了還要回格林堡[2]，希拉姆就成了第二順位候選人。但是當婚禮開始籌備，愛妲——她叫做愛妲．蘿瑞——就給一匹老馬上了鞍，騎了八哩路到車站，趕上清晨六點四十五分開往紐約的火車，來找喬治，你知道——女人嘛，你懂得的——就是因為喬治不在身邊，她才想見他。

「這個嘛，你知道，我不能讓她在這個哈德遜河邊的色狼城裡到處亂跑。我想她一定以為自己問到的第一個人就會回答：『喬治．布朗？——啊，沒錯——讓我想想——是個淺藍色眼睛的矮個子，對吧？噢，是的——你到一百二十五街去，就可以找到喬治了，雜貨店隔壁有家馬具店，他就在那裡當收銀員。』她就是那麼天真、那麼美。你也清楚，像格林堡這類長島水邊的小村莊，頂多只有幾家娛樂用的養鴨場、蛤蜊池，跟每年夏天接待九個遊客左右的旅遊業，她就是這種地方來的。但是，哎——你真該見見她！

「我還能怎麼辦？我沒有隔夜錢，早上的錢長什麼樣子我根本不知道。而她把所有的錢都拿

1 雙氧水（hydrogen peroxide）在一八一二年發現，但直到一八六七年的巴黎博覽會，它漂金髮的用途才正式爲人所知。漂白出來的假金髮顏色當時稱爲「雙氧水金（peroxide blonde）」。

2 格林堡（Greenburg）：作者說位於紐約長島，有鐵路通過。然而一八三四年開始營運的長島鐵路線上並沒有這個地名，只有格林港（Greenport），此註供讀者參考。

去買了車票，只剩下兩毛五，又全花在買口香糖上頭，她一直從紙袋裡拿糖出來嚼。我帶她去了三十二街我住過的一家出租房，把她押在那兒，要付一塊錢才能把她贖出來，那是麥昆尼斯老嬤嬤一天的房租價格。我會帶你去那兒看看。」

「這些東西算什麼，崔普？」我說。「我還以為你說你有報導題材，哪艘橫越東河的渡船沒有長島女孩子來來去去的。」

崔普臉上過早出現的皺紋變得更深了，蓬亂的頭髮底下眉頭蹙得緊緊的。他鬆開了雙手，用一隻顫抖的食指強調著回答。

「難道你看不出來，」他說，「這個題材可以寫出多麼精采的報導？你可以寫得很好。就繞著這個愛情故事，你知道的，描寫一下這個女孩子，塞一點關於真愛什麼的東西進去，再放幾個好笑的笑話——比如說調侃長島人怎麼幼稚沒見識之類的，還有，反正——你知道怎麼寫的。這樣一篇報導，你不管怎樣都能拿到十五塊錢，成本只花你四塊錢，你可以淨賺十一塊。」

「為什麼要花我四塊錢？」我懷疑地問。

「一塊錢給麥昆尼斯太太，」崔普立刻回答，「兩塊錢給那女孩子當回家的路費。」

「還有一塊錢呢？」我很快地心算了一下。

「一塊錢給我，」崔普說，「讓我喝威士忌。怎麼樣？」

我神祕地笑笑，撐開手肘擺出打算繼續寫稿的樣子。但是這個陰鬱、淒苦、貌似真實、伏首貼耳、像帶刺的草籽一樣糟糕的男人卻怎麼樣也甩不掉。他的額頭突然沁出了汗，又油又亮。

「難道你不知道嗎？」他說，口氣中有種絕望的平靜，「這個女孩今天就得回家——不是今晚，也不是明天，是今天。我什麼也沒辦法為她做。你也知道，我根本是窮困潦倒俱樂部的門房兼通訊祕書。我覺得你可以拿這個題材寫一篇新聞報導，總是能弄到一筆錢。但是不管怎樣，難道你不懂，今晚以前她非回去不可嗎？」

這時，我開始感覺到那模糊、沉重、壓迫著靈魂、一般稱之為責任感的東西。為什麼這種感覺落在一個人身上，就像是一種累贅和負擔呢？我知道我那天是在劫難逃了，我辛苦搾出來的錢絕大部分都得掏出來，去救助這個愛妲·蘿瑞。但我暗暗發誓，崔普休想拿到他的威士忌酒錢。他可以拿我的錢去扮演行俠仗義的騎士，但事後還要痛快大喝一場慶祝我的軟弱好騙，他想都別想。我帶著冷冰冰的怒意，穿上外套，戴上帽子。

順從、討好、努力想取悅我又白費心機的崔普帶我搭街車去了麥昆尼斯老嬤嬤開的那家人口當鋪。車費是我付的，看來這位滿身火棉膠[3]味的唐吉軻德，身上連最小的銅板都沒有了。

崔普拉了那棟破舊紅磚出租房的門鈴，那微弱的叮噹聲讓他的臉倏地發白，身體也縮了起

3 火棉膠（collodion）：早期濕版攝影使用的材料。攝影師在玻璃片塗上火棉膠藥膜，接著經過感光、曝光、顯影等步驟，這段時間內，玻璃片一直維持濕潤狀態，因此稱爲「濕版攝影」。

來，像隻聽見了獵狗動靜、隨時準備逃跑的兔子。他被房東太太走來的腳步聲嚇得像見了鬼，我猜也猜得到他以前過的是什麼樣的生活。

「拿一塊錢給我——快！」他說。

門微微地開了六吋，麥昆尼斯嬤嬤瞪著一雙白眼站在那兒——是白的，沒錯——臉色蠟黃，一隻手放在喉嚨處，捏著自己骯髒的粉紅法蘭絨罩衫領口。崔普一言不發地把那一塊錢從開口塞進去，我們這才進了門。

「她在客廳。」麥昆尼斯太太一面說，一面轉身背對我們。

昏暗的客廳裡，一個女孩坐在客廳中央大理石面都裂了的桌子邊，一面放鬆地掉眼淚，一面嚼著口香糖。她確實是個毫無瑕疵的美人，即使哭著，也只是讓她閃爍的眼睛更加水亮。當她吧答吧答嚼著口香糖的時候，你只會思考這動作裡的詩意，並對她嘴裡那塊毫無知覺的糖心生羨慕。夏娃出世之後五分鐘，鐵定和十九、二十歲的愛妲．蘿瑞小姐一模一樣。崔普介紹了我，一塊口香糖便可憐地被冷落了，她對我表達了某種天真的興趣，就像一隻小狗（競賽得獎的那種）對一隻爬行的甲蟲或青蛙感興趣那樣。

崔普在桌邊站定，手指張開按在桌面上，姿勢跟律師或司儀一樣，但是他哪一種都不像。他褪色的外套扣得高高的，似乎想遮掩缺了的領帶和襯衫。

看著他糾結的亂髮和鬍鬚間那道狹長地帶上鬼鬼祟祟的眼睛，總會讓我想起蘇格蘭獵狐犬。

有那麼一瞬間，我甚至覺得自己在這位落難美人面前被介紹成他的朋友是很丟臉的事。不過顯然崔普已經打算主導所有的儀式，不管這所謂的儀式到底是什麼。從他的行為舉止，我想我看出來了，他的意圖就是把這個狀況包裝成新聞報導題材硬扔給我，還巴望著從我這裡弄到他喝威士忌的一塊錢。

「這是我朋友，」（我打了個寒顫）「查默斯先生，」崔普說，「蘿瑞小姐，他要告訴你的，其實跟我說的一樣。他是個記者，說得比我好，所以我帶他跟我一起來。」（噢，崔普，難道你要的是一個舌粲蓮花的演說家？）「他很聰明，懂得很多事，他會告訴你現在怎麼做最好。」

我坐在一張搖搖晃晃的椅子上，用一隻腳勉強撐著它。

「啊——呃——蘿瑞小姐，」我開口了，心裡其實對崔普拙劣的開場白氣得要命，「當然，我很樂意為你效勞，但是——呃——因為我還不清楚整件事的情況，我——呃——」

「噢，」蘿瑞小姐粲然一笑，說：「事情沒那麼糟——沒什麼情況不情況的。這是我五歲那回之後第一次來紐約，我沒想到是這麼大一個地方。然後我在街上遇見了斯——斯尼普先生，跟他打聽我朋友的事，他就把我帶來這兒，叫我在這裡等。」

「蘿瑞小姐，我建議你，」崔普說，「把事情都告訴查默斯先生，他是我朋友，」（這一次我慢慢習慣了），「他會給你出個好主意的。」

「啊，那是當然。」愛妲小姐一面對著我嚼口香糖一面說。「其實也沒什麼好說的，除了——

嗯，下星期四晚上我要跟希拉姆．多德結婚，一切都定下來了。他有兩百英畝地，有好多地在水邊，還有座島上最好的蔬菜農場。但是今天早上，我給馬上了鞍——是匹白馬，名字叫舞蹈家——就騎著到火車站去了。我跟家裡說要跟蘇西．亞當斯出去玩一天。這算說謊，我想，不過我不在乎。我搭火車到了紐約，在街上碰到了弗——弗利普先生，就問他知不知道哪裡可以找到喬——喬——」

「好的，蘿瑞小姐。」她說話有點遲疑，崔普立刻大聲打斷了她，我覺得這樣實在太不得體了。「你喜歡那個叫希拉姆．多德的年輕人，是嗎？他人不錯，對你也很好，是不是？」

「我當然喜歡他，」蘿瑞小姐加強了語氣，「他是很不錯，當然對我也很好。每個人都對我很好。」

這一點我可以發誓。愛妲．蘿瑞小姐一輩子碰到的所有男人都會對她好。他們會拚盡全力、絞盡腦汁、爭先恐後地搶著替她撐傘、寄行李、撿手帕，還跑到噴泉旁邊替她買汽水。

「但是，」蘿瑞小姐繼續說，「昨天晚上，我突然想起了喬——喬治，我——」

她突然把長著閃亮金髮的頭埋到桌上交握著的、豐潤的手裡。多麼美麗的一場四月暴風雨！她放肆地痛哭，我真希望自己能安慰她，但我不是喬治，也很慶幸自己不是希拉姆——但我還是覺得很難過。

過了一陣子，暴雨過去了。她挺直了身子，看起來很勇敢，臉上也微微有了笑意。她一定會是個非常棒的妻子，因為哭泣只讓她的眼睛變得更亮、更溫柔。她往嘴裡扔了一塊口香糖，開始說她的故事。

「我知道我是個土得不得了的鄉巴佬，」她說著，當中夾雜著抽噎和嘆氣，「但是我沒辦法。喬——喬治．布朗和我，從他八歲、我五歲的時候就互相喜歡了。他十九歲那年——那是四年前的事——離開格林堡到城裡去。他說他想當個警察，或者鐵路公司總裁之類的，然後就會回來娶我。但之後就一點消息都沒有了。我——我——真的很喜歡他。」

另一道淚水洪流眼看就要決堤，但崔普突然挺身殺出，堵住了缺口。去他的！他意料不到的是，我知道他在玩什麼把戲，他就是想拿這件事編個報導，好完成他卑鄙的目的，從中得利。

「你來吧，查默斯先生，」他說，「跟這位小姐說，怎麼做才最適當。我也是這麼跟她說的——你就直說吧，直接講。」

我咳了一聲，努力克制對崔普的怒火。我知道自己該做什麼。我被狡猾地騙了，雖然身陷陷阱但至少安然無恙。崔普一開始跟我說的判斷倒是公平正確，這位年輕小姐當天就得回格林堡。我們必須說服她、讓她相信、跟她保證、教她怎麼做、幫她買票，然後毫無延誤地讓她回家。我討厭希拉姆，也看不起喬治，但責任就是責任，必須完成。

把高貴的助人之舉和區區五塊錢相提並論實在煞風景，但偶爾也還能湊合。我必須扮演先知，然後把這筆運費付掉。於是我擺出了所羅門兼長島鐵路總票務員的神氣。

「蘿瑞小姐，」我盡可能讓人印象深刻地說，「生活終究是件怪事。」這話我自己聽著都覺得有點耳熟，希望蘿瑞小姐沒聽過柯漢先生的歌[4]。「我們和初戀的那個人很少修成正果。我們早年的愛情染上了年輕的魔力光彩，常常難以化為現實。」最後幾個字一出口，聽起來就有那麼點陳腔濫調。「但那些溫柔地珍藏在心底的夢想，」我繼續說，「也許會為我們未來的生活灑上一片悅目的餘暉，不管那些夢想在當時有多麼不切實際、多麼虛無飄渺。不過生活中除了幻覺和夢想，也充滿了現實。一個人是不能靠著回憶活下去的。我想請問一下，蘿瑞小姐，如果除去浪漫回憶這個部分，多德先生的其他方面都還──呃──合格的話──你覺得你是不是可以跟多德先生一起度過幸福──也就是說，滿足而和諧的一生呢？」

「噢，他很好，」蘿瑞小姐回答，「可以的，我可以跟他過得很好。他還答應要給我買一部汽車和一艘汽船呢。不過，不知怎地，當婚期一天天接近，我就忍不住盼著──嗯，只是想著，喬治。他一定出了什麼事，否則他不會不寫信給我的。他離開那一天，和我拿了一支鐵鎚和一把鑿子，把一枚一毛錢硬幣鑿成兩半，我拿一半，他拿了另一半，我們發誓對彼此真心不變，會永遠收著那半片硬幣，直到再度相逢為止。我那半片現在收在我衣櫥最上層抽屜的一個戒指盒裡。我想我跑到這裡來找他確實很蠢，我真的沒想到這地方有這麼大。」

這時崔普又刺耳地輕笑著插了嘴，他還是想塞點小故事或戲劇情節進來，好賺到他想得不得了的、可悲的一塊錢。

「噢，鄉下來的小伙子進了城，學了點什麼之後，總會忘記很多事。我想喬治啊，大概是成了流浪漢，不然就是被別的女人拐走了，再要不然，就是栽進威士忌或賭馬裡頭把自己毀了。你聽查默斯先生的話回家去吧，那樣的話，你一切都會穩穩當當的。」

這會兒也該是行動的時候了，因為時針已經接近正午。我對崔普皺著眉，繼續溫和又富哲學意味地對蘿瑞小姐說明，不露痕跡地讓她相信立刻回家有多麼重要。我還特別強調一個事實，不管她這次來這個吞掉了不幸喬治的城市碰到了什麼奇蹟或真事，跟希拉姆提這些，對她未來的幸福並不那麼必要。

她說她把馬（倒楣的羅西南特[5]）綁在火車站附近的一棵樹上。崔普和我要她一到站就騎上那匹有耐性的好馬盡快趕回家。到家以後，要跟家裡細細地講她和蘇西．亞當斯一起玩的這一天有多少令人興奮的奇遇。她可以先跟蘇西套好話——這我確定她會——然後事情就解決了。

接著，因為美人實在太令人耿耿於懷，我的冒險精神也略有升溫。我們三個人趕到渡船碼頭，在那兒我發現去格林堡一張票只要一塊八毛錢。我買了票，又用剩下的兩毛錢買了一

4 喬治．柯漢（George M. Cohan, 1878～1942）：百老匯音樂家、歌手兼舞者。文中提到的「生活終究是件怪事」，套用自柯漢作品〈生活終究是件趣事〉（Life is a Funny Proposition After All）。

5 羅西南特（Rocinante）：唐吉軻德的坐騎。

朵紅豔豔的玫瑰送給蘿瑞小姐。我們目送她的渡船離開，站在碼頭上看著她對我們揮舞著小手帕，直到成為一個小得不能再小、只能想像那是她的小白點。然後，崔普和我看著對方，我們被帶回了塵世，乾枯荒涼地留在灰暗現實生活的陰影裡。

美和浪漫打造出來的魔力圈正漸漸消失。我看著崔普，簡直忍不住想譏笑他。他看起來比過去任何時候都更憂鬱、更可鄙、更不堪。我手指撥弄著口袋裡的兩枚銀幣，耷拉著眼皮輕視地盯著他，他卻還想硬撐出反抗的樣子。

「你用這些材料寫不出一篇報導嗎？」他聲音嘶啞地問。「就算必須捏造一點內容，也算是某種報導不是？」

「一行都寫不出來，」我說，「我完全可以想像，要是我把這種俗濫東西交出去，葛林姆那張臉上會有什麼表情。不過我們畢竟幫了那位小姐的忙，這大概是我們唯一的報酬了。」

「我很抱歉。」崔普說，聲音微弱得幾乎聽不見。「我很抱歉要你掏腰包。哎，我還以為自己找到了一個精采故事，你知道的——就是那種，可以寫出棒極了的報導的材料。」

「我們試著忘記這件事，」我說，口氣盡可能愉快，這努力簡直可歌可泣，「搭下一班車回去吧。」

我鐵了心不讓他不言而喻的渴望成真。他再怎麼哄、怎麼騙，都休想弄到他心心念念的一塊錢，這種徒勞的瞎忙我已經膩了。

崔普無力地解開身上那件花紋褪了色、邊緣也磨亮了的外套，伸手探進一個破了好幾個洞的暗袋，想掏出某個曾經是手帕的東西。他做這動作的時候，我瞥見他背心上有條廉價的鍍銀錶鍊閃閃發光，底下晃蕩著某樣東西，我好奇地伸出手抓住，那是個用鑿子鑿成兩半的一毛錢銀幣。

「這怎麼回事？」我死死地盯著他。

「噢，是啦，」他鬱鬱地回答，「喬治．布朗，又名崔普。但又有什麼用？」

除了基督教婦女禁酒聯合會[6]之外，我想知道，還有誰不同意我立刻把口袋裡崔普喝威士忌的一塊錢拿出來，而且毫不遲疑地放到他手裡去呢？

——原刊於一九〇九年六月號《大都會》（Metropolitan）雜誌，並收錄於《隨意選擇》（Options, 1909）一書。

---

6 基督教婦女禁酒聯合會（WCTU）：一八七三年由弗朗西斯．威拉德（Frances Willard, 1839～1898）創立，以白絲帶爲標誌。

失敗的假設

雖然古奇律師對自己那門行業引人入勝的技藝向來專心致志，但他有個天外飛來的幻想，可以讓他的腦子得到一點小小的樂趣。他喜歡把自己那套辦公室比做船的底艙，辦公室一共有三間，彼此有門相通，也都可以關起來。

「船隻呢，」古奇律師說，「基於安全考量，在底艙會建造彼此隔絕的水密艙室[1]。就算其中一間漏了，灌滿了水，這艘船還是可以安然無恙地繼續航行。要是沒有隔離艙壁，只要一個漏洞，就可以讓整艘船沉沒。目前我也常有這種情況，我正在跟當事人商談，另外一群有利益衝突的當事人卻正巧來訪，那麼我就會在阿奇伯德——一個很有前途的辦公室雜工——的協助下，把危險的湧流引到隔開的水密艙室去，再用我的法律鉛錘測一下水深。如果有必要，就把他們舀到走廊裡，讓他們從樓梯排出去，那座樓梯我們都叫它背風甲板排水口。這麼一來，這艘商船就會一直安全地浮在水面；要是讓原本在底下撐著船的水流在船艙裡任意匯合，那我們這艘船可就要沉啦——哈哈哈！」

法律是很枯燥的，難得有什麼有意思的笑話。就算這笑話在浩瀚的幽默之海中不值一哂，古奇律師卻說不定真的因為它，在案件摘要的無聊、民事侵權行為的沉悶和訴訟程序的冗長乏味中，得到了些許放鬆。

古奇律師的業務大部分是解決不幸的婚姻。要是雙方因為糾紛而心灰意冷，他便居中調解、安撫、做出公斷；要是兩人因為含沙射影的言外之意而痛苦不已，他便為他們重新調整、辯護、全力捍衛；要是婚姻鬧到無法收拾的地步，他也總能讓他的委託人得到最輕的判決。

但是，古奇律師也不總是那麼動作敏捷、全副武裝、狡猾好戰，高舉著雙刃劍隨時準備斬斷婚姻之神海曼[2]的枷鎖。大家都知道，他更傾向修復而非拆毀，讓雙方重修舊好而非一刀兩斷，把犯錯的迷途羔羊領回羊欄而不是整群驅散。他常常憑著有說服力而且感動人心的言詞，讓夫妻兩人淚流滿面地回到彼此懷抱；也常常成功地指導孩子們在心理關鍵時刻（還有聽見某個特定暗號的時候）大聲哀叫：「爸爸，你可以回家，回到我和媽媽身邊嗎？」而一舉獲勝，保住了搖搖欲墜的家庭。

1 水密艙室（Watertight compartments）：船艙的安全結構，將船身內部劃分成多個空間艙房，當船隻意外入水時，可以隔絕不同房間，讓船維持浮力，不會即時下沉。大型船隻如郵輪的水密艙室可以用做不同功能的空間，包括客房、貨物艙、機房等。

2 海曼（Hymen）：希臘羅馬神話中的婚姻之神，太陽神阿波羅的兒子，常以手持火把的形象出現。

公正的人會承認，古奇律師從破鏡重圓的委託人那兒獲得的酬金，和替他們對簿公堂打離婚官司的費用不相上下。心懷偏見的人則暗示，他拿到的錢其實是雙倍，因為無論如何，這些懺悔的夫妻，日後還是會回來找他辦離婚的。

六月一到，古奇律師這艘法律之船（借用他自己的比喻）便近乎停航。離婚的磨盤在六月轉得特別慢。這是屬於丘比特和海曼的月分。

古奇律師無所事事地坐在他門可羅雀的辦公室中間那個房間裡。這間辦公室和走廊之間有個小小的接待室相連——或者不如說「隔開」更貼切。阿奇伯德就駐守在這裡，他從訪客那兒弄來名片或者自報的名號，就會讓他們稍等，然後去跟老闆報告。

這天，最外面那扇門突然傳來激烈的敲門聲。

阿奇伯德過去開門，卻被訪客當成閒雜人等推到一邊去，那人毫無一絲尊重地長驅直入，闖進了古奇律師的辦公室，大剌剌地往律師面前那張舒服的椅子一坐，態度隨意而傲慢。

「你就是芬尼斯．C．古奇律師？」這位訪客說，他的音調和語氣轉折，讓這句話同時擁有了詢問、肯定和譴責三種意義。

在表明自己的身分之前，律師就以迅速、卻極為精準而審慎的眼光對這位可能的委託人做了評估。

這是個很強勢的人——身材魁梧，態度積極，舉止大膽隨便，顯然很自負，有點愛吹牛，一副胸有成竹的自在樣。他的服裝十分講究，但稍嫌華麗過頭。他來找律師，但從他帶著笑意的眼睛和毫無畏懼的神情裡，又看不出他有什麼需要律師的地方。

「我是古奇。」律師終於承認。要是客戶讓他感覺有些壓力，他也會連名帶姓自我介紹，但他並不覺得主動提供個人訊息是個好習慣。「我沒有你的名片，」他用一種責備的口氣說，「所以我——」

「我知道你沒有我的名片，」來客從容地說，「而且你暫時也拿不到。來一根？」他把一條腿跨在椅子的扶手上，掏出一把色澤深濃的雪茄扔在桌上。那雪茄的牌子，古奇律師是認得的。他的不悅稍微軟化了些，接受了抽菸的邀請。

「你是個專打離婚官司的律師。」那位沒給名片的訪客說，這次口氣裡沒有質問的成分。但他這句話並不是單純的認定，而是隱隱形成了某種指控、某種譴責，就像有人對一條狗說：「你是條狗」一樣。面對這樣的責難，古奇律師沉默以對。

「你處理各種婚姻破裂案件，」訪客繼續說，「也許我們可以這麼看，你就像個外科醫生，專門把丘比特射錯了的箭頭拔出來；要是哪家婚姻之神的火把弱得連雪茄都點不著了，你就負責去把火燒得旺一點。我說得對嗎，古奇先生？」

「我是處理過您用比喻說法提到的案件。」律師審慎地說。「您是打算找我做專業諮詢嗎？這位先生您……」律師期待他自報姓氏，卻只是暗示性地停住了口。

「別急，」對方揚了揚手裡的雪茄，說：「還不到時候。有個問題我們必須先謹慎處理一下，要是不從一開始就注意，那我們也沒有必要談了。有件婚姻糾葛需要釐清。但是在我把當事人的名字告訴你之前，我希望你坦白地——嗯，反正，就以你的專業看法說說這個混亂狀況的是非曲直。我希望你對這場災難做個評估，抽象式的評估，你了解了嗎？我是個無名小卒，有個故事要講給你聽，你聽了以後就說說你的意見。你懂我的意思嗎？」

「您想談一個假設的案子？」古奇律師說。

「這就是我一直在找的字，在這之前，我能想到長得最像的一個字是『藥劑師[3]』。『假設』這個字很適合。我說明一下這個案子。假設有個女人——一個非常漂亮的女人——她拋棄了丈夫和家庭，瘋狂地愛上了一個到他們鎮上做房地產生意的男人。這個女人的老公叫湯瑪斯．R．比林斯，我們不妨就這麼稱呼他吧。姓名我就直說了，那個浪蕩小伙子叫亨利．K．傑瑟普。比林斯家住在一個叫蘇珊維爾的小鎮上，離這兒有一大段距離。好，傑瑟普兩星期前離開了蘇珊維爾，隔天，比林斯太太就追來了。她絕對是瘋了似地愛上了傑瑟普，你可以拿你所有的法律藏書來打賭。」

這位當事人油腔滑調的得意勁兒，連見多了世事、早已麻木的律師都有點微微的反感。現在他清楚看出了這個愚蠢的訪客對勾引女人的自負，這個成功的輕浮傢伙整個人充滿了自私自利的洋洋得意。

「現在，」訪客繼續往下說，「假設這位比林斯太太的家庭生活一點也不幸福。我們可以說，她跟她先生根本合不來。他們南轅北轍的地方實在是太多了，她喜歡的東西，當成禮物再附優待券送比林斯先生他都不要。他們一直就是水火不容，就像狗和貓一樣。她是個受過科學及文化教育的女人，還曾經在聚會裡朗讀。比林斯先生就不行了，進步、方尖碑、倫理道德和這一類的東西他都不欣賞。老比林斯碰到這些東西就只會眨眼睛，那位夫人的層次遠遠在他之上。現在，律師先生，你不覺得那樣的一個女人甩了比林斯先生，和一個能欣賞她的男人在一起，其實是天經地義的事嗎？」

「個性合不來，」古奇律師說，「肯定是許多婚姻不協調、不幸福的根本原因。要是事實確實如此，離婚似乎是個公平的解決辦法。您——抱歉——那位傑瑟普先生，是個能讓那位女士安穩託付終身的人嗎？」

「噢，傑瑟普這人完全可以打包票。」委託人說，一面很有自信地點點頭。「傑瑟普沒問題，他做事光明正大。怎麼說呢？他就是為了不讓人們議論比林斯太太，才離開蘇珊維爾的。但她居然追了過來，所以現在，他當然會對她不離不棄。等到她合法離婚離得乾乾淨淨之後，傑瑟普自然會做他該做的事。」

---

3 這人想不起假設（hypothetical）這個字，只能想起有些類似的「藥劑師」（Apothecary）。

「那麼，現在，」古奇律師說，「如果你願意的話，讓我們繼續假設吧，假設這個案子裡有什麼需要我效勞的地方，關於——」

委託人衝動地站了起來。

「噢，去他的假設，」他不耐煩地大叫，「我們不要再假設了，直說吧。這會兒你應該也知道我是誰了。我希望那個女人離得了婚，律師費我付。你什麼時候讓比林斯太太恢復自由身，我就付你五百塊錢。」

古奇律師的委託人握起拳頭在桌上敲了一下，像是在強調自己的慷慨。

「如果情況是這樣的話——」律師開口說。

「先生，有位夫人想見您。」阿奇伯德從接待室跳進來喊。一直以來，他收到的指示是，只要有委託人來訪，就立刻通報，上了門的生意沒道理推掉。

古奇律師扶起一號委託人的手臂，態度殷勤地把他領到相連的另一個房間去。「先生，麻煩您在這裡等我幾分鐘，」他說，「我會盡快回來繼續跟您討論。我一直在等一位非常有錢的年長女士，她要來找我談遺產處理問題，不會讓您等太久的。」

那位開朗的紳士一言不發地坐下，拿起一本雜誌，算是答應了。律師回到中間那個辦公室，當心地把相連那扇門關好。

「請那位女士進來，阿奇伯德。」他對著等待指示的雜工說。

一位身材高䠷、氣質威嚴、嚴肅而端莊的女士進了房間。她穿著長禮服——是長禮服，而不是普通的衣裙——看起來豐滿且優雅。她的眼睛裡彷佛燃燒著天賦與靈性的火焰，手裡拿著一個容量幾乎有一蒲式耳[4]的綠色大提包，還有一把彷彿也穿了長禮服的華麗雅緻大傘。她在椅子上坐下。

「你是芬尼斯．C．古奇律師嗎？」她用一種正式、不可妥協的口氣問道。

「我就是。」古奇律師直截了當地回答。他和女人打交道的時候從不繞圈子。女人老是喜歡拐彎抹角。要是討論的雙方都用這種方式說話，那就太浪費時間了。

「先生，身為一個律師，」那位女士開口說，「也許你對人心有些了解。當一顆崇高而深情的心靈，在一群可悲且無足輕重、世間稱之為男人的傢伙之中找到了真正的伴侶，你認為這個做作社會中懦弱、心胸狹窄的習俗是否應該加以阻撓？」

「夫人，」古奇律師用他平時制止女性委託人喋喋不休的口氣說，「這裡是處理法律事務的辦公室，我是個律師，不是哲學家，也不是報紙上『失戀信箱』專欄的編輯。我還有客戶在等，可否請您直接說重點？」

4 蒲式耳（bushel）：英制容量及重量單位，通用於英國和美國，主要用來量度乾貨、農產品。不同農產品的蒲式耳定義不一。通常，一蒲式耳等於八加侖（約三六．三七公升）。

「這個，你不需要這麼橫眉豎目。」那位女士說，明亮的眼睛一閃，同時出人意料地把傘轉了一圈。「我是來談正事的，有件離婚訴訟案想聽聽你的意見。這種事，俗人們稱它為離婚，但這實際上只不過是錯誤和可恥狀態的重新調整，而這些錯誤和可恥的狀態，正是人類短視的法律強行介入了愛——」

「抱歉，夫人，」律師不耐煩地打斷她，「請容我再提醒您一次，這裡是律師事務所。也許威爾考克斯夫人[5]——」

「威爾考克斯夫人還不錯，」女士打斷了律師的話，口氣粗魯地指點著，「還有托爾斯泰、葛楚德・阿瑟頓夫人、奧瑪・開儼和愛德華・伯克[6]，他們寫的東西我全都讀過。我很想跟你討論一下，在一個偏執且心胸狹窄的社會裡，心靈對抗殘害自由的種種限制時應有的天賦人權。不過我要先談正事。我想用不牽涉個人的方式跟你說明情況，讓你判斷一下孰是孰非。也就是說，我會用一種假定的例子來敘述，而不——」

「您想談一個假設的案子？」古奇律師說。

「我就是這個意思，」女士口氣尖刻地說，「現在，假設有個女人，她全心全意渴望著完美的人生，而她的丈夫，不管在智力、品味、甚至每件事上都遠遠不如她。呸！他就是個畜生。他看不起文學，嘲笑世上偉大思想家們的崇高思想，唯一想的就是房地產，和諸如此類俗氣骯髒的東西。他根本配不上一個有靈魂的女人。有一天，這個不幸的女人遇見了她理想中的男人，有頭腦，有情感，又有力量。她愛他。雖然這個男人遇上了一位新的知己也覺得心情激盪，但因為他太高尚、太正派了，不敢對她表白。他從他愛慕的人面前逃開了，她追隨而去，不顧一切地踐踏了蒙昧的社會系統想用來鎖住她的腳鐐。現在我想請問，辦一件離婚案要多少錢？西克莫峽谷的女詩人伊萊莎．安．蒂敏斯花三百四十塊就辦好了，我能不能——我是說，我案例中的這位女士要離婚的話，也可以一樣便宜嗎？」

「夫人，」古奇律師說，「您最後兩三句話中的清晰訊息讓我非常高興，我們現在可以不要再假設，直接談真實的姓名和案件嗎？」

---

5 威爾考克斯夫人（Ella Wheeler Wilcox, 1850～1919）：美國作家、詩人。最爲人所知的詩作是〈孤獨〉：「你笑，這世界與你一起笑；你哭，卻只有自己獨自哭泣。」

6 托爾斯泰（Leo Nikolayevich Tolstoy, 1828～1910）：俄國小說家、哲學家、政治思想家。著有《戰爭與和平》、《安娜．卡列尼娜》和《復活》等長篇小說。

葛楚德．阿瑟頓（Gertrude Franklin Horn Atherton, 1857～1948）：美國作家，最暢銷的一部小說《黑色公牛》在一九二三年拍攝成同名默片。

奧瑪．開儼（Omar Khayyám, 1048～1131）：波斯詩人、天文學家及數學家。一生研究各種學問，尤其精通天文學，除了無數天文圖譜與一部代數論文之外，還著有詩集《魯拜集》。

愛德華．伯克（Edward William Bok, 1863～1930）：荷蘭裔美國作家，曾獲普立茲獎。他擔任《婦女家園雜誌》（Ladies' Home Journal）的編輯長達三十年，對美國中產階級女性影響巨大。

「我也覺得應該這樣。」那位女士大聲回答，令人敬佩地接受了這個實際的提議。「那個低俗的畜生名叫湯瑪斯．R．比林斯，他阻礙了他的妻子——這只是法定關係，而不是靈魂伴侶——和高尚的亨利．K．傑瑟普之間的幸福，他們兩人才是相配的天生一對。而我，」委託人以一種驚爆內幕的戲劇性口吻做了結語，「就是比林斯太太！」

「先生，有位紳士想見您。」阿奇伯德衝進辦公室大喊，幾乎是用前手翻翻進來的。古奇律師從椅子上站起來。

「比林斯太太，」他很有禮貌地說，「請讓我帶您到隔壁辦公室待幾分鐘。我在等的一位老紳士來了，他非常有錢，想跟我談一下遺產問題，我很快就回來，接著我們再繼續討論。」

古奇律師以他一貫的殷勤態度，把這位靈魂至上的委託人帶進了剩下的那個空房間，然後走出來，謹慎地把房門關好。

阿奇伯德帶來的下一位訪客，是個瘦削、不安、看起來很易怒的中年人，表情愁雲慘霧，憂心忡忡。他手裡拎著一個小小的公事包，在律師安排的椅子上坐定之後，就把包包放在椅子旁邊。他身上的衣服質料很好，但不太注重整潔或式樣，似乎還因為奔波落了一層灰。

「你專門打離婚官司。」他說，是一種焦灼卻依然有條有理的口氣。

「應該說，」古奇律師說，「我的業務範圍並不完全排除——」

「我知道，」三號委託人打斷了他，「你不必跟我說這個，你的背景我很清楚。我有個案子想讓你聽聽，但我想不需要透露我和這個案件的關係，也就是說——」

「您希望，」古奇律師說，「談一個假設的案子。」

「可以這麼說。我是個平凡的生意人，我盡量長話短說。首先我們來談談那個假設的女人。我們可以說，她和她先生並不那麼相配。從許多方面來說，她都是個優秀的女人。她的外表是公認的漂亮，又對她所謂的文學——也就是詩、散文這一類的東西——有滿腔熱情，而她先生只是一個靠做生意謀生的普通人。他們的家庭生活並不幸福，雖然這位先生已經盡力了。前不久，有個陌生男人來到他們居住的平靜小鎮，在某個房地產公司工作，這女人見了他之後，不知道為什麼就迷上他了。她對他的關心實在太明目張膽，讓這男人覺得此處不宜久留，離開了小鎮。她居然也拋夫棄家，追著他去了。她扔下了家庭，這個讓她衣食無虞，什麼都不缺的家，去追隨這個莫名其妙勾起她奇特感情的男人。一個女人未經深思的愚蠢毀了一個家，」委託人用顫抖的聲音總結道，「還有什麼事比這更讓人痛惜的呢？」

古奇律師謹慎地表達了意見，說確實如此。

「她打算跟著去的這個男人，」訪客繼續說，「是不會讓她幸福的。她以為他會，那只是瘋狂且愚蠢的自我欺騙。她先生和她雖然有種種不合，卻是唯一能和她敏感獨特的個性相處下去的人。但她目前還沒有意識到這一點。」

「以您說的這個案例，您是不是認為，離婚是個合理的解決方法呢？」古奇律師問，覺得他們的對話偏離公事範圍太遠了。

「離婚！」委託人激動地大喊，幾乎泛出淚來。「不，不——不是離婚。古奇先生，我聽過很多案例，都說你很有同情心、很善良，總是在失和的夫妻之間扮演和事佬，讓他們言歸於好。讓我們把假設丟開吧——我也不必再隱瞞了，我就是這個悲傷事件的受害者——案例中人物的名字是——湯瑪斯．R．比林斯夫妻——還有亨利．K．傑瑟普，也就是我太太迷戀的那個人。」

第三號委託人按著古奇先生的手臂，憂鬱的臉上寫滿痛苦之情。「看在老天爺分上，」他激動地說，「在這種困難的時刻，幫幫我吧，找到比林斯太太，然後說服她，放棄這令人痛苦的追求，別再做可悲的蠢事了。古奇先生，請告訴她，她先生願意再次接納她，讓她回家——只要可以讓她回心轉意，要什麼我都答應。我聽說你在這類案件上有過許多成功的例子。比林斯太太不會走太遠的，我到處奔波，已經筋疲力盡、心力交瘁了。這段期間我見過她兩次，但因為種種原因沒能和她說上話。古奇先生，你能幫我這個忙嗎？我會一輩子感激你的。」

「的確，」對方最後幾句話讓古奇律師眉頭微微一皺，但立刻又擺出一副仁民愛物的表情，說：「我是成功地說服過一些輕率地想結束婚姻關係的夫妻，讓他們言歸於好，但我必須跟您強調，這種事的困難度常常超乎想像。它對於說理、耐心、以及——請容我這麼說——口才的要求之高，絕對會讓您大吃一驚。但是這個案子讓我非常同情，也深深為您感到難過，先生，要是能看見夫妻破鏡重圓，我是再高興不過了。但是我的時間呢，」律師作了收尾，看著手上的錶，像是突然想起了什麼，「是很寶貴的。」

「這我明白，」委託人說，「如果你接下這個案子，說服比林斯太太回家，就此離開她追的那個男人，事成當天，我就付你一千塊錢。前陣子蘇珊維爾房地產大漲了一波，我小賺了點，我並不吝惜這筆錢。」

「請在這裡稍坐一會兒，」古奇律師一面說一面站起來，同時又看了一次錶，「我還有個客戶在隔壁房間等，我差點把他給忘了。我會盡快回來。」

眼前的情況充分滿足了古奇律師對於錯綜複雜事物的喜好，能呈現微妙問題和可能性的案例讓他深深著迷。坐在隔絕房間裡的三個人，彼此不知道對方的存在，而他們的幸福與命運都掌握在自己手裡，他想到就覺得高興。他想起以前自己那個船隻的比喻，不過現在這個比喻已經不再適用。因為要是每個隔間都灌滿了水，一定會危及這艘船的安全。現在，他的隔水艙已經全滿了，但這艘業務之船依舊能駛向一座美好、律師費豐厚的利益之港。接下來他要做的，自然就是從這些焦急的船貨裡弄出最有利的交易條件。

他先吩咐雜工：「阿奇伯德，去把外頭的門鎖好，別讓任何人進來。」然後邁著緩慢而安靜的大步走進了一號委託人等待的房間。那位先生坐在那兒，很有耐性地翻看著雜誌上的圖片，嘴裡叼著雪茄，兩條腿擱在桌上。

「嗨，」律師一進門，他就興高采烈地說，「你決定了嗎？五百塊錢，讓那位美麗的女士離婚，行不行？」

「您是說，當訂金嗎？」古奇律師口氣溫和地問。

「訂金？不，是全部的費用。五百塊錢很夠了，不是嗎？」

「我辦這種案件的費用，」古奇律師說，「是一千五百塊錢。五百塊錢預付，其餘的錢離婚辦成之後再付清。」

一號委託人吹了聲響亮的口哨，把雙腳放了下來。

「看來我們談不成了，」他說，一面站起來，「我在蘇珊維爾的一筆房地產交易裡賺了五百塊錢，我願意付出一切換這位女士自由，但這個價碼實在超出我的能力。」

「那一千兩百塊可以嗎？」律師暗示。

「我跟你說，五百塊錢是我的極限。看來我得去找個便宜點的律師了。」委託人戴上了帽子。

「請這邊走。」古奇律師說，打開了通往走廊的門。

那位先生從隔水艙流了出來，流下樓梯，古奇律師暗暗一笑。「傑瑟普先生出局了。」他手指撥了撥耳旁一綹亨利．克萊[7]式的頭髮，低聲說：「現在輪到那位被拋棄的先生了。」他回到中間那個辦公室，擺出一副公事公辦的樣子。

「我的理解是，」他對三號委託人說，「您同意，要是我把比林斯太太帶回家，或者協助您把比林斯太太帶回家，讓她不再著了迷似地追求那個讓她瘋魔的男人，您就會付我一千塊錢。並且在這個基礎上，整個案件由我全權處理，這樣的理解正確嗎？」

「完全正確，」對方急切地說，「我隨時可以通知銀行，兩個小時之內就能把現金準備好。」

古奇律師站挺了身子，瘦削的身材看起來高大許多。他大拇指探著背心的袖孔，臉上流露出充滿同情的善意，這是他處理這類業務時必備的表情。

「那麼，先生，」他用溫和的語氣說，「我想我可以跟您保證，我能提前解決您的困擾了。我對於自己的講理和說服能力、人心向善的自然欲望、和一位丈夫深情的強烈影響力都擁有莫大的信心。先生，比林斯太太人在這兒——就在那個房間裡——」律師長長的手臂往門一指，「我可以立刻請她進來，我們兩個一起請求——」

古奇律師話還沒說完，卻突然停住了，因為三號委託人像是被彈簧彈出來似地從椅子上跳起來，抓住了自己的公事包。

「真是見鬼了，」他刺耳地嚷著，「你說什麼？那個女人在這兒！我還以為我已經把她甩在四十哩外了。」

---

7 亨利．克萊（Henry Clay, 1777～1852）：輝格黨的創立人，美國經濟現代化的宣導者。曾任美國國務卿，並五次競選美國總統，均落選。亨利．克萊善於調解衝突雙方，數度解決南北方關於奴隸制的矛盾，被稱爲「偉大的調解者」。

他奔向開著的窗戶，往下看了看，便伸出一條腿跨上了窗框。

「別這樣！」古奇律師驚訝地大喊，「你想幹什麼？來吧，比林斯先生，去見見你那位雖然犯了錯、卻依然純真無邪的妻子。我們兩個人一起求她的話，一定不——」

「比林斯！」那位態度大變的委託人大叫，「去你的比林斯，你這個老笨蛋！」

他轉過身，憤怒地把公事包扔到律師頭上，砸中了這位驚愕和事佬的眉心，讓他往後踉蹌了一兩步。當古奇律師回過神來，委託人已經不見了。他跑到窗邊探出身子，看見那個膽小鬼從二樓窗口落在一個棚頂上，正爬起來。接著這人連帽子都沒撿，又從十呎高的棚頂跳進了小巷，然後以驚人的速度狂奔，沒入周圍的建築之間，再也看不見他的身影。

古奇律師用顫抖的手摸了摸額頭，這是他釐清思緒時的習慣性動作。這會兒似乎也順便揉了揉被鱷魚皮包打到的地方。

甩在地上的公事包整個攤開了，東西散了一地。古奇律師彎下腰，機械式地一樣樣拿起來。首先是一個領圈，律師明察秋毫的眼睛驚訝地注意到上頭繡著H．K．J三個縮寫字母。接著是一把梳子、一支刷子、一張摺起來的地圖，還有一塊肥皂。最後是一疊商務往來的舊信，每封信上的收件人欄，都寫著「亨利．K．傑瑟普先生」。

古奇律師合上公事包，把它放在桌上。他沉吟片刻，戴上了帽子，走進了雜工所在的接待室。

「阿奇伯德，」他打開通往走廊的門，一面溫和地說，「我要到最高法院去一趟。你五分鐘後，去最裡頭那個房間通知等著的那位女士，就跟她說，」——古奇律師在這裡用了一句大白話——「這婚是離不成啦！」

——原刊於一九〇四年一月號《安斯利》（Ainslee）雜誌，並收錄於《陀螺》（Whirligigs, 1910）一書。

藝術良心

「我始終沒辦法讓我的搭檔安迪．塔克遵守純正詐騙的職業道德。」傑夫．彼得斯有一天這麼跟我說。

「安迪的想像力實在太豐富了，誠實不了。以前他想的那些弄錢方法，計謀之狡詐，獲利之豐厚，簡直連鐵路回扣制的條款都沒辦法列進去[1]。

「而我呢，我從來不認為自己可以隨便拿別人的錢，除非我可以給人家一點什麼——比如說包金箔的首飾、花草種子、腰痛藥水、股票、擦爐粉，要不我就砸破自己的頭給他看，當成抵價。我想我的祖先裡頭一定有幾個新英格蘭人，他們對警察根深蒂固的恐懼多少遺傳了一點給我。

「但是安迪的家譜可不一樣。我覺得他跟一家公司差不多，怎麼追溯也查不到他的源頭。

「有一年夏天我們在中西部，沿著俄亥俄河谷一路做生意，賣一些像是家庭相簿、頭痛藥粉和蟑螂藥之類的東西。安迪就想出了一個賺錢的點子，能狠撈一筆，又實際可行。

「『傑夫，』他說，『我一直在想，我們應該放棄這些沒什麼肥肉的傢伙，把注意力放在油水多、賺得大的東西上。要是繼續追著那些人賣雞蛋換來的小錢跑，我們就要被歸類成不入流的騙子了。我們何不衝進摩天大樓林立的城市中心，找隻肥肥的大公鹿，狠狠地往牠胸脯上咬一口呢？』

「『這個嘛，』我說，『你知道我的脾氣。我還是喜歡我們現在做的這種光明正大、不犯法的生意。我拿了別人的錢，總希望留點摸得著的東西在人家手裡，也好轉移對方的視線，讓他不去注意那些騙人的蛛絲馬跡，就算那只是個把香水噴到朋友眼睛裡的整人戒指也好。但是安迪，如果你有什麼新想法，』我說，『就說來聽聽吧。要是能讓我賺點不錯的外快，我也不是非做小騙局不可。』

「『我想的是，』安迪說，『不帶號角、獵狗或照相機，到美國那一大群邁達斯[2]，也就是通稱的匹茲堡百萬富翁群裡小小打一次獵。』

---

1 一八七一年，創立「標準石油」的美國企業家洛克斐勒（John Davison Rockefeller, 1839～1937）與少數幾個大型煉油商組成「南方促進公司」，和幾間大型鐵路公司達成利益交換的祕密協議。南方承諾優先向這些鐵路公司下單，而鐵路公司會給予南方百分之四十左右的高額回扣，並且將競爭油商的運輸情報流通給南方。

2 邁達斯（Midas）：希臘神話中的弗里吉亞國王，以巨富著稱；關於他點石成金的故事非常有名。

『在紐約？』我問。

『不，先生，』安迪說，『在匹茲堡。那裡才是他們的棲息地。他們不喜歡紐約。他們偶爾才會去紐約一趟，只不過是因為人們期待他們去。

『匹茲堡的百萬富翁到了紐約，就像掉進了熱咖啡的蒼蠅——他引來了眾人的注意和評論，自己可一點都不覺得享受。紐約只會嘲笑他在這個充滿了鬼祟之徒、勢利小人和譏諷言語的城市裡灑那麼多錢。事實上，他待在這裡的時候根本不花什麼錢。我看過一個身價一千五百萬的匹茲堡人在這個只會說空話的城市待了十天的支出記錄，帳目如下：

來回火車票	$21.00
旅館住宿費（一天五塊錢）	$50.00
來回旅館計程車費	$2.00
小費	$5,750.00
總計	$5,823.00

「『這就是紐約的風格，』安迪接著說，『這個城市就是個服務生領班。要是你小費給得太多，他還會到門邊去，站在那兒跟衣帽間服務生取笑你呢。所以匹茲堡人想花錢、想享受的時候都會留在家裡，我們就去那裡逮他。』

「那麼，長話短說吧。我跟安迪把我們的巴黎綠[3]、安替比林藥粉[4]，和相簿收到朋友的地窖之後，就動身去匹茲堡了。安迪並沒有擬定什麼詐騙或暴力計畫，但他向來自信滿滿，不管發生什麼狀況，他的缺德天性都應付得來。

「做為對我自保以及正直想法的讓步，他答應我，只要我積極參與我們可能做的小小冒險生意，他就會讓花了錢的受害者拿到某個真實存在、而且觸覺、視覺、味覺或嗅覺都能感知的東西，這樣我良心上會比較過得去。聽他這麼說，我心情好多了，就興高采烈地加入了這場骯髒的騙局。

---

3 巴黎綠（Paris Green）：一種高毒性的銅鹽，化學名爲醋酸亞砷酸銅，常溫下爲鮮綠色晶體。雖然巴黎綠有劇毒，但因價格便宜，且成分天然，曾是一種廣泛使用的顏料，甚至用在各種生活品裡，例如衣物、蠟燭、壁紙，與繪畫顏料等，也用做殺蟲劑和殺鼠劑。

4 安替比林（antipyrine）：一種止痛藥。由德國化學家路德維希．克諾爾（Ludwig Knorr, 1859 ~ 1921）在一八八三年第一次合成出來。在二十世紀初被阿斯匹靈取代以前，安替比林是最廣泛使用的合成藥物。

「『安迪，』我說，那時我們正在一條叫做史密斯菲爾德街的煤渣路上溜躂，一路煙塵瀰漫，『你有沒有想過，我們要怎麼才能認識那些焦煤大王和生鐵吝嗇鬼呢？我並不是要貶低自己的身價和客廳禮儀，或是我們使用橄欖叉與餡餅鏟刀的技巧，』我說，『但是，那些抽著細支雪茄的人，要進去他們家裡的交誼廳，恐怕沒有你想像的那麼容易吧？』

『要說有什麼東西對我們不利，』安迪說，『就是我們的教養和內在文化太優秀了點。匹茲堡的百萬富翁都是一群平凡、真誠、沒架子、有民主作風的人。

『他們不但粗魯，舉止無禮，表面上看起來吵吵鬧鬧不拘小節，骨子裡卻是徹頭徹尾的不懂禮貌和不客氣。他們幾乎每個都是從面貌朦朧難辨的底層爬上來的，』安迪說，『而且除非這個城市開始使用完全燃燒的煤爐把煙塵弄乾淨，否則他們永遠都會活在那個朦朧難辨的世界裡。要是我們直率一點，不矯揉做作，不離交誼廳太遠，而且像進口鋼軌稅[5]那樣一直引人注目，要跟那些人交際是不會有什麼問題的。』

「安迪和我在城裡好好地逛了三四天，先摸清楚方向，也熟悉了幾個百萬富翁的樣子。

「有個人老是把汽車停在我們的旅館前面，要人給他拿一夸脫[6]香檳來。服務生開了酒，他瓶子拿來就直接往嘴上一湊，一口氣喝個底朝天。這表示他還沒發跡之前，應該是個吹玻璃工人。

「有一天傍晚，安迪沒回旅館吃晚餐。十一點鐘左右，他進了我房間。

「『抓到一隻了，傑夫，』他說，『身價一千兩百萬。經營石油、軋鋼廠、房地產和天然氣。

是個好人，一點也沒架子，發財不過五年時間。現在他請了好幾個教授，給他惡補藝術、文學、男士服飾這一類的東西。

「『我見到他的時候，他剛贏了一萬塊錢。他跟一個鋼鐵公司老闆打賭，說中了阿利根尼軋鋼廠今天的自殺人數是四個。現場的人都跟著他去喝酒，他請客。他特別喜歡我，邀我共進晚餐。我們去了鑽石巷的一家餐廳，坐在高凳上，喝摩賽爾氣泡酒，還吃了蛤蜊濃湯和炸蘋果麵團。

「『然後他想讓我看看他在自由街自己一個人住的公寓，在一座魚市場樓上，有十個房間，再上一層還特別弄了間浴室。他告訴我，裝修這間公寓花了他一萬八千塊，我相信這話不假。

「『有個房間裡收藏了總計四萬塊錢的畫作，另一間放著兩萬塊錢的古玩和古董。他姓史卡德，四十五歲，正在學鋼琴，他的油井每天生產一萬五千桶原油。』

「『不錯，』我說，『試跑很令人滿意。但是，你想做什麼呢？那堆叫藝術品的廢物對我們有什麼用？原油又跟我們有什麼關係？』

---

5 一八七〇年代，美國開始對進口鋼鐵徵收長達四十年的高關稅，一八九〇年後甚至提高到百分之五十以上，使美國國內鋼鐵業在關稅保護下大幅成長。

6 夸脫（quart）：容量單位，主要使用於英國、美國及愛爾蘭。一夸脫等於四分之一加侖。

『嗯，這個人，』安迪坐在床上沉思，『並不是你說的那種平凡的傻瓜。他給我看那些藝術收藏的時候，興奮得整張臉都在發光，亮得跟煉焦煤的爐口一樣。他說，只要他再做成幾筆大買賣，就會讓J．P．摩根[7]收藏的血汗工廠掛毯和緬因州奧古斯塔珠串飾品看起來像投影片上鴕鳥胃裡的食物殘渣。

『然後他給我看了一個小小的雕刻品，』安迪接著說，『誰都看得出那東西非同凡響。他說那大概有兩千多年歷史了，是一整塊象牙雕出來的蓮花，中間有一個女人的臉。

『史卡德查了一下目錄，講了那個雕刻的背景。那是西元前埃及一個叫卡夫拉的雕刻家為拉姆西斯二世[8]創作的，有一對，但是另一個找不到了。舊貨商和古董走私業者搜遍了全歐洲就是沒有它的下落。史卡德花了兩千塊錢，弄到了他手裡的這一個。』

『噢，夠了，』我說，『你說的這些，我聽起來就跟一條小溪在耳邊咕嚕咕嚕地流沒兩樣。我還以為我們來這裡，是來教那些百萬富翁做生意，而不是來跟他們學藝術的，不是嗎？』

『有點耐心，』安迪口氣溫和地說，『也許我們就要看見突破口了。』

「隔天安迪一整個上午都在外頭跑，我快中午才看見他。他回到旅館，把我叫到走廊對面他的房間，從口袋裡拿出一個鵝蛋大小、圓圓的包裹。他打開包裹，裡面是個象牙雕刻，樣子跟他對我說的那個百萬富翁藏品一模一樣。

『我剛才去了一家二手舊貨店兼當鋪，』安迪說，『就看到這個東西被壓在一大堆古劍和舊貨下面。當鋪老闆說，這東西他們已經收了好多年，想來是某個阿拉伯人或土耳其人，或者是某個曾經住在河邊的外國笨蛋拿來當的。

「『我跟他出價兩塊錢，我一定露出了很想要的表情，因為他說，要是價錢談不到三十五塊，就等於是搶走他孩子嘴裡的麵包。最後我用二十五塊買了下來。

「『傑夫，』安迪接著說，『這跟史卡德那個雕刻恰恰好是一對，完全一模一樣。他一定會花兩千塊買下來，掏錢的速度跟他往下巴底下塞餐巾一樣快。不管怎樣，說不定它就是當年那個老吉普賽人刻出來的真貨呢。』

「『確實如此。』我說。『那現在我們要怎麼引他自願來買這樣東西呢？』

「安迪一切都計畫好了，我告訴你我們是怎麼做的。」

---

7 約翰．皮爾龐特．摩根（John Pierpont Morgan, 1837～1913）：美國金融家、銀行家。一八九〇至一九一三年間，共有四十二家大型企業由J．P．摩根及其子公司持有部分或全部股份。摩根是著名的藝術收藏家，許多藏品都放在大都會博物館。

8 拉姆西斯二世（Rameses II，約前 1303～前 1213）：古埃及第十九王朝法老（約前 1279～約前 1213 在位），其執政時期是埃及新王國最後的強盛年代。

✕

「我弄了一副藍色眼鏡，穿上黑色雙排釦長禮服，把頭髮揉得亂蓬蓬的，就成了皮寇曼教授。然後我去另外一間旅館租了個房間，發了一封電報給史卡德，說有重要的藝術事務，請他立刻到旅館來。不到一小時他就搭著電梯來了。這人完全搞不清楚狀況，聲音倒是很響亮，聞起來有股康乃狄克雪茄和去漬油的味道。

「『嗨，教授！』他喊，『上課還順利嗎？』

「我把頭髮揉得更亂點，透過藍鏡片瞪了他一眼。

「『先生，』我說，『你就是賓州匹茲堡的康尼琉斯．T．史卡德？』

「『我就是，』他說，『我們出去喝一杯吧。』

「『我沒那個時間，對這種有害身體的不良消遣也沒興趣，』我說，『我這次從紐約來，是為了生——是為了藝術。

「『我聽說你手裡有個拉姆西斯二世時期的埃及象牙雕刻，刻的是一朵蓮花，當中是伊希斯女神[9]的頭像。這樣的雕刻只有一對，其中一個已經佚失多年。最近我在一間當——一間不太有名的維也納博物館發現了它，把它買了下來。現在我想買你收藏的那一個，你開個價吧。』

「『啊，那可行不通，教授！』史卡德說。『你找到另一個了？要我賣？不，我想，只要康尼琉斯．史卡德想留的東西，都不會有賣掉的必要。那個雕刻你帶著嗎，教授？』

「我把雕刻給史卡德看了。他仔仔細細把它整個檢查了一遍。

「『就是那件東西沒錯，』他說，『跟我那件是一對的，每根線條、每個弧度都一樣。我告訴你我會怎麼做，』他說，『我不賣，但我要買。我開兩千五百塊買你這一個。』

「『因為你不賣，那我就賣了，』我說，『請付大面額鈔票。我這人不囉唆。我今晚就得回紐約，明天我在水族館還有課。』

「史卡德開了一張支票，在旅館兌成現鈔。他帶著那件古董走了，我按照計畫，立刻趕回安迪住的那家旅館。

「安迪在房間裡走來走去，一面看著錶。

「『怎麼樣？』他說。

「『兩千五百塊，』我說，『現金。』

---

9 伊希斯（Isis）：古埃及神話的女神，是冥王奧塞里斯的妻子、鷹頭戰神荷魯斯的母親。她手持蓮花寶杖，被奉為理想的母親和妻子、自然和魔法的王后，也是亡靈和幼童的守護神。

「『剩下十一分鐘，』安迪說，『我們得趕搭巴爾的摩與俄亥俄鐵路的西線火車，趕快去收行李。』

「『幹嘛這麼急，』我說，『這是個正正當當的買賣。就算那是原作的仿品，他也需要一段時間才會發現。他似乎很確定那個東西是真的。』

「『是真的，』安迪說，『那就是他自己的那個。昨天我參觀他古董的時候，他離開了一會兒，我就把它摸進口袋裡了。嘿，你可以去拿你的手提箱，動作快一點嗎？』

「『那，』我說，『你說在當鋪裡找到另外一個的說法又是怎麼回事——』

「『噢，』安迪說，『那是為了尊重你的藝術良心。快走吧。』」

——收錄於《善良的騙子》（The Gentle Grafter, 1908）一書。

紅酋長的贖金

這看起來是樁好買賣：不過，請稍安勿躁，聽我說下去。想到這個綁架的點子當時，我們——也就是比爾．德里斯科和我——正在南方的阿拉巴馬州。後來比爾提起這件事，形容那是「一時鬼迷心竅」，但我們那時並沒有發現這一點。

那裡有個小鎮，地勢平得像一張軟煎餅，名字也理所當然地叫做平頂鎮。居民跟老是圍著五朔節花柱[1]跳舞的農民一樣，個個單純無害、自得其樂。

比爾和我總共有六百塊左右資金，還需要剛好兩千塊才能在西邊的伊利諾州進行一件市有地詐欺計畫。我們坐在旅館門口的臺階上把整個綁架計畫好好討論了一番。我們認為，在半鄉村地區，舐犢之情是非常強烈的；除了這點之外，還有別的原因，在這裡執行綁架計畫，比起在報紙

1 五朔節（Mayday）：每年的五月一日，對許多北半球文化而言是春季的傳統節日。慶典中會選出五月女王，並圍著五朔節花柱跳舞。

發行範圍地區內要好得多，因為不會有便衣記者被派出來煽動民眾議論這件事。我們知道平頂鎮除了警察、幾條懶洋洋的警犬、和《農民預算週刊》上的一兩篇抨擊文章之外，根本拿不出更有力的手段追查我們，所以，這事看來很可行。

我們選中的受害人是鎮上一位名人艾比尼澤·多塞特的獨生子。這位父親很正派，也很小氣，是個喜歡抵押借款、堅決不捐錢、專買法拍房地產的人。孩子是個十歲男孩，臉上長滿了淺浮雕似的雀斑，頭髮的顏色就像你趕火車的時候在報攤買到的雜誌封面。比爾和我估計，艾比尼澤一定會傾盡所有，一分不少地把兩千塊贖金拿出來。但是，請稍安勿躁，聽我說下去。

離平頂鎮大約兩哩處有座小山，覆著密密的雪松林。後山高處有個山洞，我們把家當都藏在那裡。

一天傍晚日落之後，我們駕著一部輕型馬車經過老多塞特家。那孩子在街上，正在用石頭丟對面籬笆上的一隻小貓。

「嘿，小朋友！」比爾說，「想不想來袋糖果，順便跟我們去兜兜風？」

那孩子扔出一塊碎磚，準準地打中了比爾的眼睛。

「就這一下，要叫那個老傢伙多付五百塊。」比爾說著，一面越過車輪下了車。

那孩子跟一頭次中量級的棕熊一樣和我們扭打起來，但最後我們還是抓住了他，把他放倒在車廂底，趕著車走了。我們把他帶進山洞，把馬栓在雪松林裡。天黑之後，我駕著馬車去了三哩外的一個小村莊，我們的車是在那裡租的，然後再走路回山上。

比爾正往臉上的傷口和瘀青貼膏藥。山洞入口的一塊大岩石後面生了堆火，那男孩的紅頭髮上插著兩根紅頭鷲的尾羽，正盯著一壺沸騰的咖啡看。我走近的時候，他用一根樹枝指著我，說：「哈！可惡的白人，居然敢踏進平原恐怖大王紅酋長的營帳？」

「他這會兒已經不搗蛋了。」比爾說，一面把褲管捲起來檢查小腿上的傷。「我們在扮印第安人，跟我們一比，水牛比爾[2]的西部秀簡直就跟鎮公所放的巴勒斯坦幻燈片一樣無聊。我是陷阱獵人老漢克，是紅酋長的俘虜，明天天一亮就要被剝頭皮了。傑羅尼莫[3]啊！這小子踢人可真狠。」

是的，先生，那孩子好像非常樂在其中，在山洞露宿的樂趣讓他完全忘記自己是個肉票了。他馬上就給我取了個名字，叫蛇眼，是個間諜，還宣布說，等他手下的英勇戰士征戰回來，他就

---

2 水牛比爾（Buffalo Bill, 1846～1917）：本名威廉・弗雷德瑞克・科迪，南北戰爭及印第安戰爭時期的軍人。退役之後當過職業水牛獵手，因獵捕數量驚人而得此綽號。後來以「水牛比爾的荒野西部秀」巡迴表演在美國享有盛名，是西部開拓時期最傳奇的一號人物。

3 傑羅尼莫（Geronimo, 1829～1909）：印第安傳奇戰士，曾帶領北美原住民反抗美國及墨西哥，印第安人視其爲民族英雄，後於一八八六年歸順美國。受一九三九年一部關於傑羅尼莫的電影所影響，美國傘兵部隊有高喊「傑羅尼莫！」來表示無懼跳傘的傳統。

要在日出時分把我綁在火刑柱上燒死。

接下來我們吃晚餐。他嘴裡塞滿了培根、麵包和肉汁，開始說話。他的宴會演說內容如下：

「我真喜歡這樣。以前我從來沒有睡在外面過，但是我養過一隻負鼠，而且我去年生日的時候是九歲。我討厭上學。吉米．塔伯特姑媽的斑點雞下的蛋被老鼠吃掉了十六個。這些樹林裡有沒有真的印第安人？我還要再來一點肉汁。是不是因為樹搖了才有風？我們家有五隻小狗。漢克，你鼻子為什麼這麼紅？我爸爸有很多錢。星星是不是燙的啊？星期六我打了艾德．沃克兩次。我不喜歡女生。你要用線才抓得到癩蝦蟆。牛會叫嗎？為什麼柳橙是圓的？這個山洞有沒有床可以睡啊？阿摩斯．莫瑞有六根腳趾頭喔。鸚鵡會說話，可是猴子和魚就不會。幾加幾會變成十二？」

每隔幾分鐘，他就會想起自己是個難纏的印第安人，然後就拿著他的樹枝來福槍，躡手躡腳地到洞口探頭探腦，看有沒有討厭的白人來偵查。偶爾還會發出印第安人的作戰吶喊聲，把陷阱獵人老漢克嚇得打哆嗦。比爾從一開始就被這個男孩嚇壞了。

「紅酋長，」我對那孩子說，「你想不想回家？」

「啊，為什麼要回家？」他說，「在家一點都不好玩。我討厭上學，我喜歡在外頭露營。你不會又要把我送回家吧，蛇眼，不會的對不對？」

「不會馬上送，」我說，「我們還要在這個山洞裡待一陣子。」

「太好了！」他說，「那就好。我長這麼大還沒碰過這麼好玩的事。」

我們大概十一點左右躺下。我們鋪了幾條大毯子和棉被，讓紅酋長睡在中間。我們並不擔心他跑掉，結果他讓我們整整三小時都沒辦法入睡。他充分展現出年幼的想像力，把樹枝折斷或樹葉摩擦的聲音幻想成一幫朝我們鬼祟接近的歹徒，動不動就跳起來，抓著來福槍在我跟比爾的耳朵旁邊大喊：「噓！夥計。」最後我還是很不安穩地睡著了，夢見自己被一個兇殘的紅頭髮海盜綁架，還被鐵鍊鎖在一棵樹上。

天才濛濛亮，我就被比爾一連串恐怖的尖叫聲驚醒，那完全不是你想像中男人的發聲器官會發出的那些吼、嚎、叫或喊，而是非常有失身分的、像是女人見到鬼或毛毛蟲時發出的那種害怕而丟臉的尖叫。一大清早，就聽見一個強壯、走投無路的肥胖大男人在山洞裡尖叫個沒完，真是討厭死了。

我一躍而起，看看究竟發生了什麼事。紅酋長坐在比爾胸口，一隻手揪著比爾的頭髮，另一隻手握著我們切培根用的那把鋒利切肉刀；他按照前一天晚上宣布的判決，正起勁而認真地打算剝比爾的頭皮。

我把那孩子手裡的刀搶下來，命令他回去躺好。但是從那一刻起，比爾的膽已經嚇破了，他還是躺在自己原來睡的那一側，但只要那孩子在我們身邊，他就不肯闔眼。我又盹了一會兒，但太陽快出來了，我想起紅酋長說日出時分要把我綁在火刑柱上燒死的事。我並不覺得緊張或害怕，不過我還是坐了起來，靠在一塊石頭上，點起了菸斗。

「山姆，幹嘛這麼早起來？」比爾問我。

「我？」我說，「噢，我肩膀有點疼，覺得坐起來會好一點。」

「你騙人！」比爾說，「你是在害怕。天一亮你就要被燒死了，你怕他來真的。要是他找得到火柴，他會動手的。這不是糟透了嗎，山姆？你覺得會有人願意付錢把這種小惡魔贖回家嗎？」

「會的，」我說，「有溺愛的父母，才寵得出那種無法無天的孩子。現在，你跟酋長起床去做早餐，我到山頂上去看看。」

我爬上小山頂，把周圍好好觀察了一番。我以為會在平頂鎮方向看到健壯的村民，拿著大鐮刀和草叉在村子附近仔細搜索，想找出綁孩子的歹徒。但我只看見一片寧靜的風景，有個人牽著一匹深褐色的騾子在犁田。沒有人在小河裡打撈，也沒有傳話的人跑來跑去、跟心亂如麻的父母說沒有孩子的消息。從表面看來，展現在我眼前的，屬於阿拉巴馬的這一部分，完全是一派昏昏欲睡的鄉村景象。

「也許，」我自言自語，「他們還沒發現柵欄裡的小羊被狼叼走了。天佑野狼啊！」我說，接著便下山去吃早餐。

我一進山洞，就發現比爾背貼著洞壁，猛喘大氣，那孩子抓著一塊有半個椰子大的石頭，正威脅要砸死比爾。

「他塞了一個滾燙的馬鈴薯到我背上，」比爾解釋，「還用腳踩爛，然後我就給了他一耳光。山姆，你身上有槍嗎？」

我拿下那孩子手裡的石頭，稍微平息了他們的爭吵。「我會好好修理你的，」那孩子對比爾說，「打了紅酋長的人都要付出代價，你最好當心點！」

吃過早餐以後，孩子從口袋裡掏出一片繩索纏著的皮革，到山洞外頭解開。

「他現在要幹嘛？」比爾焦慮地說，「你覺得他不會跑掉對吧，山姆？」

「這倒不用擔心，」我說，「他看起來不是個戀家的孩子。不過我們得決定贖金的計畫了。他失蹤這件事似乎沒有在平頂鎮引起太大騷動，但也可能他們還沒注意到他不見了，他的家人說不定以為他在珍妮姑媽家或某個鄰居家過夜呢。反正，今天我們要鎮上的人知道他失蹤了，晚上一定得送個信給他爸爸，要他拿兩千塊錢出來換他兒子回去。」

就在這時，我們聽見一聲戰鬥般的吶喊，當年大衛打倒巨人歌利亞[4]的時候，也許就是這麼喊的。紅酋長從口袋裡掏出來的東西是個投石器，那東西正在他頭頂上揮舞。

---

4 歌利亞（Goliath）：又稱爲迦特的歌利亞，是一位非利士人勇士。大衛是西元前十世紀以色列聯合王國的第二任國王。兩人的戰鬥記載在《聖經》撒母耳記第十七章。少年大衛以投石器（聖經譯爲「機弦」）擊中巨人歌利亞前額，使他撲倒，隨後取了歌利亞的佩刀斬下他的首級。

我閃開了，然後聽見一聲沉重的「砰」，和比爾嘆息似的聲音，就像你幫一匹馬卸下馬鞍時，馬發出的那種放鬆的吐氣聲。一個雞蛋大的黑色石塊打在比爾的左耳後面，他整個人一軟，撲在火堆上煮著的一鍋洗盤子用的熱水裡。我把他拖出來，拚命往他頭上潑冷水，足足潑了半個小時。

過了一會兒，比爾坐起來，一面摸著自己耳朵後面，一面說：「山姆，你知道，聖經裡的人物我最喜歡誰嗎？」

「放輕鬆，」我說，「你很快就會清醒的。」

「是希律王[5]，」他說，「你不會離開我，不會放我一個人在這裡的，對不對，山姆？」

我走出山洞抓住那個男孩猛搖，搖得他臉上的每顆雀斑都在咔啦咔啦響。

「你再不規矩，」我說，「我就直接送你回家。喂，你打不打算乖一點？」

「我只是在開玩笑，」他不高興地說，「我不是故意要弄傷老漢克的。可是他幹嘛打我？我會乖乖的，蛇眼，只要你不送我回家，而且今天讓我玩『黑色偵察兵』。」

「我不知道這是什麼遊戲，」我說，「要不要玩，你跟比爾先生自己決定。今天他就是你的玩伴，我要出門一陣子，去辦事。現在你進來，跟比爾先生和好，說你很抱歉弄傷他了，要是你不肯道歉，就立刻給我回家。」

我要他跟比爾握手，然後我把比爾拉到一邊，跟他說我要去白楊灣，那是個距離山洞三哩遠的小村莊，我可以在那兒打聽一下平頂鎮的人對這個綁架案有什麼看法。另外，我覺得今天最好再給老多塞特送一封措詞嚴厲的信，跟他要贖金，順便指示他怎麼付款。

「你知道的，山姆，」比爾說，「不管地震火災大洪水，我一直都在你身邊，面對撲克賭戰、炸藥襲擊、警察追捕、火車搶劫和颶風，我眼睛眨都沒眨過一下。我從來沒有失去過勇氣，直到我們綁架了這個像長了腿的火箭似的孩子。他已經把我惹毛了。你不會讓我跟他一起待太久的，對吧，山姆？」

「我下午回來。」我說。「到我回來之前，你要把這孩子弄得高高興興服服貼貼的。現在我們寫信給老多塞特吧。」

比爾和我找了紙筆開始寫信，紅酋長身上披著一條毯子，大搖大擺地走來走去，看守著山洞口。比爾聲淚俱下地求我把贖金從兩千塊減到一千五。「我並不是企圖貶低父母愛子女的道德精神，只是，我們是在跟凡人打交道，要任何一個人為那隻四十磅重的斑點野貓付兩千塊錢都太不近人情了。我願意把金額減到一千五碰碰運氣，差額從我拿的錢裡頭扣。」

於是，為了讓比爾寬心，我接受了他的意見。我們一起寫了下面這封信：

---

5 希律王（King Herod）：《聖經》馬太福音第二章記載，希律王因得知將有君王誕生在伯利恆，便下令殺盡伯利恆兩歲以下的男嬰。

致艾比尼澤・多塞特先生：

我們把你兒子藏在離平頂鎮很遠的一個地方，不管是你或者最幹練的偵探都休想找得到他。想要他回到你身邊，唯一的條件是：我們要一千五百塊錢大額現鈔，沒得商量。錢必須在今天午夜放在同一個地點的同一個盒子裡，做爲你的答覆（細節後述）。如果你同意以上條件，寫下你的回覆，今晚八點半派人隻身送來。過了貓頭鷹河，往白楊灣的路上，在右手邊的麥田圍籬附近，有三棵距離大約一百碼的大樹，第三棵樹對面的圍籬木樁底下，你會找到一個小紙盒。讓送信的人把回信放進紙盒，然後立刻回平頂鎮。

如果你想搞什麼花樣，或者不照我們吩咐的要求做，你就再也見不到你兒子了。

如果你按我們要求的金額付錢，他就會在三小時內毫髮無傷地回到你身邊。這些條件沒有任何商量餘地，要是你不答應，將就此不再聯繫。

兩個亡命之徒上

我在信封寫上多塞特的名字，然後把信放進口袋。我正要動身，那孩子跑來找我，說：

「欸，蛇眼，你說你走了以後，我就可以玩黑色偵察兵了對嗎？」

「當然可以，」我說，「比爾先生會陪你玩。那到底是什麼樣的遊戲？」

「我是黑色偵察兵，」紅酋長說，「我得騎馬到村寨去警告村民印第安人要來了。我當印第安人當膩了，我要當黑色偵察兵。」

「好吧，」我說，「聽起來沒什麼害處。我想比爾先生會願意幫你打退那些可惡野蠻人的。」

「我要做什麼？」比爾猜疑地看著那個孩子。

「你當馬，」黑色偵察兵說，「四腳著地趴下。要是沒有馬，我要怎麼到村寨去？」

「你最好別擾了他的興致，」我說，「撐到我們計畫完成吧。放鬆點。」

比爾趴了下去，眼神像隻掉進陷阱的兔子。

「到村寨有多遠，小子？」他用嘶啞的聲音問。

「九十哩，」黑色偵察兵說，「你得跑快一點，這樣我們才能及時趕到。喝，走！」

黑色偵察兵跳上比爾的背，用腳跟狠狠地戳他的側腹。

「看在老天爺分上，」比爾說，「山姆，你要盡可能早點回來。真希望我們贖金開價沒超過一千塊。嘿，不准再踢我，不然我就站起來給你好看。」

我走路到白楊灣，在那裡的郵局兼店鋪坐了一下，順便跟幾個進來買東西的鄉下人聊了幾句。有個大鬍子說，他聽說艾比尼澤．多塞特的大兒子不知道是走丟了還是被拐了，平頂鎮現在亂成一團。這正是我想知道的。我買了一點菸草，隨意聊了聊黑眼豆的價格，然後趁人不注意把信丟進郵筒，就離開了。郵局局長說信差一小時內就會來，把信收了送去平頂鎮。

我回到山洞，比爾和那孩子都不見人影。我在山洞附近找了一圈，還冒險喊了一兩聲，但沒有回應。

我只好點上菸斗，坐在長滿苔蘚的石堆上，靜待事態發展。

大約半小時後，我聽見一陣枝葉摩擦的沙沙聲，比爾搖搖晃晃地從樹叢裡出來，走到山洞口的小空地。孩子在他後頭，像個偵察兵一樣躡手躡腳的，臉上掛著大大的笑容。比爾停下腳步，拿下帽子，用一條紅手帕擦臉。那孩子停在他身後八呎遠的地方。

「山姆，」比爾說，「我想你會說我是個叛徒，但我實在沒有辦法。我是個成年人，有屬於男子漢的脾氣和自我防衛的習性，但自尊和優越感也有全面崩盤的時候。那孩子走了，我送他回家了，一切都結束了。」比爾接著說：「古代有些殉道者寧死也不願意放棄自己喜愛的工作，那是因為他們之中誰也沒承受過像我這種超乎想像的折磨。我努力遵守我們打家劫舍的信條，但我實在到極限了。」

「出了什麼事，比爾？」我問他。

「我被他騎著去村寨，」比爾說，「足足九十哩，一吋都不能少。然後，村民得救了，他就給我吃『燕麥』，沙子可不是什麼美味的代替品。接下來，整整一小時我都在努力解釋，為什麼洞是空的，為什麼路可以走過去也可以走回來，為什麼草是綠的。我告訴你，山姆，一個人只能忍受這麼多。我抓住他的領口，把他拖下山去。這一路他把我的小腿踢得青一塊紫一塊，大拇指被咬了兩三口，手也被燙傷了。

「但是，他總算是走了，」——比爾繼續說——「回家去了。我把往平頂鎮的路指給他看，然後把他往那個方向一腳踢了八呎遠。我很抱歉，我們拿不到贖金了，但如果不這麼做，比爾．德里斯科就得進瘋人院啦。」

比爾還在喘氣，但神情中卻有種難以言喻的寧靜，紅潤的臉上也顯得越來越滿足。

「比爾，」我說，「你家族裡有沒有人有心臟病的？」

「沒有，」比爾說，「只有瘧疾和意外事故，沒有慢性病。為什麼問這個？」

「那你不妨轉個身，」我說，「看看你背後。」

比爾轉過身，看見了那個男孩，臉色瞬間變得死白，他一屁股坐倒在地，開始茫茫然地拔著附近的草和小樹枝。我為他的精神狀態足足擔了一小時的心。接著我告訴他，我打算立刻解決這整件事，只要老多塞特同意我們的要求，我們午夜時分就可以拿到贖金，然後帶著錢遠走高飛。於是比爾硬撐著，對那個孩子虛弱地笑笑，還答應他，等他覺得好一點，就跟他玩俄羅斯人和日本人打仗的遊戲[6]。

我有個拿贖金不會被人用計抓住的好方法，應該推薦給職業綁匪們做為參考。多塞特放回信

---

6 日俄戰爭發生在一九〇四年，本篇創作時間是一九一〇年。

（接下來要放錢）的那棵樹很靠近路邊的圍籬，周圍都是寬闊的原野。要是有人過來拿信，一幫警察大老遠就能看見他穿過田野或者從路上走來。但是，不會的，先生！因為我八點半就已經爬上那棵樹，像隻樹蛙一樣躲得好好的，等著送信的人。

到了約定的時間，一個半大不小的男孩準時騎著腳踏車從路上過來，他從圍籬底下找出紙盒，塞進一張摺好的紙，又蹬著踏板回平頂鎮去。

我等了一個小時，確定完全沒問題了，才從樹上溜下去，拿了那張紙，順著圍籬一路跑到樹林，半小時後就回到了山洞。我打開那張便箋，迎著燈光念給比爾聽。信是用手寫的，筆跡潦草，全文如下：

致兩位亡命之徒：

先生們，我今天收到你們寄來的信，是關於拿錢贖回我兒子的事。我覺得你們的要求略嫌過高了，在此，我給兩位提一個反向建議，相信你們會接受。你們把強尼帶回家，再付我兩百五十塊現金，我就同意從你們手裡接收他。你們最好入夜再來，因爲鄰居們都相信他走丟了，要是他們看見有人把他帶回來，會做出什麼事，我就沒有辦法負責了。

艾比尼澤·多塞特敬上

「根本是彭贊斯的大海盜[7]！」我說，「簡直無恥到極點——」但我看了看比爾，便猶豫了。他眼裡那種哀求的淒切神情，不管在會或不會說話的動物臉上，我都沒有看到過。

「山姆，」他說，「兩百五十塊究竟算得了什麼呢？這筆錢我們有啊。這孩子要是再多待一夜，我就得到貝德萊姆[8]去找床位了。我覺得多塞特先生不但是個完完全全的君子，他給我們這樣慷慨的條件，幾乎都稱得上是揮霍了。難道你要讓這個機會白白溜掉嗎？」

「說實話，比爾，」我說，「他這個心肝寶貝也讓我煩得要死。我們把他送回家，把贖金付掉，就趕緊開溜。」

我們當天晚上就帶他回去了。我們跟他說他爸爸買了一把鑲銀來福槍和一雙鹿皮靴給他，而且隔天我們會跟他一起去獵熊，總算讓他答應上路。

7 彭贊斯（Penzance）：英國西南部康沃爾郡一座海濱城市，氣候溫和。十七世紀時，該地是海盜的活動中心，現爲重要的旅遊聖地。

8 倫敦貝斯萊姆皇家醫院（Bethlem Royal Hospital）：俗稱貝德萊姆（Bedlam），於一二四七年創立，是歐洲首家專門治療精神病患的機構。二〇一五年倫敦進行鐵路工程時挖出了約三千具骸骨，從遺骸中可以看出，早期精神病人在此曾遭受野蠻治療。

十二點整，我們敲響了艾比尼澤家的大門。根據原來的方案，這一刻，我們本來應該從樹下的紙盒裡拿出一千五百塊，現在卻是由比爾數了兩百五十塊錢交到多塞特手裡。

那孩子發現我們要把他留在家，立刻像汽笛風琴一樣尖叫起來，跟水蛭一樣緊緊吸住比爾的腿。他爸爸像撕膏藥一樣，慢慢地把他從比爾腿上剝下來。

「你能抓住他多久？」比爾問。

「我沒有以前那麼強壯了，」老多塞特說，「但我想，十分鐘應該沒問題。」

「夠了，」比爾說，「十分鐘內，我就會穿過中部、南部和中西部各州，一路奔向加拿大邊境。」

儘管天色那麼黑，儘管比爾那麼胖，儘管我跑得那麼快，當我追上他的時候，他已經跑出了平頂鎮，足足有一哩半遠。

——原刊於一九〇七年七月六日《週六晚報》（Saturday Evening Post），並收錄於《陀螺》（Whirligigs, 1910）一書。

女巫的麵包

瑪莎．米查姆小姐在街角開了一家小小的麵包店（就是要往上走三層階梯，一開門就有個門鈴叮噹響的那種店）。

瑪莎小姐今年四十歲，銀行裡有兩千塊錢存款，她有兩顆假牙，還有個極富同情心的溫暖心靈。許多姻緣不如瑪莎小姐的人都結婚了。

有位客人一星期會來麵包店兩三次，引起了她的興趣。他是個中年男子，戴眼鏡，棕色的大鬍子細心地修剪得整整齊齊。

他的英語有很重的德語腔，衣服有好幾個地方是磨破了又修補過的，沒破的部分也是皺巴巴、鬆垮垮的。但他看上去依然十分整潔，而且非常有禮貌。

他每次來，都會買兩條不新鮮的舊麵包。新鮮麵包五分錢一條，舊麵包五分錢兩條。除了舊麵包之外，他從來沒買過別的東西。

有一次，瑪莎小姐看見他手指上有紅色和棕色的汙漬，當下她便斷定，這人是個藝術家，而且非常窮。毫無疑問，他一定住在小閣樓裡，在那裡一面畫畫，一面啃著手裡的舊麵包，想像著瑪莎小姐麵包店裡各式各樣美味的食物。

瑪莎小姐常常對著一桌肉排、麵包卷、果醬和茶嘆起氣來，很希望那位文質彬彬的藝術家可以跟她分享這些美食，而不是待在冷颼颼的漏風閣樓裡吃著乾巴巴的硬麵包。就像我跟你說的，瑪莎小姐是個非常有同情心的人。

為了證實她對他職業的猜測，有一天，她從自己房間裡搬來一幅大拍賣時買的畫，把它擺在櫃檯後面的架子上。

那是幅義大利風景畫，一座華麗的大理石宮殿（畫上是這麼寫的）矗立在前景——或者說，在前方的水景裡也許更適當。其他的就是幾艘貢多拉小船（還有位女士把手探進水裡）、雲彩、天空，以及許多用明暗對照法畫的東西，一個藝術家是不可能不注意到這幅畫的。

兩天之後，那位顧客來了。

「兩條舊麵包，謝謝。」

「你這幅畫不錯啊，夫人。」她替他包麵包的時候，他說。

「真的嗎？」瑪莎小姐說，因為計謀得逞而大為興奮。「我真的很喜歡藝術和——」（不，這時候不能說喜歡「藝術家」，時機還沒到）「和繪畫，」她改了口，「你覺得這畫好嗎？」

「平衡感，」那位顧客說，「處理得不太好。透視法用得不夠精確。再見了，夫人。」

他拿起麵包，欠了欠身，便快步走了。

沒錯，他一定是個藝術家。瑪莎小姐又把畫掛回了自己的房間。

他鏡片後的那雙眼睛多麼溫柔和善啊！他的額頭多麼飽滿啊！一眼就能評斷透視法用得好不好——卻靠著舊麵包過日子！但天才常常是這樣的，在被人賞識之前，總要經歷一段艱苦的奮鬥才行。

要是天才背後有兩千塊錢存款、一家麵包店，和一顆溫暖的同情心支撐，藝術和透視法會達到什麼樣的成就呢——但，想這些都是白日夢，瑪莎小姐。

現在他到店裡，常常會隔著麵包櫃跟她閒聊一會兒，似乎也很渴望聽見瑪莎小姐愉快的談話。

他還是繼續買舊麵包，從來沒買過一塊蛋糕、一塊派，甚至連她最美味的莎莉蘭圓麵包[1]也沒買過一個。

她覺得他好像瘦了，看起來也有點沮喪。她覺得心疼，很想在他買的那些寒酸食物裡加點好吃的，但又沒有勇氣這麼做。她不敢冒犯他，藝術家的自尊她很清楚。

瑪莎小姐開始穿著藍色點點絲綢上衣在櫃檯後面工作，還在後屋熬了一種神祕的混合液，是

---

1 莎莉蘭圓麵包（Sally Lunn）：英國巴斯特產，發明者莎莉蘭將法國布理歐修（Brioche）甜點麵包的作法應用在英國麵包上，口感介於蛋糕與麵包之間，奶香濃郁。

用溫桲種子和硼砂做的，很多人用這個來保養皮膚。

有一天，那位客人像平時一樣來了。他把一個五分錢硬幣放在麵包櫃上，買他的舊麵包。瑪莎小姐拿麵包的時候，外頭突然傳來嘈雜的警笛和警鈴聲，一部消防車轟隆隆地經過。

那位客人急急地跑到門邊看，無論是誰都會這麼做的。瑪莎小姐突然靈機一動，抓住了這個機會。

櫃檯後面的架子底層放著一磅新鮮奶油，是送牛奶的人十分鐘前剛送來的。瑪莎小姐拿起麵包刀，在兩條舊麵包上都深深地切了一刀，各塞進一大塊奶油，再把麵包重新壓緊。

客人轉身的時候，她正用紙把麵包包起來。

一段異常愉快的閒聊之後，他離開了。瑪莎小姐不覺微笑起來，但心裡又微微有些忐忑。她這樣是不是太冒失了呢？他會生氣嗎？絕對不會。食物本身沒有任何含義，奶油也不是什麼有失女性身分的魯莽象徵。

那一天，她的心思一直繞在這件事上，想像著他發現她的小詭計時，會是什麼樣的場景。

他會放下他的畫筆和調色盤，畫架上掛著他正在畫的一幅畫，那幅畫的透視法精確得無懈可擊。

他準備拿乾麵包和水當午飯，當他切開麵包的時候——啊！

瑪莎小姐的臉上泛起了紅暈。他吃麵包的時候，會想到放奶油的那隻手嗎？他會——

前門的門鈴突然瘋狂地響了起來。有人進來了，伴著激烈的吵鬧聲。

瑪莎小姐趕到前屋，那裡有兩個男人。一位是抽著菸斗的年輕人，她從來沒見過。另一個就是她的藝術家。

他的臉漲成豬肝紅，帽子掛在後腦勺上，頭髮揉得亂蓬蓬的。他握緊了拳頭，朝瑪莎小姐惡狠狠地揮著。居然朝瑪莎小姐揮拳！

「Dummkopf！（蠢蛋！）」他用最大的嗓門狂吼，接著是「Tausendonfer！（殺千刀的！）」或某個類似的德文咒罵語。

年輕人努力想把他拖走。

「我不走，」他憤怒地說，「我非跟她說清楚不可。」

他擂鼓似地在瑪莎小姐的櫃檯上猛敲。

「你害死我了，」他大喊，鏡片後的藍眼睛像要噴出火來，「我要告訴你，你根本是個多管閒事的老女人！」

瑪莎小姐虛弱地靠在架子上，一手按著自己的藍點點絲綢上衣。那個年輕人抓住藝術家的衣領。

「好了，」他說，「你也說夠了。」他把那個憤怒的人拖到外頭的人行道上，然後又回來。

「夫人，我想我應該把這件事的緣由告訴你，」他說，「他叫布倫伯格，是個建築繪圖師，跟我在同一家事務所工作。」

「他為了新市政廳的設計圖拚命畫了三個月，那是個有獎競賽。他昨天剛用墨水描完線。你知道，繪圖師總會先用鉛筆打底稿，等描完墨水線，再用一把舊麵包屑把鉛筆線擦掉，這東西比橡皮擦更好用。

「布倫伯格一直都在你這裡買麵包。那，今天——呃，你知道的，夫人，那些奶油可不——嗯，布倫伯格的設計圖全完了，現在只能裁了拿來包火車三明治啦。」

瑪莎小姐走進後屋。她脫下了身上的藍點點絲綢上衣，換回向來穿的那件棕色舊嗶嘰衣服，然後把那鍋溫桲種子和硼砂混合物倒進了窗外的垃圾桶。

——原刊於一九〇四年三月號《阿格西》（Argosy）雜誌，並收錄於《七上八下》（Sixes and Sevens, 1911）一書。

幽默家的自白

我那毛病經過了二十五年的無痛潛伏期，然後突然發作了，大家都說，就是它沒錯。但是他們不稱呼它痲疹，而稱它為幽默。

店裡的員工為高級合夥人的五十大壽合資買了一個銀製墨水臺。我們擠進他的私人辦公室送禮，我被推選為發言人，說了一段準備了整整一星期的致詞。

致詞非常成功，裡頭充滿了雙關語、警句和有趣的胡說八道，笑聲幾乎把房子都震垮了——這棟房子在五金批發業界，已經是非常堅固的了。老馬洛也笑了起來，員工們心領神會，笑得就更瘋狂了。

我幽默家的名聲，就是從那天早上九點半開始的。接下來的幾個星期，我的同事把我自大的火焰煽得越來越旺。他們一個個都跑來找我，跟我說，老兄，那段致詞說得真妙，還細細地跟我分析那些笑話笑點何在。

我慢慢發現，大家希望我繼續保持下去。其他人對工作事務和日常話題也許只需要說得合情合理，我的話，就得說點詼諧輕鬆的東西出來才行。

他們希望我對陶罐開玩笑，對搪瓷鍋發嘲諷。我是個二等簿記員，要是我拿出一份資產負債表卻沒有對結算總額說幾句滑稽話，或是在賣犁的發票上沒讓人找到笑料，其他員工就會大失所望。我的名聲漸漸傳開了，成了地方上的一個「人物」。我們那個鎮很小，這種事是可能發生的。日報上開始引用我說過的話，我在社交聚會裡也成了不可或缺的角色。

我相信自己確實很風趣，也擁有迅速反應和妙語如珠的本領。我在實行中不斷培養、增進這份天賦，本質卻是善良與親切，不是存心諷刺或惹怒別人。人們大老遠看見我，臉上便泛起微笑，當我走到他們跟前，通常都已經想好了有趣的話，可以讓他們淺淺的微笑轉成哈哈大笑。

我婚結得很早，現在已經有了一個可愛的三歲兒子和一個五歲女兒。當然，我們住的是一棟爬滿藤蔓的小屋，生活愉快。我當簿記員的薪水，也讓我們遠離了財富過剩所帶來的種種邪惡。

我零零散散寫了些笑話和我覺得特別有意思的巧妙比喻，把它們寄給刊登這類文章的特定雜誌。每篇稿子都被立即採用了，還有幾位編輯寫了信來要我繼續投稿。

有一天，我收到某著名週刊的編輯來信。他建議我寫一篇幽默文章給他，填補一個專欄的位置；還暗示說，要是這篇作品讓他們滿意，他就會把這個欄位變成每期雜誌都有的固定專欄。我照做了，結果兩週之後，他就說要跟我簽合約，為期一年，稿費數字比我在五金批發店的薪水高得多。

我欣喜萬分，我太太更是在她心裡為我戴上了文學成功者的不朽桂冠。當天晚上，我們晚餐吃了龍蝦炸丸子和一瓶黑莓酒。這是個讓我擺脫低賤工作的機會。我跟露意莎非常認真地討論了這件事，最後一致同意，我應該把店裡的工作辭掉，全心投入幽默事業。

我辭職了。同事為我辦了一場送別餐會，我在餐會上的致詞簡直精采無比，還被全文刊登在報紙上。隔天早上起床，我看了看時鐘。

「天哪！我睡晚了！」我驚叫一聲，伸手去抓衣服。露意莎提醒我，我已經不再是五金行和供應商的奴隸了。我現在可是一個職業幽默家。

吃過早餐之後，她得意地帶我去了廚房外的一個小房間。我親愛的女人啊！那裡居然擺著我的桌椅、寫字墊、墨水、菸斗架、還有一切屬於作家的象徵裝飾物——一個插滿了新鮮玫瑰和金銀花的花瓶、牆上掛著去年的日曆、字典、還有一小袋巧克力，可以一點一點地吃著等待靈感。我親愛的女人啊！

我坐下工作。牆紙的圖案是阿拉伯式藤蔓紋、女奴、或者——也許——其實是梯形花樣。我眼睛盯住其中一個圖案，開始思索起我的幽默。

有個聲音嚇了我一跳——是露意莎的聲音。

「親愛的，如果你不是太忙，」那聲音說，「就來吃飯吧。」

我看了看錶。是啊，肅殺的時間之神已經收走了五個小時。我便起身去吃飯。

「你不能一開始就這麼拚，」露意莎說，「歌德——還是拿破崙？——曾經說過，腦力勞動，一天五小時就夠了。你今天下午能不能帶我跟孩子們到森林裡走走？」

「我是有點累了。」我承認。於是我們就去了森林。

但很快我就開始上手了。不到一個月，我的稿子就像五金行裝運的貨一樣源源不斷地穩定生產出來。

我成功了。我在週刊上的專欄引起了一些迴響，評論家們私下說我是幽默家當中的一顆耀眼新星。我又寫了些稿子投到其他刊物上，收入也因而大幅增加。

我抓到了做這行的訣竅。我可以抓住一個有趣的點子，把它寫成一個兩行的笑話，賺他一塊錢。然後給它貼上一副假鬍子，把這盤殘羹冷炙改造成一首四行詩端上桌，那麼它的產值就加倍了。接著再把裙子翻個面，用韻腳給它鑲上花邊，這首詼諧的酬應詩[1]穿上整齊漂亮的鞋子，再配上時尚插圖，你根本就認不出它原來長什麼樣子。

我有了積蓄，我們買了新地毯，客廳裡也有了風琴。鎮上的人開始把我當成有一定地位的公民，而不只是過去那個在五金行工作、只會不務正業尋開心的人。

五六個月之後，我的幽默靈感彷彿就此離開了我，俏皮話和有趣的格言再也沒有辦法不假思索脫口而出，有時候幾乎找不到題材。我發現自己常常仔細聽著朋友們的對話，想從裡面抓一些能用的點子。為了創造一點自然詼諧的歡樂小泡泡，有時候我會咬著鉛筆，盯著牆紙，一坐就是幾個小時。

接著，對認識我的人來說，我成了哈比，成了摩洛，是逃避上帝命令的約拿[2]，是貪得無厭的吸血鬼。我焦慮、憔悴而貪婪，站在他們之間簡直徹徹底底的讓人掃興。要是有一句絕妙的話、一個風趣的比喻或辛辣刺激的名言從他們嘴裡說出來，我就會立刻撲上去，像隻跳起來接骨頭的狗。我不敢信任自己的記性，只好帶著內疚，卑微地轉到一邊，偷偷寫在隨身的筆記本或袖口上，以後好拿來用。

朋友們看待我的眼光變得惋惜而疑惑。我完全變了一個人。曾經我為他們提供消遣和歡樂，現在卻反過來搶劫他們。我再也不用笑話逗他們開心了，笑話太珍貴，我可不能把我謀生的東西白白送人。

---

1 酬應詩（Vers de société）：源自法文，是一種專爲特定小眾或精緻文化圈子成員所寫的小品詩，以用字機巧精練著稱。

2 哈比（Harpy）：貪婪的鳥身女妖，是西方的神話生物。「Harpy」一詞源於古希臘語「Harpyia」，意爲「強盜」。

摩洛（Moloch）：上古近東的神祇，與火祭兒童有關，也用以形容要求巨大犧牲的事物。

約拿（Jonah）：《聖經》約拿書中的一位先知。耶和華派他到尼尼微傳遞警告訊息，他卻抗命往反方向去。耶和華引發大風浪，船上的人把約拿投入海中，風浪即止。耶和華又使大魚吞了約拿，讓他在魚腹中待了三日三夜。

我變成了一隻憂鬱的狐狸，稱讚著烏鴉——也就是我那群朋友的歌聲，也許這樣，就會有我垂涎的風趣碎屑從他們的嘴喙上掉下來[3]。

幾乎每個人都開始避開我。我甚至忘記要怎麼笑了，就算想對我剽竊的笑話笑幾聲當作回報，也笑不太出來。

為了蒐集材料，任何人事時地物都逃不過我的掠奪。即使在教堂裡，我墮落的想像也依然盤旋在莊嚴的走道和廊柱間尋找獵物。

當牧師吟出長韻律聖詩三一頌，我腦子裡立刻開始跳躍：「三一『頌』——『送』你一拳——『送』你個驚喜——『送』你首詩——『送』你去見她[4]。」

佈道從我腦子裡的篩子通過，大道理全都聽而不聞地濾掉了，只有雙關語和俏皮話被我蒐集起來。唱詩班無比莊嚴的讚美詩只不過是我思緒的伴奏，我想起一則關於女高音、男高音和男低音互相嫉妒的古老笑話，就在這伴奏聲中，構思著要怎樣替它改頭換面。

我自己的家也成了狩獵場。我太太是個非常有女性特質的人，坦率，有同情心，也很衝動。曾經，跟她聊天是我的樂趣，她的想法是我永不枯竭的快樂泉源。如今，我把她當成了工作的一部分，她是一座趣味的金礦，裡頭裝滿了女性思維中特有的那種可愛的自相矛盾。

我開始販賣那些無知而幽默的珍寶，那本來應該只用來豐富神聖的家庭生活。我以惡魔般的狡猾鼓勵她說話，她毫不懷疑，對我坦露一切，我就把她說過的話放到冰冷、顯眼、粗俗的印刷紙頁上，讓所有人圍觀。

我成了個以寫作為業的猶大，一面吻著她，一面又背叛她。為了幾枚銀幣，我把她甜蜜的知心話穿上了燈籠褲和愚蠢的花邊，放在市場上跳舞給人看。

親愛的露意莎啊！多少個夜晚，我對她彎下腰，殘忍得像一頭壓在柔弱羔羊身上的狼，連她熟睡時的囈語都仔細傾聽，希望能為我隔天的苦工抓到一點靈感。但更糟的還在後面。

上帝拯救我！接下來，我的毒牙竟然深深地咬住了孩子童言童語的頸子。

蓋伊和維奧拉就像兩道稚氣、有趣的想法和言語的亮麗噴泉，我發現這類幽默很暢銷，就在一份雜誌上開了個固定專欄叫「孩子的奇思妙想」。我開始像印第安人跟蹤羚羊一樣跟蹤他們。他們玩耍的時候，我會躲在沙發後面，或者趴在後院的樹叢裡偷聽。除了自責之外，一個哈比該

3《烏鴉與狐狸》出自伊索寓言。大意是有隻烏鴉啣了一塊肉站在樹枝上，樹下的狐狸爲了吃到那塊肉，便不斷稱讚烏鴉美麗，說要是牠的聲音也一樣美，那就是鳥中之王。烏鴉爲了證明自己的聲音美，便開口唱歌，一開口，肉就掉到樹下被狐狸叼走了。

4長韻律（Long Meter）：指形式爲「8888」的讚美詩。意思是這首聖詩共有四句，每句八個字。三一頌（Doxology）：又稱榮耀頌，是傳統基督教團體在禮拜結束時必唱的一首讚美詩。「送你一拳」（Sockdology，和 Doxology 有相同字尾）：十九世紀的一個詞彙，意思是結束比賽的一拳或是一件事情突然結束，同時也是一部戲劇的名字，林肯被刺殺時正在看這部戲。

有的特質我全有了。

有一次，在腸枯思竭、而稿子又必須跟著下一批郵件寄出的狀況下，我把自己藏在後院的一堆枯葉下面，因為我知道孩子們會到這裡來玩。我怎樣也沒辦法相信蓋伊知道我躲在那裡，但即使他真的知道，我也不想責怪他放火燒枯葉這件事，那次他毀掉了我一套新衣服，還差點把他老爸給火化了。

很快的，我的孩子就開始像躲害蟲似的躲著我。當我像隻陰鬱的食屍鬼一樣匍匐著接近他們，常常會聽見他們交頭接耳說：「爸爸來了。」接著他們就會收拾玩具，躲到安全一點的地方去。我真是個悲哀的可憐蟲！

但我確實把家裡的經濟狀況弄得不錯。一年過去，我存了一千塊錢，我們日子過得舒服多了。但這背後的代價有多麼巨大啊！我不是很清楚社會邊緣人究竟是怎麼回事，但我不管從哪方面看都像個社會邊緣人。我沒有朋友，沒有消遣，沒有生活樂趣，連家庭幸福都犧牲了。我像一隻蜜蜂，從生活最美的花朵中吸出骯髒的蜜，還因為身上有刺讓人生畏，避之唯恐不及。

有一天，有個人跟我搭話，臉上還帶著愉快友善的微笑。我好幾個月沒碰到這種事了。那時我經過彼得．赫夫鮑爾開的殯儀館，他在店裡跟我打招呼。我停住腳步，他的問候讓我感到一股異樣的傷心。他請我進店裡坐坐。

那天很冷，還下著雨。我們走進後屋，那裡有個小小的火爐生著火。因為有客人來了，彼得暫時把我一個人留在那裡。沒過多久，我就有了種全新感受，一種美妙的平靜和滿足感。我環視這個地方，這裡放著一排又一排閃亮的花梨木棺材、黑色的棺罩、棺架、靈車羽飾、喪用飄帶，以及這個莊嚴的行業會用到的各種東西。這裡平和、有序、寧靜，是嚴肅莊重的沉思場所。這裡位於生命的邊緣，是個被永眠的靈魂irl罩的小小壁龕。

我一進入這裡，世間的愚蠢彷彿就在門口離我而去。我一點也不想從那些陰沉莊嚴的喪葬用品裡擠出什麼幽默點子。我的心靈彷彿躺在一張用平和思想鋪成的臥榻上，愉悅而安祥地伸展著四肢。

十五分鐘前，我還是一個沒人搭理的幽默家，現在我卻像個哲學家，平靜而怡然自得。我找到了一個逃離幽默的避難所，不必再苦苦追尋抓不住的俏皮話，不必狼狽地追求渴望的笑料，也不必不眠不休地尋找如珠妙語了。

我跟赫夫鮑爾不是很熟。他回來之後，我讓他先講話，很怕他一開口，就成了他店裡溫柔、輓歌般和聲中的一個不和諧音。

但是，不。他和這裡的氣氛完全一致。我寬慰地鬆了一口長氣。我從來沒見過哪個男人說話可以跟彼得一樣平淡沉悶，跟他相比，死海都可以算是噴泉了。他的言語完全沒被風趣的火花或閃光損壞過，從他嘴裡說出來的話，平庸如老生常談，分量和黑莓一樣多，卻像自動收報機吐出來的上週股市行情紙帶，在心裡激不起一絲波瀾。我激動得有點顫抖，拿了我最有笑點的笑話測試他，結果這笑話笑點全失，毫無力量地敗下陣來。自此，我就喜歡上他了。

每星期我有兩三個晚上會溜到赫夫鮑爾的店去，陶醉在他的後屋裡，那是我唯一的樂趣。我開始早早起床，趕著把工作做完，這樣就能有更多時間待在我的天堂裡。再也沒有其他地方像這裡一樣，可以讓我丟開從身邊榨取幽默點子的習慣。彼得那平淡至極的談話，任我怎麼圍攻，都打不開一絲幽默的缺口。

在這種情況下，我的精神狀態漸漸變好了。這就是勞動之餘的消遣，是每個人都需要的。我嚇到了一兩個以前的朋友，因為我在路上碰見他們的時候不但對他們微笑，還說了讓人愉快的話。有幾次我甚至嚇著了自己的家人，因為我竟然放鬆到能在他們面前開玩笑了。

我被幽默的惡魔折磨太久了，現在我就像個小學生一樣，狂熱地抓住自己的假日時光不放。我的工作開始受到影響。它對我不再像之前一樣是痛苦和負擔。我常常坐在書桌前吹口哨，寫得比以前更流暢。我迫不及待地完成工作，像醉鬼衝向酒館那樣急著離開家，衝向對我大有助益的避難所。

我太太為了猜測我下午待在哪兒，焦慮了好幾個小時。我覺得最好還是別告訴她；這些事情女人不懂的。可憐的女人！——有一次她還真是吃了一驚。

有一天，我帶了一支銀製的棺木把手回來當紙鎮，還有一支細緻蓬鬆的靈車羽飾，可以用來撢紙上的灰塵。

我很喜歡把這兩樣東西放在桌上，看見它們，就會想起赫夫鮑爾店裡可愛的後屋。但是露意莎發現這兩樣東西之後嚇得尖叫，對於我為什麼會有這種東西，我不得不隨便找了個沒什麼說服力的藉口安撫她，但我從她的眼神看得出她的偏見並沒有消除。我只好把這兩樣東西火速撤下。

有一天，彼得．赫夫鮑爾在我面前攤出一份誘人的協議，讓我開心得手足無措。他以一貫實際而沉悶的態度把帳簿拿給我看，跟我解釋說，他的利潤和事業成長得很快，他想找一個有錢的合夥人。在他認識的人裡面，他最想合作的人就是我。那天下午我離開彼得那兒的時候，他已經拿到了我的一千塊支票。我成了他殯葬事業的股東。

我欣喜若狂地回家，但快樂中不無疑惑。我不敢跟太太說這件事，但是我整個人都飄飄然如在雲端。我不必再寫那些幽默文字了，我又可以再度享受生活中的蘋果，而不必為了幾滴能讓人發笑的果汁把它擠爛——這是多大的恩惠啊！

晚餐桌上，露意莎交給我幾封我出門時收到的信。有幾封是退稿。從我開始去赫夫鮑爾那裡，我退稿的頻率就很驚人。最近我寫笑話或文章都是一揮而就，之前我可都像個砌磚工人一樣，慢吞吞地一字一句苦苦拼湊。

我拆開了一封週刊編輯來的信，那家週刊跟我簽了固定供稿合約，這家週刊的支票一直是我們家的主要收入來源。信上是這麼寫的：

親愛的先生：

如您所知，我們這一年的合約即將於本月到期。我們必須告知您，來年將不再續約，爲此深表遺憾。您的幽默風格深受本刊廣大讀者歡迎，爲此我們非常欣慰。但近兩個月我們發現文字品質明顯下降。您的早期作品呈現出渾然天成、自然流暢的詼諧與風趣，近來卻顯得左支右絀、雕飾過甚、難以讓人信服，已有苦思與費力的痕跡。

我們將不再採用您的稿件，再次致歉。

編輯謹上

我把信交給我太太。她讀了信，臉突然拉得好長，眼睛淚汪汪的。

「刻薄的老傢伙！」她憤怒地大叫。「我確定你的文章跟以前一樣好，而且你寫文章的時間只有以前的一半。」接著，我想露意莎想起了那不會再寄來的支票。「噢，約翰，」她嚎啕大哭，「現在你要怎麼辦呢？」

我站起來，繞著餐桌跳起波爾卡舞步當作回答。我想露意莎一定以為我被這個困境逼瘋了。但我想孩子們是希望我瘋掉的，因為他們都拉拉扯扯地跟在我後面，一面歡快地大叫，一面學著我的舞步。我現在又有點像他們以前那個老玩伴了。

「今晚我們去戲院看戲！」我嚷著。「千真萬確。然後我們全家去皇宮餐廳狂吃他個天昏地暗。嚨噗滴—滴斗—滴—底—滴—打！」

接著我跟他們解釋為什麼我這麼高興，我說我現在是一家生意紅火的殯儀公司股東，以前我寫的那些笑話，全都可以塞進麻布袋裡燒了。

我太太手裡拿著的信，證明我的做法是正確的，她提不出反對理由，除了幾個因為女性沒辦法欣賞好東西而產生的無力意見。那些好東西，像是彼得．赫夫鮑爾的後屋——不，現在要改叫彼得．赫夫鮑爾股份有限公司了。

總之我得說，如今在我們鎮上，你再也找不到一個人像我這樣受歡迎、這樣快活，還有一肚子笑話可以說的人。我的笑話又開始聲名遠播、被人引用。我又津津有味地聽著我太太親密的絮叨，全無一絲功利想法；當蓋伊和維奥拉在我腳邊嬉戲，散布著孩子氣的幽默珍寶時，也不再擔心有個恐怖的惱人傢伙偷偷跟在他們後面，手裡還拿著筆記本。

我們的生意非常好。彼得處理外頭事務的時候，我就記帳兼顧店。他說我那股輕浮、興高采烈的樣子，不管什麼葬禮，都能被我弄成歡樂的正統愛爾蘭守靈夜[5]。

——原刊於一九一四年十一月號《安斯利》（Ainslee）雜誌，並收錄於《流浪兒》（Waifs and Strays, 1917）一書。

---

5 愛爾蘭守靈夜：通常是一大群親朋好友聚在一起喝酒唱歌，輪流講他們和死者之間的各種故事，氣氛溫馨熱烈。

女孩與習慣

習慣——因為慣例或一再重複而形成的傾向或能力。

批評家攻擊了所有靈感來源，只剩下一個沒有攻擊，我們只好從這裡頭去尋找道德主題。我們從古代大師汲取養分，他們就得意洋洋地挖掘我們文章裡的相似處；我們試圖反映現實生活，他們又批評我們想學亨利．喬治、喬治．華盛頓、華盛頓．歐文，和歐文．巴克萊[1]。我們描寫西部和東部，他們指控我們同時模仿了傑西．詹姆斯和亨利．詹姆斯[2]；我們抒發自己內心的情感，他們就說我們大概有點肝氣鬱結。我們引用《馬太福音》或——呃——對了，《申命記》，但靈感都還沒完全形成文字，就被牧師拿著大錘趕跑了。於是，我們被逼得走投無路，要找題材，只好求助於那本可靠、古老、道德、無懈可擊的隨身手冊——全本大詞典。

梅莉安小姐是「辛寇」的收銀員。辛寇是市中心的一家大餐廳，位於報上所謂的「金融區」。每天十二點到兩點鐘，辛寇都擠滿了飢腸轆轆的客人——信差、速記員、經紀人、礦山股東、推銷商、還沒取得專利的發明家——還有一些有錢人。

在辛寇收錢並不是個閒差。辛寇先生為許多客人端上煎蛋、烤土司、煎餅和咖啡，然後為更多客人送上午餐（這個字幾乎等同於「大餐」了）。要是把在辛寇吃早餐的人比做一支部隊，那麼吃午餐的人數可以說堪比一個部落。

梅莉安小姐坐在桌邊的凳子上，桌子三面圍著又牢又高的銅絲網，底部開了一個拱形的洞，你把服務生給的帳單和錢一起遞進去的時候，心也會跟著怦怦直跳。

因為梅莉安小姐實在是又漂亮又能幹。她可以一面收下你的兩塊錢鈔票，找你四毛五，同時

---

1 亨利．喬治（Henry George, 1839～1897）：美國現代土地制度改革運動人物。
喬治．華盛頓（George Washington, 1732～1799）：美國國父，美國第一任總統，同時也是全世界第一位以「總統」爲稱號的國家元首。
華盛頓．歐文（Washington Irving, 1783～1859）：美國著名作家、律師。著名作品包括《李伯大夢》（Rip van Winkle）、《沉睡谷傳奇》（The Legend of Sleepy Hollow）等。
歐文．巴克萊（Irving Bacheller, 1859～1950）：美國記者、作家，創辦了美國第一個現代新聞供應社。

2 傑西．伍德森．詹姆斯（Jesse Woodson James, 1847～1882）：著名美國強盜。死後被描繪成草根英雄，有「美國羅賓漢」之稱，人物形象經常出現在影視作品中。
亨利．詹姆斯（Henry James, 1843～1916）：美國作家，著名作品有《仕女圖》（The Portrait of a Lady）、《華盛頓廣場》（Washington Square）。一九一五年轉入英籍。

在你還沒有完全——下一位！——失去機會前，就拒絕了你的求婚——請不要擠。她可以冷靜自若地收下你的帳單，正確找零，贏得你的心，指點你牙籤罐的位置，同時估計出你的身價。如果說鄧白氏公司[3]的估價誤差是上下一千塊，她的估計出入不會超過四分之一分錢，而且花的時間比你拿辛寇的調味瓶給煎蛋灑胡椒的時間還短。

有句古老而高貴的比喻是「打在王座上的強烈光芒[4]」，打在這位年輕收銀小姐銅絲網寶座的光也有那麼點強烈。不過這個比喻是別人想出來的。

辛寇的每一位男性顧客，從送電報的快遞小廝到場外交易經紀人都愛慕梅莉安小姐。付帳的時候，個個都把丘比特用過的求愛技巧拿出來吸引她。他們隔著銅絲網的網眼微笑、眨眼、恭維、深情款款地發誓、邀她吃飯、嘆息、形容憔悴、愉快逗笑，都被冰雪聰明的梅莉安小姐直截了當地打了回票。

沒有哪個職位比年輕收銀小姐更有優勢了。她坐在那裡，輕輕鬆鬆就成了商業之宮裡的女王；她是銀幣和禮貌的女公爵，讚美和硬幣的女伯爵，是愛與午餐的女主角。你從她那裡得到一個微笑，就算找零裡混著一個加拿大一毛錢，你也會毫無怨言地走開。你像個守財奴一樣細細數著她對你說過的一兩句親切話，付了五塊錢之後的找零卻算都不算一下就塞進口袋裡。也許那道難以逾越的銅絲網增添了她的魅力——但無論如何，她就是一個穿著襯衫的天使，完美、苗條、整潔、吸引人、眼睛明亮、伶俐、機警——她融合了賽姬、瑟西和阿忒[5]三人於一身，還在你飽餐了半熟沙朗之後讓你和你的錢分手道別。

在辛寇吃飯的年輕男士，都習慣一邊付錢，一邊跟收銀小姐開玩笑或直接表達愛慕之情。許多人想出各種辦法，還留下帶暗示意味的戲票和巧克力。年紀大點的男人便直接提起橙花，只是通常在引經據典之後，這種試探性的對話就像花瓣一樣凋謝了，只能乖乖回到哈林區的公寓。還有個被警察搾乾了的股票經紀人，向梅莉安小姐求婚求得比吃飯還勤。

在一段繁忙的午餐時間裡，梅莉安小姐收錢時的對話，大致上是這樣的：

---

3 美國鄧白氏公司（簡稱鄧白氏，The Dun & Bradstreet Corporation, NYSE: DNB）：國際知名的企業資訊和金融分析公司，一八四一年創立，總部在美國紐澤西州。

4 出自《國王敘事詩》（Idylls of the King，或譯《國王之歌》）。是英國詩人丁尼生（Alfred Tennyson, 1809～1892）在一八五九至一八八五年間寫出的十二篇敘事詩合集，講述亞瑟王及愛人桂妮薇兒，與騎士的故事。

5 賽姬（Psyche）：希臘羅馬神話中的人物，她是人類靈魂的化身，由於美貌備受推崇，招來了維納斯的不滿。

瑟西（Circe）：希臘神話的一位女神，擅長運用魔藥，將她的敵人變成怪物。有火紅色的長髮，也是女巫、女妖、巫婆等稱呼的代名詞。

阿忒（Atë）：希臘神話的一位女神，是邪惡和謬誤的化身，能使人精神錯亂、失去理智。

「你好，哈斯金斯先生──什麼？──生來就是這樣的，謝謝你──別這麼冒冒失失的……你好，強尼──一毛，一毛五，兩毛──快去追犯人吧，不然你帽子上的標誌就保不住了……不好意思──請再數一遍──噢，沒關係的……歌舞劇？──謝謝，我不能跟你去──星期三晚上我要跟西蒙斯先生一起去看卡特夫人演的《海達．蓋伯樂[6]》……抱歉，我以為那是個兩毛五分硬幣……兩毛五加七毛五就是一塊錢嘛──還是習慣吃火腿燉高麗菜啊，我知道了，比利……你在跟誰說話？──嘿──你的東西馬上就來……噢，胡說！巴塞特先生──你老是騙人──沒有──？好吧，說不定哪天我會嫁給你的──三塊，四塊六毛五，收你五塊錢……請把這些話留給你自己聽吧……一毛錢？──不好意思，帳單上寫的是七毛錢──嗯，說不定這真是個「1」而不是「7」呢……噢，桑德斯先生，你喜歡這個髮型嗎？──有人喜歡把頭髮蓬鬆地挽上去，但據說這種克莉歐．德．梅洛德大波浪[7]特別適合五官精緻的人呢……十個硬幣是五毛錢……一邊去吧，老兄，別把這兒當成科尼島[8]的售票亭……啊？──喔，梅西百貨公司買的──很合身吧？噢，不，不會太涼──這種輕薄的料子這一季正流行呢……請再度光臨──你已經第三次了？──什麼？──算了──那個鉛做的兩毛五假幣我熟得很……六毛五？──威爾森先生，你一定加薪了……德．佛斯特先生，星期二下午我在第六大道看到你喔──很開心嗎？──噢，天哪！──她是誰？……怎麼回事？──嘿，這可不是真錢──什麼？──哥倫比亞的五毛錢？──呃，這裡又不是南美洲……是的，我最喜歡綜合口味──星期五？──真抱歉，星期五我得去上柔術課——那，星期四吧……謝謝——這句話我今天上午已經聽了十六次——我想我一定很漂亮吧……請別再說那種話了——你以為我是什麼人？……嘿，威斯特布魯克先生——你真的這樣想嗎？——在想什麼啊！——一塊錢——八毛加兩毛就是一塊錢啊——真是太謝謝你了，不過我從來不跟男士一起坐車兜風——你姑媽？——嗯，那就另當別論了——請別亂來——我想你的帳單是一毛五——請靠邊一點，讓別人……嗨，班——星期四晚上再來？——有位男士要送一盒巧克力來，還有……四毛加六毛就是一塊錢，再加一塊錢就是兩塊錢……」

一天下午，一位年老、富有又古怪的銀行家準備要搭街車，走過辛寇門口的時候，突然被暈眩之神（別名幸運之神）襲擊。一個搭街車的有錢怪銀行家真是——請讓一下，還有別人呢。

---

6 萊絲莉・卡特夫人（Mrs. Leslie Carter, 1857～1937）：美國著名默片及舞臺劇女演員。《海達・蓋伯樂》（Hedda Gabler）：挪威劇作家易卜生（Henrik Ibsen, 1828～1906）一八九〇年作品。其中的女主角被認爲是最困難和最完美的角色。

7 克莉歐・德・梅洛德（Cléopâtre-Diane de Mérode, 1875～1966）：法國芭蕾舞者、一八九六年巴黎選美冠軍。一頭披散的大波浪長髮獨具一格。

8 科尼島（Coney Island）：位於紐約布魯克林區的半島，南北戰爭之後開發爲渡假區。一八六〇至一八七〇年代間，島上開始建設大型飯店、觀光海灘和遊樂園等娛樂設施，賭場和色情行業也開始進駐。

現場一個撒馬利亞人、一個法利賽人[9]，也就是一個男人和一個警察，扶起了銀行家麥克拉姆齊，把他帶進了辛寇餐廳。這位年老卻屢打不倒的銀行家張開眼睛時，看見了一個美麗的女孩，臉上帶著憐惜而溫柔的微笑，正彎著腰，用牛肉清湯敷他的額頭，還從暖鍋裡拿出某種冰涼飲料為他擦手。麥克拉姆齊先生嘆了一口氣，綳掉了背心的一顆釦子，萬分感激地看著他這位美麗的救命恩人，恢復了知覺。

期待讀到浪漫愛情故事的人自己去找《海濱圖書館》[10]那些小說來看吧！銀行家麥克拉姆齊已經有一個上了年紀且受人敬重的妻子，他對梅莉安的鍾愛完全是父女之情。他很感興趣地跟她談了半個小時——不是他工作時的那種談話。隔天，他帶了麥克拉姆齊夫人來看她。這對老夫婦目前無人承歡膝下，唯一的女兒已經結婚，住在布魯克林。

我們把這個短短的故事再長話短說一點，美麗的收銀小姐贏得了這對善良老夫婦的心。他們一次又一次地到辛寇來，也邀請她去他們位於東區七十幾街那棟風格古老卻富麗堂皇的宅邸作客。梅莉安小姐非常討人喜歡，她可愛的直率和衝動的熱情像風暴一樣席捲了老夫婦的心。他們說梅莉安就跟他們不在身邊的女兒一模一樣，說了上百次。這位麥克拉姆齊家嫁到布魯克林的女兒，有著大佛似的身材，和一張藝術攝影師喜歡的理想臉型。梅莉安小姐卻是曲線、微笑、玫瑰葉、珍珠、仿緞和養髮水海報的混合體。這對父母也真夠糊塗的了。

這對可敬的夫婦認識梅莉安小姐一個月之後，某天下午，她站在辛寇先生面前，說她要辭職。

「他們要收我做養女，」她對那位若有所失的餐廳老闆說，「這兩個老人是有點古怪，但也真的很可愛。他們家真豪華啊！嘿，辛寇，現在說什麼都沒用啦——我要不選擇穿上棕色衣服戴上護目鏡坐上往西部飛馳的馬車，不然也至少會嫁給公爵。不過不知道為什麼，我還是不太想離開這個收錢的破籠子。我當收銀員這麼久了，做別的事總覺得怪。我會非常懷念客人排隊付帳時跟他們開玩笑的時光，但我不能讓這個機會白白溜走。而且他們人太好了，辛寇，我知道我會過得很開心的。你這週還欠我九塊六毛二再加上半天薪水，如果你覺得心裡不舒服，那半天就不要算了，辛寇。」

就這樣，梅莉安小姐成了蘿莎．麥克拉姆齊小姐。她對於身分轉變處理得十分得體。美麗只

9 撒馬利亞人（Samaritan）：源自於《路加福音》第十章中耶穌講的寓言：一個猶太人被強盜打劫，受了重傷。躺在路邊。有祭司和利未人路過，卻都不聞不問。唯有一個撒馬利亞人路過，不顧隔閡，動了慈心照應他。還在離開時自己出錢把猶太人送進旅店。法利賽人（Pharisee）：在《新約全書》裡，當時占主導地位的煞買派法利賽人經常被描繪成耶穌基督在意識形態上的敵對者。

10 美國在十九世紀末、二十世紀初流行一種廉價的小說出版方式，統稱爲「十分錢小說」（Dime Novel），這種小說以週刊或期刊的方式出版，刊登的內容囊括了各方面，並不侷限於通俗文學，但因爲廉價，因此有著廣大的讀者群。《海濱圖書館》系列便是屬於十分錢小說，由喬治．門羅（George Munro）於一八七七年開始發行。

是皮相，但神經可非常接近皮膚。而神經——說到這裡，能勞駕您再回頭看看故事一開始那句引文嗎？

麥克拉姆齊夫婦像倒國產香檳酒那樣毫不吝惜的花錢培養這位養女，這些錢都流到帽子商人、舞蹈老師和私人家教那裡去了。梅——呃——麥克拉姆齊小姐很感激，很愛他們，也努力忘記辛寇餐廳。美國女孩的適應能力是值得信任的，絕大部分時間裡，辛寇餐廳的一切確實從她的記憶和言談中淡去了。

海特斯伯里伯爵來到美國東區七十幾街的新聞並不是每個人都記得。他只是個中上程度、沒有負債的伯爵，所以也沒有引起太大的騷動。但是你一定記得仁愛婦女會在華什麼夫阿什麼亞酒店[13]辦義賣晚會那一晚，因為你也在現場，還用飯店便條紙寫了一張給芬妮的便箋寄出去，只是想讓她看看——你沒有去？很好，因為那天晚上孩子病了，一定是的。

義賣晚會上，麥克拉姆齊一家很受人注目。梅——呃——麥克拉姆齊小姐美得令人驚嘆。海特斯伯里伯爵從順路訪美開始就一直很注意她，在這場慈善義賣會上，應該能順利有個結果。伯爵跟公爵一樣好，不，其實更好。他的地位也許低一點，但是他未清償的債務數字也會低一點。

我們這位前任年輕收銀小姐分配到一個攤子。大家都期待她能把毫無價值的東西用不合理的高價賣給有錢人和勢利鬼，義賣所得將用來提供貧民窟的孩子一頓聖誕大餐——嘿！你們有沒有想過，剩下的三百六十四天他們要到哪裡去吃飯？

美麗、激動、興奮、迷人、喜氣洋洋的麥克拉姆齊小姐在攤子上花蝴蝶似地忙著，一張仿銅絲網把她圍在攤子裡面，底下開了個拱形的開口。

自信、優雅、精確、帶著愛慕——滿懷的愛慕——的伯爵來了，他面對著那個小窗口。

「你看起來真迷人，你知道——確確實實如我所說——親愛的。」他令人陶醉地說。

麥克拉姆齊小姐突然轉過身來。

「別開玩笑了，」她冷酷而尖刻地說，「你以為你在跟誰說話？請把帳單遞過來。噢，天哪！——」

義賣會的顧客們意識到有騷亂發生，把某個攤子擠得水洩不通。海特斯伯里伯爵站在旁邊，困惑地揪著自己淺黃色的絡腮鬍。

「麥克拉姆齊小姐昏倒了。」有個人說。

——收錄於《毫不通融》（Strictly Business, 1910）一書。

---

11 華什麼夫阿什麼亞酒店：即〈汽車等候的時候〉裡提到的華爾道夫—阿斯托里亞酒店（Waldorf-Astoria Hotel）。見21頁註1。

賢人的禮物[1]

一塊八毛七，全部就是這些了。其中六毛七還是一分錢硬幣湊的。這些一分錢硬幣，都是從雜貨店和賣菜賣肉的人手裡千方百計硬省下來的，老闆雖然沒有明著罵小氣，但買東西買得這麼斤斤計較，裡頭暗示的意義，也讓人忍不住燒紅了臉。黛拉數了三次，總數還是一塊八毛七，而隔天就是聖誕節了。

除了撲倒在那張小小的爛沙發上嚎啕大哭之外，顯然也沒別的事能做，所以黛拉也真的這麼做了，還因此哭出了一番頗有教育意義的感想，就是：人生是由哭泣、抽噎和微笑組成的，而抽噎占了絕大部分。

當這個家的女主人從前述的第一階段漸漸平復進入第二階段的時候，我們不妨來看看這個家吧。這是一間附家具的公寓，每週房租八塊錢。雖然難以確切形容這裡的樣子，但和乞丐窩也相差不遠了。

樓下門廊裡有個信箱，永遠不會有信扔進去，還有一個電鈴，也永遠不會有活人的手指把它按響。那裡還貼著一張名片，印著「詹姆斯．迪靈漢．楊先生」。「迪靈漢」這個名字，是之前男主人事業成功，一星期賺三十塊錢的時候一時興起加上去的。現在，他的薪水減到二十塊了，「迪靈漢」這幾個字看起來也有點模糊，好像它們正在認真思考，要不要縮寫成一個樸素而謙虛的「D」就好。但詹姆斯．迪靈漢．楊先生不管什麼時候回家，走到樓上公寓，都會聽見詹姆斯．迪靈漢．楊太太（也就是我們前面提過的黛拉）喊他「吉姆」，並且送上一個大大的擁抱。一切都很美好。

黛拉哭完，在臉頰上撲了點粉。她站在窗邊，呆呆地看著灰撲撲的後院，一隻灰貓走在灰色的籬笆上。明天就是聖誕節了，而她只有一塊八毛七可以給吉姆買禮物。幾個月來，她能存的都存了，結果就只有這一點點。一星期二十塊錢根本用不了多久，家庭開支比她預計的多得多，向來如此。她只有一塊八毛七可以買禮物給吉姆，她的吉姆。她快樂地計畫了好久，打算買一樣好東西給他，一樣又好、又稀罕、又有價值的東西——被吉姆擁有是一份榮譽，能配得上這份榮譽的東西實在不多。

---

1 這裡的賢人，指的是聖經中的東方三賢人（magi），又稱東方三王、東方三博士、三智者、麥琪，術士等，根據《馬太福音》第二章第一—十二節的記載，在耶穌基督出生時，有來自東方的「博士」朝拜耶穌，並送上黃金、乳香和沒藥三樣禮物。

房裡的兩扇窗戶之間有一面穿衣鏡，八塊錢公寓裡的穿衣鏡也許你見過。一個非常瘦、非常靈巧的人，也許可以從觀察一連串緊湊的縱向帶狀映像，拼湊出自己外表精確的樣子。苗條的黛拉已經掌握了這項技藝。

她突然從窗前轉過身，站在鏡子前面。她的眼睛閃閃發光，臉卻瞬間失色了二十秒。她迅速地解開了頭髮，讓它完全披散下來。

話說在詹姆斯．迪靈漢．楊家，有兩樣東西是他們最自豪的，一是從吉姆的父親和祖父手裡傳下來的金錶，另一樣就是黛拉的頭髮。要是示巴女王[2]住在通風井對面那間公寓，黛拉哪天把頭髮披在窗外晾乾，就會讓女王陛下所有金銀珠寶都相形失色。假如所羅門王當了公寓管理員，把他的寶藏都堆在地下室裡，每次吉姆經過那兒掏出金錶看的時候，就會看見他嫉妒地揪鬍子。

這一刻，黛拉美麗的長髮披在她身上，波浪起伏，閃閃發光，就像一道棕色的瀑布，髮長過膝，幾乎像一件衣服一樣。接著她迅速而緊張地重新把頭髮盤好，又猶豫了一會兒，接著她靜靜地站著，掉了一兩滴眼淚，落在磨禿了的紅地毯上。

她穿上棕色的舊外套，戴上棕色的舊帽子，裙襬一轉，眼裡淚光仍在，快步出門下樓走到街上。

她停在一塊招牌底下，上頭寫著：「索夫朗尼夫人。專營各種美髮用品。」黛拉奔上階梯，讓氣喘吁吁的自己先緩了一下。那位夫人身材胖大，膚色白得過頭，看起來冷冰冰的，樣子一點也不像索夫朗尼[3]。

「你願意買我的頭髮嗎？」黛拉問。

「我買頭髮，」那位夫人說，「把帽子拿下來，讓我看看。」

一頭棕色的瀑布傾瀉而下。「二十塊錢。」那夫人用經驗豐富的手撩起她的頭髮說。

「那就快給我錢吧。」黛拉說。

噢，接下來兩個小時，黛拉像是長了對玫瑰色的翅膀一樣到處飛來飛去。這個比喻亂七八糟，請不要在意。為了找適合吉姆的禮物，她跑遍了每一家店。

她終於找到了。那絕對不是給別人，而是專門為吉姆製造的。她把所有的店都翻遍了，只有這家店有這樣的東西。那是一條白金錶鍊，設計樸素高雅，完全以質地表現它的價值感，而不依靠花俏的裝飾——所有的好東西都應該這樣。它正配得上那只金錶，她一眼看到它就知道那是吉

---

2 示巴女王（Makeda, Queen of Sheba）：公元前非洲東部示巴王國的女王，據信是一位黑人。根據《聖經》列王紀上第十章、《古蘭經》等歷史資料的記載，她因爲仰慕當時以色列國王所羅門的才華與智慧，不惜紆尊降貴，前往以色列向所羅門提親。

3 索夫朗尼（sofronie）：義大利詩人塔索（Torquato Tasso, 1544～1595）史詩《拯救耶路撒冷》（Jerusalem Delivered）中的一位基督徒少女，是捨己救人的典型。

姆的，這條錶鍊就跟他一樣低調而有價值——這句形容對錶鍊和吉姆來說都再適合不過。他們收了她二十一塊，她帶著剩下的八毛七分錢急急地趕回家。有了這條錶鍊，吉姆不管在什麼人面前都能毫無顧慮地看錶了。那只錶雖然華貴，但是因為只繫了一條舊皮繩代替錶鍊，所以他有時候只敢偷偷地瞄一眼。

黛拉回到家之後，滿懷陶醉終於稍稍讓位給謹慎和理智。她拿出捲髮鉗，點起煤氣燈，準備修補慷慨加上愛情造成的破壞。這一向是個重大的任務，親愛的朋友們——一個艱鉅的任務。

四十分鐘後，她的頭上布滿了又小又貼的捲髮，看起來意外地像個逃學的小學生。她仔細而挑剔地看著鏡子裡的自己，看了好久。

「要是吉姆沒看我一眼就立刻把我宰了的話，」她自言自語，「那他一定會說我看起來像科尼島[4]上的歌舞女郎。但我能怎麼辦呢——噢！只有一塊八毛七，我還能怎麼做？」

七點鐘，咖啡煮好了，煎鍋也在爐子上熱著，準備煎肉排。

吉姆回家一向準時。黛拉把錶鍊折疊起來捏在手裡，坐在近門處的桌角，他回家時總是從這扇門進來。接著，她聽見他的腳步踏上底下樓梯第一階的聲音，臉倏地發了一陣白。她有個習慣，就算對日常生活中最簡單的小事也要默禱一兩句，現在她喃喃念著的是：「請求上帝，讓他覺得我依舊美麗。」

門開了，吉姆走進來，把門關好。他看上去很瘦，表情嚴肅。可憐的男人，他才二十二歲，就得擔起養家的重任！他實在需要一件新大衣了，而且他連雙手套都沒有。

吉姆一進門就停住了，像隻獵犬聞到鵪鶉的氣味一樣動也不動。他眼睛盯著黛拉，那眼神是她無法理解的，她嚇著了。那不是憤怒，不是訝異，不是譴責，不是恐懼，不是她預期中的任何一種情緒。他就只是帶著這副奇特的表情，怔怔地盯著她。

黛拉身子一扭，離開桌子走向他。

「吉姆，親愛的，」她喊，「不要這樣看我嘛。我把頭髮剪下來賣了，因為，要是聖誕節不送你禮物，我可受不了。頭髮是會再長的啊——你不會在意的，對吧？我非這麼做不可。我頭髮長得超快呀。說『聖誕快樂！』吉姆，讓我們高高興興的。你還不知道，我給你買了個多棒、多美的禮物呢！」

「你把頭髮剪掉了？」吉姆吃力地問，彷彿他已經絞盡腦汁，卻還沒能弄清楚這是怎麼回事。

「剪了，也賣了，」黛拉說，「不管怎樣，你不也一樣喜歡我嗎？就算沒了頭髮，我還是我啊，不是嗎？」

吉姆好奇地看了家裡一圈。

---

4 見233頁註9。

「你是說，你的頭髮沒了？」他說，樣子近乎癡呆。

「你不用找了，」黛拉說，「我跟你說，它賣掉了——賣了，也沒了。今晚是聖誕夜，寶貝。對我好一點吧，我剪頭髮是為了你。我的頭髮也許還數得清，但是，」她突然一本正經地溫柔起來，「我對你的愛是沒有辦法估量的啊。我去煎肉排了好嗎，吉姆？」

吉姆像是從恍惚中突然清醒，他抱住了黛拉。現在，我們也稍微尊重一下，花十秒鐘從另一面看看某個無關緊要的東西。週租八塊錢的房子，和年租一百萬的房子有什麼差別？去問一個數學家，或者問一個風趣的人，都會給你錯誤的答案。聖經中的賢人帶來了貴重的禮物，但當中並沒有這一樣。這句隱晦的話，後面將有所說明。

吉姆從大衣口袋裡掏出一個小包裹，放在桌上。

「別誤會我，黛兒，」他說，「我從來都不覺得剪頭髮、剃頭髮、或者洗頭髮，能讓我對我太太的愛減少一絲一毫。但如果你打開這個包裹，你就會知道，為什麼一開始我會有那種反應了。」

黛拉白皙的手指靈巧地拆開了綁繩和包裝紙，然後發出狂喜的驚叫；接下來，哎呀！喜悅突然非常女性地轉成了歇斯底里的淚水和痛哭，需要這個家的男主人千方百計地即刻安慰。

因為擺在眼前的，是裝飾頭髮用的梳子——一整套，兩鬢用的、後髮用的，是黛拉在百老匯某個櫥窗裡看見，想要了好久好久的東西。多漂亮的一套梳子啊，純玳瑁雕的，邊緣鑲著珠寶，那顏色，正配她已經不在了的那頭美麗秀髮。這套梳子很貴，她知道，她也只是很嚮往、很期待，卻從沒有存過一絲擁有它的想法。而現在，這套梳子是她的了，但應該戴上這渴望已久的飾物的頭髮卻不在了。

不過她還是把這套梳子抱在懷裡，過了好久，才終於抬起迷濛的淚眼，微笑著說：「我頭髮長得很快的，吉姆！」

接著黛拉像隻被火燒到的小貓似地跳起來，大喊：「噢，噢！」

吉姆還沒有看到他漂亮的禮物呢。她熱切地張開手掌伸向他，那無知覺的貴重金屬閃閃發亮，彷彿反射著她興高采烈的熱情。

「頂級的東西，不是嗎，吉姆？我跑遍了整個市才找到的。現在你每天要看上百次時間啦。把錶給我，我想看看它配上錶鍊是什麼樣子。」

吉姆沒有照她的話做，卻往沙發上一躺，雙手枕在頭下，微笑起來。

「黛兒，」他說，「我們先把聖誕禮物放在一邊，收起來一陣子吧。它們實在太好了，目前我們還用不起。我把錶賣了，用那筆錢買了給你的梳子。現在我想，你可以去煎肉排了。」

聖經裡的三位賢人，正如你所知，都是聰明人——非常睿智的人——他們給馬槽裡的聖嬰帶了禮物，也開啟了聖誕節贈送禮物的傳統。因為他們都是聰明人，送的禮物無疑也是聰明的禮物，說不定還附有萬一禮物重複可以更換的權利條款。在這裡，我笨拙地給你們說了這個平淡無奇的故事，兩個住在公寓裡的傻孩子，極不聰明地為彼此犧牲了家裡最珍貴的東西。但最後，我要對現在的聰明人說一句話，在所有送禮的人當中，這兩個人是最聰明的；在所有互贈禮物的人裡面，像他們這樣的人才是最聰明的。不管在什麼地方，他們都是最聰明的人。他們就是所謂的賢人。

——原刊於一九〇五年十二月十日《紐約週日世界報》，並收錄於《四百萬》（The Four Million, 1906）一書。

小熊約翰·湯姆的返祖現象[1]

我看見「紅色戰線」藥房樓上傑夫·彼得斯房間的燈亮著，就火速往那裡奔去，因為我之前不知道他在鎮上。他是身上流著朝聖者血液的那種人，做過上百種職業，每種工作都有故事可講（只要他那時候有興致說）。

我發現傑夫正在重新打包行李，準備南下去佛羅里達看一片柑橘園，那是他一個月前用育空[2]的採礦權換來的。他踢了張椅子給我，飽經風霜的臉上依然帶著和以前一樣幽默、深不可測

1 返祖現象（Atavism）：生物學名詞，表示個別生物體出現了祖先具有、但可能已經退化的性狀。例如豢養家禽的飛行能力已經退化，但偶爾還是會出現飛行能力特別強的個體。返祖現象在人類身上也不罕見，例如副乳。

2 育空（Yukon）：加拿大三個地區之一，位於西北方。在歐洲人未踏足美洲之時，育空地區是印第安人的聚居地。育空一帶蘊藏豐富的礦物，自十九世紀後期淘金熱潮興起，育空的採礦業快速發展，成爲當地經濟一大支柱。

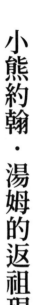

的微笑。我們八個多月沒有見面了，但他招呼我的樣子好像我們天天都碰得到一樣。時間是傑夫的僕人，美洲大陸就是一塊大地皮，他在上頭東奔西跑，為自己闢出了許多不同的道路。

我們在沒什麼營養的話題上爭論了一小陣，最後聚焦在菲律賓的騷動問題上[3]。

「他們那些熱帶民族啊，」傑夫說，「要是讓他們自己的人去管，說不定更好。熱帶的人知道自己需要什麼。他需要的就只是一張季票，好讓他進場看鬥雞，還有一雙西聯電報[4]架線工人套鞋子的攀爬鉤，好讓他上樹採麵包果，如此而已。盎格魯—薩克遜人卻要他學動詞變化、穿上吊褲帶。其實他按照自己的方式生活才是最幸福的。」

我很訝異他會這麼說。

「教育是我們的座右銘，老兄，」我說，「一段時間之後，他們就能達到我們的文明標準了。看看教育對印第安人產生了多大的效果。」

「喔喝！」傑夫唱了一聲，點起了菸斗（這是個好兆頭）。「沒錯！就是印第安人。我看著呢，我迫不及待想看見紅人成為進步的領袖。但是，就跟其他的棕皮膚民族一樣，要讓他們成為盎格魯—薩克遜人是不可能的。我跟你說過我朋友小熊約翰．湯姆的故事沒有？當年，他咬掉了文化和教育藝術的右耳，還把時間的陀螺轉回哥倫布還是小孩子的時代，我沒跟你說過嗎？

「小熊約翰．湯姆是個受過教育的切羅基印第安人[5]，也是我在準州[6]認識的老朋友。他是東岸那種學校裡有橄欖球隊的大學畢業的，這學校成功地教會了印第安人拿那支大烤架來踢球，而不是拿來烤俘虜[7]。以盎格魯—薩克遜人而言，約翰·湯姆多了點古銅色的斑；但就印第安人來說，他可是我見過最像白人的一個。做為一個切羅基人，他是個第一輪投票就能勝出當選議員的人物；而做為一個被聯邦政府監護的人[8]，他連通過初選都難如登天。

「約翰·湯姆和我湊在一起，打算做點藥來賣——我們想弄個合法、有品味的詐騙計畫，安安靜靜地進行，免得引來警察做蠢事，或者勾起大藥廠的貪念。我們兩個人加起來有將近五百塊錢，很想讓它變多一點，所有的資本家都是這樣想的。

---

3 菲律賓—美國戰爭，也稱爲菲律賓獨立或菲律賓起義（1899～1902）戰爭，由最初反抗西班牙殖民統治並成立菲律賓第一共和國，轉變成對抗美國兼併菲律賓的新殖民戰爭。

4 西聯公司（The Western Union Company）：創立於一八五一年，當時主要業務是收發電報，目前主要承辦國際匯款。

5 切羅基人（Cherokee）：一支生活於北美洲的印第安民族，分布地區爲美國東南部，大多數在後來被迫向西遷徙，是美洲原住民中的文明化五部族之一。

6 準州（Territory）：或譯「領地」，指這塊土地已被占領，但尚未獲得「州」的正式地位。

7 因爲「gridiron」這個字可以指橄欖球場上的球門，也可以指烤肉用的烤架。

8 美國國會在一八七一年宣布，印第安人不再被視爲獨立的民族、而是聯邦政府的被監護者（ward），與美國的關係宛如被監護人與監護人之間的關係，未享有充分的主權，美國原住民自決權與土地權自此開始大量喪失。

「於是，我們弄出一個方案，看起來像挖金礦計畫那麼高尚，又像教會抽獎那樣有利可圖。不到三十天，我們就帶著兩匹體態優雅的駿馬和一部紅色的歐洲式篷車，浩浩蕩蕩進入堪薩斯。約翰．湯姆是威須西普多酋長[9]，一位著名的印第安藥師，也是樂善好施的七部族共同領袖。彼得斯先生是業務經理兼合夥人。我們還需要一個人，所以到處找了一下，發現了靠在報紙求職欄邊的J．康寧漢．賓克利。這個賓克利有個毛病，就是愛演莎翁劇，還幻想自己在紐約登臺連演兩百個晚上。但他也承認自己絕對沒辦法靠演莎士比亞的角色謀生，所以他願意放下身段找個平凡的工作，也甘心在賣藥的馬隊後頭跟著跑兩百哩。除了扮演理查三世之外，他還能唱二十七首黑人歌曲，彈班究琴，而且願意做飯兼刷馬。

「我們有一系列斂財的好噱頭。有一樣是神奇肥皂，可以帶走衣服上的油汙，順便帶走你口袋裡的兩毛五。一樣是印第安神藥松瓦達，由大草原草藥製成，配方來自偉大的神靈託夢，特別傳授給他鍾愛的巫醫——偉大的酋長麥加瑞蒂，和芝加哥的玻璃瓶商人塞博斯坦。剩下的就是一套雜七雜八的瑣碎東西，連那些讓百貨公司相形失色的堪薩斯商人都忍不住掏錢出來買。看哪！一雙絲綢吊襪帶、一本解夢書、一打衣夾子、一顆金牙，還有一本《花情俠義[10]》，用一條真正的日本仿絲大手巾包在一起，全部只要微不足道的五毛錢，由彼得斯先生親手交給美麗的女士，同時賓克利教授還會為我們彈三分鐘的班究琴助興。

「我們這工作做得非常精采。我們和平地洗劫了這一州，決心洗刷人們對於『流血堪薩斯[11]』

的疑慮。小熊約翰·湯姆全套印第安酋長裝扮，把正在玩印度宮廷十字戲[12]和討論國有制的人群都吸引了過來。當年他在東部那間足球隊大學讀書的時候，在課堂上學會了大量的詞令，以及做健美操和詭辯的技巧。當他站在紅色篷車上對農民滔滔不絕地解釋凍瘡和顱骨感覺過敏的時候，傑夫就忙著把印第安神藥盡快交到每個人手裡。

「有一天晚上，我們在薩利納西邊的一個小鎮外圍紮營。我們總會選在河的附近，搭一個小帳篷。有時候我們的神藥銷路超乎預期，那麼威須西普多酋長就會夢見神靈降下指示，要他在最方便的地方灌幾瓶松瓦達。那時候大約十點鐘，我們街頭表演剛結束。我在帳篷裡點著提燈，計算今天的收入。約翰·湯姆還沒把印第安人的妝卸掉，坐在營火邊替教授盯著煎鍋裡的一塊上好沙朗牛排，讓教授先把馴馬的驚險場景完成。

---

9 原文是「Wish-Heap-Dough」，意思是「希望有大把大把的錢」。

10《花情俠義》（When Knighthood Was in Flower）：又名《寶劍與玫瑰》，美國小說家查爾斯·梅傑（Charles Major, 1856～1913）一八九八年作品。

11 堪薩斯內戰（Bleeding Kansas）一八五四至一八五八年之間一系列關於奴隸制的衝突，發生在當時未建制的堪薩斯領地和臨近的密蘇里州，起因是南北雙方試圖爭奪堪薩斯的領土控制權。這場衝突對當時美國中部的政局，以及之後的美國南北戰爭都有重要影響。

12 印度宮廷十字戲（Parcheesi）：由印度十字戲改變而來的一種桌上遊戲。古代印度皇室常玩此遊戲，十九世紀末引入英國。

「突然，黑暗的灌木叢傳出一串鞭炮似的劈啪聲，約翰．湯姆咕噥了一聲，從衣服胸口掏出一顆卡在他鎖骨上的小子彈。約翰．湯姆朝鞭炮聲的方向衝過去，回來的時候拎著一個小孩的領口，那孩子約莫九到十歲，穿著一套棉絨衣服，手裡拿著一支小小的鍍鎳來福槍，槍管跟支鋼筆一樣粗。

『過來，你這個小鬼，』約翰．湯姆說，『幹嘛拿那支榴彈砲射我？你可能會射到人家眼睛的。傑夫，出來看著牛排，別讓它燒焦，我要好好審問一下這個帶著豆子槍的小傢伙。』

『懦弱的紅人，』孩子說，聽起來像是引用了某個知名作家的話。『你要是敢把我綁在火刑柱上燒死，白人就會把你們從大草原掃光，就像——就像他們掃光一切一樣。現在，放我走，不然我就要跟我媽媽講了喔。』

「約翰．湯姆把那孩子放在折凳上，自己在他旁邊坐下。『現在，告訴大酋長，』他說，『為什麼你要拿子彈射你的約翰叔叔？你不知道槍上了膛嗎？』

『你是印第安人嗎？』孩子仰著頭問，樣子很可愛，好像很滿意約翰．湯姆身上的鹿皮和老鷹羽毛。

『我是啊。』約翰．湯姆說。

『嗯，所以，這就是我射你的理由啦。』那孩子回答，一面晃著腳。我看著那孩子大膽的樣子，差點把牛排煎焦了。

「『喔喝！』約翰·湯姆說，『我知道了。你是復仇小子，你發誓要把殘暴的紅人趕出美洲，是不是這樣，孩子？』

「那孩子勉勉強強點了點頭，看起來有點鬱悶。他的來福槍還沒撂倒一個印第安戰士，自己的祕密就先被逼問出來了，這可是有失顏面的事。

「『現在告訴我們，你的棚屋在哪，小鬼，』約翰·湯姆說——『你住哪兒？你這麼晚還待在外面，你媽媽會擔心的。跟我說，我帶你回家。』

「那孩子笑了起來。『我想不行，』他說，『我住在離這裡好幾千好幾千哩遠的地方。』他朝地平線的方向揚了揚手。『我搭火車來的，』他說，『自己一個人。我在這裡下車，是因為列車長說我坐過站了。』他突然懷疑地看著約翰·湯姆，『我打賭，你根本不是印第安人，』他說，『你說話不像印第安人。你看起來很像，但是所有的印第安人都只會說『大大的好』跟『白人去死』而已。嘿，我敢說，你是路邊賣藥那種冒牌印第安人，我有一次在昆西看到過。』

「『這你就不用操心了，』約翰·湯姆說，『不管我是雪茄店招牌還是坦慕尼漫畫[13]都一樣。

13　美國雪茄店門口常有木刻的印第安人像。坦慕尼（Tammany）是德拉瓦族原住民酋長，傳聞於一六八三年與英國人威廉·佩恩（William Penn, 1644～1718）簽下互信協定，一七七一年畫家班傑明·衛斯特（Benjamin West, 1738～1820）畫出簽訂協議時的場景，但至今歷史學家尚未找到確定的文件及證據證明此協定存在。

酋長委員會現在要考慮的問題是怎麼處理你。你是逃家的小孩。你一直在讀豪威爾斯的小說[14]，但企圖射殺一個開化了的印第安人可是有辱你小復仇者的身分，而且絕對別說：『去死吧，紅人狗，你已經擋住小復仇者的去路十九次，太過分了。』你看我說的對不對？」

「那孩子想了一會兒。『我想我錯了，』他說，『我應該再往西走的，據說峽谷那邊的印第安人更野蠻。』那個小淘氣伸出手來跟約翰．湯姆握了手。『請原諒我開槍打了你，先生，』他說，『希望沒讓你受傷。但是你也應該更小心一點，因為偵察員看見穿戰袍的印第安人，他的來福槍是一定要開火的。』小熊聽了這話，先是哈哈大笑，最後還來了聲呼嘯，他把那孩子往空中甩了十呎高，讓他騎在自己肩膀上。那個逃家的孩子撥弄著他身上的流蘇和老鷹羽毛，高興得像個知道自己從此可以對低等人種頤指氣使的白人。小熊和那個孩子顯然從這時開始成了好朋友。這個小叛徒已經跟野蠻人簽了和平協定，從他的眼神裡看得出來，他正盤算著想要一支戰斧，和一雙兒童尺寸的鹿皮鞋。

「我們在帳篷裡吃晚飯。在這孩子眼裡，我和教授只是普通戰士，不過是這個野營場面裡的背景人物。他坐在裝松瓦達的箱子旁邊，剛好能從桌邊探出一個頭。他嘴裡塞滿了牛排，小熊問他叫什麼名字。『羅伊。』那孩子滿嘴沙朗肉，不清不楚地回答。但一問到其他細節和地址，他就猛搖頭。『我覺得不能說，』他說，『你們會把我送回去的。我想跟你們在一起，我喜歡這樣在外頭露宿。我在家的時候，我們幾個朋友在後院露營過，他們叫我紅狼羅伊！我想就拿這當我的名字吧。請再給我一塊牛排。』

「我們不得不收留這個孩子。我們知道現在一定有某個地方為了他亂成一團，他媽媽、哈利叔叔、珍妮姑媽和警長都急著在打聽他的下落，但他什麼都不肯跟我們多說。

「兩天之內，他就成了我們這個偉大賣藥團的吉祥物，我們每個人心裡都暗暗希望他的主人不要出現。紅色篷車做生意的時候他也插一腳，負責把藥瓶遞給彼得斯先生，表情驕傲自得，像個放棄了兩百塊王冠去追求百萬身價富婆的王子。

「有一次約翰·湯姆問到他的爸爸。

『我沒有爸爸，』他說，『他撇下我們，自己跑了。他讓我媽媽一直哭，露西阿姨說他是個人渣。』

『是個什麼？』有人問他。

『人渣，』那孩子說，『什麼人渣呢——我想想——喔，對了，窩囊的人渣。我也不懂這是

---

14 豪威爾斯（William Dean Howells, 1837～1920）：小說家、文學批評家。美國現實主義文學奠基人。他曾竭力反對當時盛行的浪漫主義小說，認爲小說的首要目的是教誨，而不是娛樂。作者在此提到的小說爲《小馬貝克的逃家》（The Flight of Pony Baker），這是一本兒童小說，主角是一位九歲大的男孩法蘭克·貝克，綽號小馬，他與媽媽和五個姊姊同住，由於與家人的衝突，貝克一直企圖逃家，但在過程中逐漸體會到家庭的溫暖與重要。

什麼意思。』

「約翰．湯姆想把我們的標誌放在他身上，用貝殼串和珠子把他打扮成小酋長，但被我否決了：『我的看法是，有人走丟了小孩，而且他們說不定還要他。你們讓我用計試探他看看，說不定能弄到點他的資料也未可知。』

「所以那天晚上，我就走到營火旁的無姓氏羅伊先生身邊，輕視而鄙夷地看著他。『史尼肯威策！』我說，好像連說出這個字都讓我噁心一樣，『史尼肯威策！呸！我寧願死了也不想姓史尼肯威策！』

「『你怎麼了，傑夫？』那孩子說，眼睛張得大大的。

「『史尼肯威策！』我又說了那個字一次，然後又呸了一聲。『今天我碰到一個你們鎮上來的人，他把你姓什麼告訴我了。你沒臉說出自己的姓我一點都不意外。史尼肯威策！哎呀！』

「『啊，喂，嘿，』那孩子氣得整個人都扭曲了，『你到底有什麼問題？那又不是我的姓。我姓康亞爾斯。你到底有什麼問題？』

「『而且這還不是最糟的。』我很快地繼續說下去，讓他保持激動，不給他時間思考。『我們還以為你是正派富裕人家出身呢。這位小熊先生是切羅基的酋長，裹著正式大禮服毛氈的時候是有資格配戴九條水獺尾巴的；賓克利教授是演莎士比亞、彈班究琴的；而我，我有好幾百塊收在篷車的黑色錫箱子裡，所以我們對同行的人不得不注意。那個人跟我說，你們家在一條又小又舊的雞窩巷裡，連人行道都沒有，吃飯的時候還有山羊一起上桌。』

「那孩子幾乎要哭出來了。『胡說八道，』他急得語無倫次，『那個人——他根本不知道自己在講什麼。我們家住在白楊大道，跟山羊一點關係都沒有。你到底是怎麼回事？』

「『白楊大道，』我口氣尖酸，『白楊大道！那是能住的街嗎？整條路只有兩個街區長，碰到懸崖就斷了。你抓起一大桶鐵釘，輕輕鬆鬆就能從這一頭扔到另一頭。少跟我說什麼白楊大道了。』

「『那條路——那條路有好幾哩長，』那孩子說，『我們家在八百六十二號，我們家之後還有好多房子呢。你到底怎麼了——噢，你把我煩死了，傑夫。』

「『算了，算了，好吧，』我說，『我想是那個人弄錯了，他說的可能是另外一個孩子。下次我逮到他，一定會教訓他不應該這樣到處說人壞話。』

「吃過晚飯之後，我就到鎮上去，發了個電報給住在伊利諾州昆西鎮白楊大道八百六十二號的康亞爾斯太太，說孩子平安活潑地跟我們在一起，接下來如何處理等待她進一步指示。兩小時內回音就來了，要我們把他看緊，她搭下一班火車過來接他。

「下一班火車抵達的時間是隔天下午六點鐘，我和約翰·湯姆陪著那孩子去了火車站。你大概怎麼樣也找不到威須西普多大酋長的影子了，取而代之的是一身盎格魯—薩克遜人裝扮的小熊先生，腳上穿著光亮的漆皮鞋，脖子上繫著名牌領帶。這些事約翰·湯姆是在大學裡跟形上學以及用低位擒抱撞翻哨鋒之類的東西一起學到的。不過就外貌來說，除了他的臉有點黃，一頭黑色亂髮是直的之外，你可能會覺得他跟電話號碼簿上那些訂雜誌、傍晚穿著襯衫推除草機的普通男人沒什麼兩樣。

「火車進站了，一個身材瘦小、頭髮頗有光澤的灰衣女人快步下了車，一下車便四處張望。那個小復仇者看見她，大喊：『媽媽。』她也喊了一聲『噢！』接著兩人便緊緊擁抱在一起。現在討厭的紅人可以走出洞穴，在平原現身，不必再擔心紅狼羅伊手裡的來福槍了。康亞爾斯太太走上前謝謝我和約翰．湯姆，並沒有一般女人常見的那種感激涕零的激動樣子。她說話真誠，恰如其分，沒有過多的言詞。我在交談中似通非通地講了幾句正式的場面話，那位夫人友善地笑著，好像她一星期前就認識我了。接著小熊先生也說了幾句話增添氣氛，從那幾句帶口音的話裡，聽得出他的語言是受教育改造過的。我看得出來，之前孩子的媽媽並不清楚約翰．湯姆的身分，但她似乎意識到他的方言口音，就努力學著他把三個字合成一個字講。

「那孩子介紹了我們，用了幾個腳註和解釋，就把事情講得比學了一星期修辭學還清楚。他在我們身邊跳來跳去，從背後打我們，還打算爬到約翰．湯姆的腿上去。

「『這是約翰．湯姆，媽媽，』他說，『他是印第安人，是在紅色篷車上賣藥的。我開槍射他，可是他一點都不野蠻。另外一個是傑夫，他也是個騙子。媽媽，來看看我們住的帳篷，好不好？』

「看得出來，這女人一輩子的寄託都在這孩子身上。她只要一有機會就會把孩子摟在懷裡，光這點就很明顯了。只要能讓他高興的事她都願意做。她遲疑了八分之一秒，看了另外兩個人一眼。我想她心裡是這樣評價約翰．湯姆的：『看起來是個紳士，即使頭髮不捲。』接著是對彼得斯先生的看法：『沒有女人緣，但是個很了解女人的男人。』

「接著我們像守靈儀式結束後的街坊鄰居一樣晃蕩回營地。她檢查了篷車，用手拍了拍孩子睡覺的地方，然後用手帕按了按眼角。賓克利教授用班究琴的一根單弦為我們演奏《遊唱詩人》[15]，就在快要轉入哈姆雷特獨白的時候，有匹馬被繩子纏住了，他不得不去照顧一下，嘴裡咕噥著：『又搞砸了。』

「天黑了，我和約翰．湯姆回到玉米交易旅店，我們四個人在那裡吃了晚餐。我想麻煩就是從那頓晚餐開始的，因為那時小熊先生讓智慧的熱氣球飛升了。我揪著桌巾，聽著他在天上翱翔。要是我看得沒錯，這個紅人確實有博聞強記的天賦。他掌握了語言，運用語言的方式就跟羅馬人做義大利通心粉的方式一樣熟練。他滔滔不絕的詞句，每一個都用最有學問的動詞和前綴詞修飾過，流利滑順的音節和他的想法配合得完美無比。我以為我以前就聽過他說話了，但現在我才知道那根本不算。關鍵不在詞句的數量，而是表達的方式；而且和說話主題也沒有關係，

15《遊唱詩人》（Il trovatore）：是一部四幕的著名歌劇，由威爾第（Giuseppe Fortunino Francesco Verdi, 1813～1901）作曲，一八五三年在羅馬阿波羅歌劇院（Teatro Apollo）首演。

因為他說的都是一些尋常內容，像是大教堂、足球、詩、黏膜炎、靈魂、運貨費率和雕刻。康亞爾斯太太聽得懂他的口音，也懂得重音之間迴蕩的優美音韻。偶爾傑佛遜．D．彼得斯也會插進幾個陳腐無意義的句子，像是『請把奶油遞過來』或是『把那隻雞的另一條腿也給我』之類。

「是的，小熊約翰．湯姆顯然對康亞爾斯太太有點動心了。她是很討人喜歡的那種人。除了漂亮之外，她還有更多吸引人的地方，讓我慢慢告訴你。拿大型商店裡的服裝假人來舉例吧，它們給你的印象就是個沒有靈魂的軀體，只是用來看的，用處就是展示服裝尺寸和款式，並且激起一種錯覺，讓人覺得這件海豹皮衣就算穿在一個滿臉疣子、荷包鼓鼓的女士身上也一樣漂亮。現在，要是有具假人撤下來，你把它帶走了，你抱著它，它居然喊了你一聲『查理』，還在桌邊坐了起來，嘿，那感覺跟康亞爾斯太太就有幾分像了。我看得出來，約翰．湯姆對白種女人的厭惡已經開始動搖了。

「那位夫人和孩子在旅店住下，說隔天早上就動身回家。我和小熊八點鐘離開那兒，在法院大樓前面的廣場賣印第安神藥賣到九點鐘。小熊要我和教授先駕車回營地，他自己要待在鎮上。我不喜歡這種安排，因為這表示約翰．湯姆情緒不穩，接下來就會去喝烈酒，偶爾還會出現綠玉米舞[16]般的徹夜狂歡，付出高昂代價。威須西普多酋長不常喝酒，但只要他一喝，那些穿藍制服拿警棍的白人警察分駐所就有得忙了。

「九點半，賓克利教授已經裹著被子，用無韻詩[17]的節奏打著鼾，我坐在營火邊聽蛙鳴。小熊先生悄悄走進營地，靠著一棵樹坐下，沒有喝過酒的跡象。

「『傑夫，』他沉默了很久之後才開口，『有個小男孩跑到西部來獵捕印第安人。』

「『哦，然後呢？』我隨口應了一句，因為我不知道他在說什麼。

「『他逮到了一個，』約翰．湯姆說，『不是用槍，而且他一輩子也沒穿過棉絨衣服。』接著他點起了菸。

「『我明白了，』我說，『而且我敢說，他的圖片還在情人節卡片上印著呢，玩弄男人是他最愛的遊戲，不管那是紅人還是白人。』

「『這次是紅人輸了，』約翰．湯姆平靜地說，『傑夫，你覺得我要用多少匹馬才換得到康亞爾斯太太？』

「『這樣說太不像話了！』我回答，『這不是白人的習俗。』約翰．湯姆大笑起來，咬著雪茄。

「『當然不是，』他回答，『那是個野蠻人的對應詞，意思跟白人用美元計價的聘金一樣。噢，我很清楚，種族之間有一道永遠無法跨越的牆。傑夫，要是可以的話，我會放一把火，把每一間

---

16 綠玉米舞（green corn dance）：美國納契族印第安人（Natchez Indians）在慶祝穀物豐收祭典中，做為活動高潮時所表演的舞蹈，舞蹈活動持續整晚。切羅基人與奧克拉荷馬州的克里克人（Creek Indians）也會在玉米成熟時舉行類似的慶典。

17 見89頁註3。

紅人踏進去過的白人大學都燒了。為什麼你們不讓我們過自己的日子，』他說，『不讓我們跳魔鬼舞，不讓我們吃狗肉大餐，不讓我們的邋遢女人給我們煮蚱蜢湯，補鹿皮鞋？』

「『嘿，你確定你不是故意要侮辱『教育』這朵永恆之花嗎？』我憤慨地說，『因為我知識的上衣胸前也別著這朵花。我是受過教育的人，』我說，『而且從來沒有因為教育受過什麼傷害。』

「『你們用套索套住了我們，』小熊沒理會我無聊的插話，繼續說下去，『教我們什麼是文學和生活之美，教我們如何欣賞男人和女人的優秀特質。你們把我怎麼了？』他說。『你們把我變成了一個切羅基族的摩西，你們教我討厭印第安人的棚屋，喜歡白人的生活方式。我可以遙望應許之地，看著康亞爾斯太太，但我依然——身在印第安人保留區裡。』

「酋長裝扮的小熊站起來，又哈哈大笑。『但是，白人傑夫啊，』他繼續，『白人帶來了一種可以依靠的東西。雖然只是暫時的，但至少可以緩解一下，那東西叫做威士忌。』接著他又直接朝鎮上走去。

「『哎，』我心裡暗暗說著，『希望神靈保佑，讓他今晚幹的事還在能保釋的範圍內！』因為我感覺到，約翰．湯姆就要用白人的安慰劑放鬆自己了。

「大約十點半左右吧，我正坐著抽菸，聽見路上傳來啪啦啪啦的腳步聲，康亞爾斯太太急匆匆地跑來，頭髮草草地挽著，表情看起來像是家裡進了賊，又出現老鼠，外加麵粉同時用完了一樣。

「『噢，彼得斯先生，』她用盡力氣大叫起來，『噢，噢！』

「我迅速地想了一下，大聲地直接說重點。『嘿，』我說，『我跟那個印第安人是好兄弟，我可以在兩分鐘內讓他恢復正常，要是他——』

「『不，不，』她心慌意亂，一面還折著手指頭，『我沒看見小熊先生。是我丈夫——他把我兒子偷走了。噢，』她說，『我才剛把他找回來呀！那個沒良心的禽獸！我這輩子的痛苦都是因為他，』她說，『他還讓我喝酒。我可憐的小寶貝啊，他本來應該睡在暖暖的床上，現在卻被那個魔鬼帶走了！』

「『到底怎麼回事？』我問，『把事情經過告訴我。』

「『我正在鋪床，』她解釋，『羅伊在旅店的門廊上玩，那人駕著車到階梯前面，我聽見羅伊尖叫，趕緊跑出來，那時我先生已經把孩子拖進車裡了。我求他放過孩子，結果他——』她把臉轉向亮處，從臉頰到嘴邊有道深紅色的鞭痕。『他就用鞭子打我。』她說。

「『回旅店去，』我說，『我們看看能做什麼。』

「回旅店的路上她又跟我說了些緣由。他用鞭子抽她的時候，說他發現她要來接孩子，就跟著搭了同一班火車。康亞爾斯太太和她哥哥住在一起，他們一直很當心看著那孩子，因為她先生以前也曾經企圖把孩子拐走。就我判斷，這個人比提倡建設市街電車的人還要壞[18]。他花她的錢、

18 美國鐵路建設在一八七〇到一九二〇年之間發展迅速，鐵路或都市電車建設與房地產及工業發展利潤息息相關，也造成了鉅額貪汙及官商勾結醜聞。

揍她、弄死她的金絲雀，還到處說她膽子很小。

「我們回到旅店，發現那裡聚了五個憤怒的市民，邊嚼菸草邊譴責暴行。那時候已經十點鐘，大部分的鎮民都睡了。我稍微安撫了那位女士，跟她說我打算搭一點鐘那班火車到四十哩外的下一個鎮去，因為我估計康亞爾斯先生會先駕車到那兒，然後改搭汽車。

『我不知道他有多少合法權利，』我告訴她，『但要是我見到他，一定會以擾亂安寧的理由給他的眼睛來一記非法的左勾拳，讓他包上兩三天繃帶。』

「康亞爾斯太太進了旅店，跟房東太太一起掉眼淚，房東太太為這個可憐的女人準備了一些貓薄荷茶[19]，可以讓她喝了舒服一些。房東跟著我走到門廊，他一根大拇指勾著吊褲帶，一面跟我說：

『從貝德福．史蒂加爾他老婆吞了一條活跳跳的蜥蜴以來，這個鎮還沒發生過這麼大的騷動。他用鞭子打她，所有的情況我從窗子全看見了。你身上這套衣服多少錢買的？這天色看來會下雨，對吧？嘿，醫生啊，你們那個印第安人今晚好像威士忌喝多了是不是？你們來之前不久他也來了，我跟他說了這裡發生的事，他冒出一聲汽笛似的叫聲，然後就跑走了。我想我們的警察天亮之前就會把他抓進拘留所了吧。』

「我覺得我還是坐在門廊上等一點鐘的火車比較好。我心情很差。眼下約翰．湯姆正在大肆痛飲，又發生了這場綁架案，看來今晚我要失眠了。不過，本來我也就是看見別人有麻煩，自己也會跟著擔心的那種人。康亞爾斯太太每幾分鐘就會到門廊外望望馬車遠去的那條路，好像期待看見孩子手裡拿著個紅蘋果騎在小白馬上自己回來一樣。哎，女人不就是這樣嗎？這讓我想起一個貓的故事——『我看見有隻老鼠跳進這個洞裡了，』貓太太說，『如果你願意的話，可以去那頭撬一塊木板起來；我盯著這個洞就好。』

「十二點四十五分左右，那位女士又出來了，焦躁不安，動不動就哭，簡直像能從這些行為得到樂趣的女人一樣。她還是望著那條路，一面仔細地聽著。『哎，夫人，』我說，『你老看著這些冷冰冰的輪子印也沒用，這時候他們搞不好都快到——』

『噓。』她舉起手說，而我也確實聽見黑暗中傳來啪搭啪搭的聲音，接著是一聲駭人至極的戰鬥吶喊，那種呼嘯聲，除了麥迪遜花園廣場外水牛比爾[20]的西部秀表演之外，可以說從來沒聽過。然後一個落魄的印第安人跳上了階梯和門廊，在門廳的燈光下，我完全沒認出那是一八九一年畢業的校友小熊約翰・湯姆先生。我看見的是一個切羅基戰士，而且剛結束一場遠征。烈酒和某些東西讓他整個人狂野起來，他的鹿皮衣撕爛了，鷹羽糾得像團雞毛，鹿皮鞋

---

19 貓薄荷（catnip）：是一種外表類似薄荷的草本植物，又稱貓穗草、荊芥，具有鎮靜作用，可用來降低體溫。可以消除脹氣、幫助消化、改善睡眠品質、解除壓力、刺激食慾。

20 見195頁註2。

上滿是長途跋涉的塵土，眼裡卻閃著原住民特有的光芒。孩子在他懷裡，眼睛都快閉上了，小鞋子掛在腳上晃著，一隻手還牢牢地抓著那個印第安人的領子。

「『小娃娃！』約翰．湯姆說，我注意到他的白人語法消失了，他變回了原來那個跟熊搏鬥、古銅色皮膚的傢伙。『我帶回來，』他說，一面把孩子交到他媽媽懷裡，『跑十五哩，』約翰．湯姆說——『呸！追上白人。帶回小娃娃。』

「那個小女人簡直高興得要瘋了。她硬把那個惹麻煩的小傢伙弄醒，擁抱他，大聲說他是媽媽最珍貴的寶貝。我本來想開口問些什麼，但剛望向小熊先生，就瞥見了他腰上掛著的東西。『現在，去睡吧，夫人，』我說，『這個到處亂跑的孩子也去吧，不會再有危險了，今晚的綁架事件落幕了。』

「我很快地把約翰．湯姆騙回營地，他一倒下就睡著了，我趕緊把他腰帶上那樣東西丟到受過教育的文明人看不見的地方。因為就算是那間有足球隊的大學，也不會同意開設『剝頭皮的藝術』這門課程的。

「等到約翰．湯姆醒來，開始到處張望的時候，已經是隔天早上十點鐘的事了。我很高興又再度在他眼裡看見了十九世紀的感覺。

「『出了什麼事，傑夫？』他問。

「『烈酒喝多了。』我說。

「約翰·湯姆皺著眉頭，思索了一會兒。『再加上，』他很直接地說，『那種有趣的、稱做返祖現象的生理小騷動。現在我想起來了。他們走了嗎？』

「『搭七點半的火車走了。』我回答。

「『呸！』約翰·湯姆說，『這樣也好。白人，給威須西普多大酋長來點消化藥水[21]吧，這樣他就能再度扛起紅人的重擔了。』」

——原刊於一九〇三年七月號《人人雜誌》（Everybody's Magazine），並收錄於《滾石》（Rolling Stones, 1912）一書。〈小熊約翰·湯姆的返祖現象〉是歐亨利自評爲最佳的「傑夫·彼得斯」作品。

---

21 消化藥水（bromo-seltzer）：是一種制酸劑，即胃藥，無需醫生處方即可買到，買主大多數是想要消除宿醉的低收入男性。

仙人掌

時間最令人注意的一點，就是它極度純粹的相對性。大家普遍同意，一個人快要溺死的那一刻，會有大量往事在他腦中再現；目前大家也都相信，光是拿下一隻手套的時間，就足夠一個人把整個戀愛過程重溫一遍。

這就是站在單身公寓桌邊的崔斯戴爾正在做的事。桌上放著一株外觀特別的綠色植物，種在一只紅色陶罐裡。那是某種仙人掌，只要有一點微微的風，它長長的、觸手般的葉片就會搖個不停，像在跟人招手一樣。

崔斯戴爾的朋友，新娘的哥哥，站在餐具櫃邊抱怨沒人陪他喝酒。兩個男人都穿著晚禮服，禮服上配戴的白色緞帶花結彷彿星辰，照亮了整個公寓的陰暗。

他慢慢解開手套的釦子，幾小時前的一切迅速在他心裡銳利地劃過。他的鼻腔裡彷彿還殘留著教堂裡一排排的鮮花香氣，耳朵裡也還迴蕩著上千位有教養的賓客壓低音量的交談聲、衣服摩擦的沙沙聲，以及一再重複的，牧師把她和另一個人無法挽回地結合在一起時，那悠長遲緩的說話聲。

最後這絕望的一點，讓他到了這時依然努力推想，自己究竟是為什麼，又是怎麼失去她的，好像自己本來就有這種拚命思索的習慣。眼前不可改變的事實令他猛然一驚，他突然發現自己正面對上一樣自己從來沒有正視過的東西——那最深、最徹底、貧瘠荒蕪、一絲不掛的自我。他看見自己身上虛偽的華服和利己主義如今都變成了愚蠢的破布。想到在這之前，他靈魂的外衣在別人眼裡有多可悲、多襤褸，他簡直不寒而慄。虛榮和自負？這是他的弱點，而這兩點向來對她毫無影響——可是，為什麼——

當她從走道緩緩步向聖壇時，他還有種卑劣而陰沉的得意足以支撐自己。他跟自己說，她那蒼白的臉色，是因為心裡想著的並不是眼前這個即將託付終身的對象，而是另一個男人。但即使是這樣可悲的自我安慰也被剝奪了。因為當那個男人執起她的手，她仰頭望著他，他看見她那靈動清澈的眼神，就知道自己被徹底遺忘了。那同樣的眼神也曾經仰望過他，他也揣測過其中的含義。他的自負已經完全崩壞，最後的支撐消失了。為什麼結局會變成這樣？他們兩個人連架都沒吵過，從來沒有——

他把情勢驟變前最後幾天發生的事，在腦子裡整理了第一千次。

她一直很崇拜他，他也安然地擺出一副皇家氣派接受她的崇拜。她用最甜蜜的話奉承他，那麼謙遜（他心中暗想），那麼天真虔誠，而且（他曾經如此深信）那麼真摯。她把近乎不可思議分量的特質、優點和天賦都冠在他頭上，他接受了她的一切奉獻，就像沙漠吸收了每一滴雨，卻不保證能引出花朵或果實。

崔斯戴爾陰鬱地扯開另一隻手套，那件因為他愚蠢到極點又追悔莫及的自負而引起的關鍵大事又鮮明地回到他腦海裡。那天晚上，他開口問她願不願意一起登上他的王座，分享他的偉大。因為心痛，現在他幾乎沒有辦法細細回憶那一夜她動人的美——她的頭髮不經意勾起的波浪，她的溫柔，她容貌和話語中的無邪魅力。但當時他充分感受到了，也因此把話說了出口。談話中她說：

「卡魯瑟斯船長跟我說，你的西班牙語說得跟當地人一樣好。你這項才能為什麼要藏著不告訴我？還有什麼是你不懂的嗎？」

哎，卡魯瑟斯是個笨蛋。他——崔斯戴爾——確實會從字典最末的附錄大雜燴裡背幾句古老的西班牙假道學諺語，拿到俱樂部裡顯擺（偶爾他會這麼做），也為此感到內疚。卡魯瑟斯對他崇拜得不得了，把他可疑的博學表現整個誇大了。

但是，哎呀！她讚美人的好聽話多麼甜、多讓人飄飄然啊。他將錯就錯，完全沒有否認，毫不反駁地讓她把西班牙語學者的假桂冠戴在他頭上。他任它在自認戰勝一切的腦袋上閃耀，那個時候他還沒有感覺到，在它柔軟纏繞的枝條之間，藏著日後將重重扎傷他的銳刺。

她多麼快樂、多麼羞怯，身體微微顫動的姿態多麼美啊！當他在她腳前放下尊嚴，她那激動的樣子，多麼像隻網羅裡的小鳥！他當時就可以發誓，現在也是，她眼中流露的是清晰無誤的同意，但因為太過靦腆，當時她並沒有給他明確的答案。「明天我會給你答覆，」她說；而他這個充滿自信的勝利者，帶著微笑，縱容地寬限了她。第二天，他在住處焦急地等待回音。中午時分，她的馬夫來到他門前，留下了這株種在紅陶罐裡的奇特仙人掌，沒有便箋，沒有訊息，只有一張寫著看不懂的外文或學名的標籤掛在那株植物上。他一直等到晚上，但回音還是沒有來。他過度膨脹的自尊和受傷的虛榮讓他沒辦法去找她。過了兩個晚上，他們在一場晚宴上碰面了，很平常地打了招呼，但她看著他，有點喘不過氣，表情疑惑而急切。他彬彬有禮，態度堅決，等著她來解釋。她憑女人特有的迅速反應，立刻懂得了他行為中的暗示，也變得冷若冰霜。自此，他們的距離開始拉開，變得越來越疏遠。他究竟哪裡做錯了？這到底該怪誰呢？他銳氣大挫，不斷在自負的廢墟中尋找答案。如果——

屋子裡另一個人抱怨的聲音打斷了他的思緒，他回過神來。

「我說崔斯戴爾，你他媽的到底是怎麼啦？這麼不開心，好像你不只是來湊熱鬧，而是自己被婚姻套住了一樣。看看我，這另一個湊熱鬧的傢伙，從兩千哩外搭著滿是大蒜和蟑螂味兒的香蕉貨船，從南美洲趕來默許這場獻祭——你仔細看看我，我可一點都沒有罪惡感。我也只有這個小妹妹，現在她嫁了。來吧！喝點東西，別那麼內疚了。」

「謝了，我現在不想喝酒。」崔斯戴爾說。

「你的白蘭地真是糟透了，」那位先生走到他身邊，繼續說下去，「改天你來朋塔雷東達[1]找我，就來嘗嘗我們老加西亞走私來的貨，絕對值得你走這麼一趟。哈囉！這裡有個老朋友啊，崔斯戴爾，你是打哪兒弄來這棵仙人掌的？」

「是個禮物，」崔斯戴爾說，「一個朋友送的。你知道是什麼品種嗎？」

「我太清楚啦。這是個熱帶東西，我們在朋塔每天都看見幾百棵。它的名字就掛在上頭嘛。你懂西班牙文嗎，崔斯戴爾？」

「不懂，」崔斯戴爾淒然一笑——「是西班牙文？」

「是啊。當地人把它的葉子想像成正在伸手招呼人的樣子，他們叫它『Ventomarme』，英文就是：『來帶我走吧。』」

——原刊於一九〇二年十月號《人人雜誌》（Everybody's Magazine），並收錄於《流浪兒》（Waifs and Strays, 1917）一書。

1 朋塔雷東達（Punta Redonda）：應指尼加拉瓜的雷東達海灘。「punta」在西班牙語意謂「海角」。

靈魂與摩天大樓

如果你是個哲學家，你可以這麼做：你可以找棟高樓登頂，從三百呎的高處俯瞰你腳下的人們，把他們當昆蟲一樣藐視。他們就像夏日池塘裡無所事事的黑色水蟲，毫無目標與想法，只是近乎愚蠢地移動、打轉、推擠。他們行動起來甚至沒有螞蟻那種令人讚嘆的聰明，因為螞蟻總是知道自己什麼時候該回家。螞蟻雖然地位低下，但當你還待在高處的時候，它常常已經回到家裡，連拖鞋都換上了。

那麼，對樓頂上的哲學家來說，人類顯然只是一種卑微的爬行甲蟲。股票經紀人、詩人、百萬富翁、擦鞋小童、美女、磚瓦工和政治人物都成了小黑點，在不比你大拇指寬的街道上，閃躲著比自己大一些的黑點。

從這麼高的地方望去，城市本身也退化成一團由扭曲的建築和難以忍受的景觀組成的難解之物；令人敬畏的海洋成了鴨塘，地球也成了一只不知身在何處的高爾夫球。所有生活的細節都消失了。哲學家凝視著頭頂上無垠的蒼穹，任由自己的靈魂在全新景色的影響下拓展放大。他覺得自己就是永恆的繼承人，是時間之子，而根據他對不朽遺產的繼承權，那麼連空間也該是他的，想到他的同類有一天將跨越星球間神祕的空中通道，他就無比激動。在他腳下這個小世界矗立著的這座鋼筋建築，就像是喜馬拉雅山上的一粒微塵——而這個小世界，也不過是宇宙中無數旋轉微粒的其中一顆罷了。和籠罩在這渺小城市上方的寧靜浩瀚宇宙相比，這群焦躁黑蟲的野心、成就、微不足道的征服與愛，又算得了什麼呢？

哲學家絕對會有這些想法的。這些想法從世界的哲學體系中被特意彙整出來，然後在最末恰如其分地綴上一個問號，以表現身在高處的深思者始終如一的冥想。當哲學家搭電梯下樓的時候，他的思維更開闊，心靈更平靜，對於宇宙生成的創世概念也更寬廣了，寬得跟獵戶座夏季腰帶上的釦子一樣[1]。

但如果你的名字剛好叫做黛西，在第八大道一家糖果店工作，住在一間五呎寬、八呎長、走道隔出來的寒冷小房間裡，一星期賺六塊錢，一頓午餐十分錢打發，今年十九歲，早上六點半起床，九點鐘才下班，從來沒唸過哲學，也許你從摩天大樓頂上看見的東西就不會是那樣了。

有兩個人在追求和哲學一點也沾不上邊的黛西。一個是喬，他開著紐約最小的一家店鋪，跟市政工程局的工具箱差不多大，像個燕子窩似的附在市中心一棟摩天大樓角落。賣的東西包括水果、糖果、報紙、歌本、香菸跟當季的檸檬水。當嚴冬撼動了喬固定得挺挺的頭髮，他就得把自己和水果都搬進店裡去，店裡的空間恰好能裝得下這位店主、他的貨物、一只醋瓶大小的火爐，再加一位顧客。

喬並不屬於能讓我們永遠對賦格音樂和水果狂熱的民族。他是個能幹的美國年輕人，一直拚命在存錢，同時希望黛西幫他花掉。他曾經跟她提過三次。

「我存了點錢，黛西，」他這樣表達他的愛意，「你也知道我有多需要你。我那家店雖然不大，但是——」

「哦，是嗎？」那個毫無哲學氣質的人回答，「嘿，我聽說沃納梅克百貨[2]明年打算要你把這家店的一部分轉租給他們呢。」

黛西每天早晚都會經過喬店面所在的那個角落。

「哈囉，鴿子籠小店！」她一向這麼打招呼，「我覺得你的店看起來空了點，一定是賣掉了一包口香糖吧。」

「這裡確實是沒什麼空間了，」這時喬就會露出淡淡的笑容回答，「只能再放下你一個，黛西。不管你什麼時候接受，我和這家店都等著你。說不定你也覺得我們不會等太久？」

1 獵户座（Orion）腰帶指的是獵户座腰部由參宿一、參宿二、參宿三構成的一直線。這三顆星在冬季最容易觀測，而在夏天幾乎看不見。

2 約翰．沃納梅克（John Wanamaker, 1838～1922）首創美國第一家百貨商店，被稱爲「百貨商店之父」，同時也是第一個投放現代廣告的商人。

「這家店！」——黛西用翹起來的鼻子表示她清楚明白的不屑——「沙丁魚罐頭！你說等著我？嘿！你得先扔出一百磅糖果來我才進得去，喬。」

「這種公平交換我是不會介意的。」喬語帶恭維地說。

黛西的生活不管在哪兒都是處處受限。在工作的糖果店裡，她必須側著身體在櫃檯和貨架間走動。在她那個走廊隔出的房間裡，她過的是一種近乎壓縮的舒適生活。四面牆相距那麼近，近得牆紙都能彼此嘰嘰喳喳地聊起天來。她可以一手點亮煤氣燈，另一隻手關門，眼睛還可以看著鏡子裡自己棕色的龐巴度夫人髮型[3]。她梳妝檯上有張喬的照片，鑲在一只金邊相框裡，偶爾她也會——但接著她總會想起摩天大樓角落裡，喬那間小得跟肥皂箱一樣的可笑店面，然後就把剛才那陣悸動付之一笑。

在喬開始追她之後幾個月，另一個追求者出現了。他住進了黛西住的那棟樓，名叫戴博斯特，是個哲學家，所有才華都展現在外，像一只貼滿了歐洲行李貼紙的帕塞伊克（在紐澤西州）行李箱。他的知識都是從百科全書和實用參考手冊挖來的。但說到智慧還是略有不足，她都從他旁邊離開了，他還站在路邊吸鼻子，連她的汽車車牌都沒看清楚。他可以，也很願意告訴你水是由什麼構成的；豆子和小牛肉可以促進肌肉生長；《聖經》裡最短的章節是哪一段；固定兩百五十六塊的四吋防雨屋頂木瓦需要多少磅釘子；伊利諾州坎卡基人口有多少；史賓諾沙的學說是什麼；漢彌爾頓．麥昆．通布利先生的大廳二等男僕叫什麼名字；胡薩克隧道[4]有多長；讓母雞孵蛋的最佳時機；賓州浮木站到紅岸火爐站之間鐵路郵件信差的薪水有多少；還有貓的前腳有幾根骨頭。

對戴博斯特而言，學習並不是什麼困難的事。他腦子裡的數據是閒聊大餐旁邊的裝飾歐芹，只要他覺得對你胃口，就會給你擺一些。在公寓飯廳裡搜尋食物的時候，這些數據也會被他拿來當防禦圍牆，他會向你發射一連串數字子彈，問你一呎長、五吋寬，二又四分之三吋厚的鐵板有多重，明尼蘇達斯內林堡的平均降雨量是多少，當你鼓起勇氣，怯生生地擠出一個問題問他為什麼母雞要過馬路，他就趁機叉走盤子裡最好的那塊雞肉。

於是，他有了這麼精妙的武器，再加上相當好看的外表，頂著梳得發亮的油頭，就像是下午三點會在購物大街上出現的人，迷你商店的喬似乎有了一個值得拔劍對抗的情敵。但是喬沒有劍，就算有，店裡面也沒有能讓他拔劍的空間。

某個週六下午四點左右，黛西和戴博斯特先生停在喬的小店前。戴博斯特戴著一頂絲禮帽，

3 龐巴度夫人（Marquise de Pompadour, 1721～1764）的髮型是把所有頭髮往上攏，前半部略隆起，在一次大戰前非常流行。

4 漢彌爾頓・麥昆・通布利（Hamilton McKown Twombly, 1849～1910）：美國商人。

胡薩克隧道（Hoosac Tunnel）：位於麻塞諸塞州西部的鐵路隧道，長七・六四公里，一八五一年動工興建。

而——嗯，黛西畢竟是個女人，那頂帽子沒讓喬看見之前，是絕不會收回盒子裡去的。他們到這裡來，表面上的理由是要買一條鳳梨口香糖。喬把口香糖從小店裡遞出去，看見那頂絲禮帽，他臉色沒發白，也沒有畏縮。

「戴博斯特先生要帶我去大樓頂上看風景。」黛西介紹兩位追求者認識之後說。「我從來沒上過摩天大樓，我想那裡的景色一定好極了，而且很有意思。」

「嗯！」喬說。

「從高聳的大樓頂端看出去的景色，不但壯麗非凡，還可以啟發知識，」戴博斯特先生說，「黛西小姐一定會非常愉快的。」

「上頭也很冷的，跟這裡一樣，」喬說，「你穿得夠暖嗎，黛西？」

「那當然！我都準備好了，」黛西說，一面對他愁雲慘霧的眉頭狡猾地一笑，「你看起來就像棺材裡的木乃伊，喬。你是不是剛進了一品脫花生或一個蘋果？你的庫存好像爆炸了。」

黛西對自己的得意笑話格格笑了起來，喬也跟著微笑。

「您這地方是稍微有點小，呃——呃——先生，」戴博斯特說，「我是說跟這棟大樓相比。就我所知，這棟大樓大約是三百四十呎長，一百呎寬。您的店占這棟大樓的比例，相當於在美國洛磯山以東，再加上安大略省和比利時這麼大一塊地方，放進半個俾路支斯坦[5]一樣。」

「是這樣嗎，老兄？」喬親切地說。「看來你真覺得自己在數字方面無所不知呢，那好。你覺得一頭笨公驢要是能忍住不亂叫，安靜一又八分之五分鐘之後，能吃掉幾平方磅的乾草？」

幾分鐘後，黛西和戴博斯特先生走出摩天大樓頂的電梯，接著又爬了一段陡峭的短階梯，到了外面的屋頂。戴博斯特帶她走到矮牆邊，這樣就能看見下面街道上移動的小黑點了。

「那些是什麼呀？」她顫抖地問。她以前從來沒到過這麼高的地方。

於是戴博斯特就必須扮演塔頂哲學家的角色，引導她的靈魂見識這浩瀚無垠的空間。

「是兩足動物，」他嚴肅地說，「不過區區三百四十呎高度，看看他們變得多渺小——只是一群胡亂來去的爬行昆蟲而已。」

「噢，才不是，」黛西突然大喊——「他們是人！我看見一部汽車。噢，啊呀！我們居然這麼高？」

「到這邊來。」戴博斯特說。

他讓她看腳下的這個大城市，就像一堆井然有序的小玩具，雖然時間還早，在冬天下午第一道燈塔光線的照耀下，已經有些地方星星點點地亮起來了。東邊和南邊的海灣和大海也朝著天際神祕地慢慢隱去。

---

5 俾路支斯坦（Balochistan）：地處伊朗高原，因居於此地伊朗人的一支「俾路支人」而得名。該地區多山崎嶇。位於巴基斯坦境內的區域夏季炎熱，土地貧瘠，人煙稀少。

「我不喜歡這個。」黛西說，藍眼睛裡充滿了不安。「我們下去吧。」

但哲學家不願意放棄這個機會。他要讓她看見自己的思維有多偉大，對無限的掌握有多精準，對統計數字的記憶力有多好。接下來，在紐約最小的店買口香糖這種事就再也滿足不了她。於是他開始大談人間的事情有多麼渺小，即使只離開地表一點點，人和一切成就看起來就像一塊錢除以十除了三次一樣微不足道。一個人應該思考的是恆星星系和愛比克泰德[6]的箴言，並從中得到慰藉。

「你這說法我不同意，」黛西說，「哎，我覺得爬到這麼高的地方，底下的人看起來跟跳蚤一樣簡直太可怕了。我們看到的其中一個說不定就是喬。嘿，吉米尼！我們說不定去紐澤西玩還好一點！啊，這裡讓我有點害怕！」

哲學家露出了自以為聰明的愚蠢微笑。

「地球，」他說，「在太空中就只有一顆麥粒那麼大。看上面。」

黛西憂慮地抬頭看。短促的白天已經過去，天上的星星都出來了。

「遠遠的那顆星，」戴博斯特說，「是金星，也就是暮星[7]。距離太陽六千六百萬哩。」

「胡說！」黛西突然激動地說，「你以為我是從哪裡來的——布魯克林嗎？我們店裡的蘇西．普萊斯——她哥哥給他寄了一張車票，要她去舊金山玩——那也才三千英哩。」

哲學家寬容地笑著。

「我們這個星球，」他說，「離太陽九千一百萬英哩遠。一等星有十八個，距離我們比太陽遠二十一萬一千倍。要是其中一顆星消失了，我們要三年後才看得見它的光熄滅。六等星有六千個，它們的光抵達地球要花三十六年。要是用十八呎的天文望遠鏡，我們可以看見四千三百萬顆星，包括十三等星在內，十三等星的光要讓我們看見，要花兩千七百年。這當中的每一顆星——」

「你說謊，」黛西憤怒地大叫，「你想嚇我。你已經達到目的了，我要下去！」

她猛跺腳。

「大角星[8]——」哲學家開始用安撫的口吻說，但他試圖用記憶而非心靈描述浩瀚的自然，卻突然被自然給示威般地打斷了。因為對於用心靈說明自然的人來說，星辰是為了要讓底下快樂悠遊的戀人們擁有溫柔的光，才特地安放在天上的。要是你在九月的某一晚擁著你親愛的人，只要腳尖一踮，就幾乎碰得到它們。它們的光可是得花三年才到我們這裡，三年哪！

西邊劃過一顆流星，把摩天大樓頂照耀得如同正午。它在天空劃出一條火焰拋物線，往東方

---

6 愛比克泰德（Epictetus, 55～135）：古羅馬的新斯多葛派哲學家。

7 暮星（evening star）：又譯晚星，黃昏時出現的星，一般即指金星。

8 大角星（Arcturus）：牧夫座中最明亮的恆星。肉眼觀看大角星是橘黃色的，視星等負〇．〇四，是全夜空第三亮的恆星。

而去，它經過時發出嘶嘶聲，黛西尖叫起來。

「帶我下去，」她瘋狂大叫，「你——你這個數字狂！」

戴博斯特帶她去電梯那兒，兩人進了電梯。她怒氣騰騰地瞪著他，電梯緩緩下降時，她還氣得發抖。

一出摩天大樓的旋轉門，哲學家就找不到她了。她消失了；他不知所措地站在那裡，所有的數字和統計都幫不了他。

喬剛忙完一陣，他在貨物間鑽來鑽去，結束之後點了一根菸，把一隻冰冷的腳靠在有點涼了的火爐上。

門突然砰一聲開了，是黛西，她又哭又笑，撞翻了一堆水果和糖果，撲進他懷裡。

「噢，喬，我上過摩天大樓了。這裡好舒服，好溫暖，好像家啊！我準備好要嫁給你了，喬，不管你什麼時候需要我，我都願意。」

——收錄於《毫不通融》（Strictly Business, 1910）一書。

公主與美洲獅

這故事當然要有一位國王和一位皇后。國王是個可怕的老人，身上佩著六發裝的左輪手槍，腳上戴著馬刺，吼起來的巨大音量可以把草原上的響尾蛇嚇得鑽回刺梨仙人掌底下的洞裡去。在他的王朝還沒建立之前，大家叫他「輕聲細語的班」。而當他有了五萬英畝土地，和他自己也數不清的牛群之後，人們就改口稱呼他「牛王」歐當諾了。

皇后是拉雷多[1]出身的墨西哥女孩，婚後成了一位善良、溫柔、淺棕膚色的妻子，她甚至成功讓班在家的時候學會降低音量，免得把家裡的盤子震破。在班還沒登上王位之前，她還會坐在埃斯皮諾薩牧場的屋前走廊上編草蓆。但當勢不可擋的財富滾滾而來，篷車從聖安東尼奧[2]運

1 拉雷多（Laredo）：美國德州南部的一個城市，位於格蘭德河北岸，對岸爲墨西哥新拉雷多。
2 聖安東尼奧（San Antonio）：位於美國德州中南部，是德州人口第二多的城市（僅次於休士頓）。

來了有軟墊的椅子和圓桌之後，她也只能順服地低下那有滑順黑髮的頭，接受了和達妮[3]一樣的命運。

我先介紹了國王和皇后，免得招來欺君犯上之罪。其實他們在這個故事裡並不出場，這個故事的標題也許可以叫做：「公主、妙想與壞事的獅子」。

約瑟法·歐當諾是他們唯一存活下來的女兒，也就是公主。她從母親那兒繼承了溫暖的天性，和微黑、屬於副熱帶的美麗外貌；從國王班·歐當諾那兒獲得了勇敢無畏、常識和統治才能。為了親睹這樣完美的綜合體，跑再遠的路也值得。約瑟法可以騎著小馬飛馳，同時開槍打懸在繩子上的蕃茄罐頭還能六發中五。她可以幫自己的小白貓穿上各式各樣的怪衣服，一口氣玩好幾個小時。她還能不拿筆計算就告訴你，一千五百四十五頭兩歲大的牛，一頭八塊五，總數是多少錢。埃斯皮諾薩牧場大約有四十哩長，三十哩寬，但大部分土地都是租來的。每一哩土地約瑟法都騎著她的小馬勘查過，牧場裡的牛仔都認識她，也都是她忠實的家臣。雷普利·吉文斯是埃斯皮諾薩牧場牛隊中的一個小隊長，有一天見到了她，就下定決心要和皇室聯姻。這樣想太放肆嗎？不。那個時候，德州努埃塞斯郡的男人個個都是男子漢。而且說到底，牛王這個稱號也不代表他真有皇室血統，擁有這頂王冠，常常只表示這人的偷牛技巧特別高超而已。

有一天，雷普利·吉文斯騎馬到雙榆牧場打聽一群走失小牛的消息。他回程出發時晚了，當他抵達努埃塞斯白馬渡口，太陽已經落山。那裡距離他自己的營地有十六哩，距離埃斯皮諾薩牧場有十二哩。吉文斯也累了，便決定在渡口過夜。

河岸邊有個很不錯的水潭，岸邊大樹濃蔭茂密，底下是層層的灌木叢。距離水潭五十碼處有一片卷曲牧豆草地，可以當馬的草料，也可以當他的床。吉文斯拴好馬，把馬鞍座毯攤開來晾乾。他靠著樹坐下，捲了一根菸。突然，河邊樹林某處傳來一聲令人戰慄的怒吼，馬受了驚嚇，扯著繩子騰躍起來，鼻子噴著氣。吉文斯依然抽著菸，卻不慌不忙伸手探了探草地上的槍套，試了裝子彈的轉輪。一條長嘴大魚撲通一聲跳進了水潭，一隻小棕兔跳過一叢貓爪草，停下來一邊扯著鬍鬚，一邊有點好笑地看著吉文斯。馬漸漸平靜下來，又繼續吃草。

當一頭墨西哥獅子在日落時分唱著女高音走過乾荒的谷地，適度注意一下是應該的。牠吟唱的主題很可能是——細嫩的小牛和肥胖的小羊都太難找了，牠這頭肉食動物很想跟你認識認識。

草地上有個水果罐頭空罐，是之前待在這裡的旅人留下的。吉文斯看見它，滿意地咕噥了一聲。他綁在馬鞍上那件外套口袋裡還有一兩把咖啡粉，有黑咖啡喝，還有菸抽！一個牧牛人有了這兩樣，還有什麼好要求的呢？

3 達妮（Danae）：希臘神話中阿戈斯王（Argos）阿克里西俄斯（Acrisius）的女兒。宙斯看上了她，便化身為一場黃金雨灑在她身上，讓她受孕。林布蘭、提香等許多畫家都有以「黃金雨」為主題的畫作傳世。

兩分鐘之內，他就生起了一小堆亮晃晃的火。他拿著空罐，起身往水潭走去。在距離水潭還有十五碼遠的地方，他透過灌木枝葉，看見他左邊不遠處有一匹掛著女用橫鞍的小馬放開了韁繩在吃草，而伏在潭邊正要站起來的那個人正是約瑟法．歐當諾。她剛喝過水，正把手上的沙拍掉。在她右邊十碼外，吉文斯看見一頭匍匐的墨西哥獅子藏在灌木叢裡，琥珀色的眼睛閃著飢餓的光芒，眼睛後面六呎是牠挺直的、獵狗似的尾巴。牠身體的後半部不斷微微搖動著，那是貓科動物躍出前的準備姿勢。

吉文斯做了自己唯一能做的事。他的六發裝左輪槍還躺在三十五碼外的草地上。他大喊一聲，猛衝出去，擋在獅子和公主中間。

吉文斯事後所描述的這場「騷動」其實時間很短，而且也有點混亂。他才剛衝到攻擊對象前面，就隱約看見空中有道火光劃過，又模糊聽見幾聲枝葉斷裂聲，接著一頭幾百磅重的墨西哥獅子便重重地掉在他頭上，砰的一聲把他壓垮在地。他還記得自己當時大叫：「立刻讓我起來——這種打法不公平！」然後像一條蟲似的從獅肚子底下爬出來，嘴裡都是草屑和泥土，後腦也因為剛剛撞在水楡樹的根上，腫了個大包。獅子一動不動地躺在地上，吉文斯火冒三丈，質疑對手犯規，他對獅子揮著拳頭大吼：「我會打爆你二十次——」接著他突然回過神來。

約瑟法站在她瞄準的地方，平靜地給她的鑲銀點三八手槍上子彈。這種射擊並不難，獅子的大頭跟吊在繩子上晃動的蕃茄罐比起來可是好打多了。她的嘴角和黑眼睛裡露出一種挑釁、取笑，令人惱火的微笑，這位救人未遂的騎士感到一股徹底失敗的怒火燒進了他的靈魂。這原本是個大好機會，是他夢寐以求的；然而負責這次事件的卻不是愛神丘比特，而是嘲弄之神摩墨斯[4]。毫無疑問，森林裡的薩梯[5]們一定正歡樂地抱著肚子，吃吃竊笑。這簡直成了一齣滑稽戲——由吉文斯先生和他的標本獅子搞笑主演。

「吉文斯先生，是你嗎？」約瑟法用她從容甜美的女低音問。「你剛才那一吼讓我差點打歪了。你摔倒的時候撞痛了頭嗎？」

「噢，沒有，」吉文斯平靜地說，「一點也不痛。」他屈辱地彎下腰，把自己最好的一頂牛仔帽從那頭畜生的身體底下拖出來。帽子已經壓扁了，皺巴巴的，看上去頗有喜劇效果。接著他跪了下來，溫柔地輕撫著死獅子那凶猛、嘴還張得大大的頭。

「可憐的老比爾啊！」他傷心地喊。

「怎麼回事？」約瑟法反應很敏銳。

「約瑟法小姐，你不知道是當然的。」吉文斯說，神情像是刻意讓自己的寬宏大量壓過悲痛。「這事沒有人能怪你。我想救牠，但又來不及讓你明白。」

4 見53頁註3。
5 見145頁註4。

「救誰？」

「嘿，就是比爾啊。我找牠找一整天了。你知道，這兩年來牠成了我們營地的寵物。可憐的老朋友，他連隻棉尾兔都不會傷害，要是營地的男孩們知道這件事，準會傷心死的。不過，你當然不可能知道，比爾只是想跟你玩。」

約瑟法的黑眼睛一直盯著他，雷普利．吉文斯成功地撐過了這次考驗。他站在那裡，憂傷得抓亂了一頭淺棕色的捲髮。他的眼中滿是懊悔，卻又帶著一絲溫柔的責備。他勻稱的面容上哀傷的神色無可置疑，約瑟法動搖了。

「你們的寵物跑來這裡做什麼？」約瑟法最後一次試圖為自己辯解。「白馬渡口附近並沒有營地啊。」

「這個老頑童昨天從營地跑掉了，」吉文斯毫不猶豫地回答，「牠沒被土狼嚇死實在是奇蹟。你知道，我們管馬的牛仔吉姆．韋伯斯特上星期帶了隻小小的獵狐狗回營地，那條狗把比爾整得好慘——一直跟在牠後頭追牠不說，還咬牠的後腿，有時候一鬧就是幾個小時。每天晚上就寢時間，比爾都要鑽進一個男孩的被窩一起睡，免得被那條狗找到。我想牠一定是太絕望了，否則牠是不會跑掉的。牠一直很怕離開營地。」

約瑟法看著那隻猛獸的屍體，吉文斯輕輕地拍著牠令人生畏的爪子，這爪子只要一掃，就能結束一頭小牛的性命。一片緋紅漸漸在女孩深橄欖色的臉上暈開，這是不是一位真正有運動精神的人打倒了不該打的獵物之後，出現的羞愧表示呢？她的眼神柔和了一點，垂下了眼皮，之前嘲笑的表情完全不見了。

「我真的很抱歉，」她低聲下氣地說，「但是牠看上去那麼大，而且又跳得那麼高——」

「因為老比爾餓了。」吉文斯打斷了她，迅速為死去的獅子做出辯護。「在我們營地，總是叫牠跳起來才給牠東西吃，牠還會為了一片肉乖乖躺下，在地上滾來滾去。牠看見你，還以為你會給牠一點東西吃呢。」

突然，約瑟法張大了眼睛。

「我剛剛很可能就打中你了！」她叫出來。「你跑到我和獅子中間啊。為了救寵物，居然願意讓自己身陷險境！實在太好了，吉文斯先生。我就喜歡對動物有愛心的人。」

好，這會兒她的目光裡甚至有了點愛慕的成分。不管怎樣，在這掃興收場的廢墟中還是誕生了一位英雄。吉文斯臉上那副表情，簡直可以保證讓他在防止虐待動物協會弄到一個重要職位。

「我向來喜歡動物，」他說，「像是馬啦，狗啦，墨西哥獅子，還有鱷魚——」

「我討厭鱷魚，」約瑟法立刻提出異議，「讓人起雞皮疙瘩，全身都是泥，髒兮兮的！」

「我剛剛說鱷魚嗎？」吉文斯說，「我的意思是羚羊，千真萬確。」

約瑟法還是過意不去，想更進一步賠罪。她滿懷歉意地伸出手，眼裡噙著閃亮的淚珠。

「請原諒我，吉文斯先生，可以嗎？你知道我只是個小女孩，而且一開始真是嚇壞了。打死比爾，我真的非常非常抱歉，你不知道我有多慚愧。我早知道的話，無論如何都不會開槍的。」

吉文斯執起她伸出的手，還握了一小陣，好讓自己天性中的寬容戰勝失去比爾的悲痛。最後，他顯然原諒了她。

「請不要再提這件事了，約瑟法小姐。比爾那個樣子，不管哪一位年輕小姐都會嚇壞的。我會把事情好好解釋給男孩們聽。」

「你真的確定不恨我了？」約瑟法衝動地貼近他，眼神好溫柔——噢，不但溫柔，還帶著優雅悔罪的懇求。「要是誰殺了我的貓，我都會恨死他的。你冒著自己中彈的危險去救牠，是多麼勇敢，多麼仁慈啊！能這麼做的男人真是寥寥可數！」逆轉勝！滑稽戲變成了正統劇！幹得好啊，雷普利．吉文斯！

現在天色已經暗下來了，自然不能讓約瑟法小姐自己騎馬回牧場去。吉文斯給自己的馬重新上了鞍，沒理會那隻動物譴責的眼神，陪她一起騎馬回去。他們兩人，也就是公主和那位對動物非常有愛心的人，並肩奔過平坦的草原。周圍充滿草原肥沃的泥土氣息和花朵芳香，濃郁甜美。土狼正在小山上嚎叫！這沒什麼好怕的，然而——

約瑟法騎得更近了些，一隻小手像是在摸索。吉文斯握住了她的手。兩匹馬邁著一樣的步子，兩隻手一直緊握著，戀戀不捨。這時，其中一隻手的主人解釋：

「以前我從來沒有害怕過，但是想想看！假如碰上的是一隻真正的野獅，那有多可怕啊！可憐的比爾！我真高興有你陪我回來！」

歐當諾正坐在牧場屋前的走廊上。

「哈囉，小雷！」他大喊——「是你嗎？」

「他陪我回來，」約瑟法說，「我迷路了，而且天色也晚了。」

「感激不盡，」牛王扯著嗓門說，「在這裡歇一夜吧，小雷，明天早上再回營地。」

但吉文斯不願意。他要趕回營地，明天一早還有批小牛等他去找。於是他道了晚安，便騎馬走了。

一小時後，所有的燈都熄了，約瑟法穿著睡袍走到自己房間門邊，隔著磚鋪的走廊對房間裡的父王大聲說：

「嘿，老爸，你知道那隻叫『缺耳魔鬼』的老獅子嗎？就是咬死馬丁先生的牧羊人岡薩雷斯，還吃掉薩拉多牧場快五十頭小牛那隻，我今天下午在白馬渡口把牠解決掉了，牠跳起來的時候我用我的點三八往牠腦袋放了兩槍。我認得牠，因為牠的左耳被老岡薩雷斯用大砍刀削掉了一片。」

「幹得好！」輕聲細語的班在熄了燈的寢宮裡響雷似地說。「爸，就算是你親自來打，也不會比我打得更準。」

——原刊於一九〇三年十一月號《人人雜誌》（Everybody's Magazine），並收錄於《西部之心》（Heart of the West, 1907）一書。

重新做人

獄卒來到監獄的製鞋工廠，吉米．瓦倫泰正在那兒勤奮地縫著鞋幫。獄卒陪著他走到前棟的辦公室，典獄長在辦公室裡，手上拿著吉米的赦免令，那是州長今天早上簽署的。吉米有氣無力地接過來。他被判了四年，已經服刑快十個月了，他原以為頂多待三個月就可以的。一個像吉米．瓦倫泰這樣在外頭交遊廣闊的人入了監，幾乎等不到下一次理髮，他就又出去了。

「喂，瓦倫泰，」典獄長說，「你明天一早就可以出去了。振作起來，當個男子漢。你心地不壞，以後不要再撬保險箱了，正正當當過日子吧。」

「我？」吉米一臉驚訝，「嘿，我這輩子可從來沒撬過保險箱。」

「噢，沒有啊，」典獄長哈哈大笑，「你當然沒有了。現在我們來看看嘛。你是怎麼因為史普林費爾德那件案子被送進來的呢？是因為你擔心傷害某個地位超高的上流人士，所以不願意提出自己的不在場證明嗎？還是說這只是卑鄙的老人陪審團故意刁難你的一個案子？你們這些『無辜的受害者』總是有各式各樣的理由。」

「我？」吉米還是那副茫茫然的純良樣，「嘿，典獄長，我長這麼大還沒去過史普林費爾德呢！」

「把他帶回去吧，克羅寧！」典獄長說，「把他要出去的衣服準備好，明早七點放人，先讓他到臨時拘留室去。瓦倫泰，你還是多想想我勸你的話吧。」

隔天早上七點十五分，吉米站在典獄長的辦公室外間。他穿著一套極不合身的現成衣服，和一雙硬邦邦、走起來吱嘎作響的鞋子，這是州政府為強留的客人獲釋時準備的。

監獄職員給了他一張火車票和一張五塊錢紙鈔，法律期待他能用這些東西重新成為一個好公民，過幸福的生活。典獄長給了他一支雪茄，跟他握手道別。瓦倫泰，編號九七六二，登記簿上註明「州長赦免」，詹姆斯·瓦倫泰先生步出監獄，走進了燦爛的陽光裡。

吉米沒有理會鳥兒的歌聲、搖曳的綠樹和花朵的芳香，直接往一家餐廳走去。在那兒，他先是從一隻烤雞和一瓶白酒嘗到了自由的甜美歡樂，接著是一支雪茄，比典獄長給他的更高一級。接著他悠閒地走到車站，往坐在門邊一個盲人的帽子裡丟了一枚兩毛五硬幣，然後上了車。三小時後，火車把他送到了一個州界邊的小鎮。他去了麥克·多蘭開的咖啡店，跟獨自站在吧檯後面的麥克握了手。

「真抱歉，吉米老弟，我們沒能再快一點，」麥克說，「不過史普林費爾德那邊抗議得很厲害，州長差點都縮手了。一切都好嗎？」

「都好，」吉米說，「我的鑰匙在嗎？」

他拿了鑰匙上樓，打開後面一個房間的門，裡面每樣東西都跟他離開時一樣。名偵探班·普萊斯的領釦還扔在地板上，那是他們制伏吉米、逮捕他的時候，被吉米從領口扯下來的。

吉米把牆邊的一張折疊床拖開，滑開牆上的一塊鑲板，從裡面拉出一只布滿灰塵的手提箱。他打開箱子，充滿感情地凝視著那套全東部最好的竊盜工具。這套工具非常齊全，全用特殊鍛造鋼材製作，鑽子、打孔器、曲柄鑽和鑽頭、短撬棍、夾鉗、螺絲鑽，樣樣都是最新設計，還有兩三樣新工具，是吉米自己發明的，他也頗以此自豪。這套東西花了他九百多塊，是在一個──一個專門製作這類東西的地方打造的。

半小時後，吉米下了樓，穿過咖啡店。現在他已經換上了非常有品味的合身衣服，手裡提著那只擦得乾乾淨淨的箱子。

「有什麼活兒要做嗎？」麥克·多蘭親切地問

「我？」吉米用困惑的口氣說，「我不懂你在說什麼。我是紐約鬆軟酥脆餅乾暨磨光光小麥公司的業務代表。」

這回答讓麥克非常高興，非得讓吉米當場喝掉一杯牛奶蘇打不可。含酒精的「硬」飲料，他向來是不喝的。

在瓦倫泰，也就是九七六二號獲釋之後一週，印第安納州里奇蒙發生了一起保險箱竊盜案，作案者手法俐落，沒有留下任何線索，保險箱裡的金額總計不到八百塊。兩週之後，洛根斯波特一個改良型專利防盜保險箱像塊起司似的被打開了，損失高達一千五百塊，裡頭的債券和銀幣絲毫未動。這開始引起了打擊犯罪者的興趣。接著，傑佛森市一座老式銀行保險櫃也加入了活動行列，五千塊錢從它被鑽開的火山口噴發淨盡。到了這時，損失金額已經高到足以讓班．普萊斯出動的等級了。比對記錄之後，他注意到這些竊案的手法都驚人地相似。班．普萊斯勘查了犯罪現場，然後說：

「這是丹迪．吉姆．瓦倫泰特有的手法，他又重出江湖了。看看這個密碼旋鈕——一抽就能拉出來，跟在潮濕天氣裡拔蘿蔔一樣簡單。這只有他的鉗子才做得到。你再看看，這些鎖的制動栓上頭的洞鑽得多乾淨！吉米作案向來頂多鑽一個洞就大功告成。沒錯，我想我要抓的就是瓦倫泰先生。下次進籠，他就得乖乖服滿刑期，不會再有愚蠢的減刑或赦免了。」

班．普萊斯知道吉米的習慣，他是在辦史普林費爾德那件案子的時候知道的。作案地點彼此之間相距很遠，逃得快，沒有共犯，對上流社會感興趣——這些特徵讓瓦倫泰先生以成功逃脫法律制裁聞名。消息傳了出去，說班．普萊斯已經找到這個神出鬼沒竊賊的蹤跡了，其他防盜保險箱的主人們也放心了一些。

一天下午，吉米．瓦倫泰帶著他的手提箱，搭著郵車來到了艾爾摩爾，那是個位於阿肯色州的小鎮，距離鐵路五哩，周圍田野長滿了黑櫟樹。吉米看起來就像個剛從學校回家的健壯大四學生，他在寬闊的人行道上，朝旅店走去。

一位年輕女士過了街，在轉角和他擦身而過，她進了一扇門，門上掛著「艾爾摩爾銀行」的招牌。吉米．瓦倫泰看著她的眼睛，頓時忘了自己是誰，像是換了個人一樣。她低眉垂睫，微微紅了臉。像吉米這種氣派又兼具外貌的年輕人，在艾爾摩爾是很罕見的。

銀行臺階上有個男孩在閒逛，一副銀行股東的樣子，吉米硬留住他，開始問他一些鎮上的事，不時給他個一毛錢。過了不久，那位年輕女士出來了，態度高貴，無意識地朝那位拿著手提箱的年輕人看了一眼，便逕自去了。

「這位年輕女士是波莉．辛普森嗎？」吉米一副老實樣，狡猾地問。

「不是，」男孩說，「她是安娜貝爾．亞當斯，她爸爸是這家銀行的老闆。你來艾爾摩爾幹嘛？這條錶鍊是金子做的嗎？我馬上就要有一條鬥牛犬了喔。你還有一毛錢硬幣可以給我嗎？」

吉米進了農場主的旅店，用拉爾夫．D．史賓塞的名字登記，訂了一個房間。他靠著服務檯，向旅店職員說明他的來意。他說他來艾爾摩爾是想找個地點做生意。目前鎮上的鞋業生意怎麼樣？他想做鞋子生意，這裡有機會嗎？

旅店職員對吉米的服裝和舉止刮目相看。對艾爾摩爾那些裝闊的年輕人來說，他已經算是某種時髦的典型，但如今一比，卻立刻意識到自己的不足。他熱心地為吉米提供資料，同時努力地揣摩他的領結打法。

沒錯，鞋業在這裡應該很有發展機會。這裡沒有鞋子專賣店，鞋子都在布店和百貨行兼賣。各行各業的景氣都相當不錯，希望史賓塞先生能下定決心在艾爾摩爾開店，他會發現這裡是個住起來很愉快的小鎮，居民也非常樂於和人往來。

史賓塞先生覺得應該在鎮上停留幾天，仔細看看情況。不，職員先生不必喊人提行李了，箱子他自己提就行，這箱子可是相當重的。

愛情那突來的、令人脫胎換骨的攻擊火焰把吉米．瓦倫泰燒成了灰燼，拉爾夫．史賓塞先生就是從灰燼中冉冉飛出的鳳凰。他在艾爾摩爾待了下來，事業順風順水。他開了一家鞋店，生意蒸蒸日上。

社交方面他也很成功，交了不少朋友。他實現了心願，結識了安娜貝爾．亞當斯小姐，也越來越為她的魅力傾倒。

一年即將過去，拉爾夫．史賓塞先生的情況是這樣的：他得到了全社區的敬重，鞋店生意興隆，他和安娜貝爾訂了婚，兩週後就要結婚了。亞當斯先生這位勤奮的典型鄉村銀行家完全接納了他，安娜貝爾不但愛他，也同樣以他為傲。他不管在亞當斯家或者安娜貝爾已出嫁的姊姊家都如同在自己家一樣，彷彿他早就是這個家的成員似的。

某天，吉米坐在自己房裡，寫了下面這封信，信件寄往一個安全的地址，是寫給他一位住在聖路易的老朋友的：

親愛的老友：

我希望你下週三晚上九點鐘去小岩城蘇利文那兒一趟，幫我把一些小事處理掉。另外，我想把我那套工具送給你，我知道你會樂於接收的——你就算花一千塊也沒辦法弄出一模一樣的東西來。哎，比利，這老行當我不幹了——一年前開始就不幹了。我開了家不錯的店，過著正正當當的日子，而且兩週後就要跟世上最好的女孩結婚了。比利，這種正直的生活才是最好的。現在就算給我一百萬，我也不會去碰別人的一塊錢了。我結婚之後，打算把店賣了去西部，在那裡被翻出舊帳的危險性沒那麼高。我跟你說，比利，她是個天使，她完全信任我；即使給我全世界，我也不再做非法勾當了。千萬要到蘇利文那兒去，因爲我非見你不可，我會把工具都帶去。

你的老朋友　吉米

吉米寫了這封信之後的星期一晚上，班·普萊斯搭著一部出租馬車悄悄地來到艾爾摩爾。他以他特有的低調方式在鎮上閒逛，終於得到他想要的情報。從史賓塞鞋店正對面的藥房，他清清楚楚地看見了拉爾夫·D·史賓塞。

「你就要跟銀行家的女兒結婚啦，吉米？」班輕聲自言自語，「嗯，我還真是什麼都不知道哪！」

隔天早上，吉米在亞當斯家吃了早餐。那天他要去小岩城訂購自己的結婚禮服，順便給安娜貝爾買點好東西。這是他到艾爾摩爾之後第一次離開小鎮。距離他最後幾次專業「工作」已經超過一年，他覺得自己現在外出應該夠安全了。

用過早餐，他們全家浩浩蕩蕩一起往市中心去——包括亞當斯先生、安娜貝爾、吉米、安娜貝爾結了婚的姊姊和她的兩個女兒，一個五歲一個九歲。他們經過吉米依舊住著的那家旅店，他跑上自己的房間，把手提箱拿下來，接著全家人一起去銀行。吉米的馬車和車夫多夫・吉布森都在那裡等著，待會兒會送他到車站去。

一行人穿過高高的橡木雕花柵欄，走進銀行營業廳，吉米也在內，因為亞當斯先生未來的女婿走到哪都受人歡迎。這位即將和安娜貝爾小姐結婚的年輕人不但長得好看，又討人喜歡，他跟銀行職員打招呼，每位職員都很高興。吉米放下手上的箱子，內心充滿幸福、青春洋溢的安娜貝爾突然戴上吉米的帽子，把箱子拎了起來。「像不像個厲害的推銷員？」安娜貝爾說，「天哪！拉爾夫，這箱子怎麼這麼重？好像裡頭裝滿了金塊一樣。」

「裡面有一大堆鍍鎳的鞋拔子，」吉米從容地說，「我要拿去還給別人的。自己帶省運費，我現在越來越節儉了。」

艾爾摩爾銀行剛裝修了一個新保險箱和地下金庫，亞當斯先生非常自豪，堅持要每個人都去看看。這個金庫不大，但有個新式的專利門，是用一支把手同時扳動三道堅固的鋼栓，再加一把定時鎖鎖住的。亞當斯先生得意地為史賓塞先生解說這個鎖的原理，史賓塞只是禮貌性地聽著，並沒有太感興趣的表示。梅和阿嘉莎兩個孩子看見閃閃發亮的金屬門、有趣的時鐘和轉盤，倒是非常高興。

就在他們忙著參觀金庫的時候，班．普萊斯逛了進來，手肘靠在服務檯上，隨意地隔著柵欄往裡望。他告訴銀行出納員他沒什麼事，只是在等一個認識的人。

突然，裡頭傳來幾聲女人的尖叫，接著是一陣騷亂。就在大人們不注意的時候，那個九歲的女孩梅，因為好玩，把阿嘉莎關進了金庫，然後照著剛才亞當斯先生的樣子鎖上了鋼栓，還轉了密碼盤。

老銀行家朝把手衝過去，用力拉了一陣。「這扇門是打不開的，」他呻吟著，「定時鎖的時鐘還沒上發條，密碼盤也還沒設定。」

阿嘉莎的媽媽又歇斯底里地尖叫起來。

「安靜！」亞當斯先生舉起顫抖的手說，「大家都靜一下。阿嘉莎！」他用最大的音量喊，「聽我說。」在接下來這段短暫的安靜中，他們剛好能聽見孩子在黑暗的金庫裡嚇壞了的微弱尖叫聲。

「我親愛的寶貝啊！」她媽媽大聲哭號，「她會嚇死的！快開門啊！噢，把門砸開啊！你們這些男人就不能做點什麼嗎？」

「能開這扇門的人，最近的也在小岩城，」亞當斯先生聲音發著抖，「我的老天啊！史賓塞，我們該怎麼辦？那孩子——她在裡面撐不了多久的，空氣不夠，而且她還會嚇到抽搐。」

阿嘉莎的媽媽已經發狂了，不斷用手敲著金庫門。有人甚至異想天開地提議用炸藥。安娜貝爾轉向吉米，她的大眼睛裡盛滿了痛苦，然而並沒有絕望。對一個女人來說，她崇拜的那個男人，彷彿擁有無所不能的力量。

「你能不能做點什麼？拉爾夫——試試看，可以嗎？」

他看著她，嘴唇和銳利的眼神中帶著一抹古怪而溫柔的笑意。

「安娜貝爾，」他說，「把你戴的那朵玫瑰給我，好嗎？」

她以為自己聽錯了，但還是從衣服前襟拿下了那朵含苞玫瑰，交到他手裡。吉米把花插進背心口袋，脫下外套，捲起了袖子。就這麼一個動作，拉爾夫・D・史賓塞消失了，吉米・瓦倫泰取代了他。

「所有人都離開這扇門。」他簡短地下了命令。

他把手提箱放到桌上，打開攤平。從那一刻起，他彷彿再也意識不到其他人的存在。他把那些閃亮而古怪的工具迅速有序地擺出來，像他平常幹活那樣自顧自地輕輕吹著口哨。一片死寂中，其他人像中了魔法一樣，一動不動地看著他。

一分鐘之內，吉米珍愛的鑽子就順利地鑽進了鋼門。十分鐘之內——破了他自己的竊盜記錄——他就讓鋼栓復位，打開了那扇門。

阿嘉莎幾乎嚇癱了，但安然無恙，立刻就被媽媽摟進懷裡。

吉米·瓦倫泰穿上外套，步出柵欄往大門走去。他彷彿聽見有個熟悉的聲音遠遠地喊著「拉爾夫！」但他沒有停下腳步。

到了門口，一個壯碩的人稍稍擋住了他的去路。

「哈囉，班！」吉米說，臉上依然帶著古怪的微笑，「你終於來了，是嗎？好吧，我們走。反正現在，我什麼都無所謂了。」

班·普萊斯的舉動有點奇怪。

「我想你弄錯了吧，史賓塞先生，」他說，「別以為我認識你。你的馬車還在等你呢，不是嗎？」

接著班·普萊斯轉過身，沿著街道漫步而去。

——原刊於一九〇三年四月號《柯夢波丹》（Cosmopolitan）雜誌，
並收錄於《命運之路》（Roads of Destiny, 1909）一書。

提線木偶

警察站在二十四街和一條漆黑小巷的交界拐角處，附近就是橫越街道的高架鐵路。已經凌晨兩點了，看來這冰冷、細雨綿綿、不討喜的陰暗天氣會一直持續到天亮。

一個男人腳步輕盈迅速地從暗巷走出來，他穿著長大衣，帽子壓得低低的，手裡提著某個東西。警察上前和他搭話，態度有禮，神態中卻又有意展現出執法者的威嚴。這樣的時間，小巷的惡名，這人的匆忙，再加上他提著的東西——這一切很自然地構成了「可疑狀況」，警官必須問個清楚。

「嫌疑犯」毫不猶豫地停下腳步，把帽子扶正，在閃爍的燈光下，出現的是一張不露情緒的光滑面孔，長長的鼻子，還有一對鎮定的黑眼睛。他戴著手套的手伸進大衣側口袋，拿出一張名片交給警察。警察迎著晃動的燈光，看見名片上印著「醫生，查爾斯．史賓塞．詹姆斯」，所在街道和地址號碼是附近一個殷實體面的區域，足以平息一切懷疑。警察眼光往下看了看醫生手裡提著的東西——一只漂亮的黑皮醫藥箱，還有小小的銀製底座——又進一步證實了那張名片的可信度。

「沒問題了，醫生，」警官讓開一步，態度親切地說，「上面下令要多加小心，最近發生了很多偷竊和搶案。今晚真不是個適合出門的天氣啊，冷是不冷，就是——濕答答的。」

詹姆斯醫生禮貌性地點了點頭，附和了一兩句警官的天氣預測，便繼續快步前進。那天晚上他被巡警攔了三次，三個人都把他的職業名片和他完美的醫藥箱當作他為人誠實、目的純正的證明。要是隔天這三個警官裡有人決定要驗證一下那張名片的真實性，會發現漂亮的門牌上確實有醫生的姓名，設備良好的診療室裡，坐著神色從容、服裝體面的醫生本人——前提是你不能去得太早，因為詹姆斯醫生向來起得晚——鄰居們也都能證明，他搬到這裡兩年來有多麼奉公守法、熱愛家庭、在醫生專業上表現又有多麼傑出。

因此，要是那些熱心維護治安的人能窺見那只無懈可擊的醫藥箱內部的樣子，鐵定會大吃一驚。箱子一打開，首先映入眼簾的是一套最新發明的精緻工具，是「開箱人」專用的，靈巧的保險箱大盜現在都這樣自稱。這些工具都是特別設計製造的——短而有力的鐵撬、一套奇形怪狀的鑰匙、藍鋼[1]鑽頭和上好精鍛鋼製作的打孔器——鑽進冷淬鋼裡就跟老鼠啃乳酪一樣簡單，夾鉗固定在保險箱拋光的門上，跟水蛭吸得一樣牢，接著就像牙醫拔牙似的把密碼盤拉出來。「醫藥箱」內層有個小口袋，裝著一瓶四盎司的硝化甘油，現在只剩下一半了。工具底下是一堆皺巴巴的紙鈔和幾把金幣，總數是八百三十塊錢。

在詹姆斯醫生有限的朋友圈裡，他被稱做「了不起的希臘人」。這個神祕難解的外號，一半是讚揚他的冷靜和紳士風度，而另一半，在道上弟兄的黑話裡，意思是頭頭、策劃者，一個能以他談吐與地位所具有的力量和威望，弄到有用的資訊，讓大家制定計畫，採取行動的人。

這個萬中選一的小圈子裡的其他成員，有史基塞．摩根和葛姆．德克爾，這兩位是「開箱人」[1]，還有里奧波德．普瑞茲菲爾德，他是市中心的珠寶商，負責處理三人小組弄來的鑽石和其他飾品。所有人都能力高超、秉性忠誠，口風緊得像曼儂巨像[2]，屹立不搖如北極星。

團隊認為那晚的努力並沒有獲得相應的回報。位於二樓昏暗的辦公室，有個老派的側栓保險箱，屬於一家資金雄厚的老派紡織公司，在星期六晚上弄得到的錢照說會超過兩千五百塊。但他們就只找到這個數目，三人當場把錢平分了，這是他們的慣例。他們本來以為應該有一萬或一萬二的，但其中一個老闆確實有點老派過頭，天才剛黑，他就把大部分手頭的現金裝在一個襯衫盒裡，帶回家去了。

1 藍鋼（blued steel）：將精鋼加熱至三百度C，金屬表面會產生一層極薄的亮藍色。除了美觀外，也具有高度防蝕的特性。

2 曼儂巨像（Colossi of Memnon）：矗立在尼羅河西岸和帝王谷之間的兩座岩石巨像。西元前二十六年左右的地震使巨像出現了裂縫。每當起風，兩座巨像就會像唱歌說話一樣發出聲音。到了古羅馬統治時期，羅馬皇帝令人整修曼儂巨像，這兩座巨像便不再「說話」了，從此沉默。

詹姆斯醫生沿著二十四街往前走，放眼望去，街上沒什麼人，甚至喜歡住在這一區的劇場人也早就上床就寢了。小雨積在路面上，碎石間的小水窪映著弧光燈的火光，反射成無數細小的液態亮片。難纏的強風夾著雨絲和寒氣，從房子和房子之間的空隙噴出來，彷彿自喉管湧出的陣陣嗆咳。

醫生的腳步剛走近一棟彷彿刻意要與眾不同的磚砌高樓，房子大門突然砰一聲開了，一個大喊大叫的黑人女子乒乒乓乓跑下臺階，衝到人行道上。她嘴裡含糊地說著什麼，也許是在自言自語——這是她那個種族的人獨自碰上災難時的求助方式。她看上去就像是南方舊時的女僕——話多、親切、忠誠、難以控制；她的外貌便呈現了這樣的形象——肥胖、整潔、繫著圍裙，還包著頭巾。

詹姆斯醫生迎面走來時，這個從寂靜房子裡突然冒出來的幽靈正好跑到臺階底下。她的大腦把能量從聲音轉到視覺，停止喊叫，用那對凸凸的眼睛盯著醫生手裡的醫藥箱。

「上帝保佑啊！」她一見到醫藥箱便脫口而出，「你是醫生嗎，先生？」

「是的，我是醫生。」詹姆斯醫生說，停了下來。

「那就請你看在老天爺分上，去看看錢德勒先生吧，先生。他不知道是生病還是怎麼了，躺在那兒好像死了一樣，艾美小姐就叫我去找醫生。先生，要不是你剛好來，天曉得老辛蒂要到哪才找得到一個有本事的人啊。如果老主人知道他們做了什麼，就算只有一點，也夠他動槍的了，先生——用手槍——先在地上算好步子，然後開槍。這樣的話，可憐的艾美小姐就——」

「如果你真要找醫生，就帶路吧，」詹姆斯醫生一隻腳跨上臺階，「假如你只是想找人聽你說話，那恕不奉陪。」

黑女人帶他進了房子，爬上一段鋪著厚地毯的樓梯，走過兩條燈光昏暗的分岔走廊，氣喘吁吁的帶路人從第二條走廊轉進一個大廳，在門口停了下來，開了門。

「我把醫生帶來了，艾美小姐。」

詹姆斯醫生進了房間，對站在床邊的年輕女士微微欠了欠身。他把醫藥箱放在椅子上，脫下外套，把外套搭在椅背上，蓋住了箱子，安靜沉著地走到床邊。

那兒躺著一個男人，四肢伸開，維持著倒下時的姿勢——那人衣著時髦華麗，只是脫了鞋子。他軟綿綿地躺著，死了似的一動不動。

詹姆斯醫生散發出一股鎮定和謹慎的氣場，對他脆弱孤單的顧客來說，就像沙漠中救命的嗎哪[3]。他在病房中的舉止有某種味道，向來特別吸引女性，並不是時髦醫師對病人的縱容討好，而是一種風度，因為優雅、自信，有戰勝命運的能力，尊重、保護和獻身而產生的風度。他堅定明亮的棕色眼睛裡，有種探索答案的吸引力；牧師般寧靜的光滑面容上，有股潛藏的威信，

3 嗎哪（Manna）：古代以色列人出埃及時，在四十年的曠野生活中，上帝賜給他們的神奇食物。

這樣的外表讓他非常適合擔任知己和安慰者的角色。有時候他才第一次出診，就會有女人主動告訴他，為了避免小偷光顧，夜裡都把鑽石藏在什麼地方。

詹姆斯醫生經驗豐富，眼睛都不需要動一下，就輕鬆地估出了房中陳設的等級和品質。屋裡的設備豪華昂貴。這一眼同時也注意了那位女士的外表。她身材矮小，幾乎不超過二十歲，面貌稱得上動人，現在卻籠罩著（也許你會這樣說）一種長年的憂鬱，而不是突來的悲痛所留下的激烈烙印。一邊眉毛上方的前額有塊瘀青，醫生目測判斷，受傷時間不會超過六小時。

詹姆斯醫生的手指移到男人手腕測脈搏，那對幾乎能說話的眼睛朝那位女士發出了疑問。

「我是錢德勒太太。」她回答，是哀怨的南方含糊口音和語調。「我先生突然病倒了，就在你來之前十分鐘左右。他以前也有過心臟方面的毛病——有幾次狀況還非常糟。」他的這身打扮配上這麼晚的時間，讓她做出了更進一步的解釋。「他在外頭待到很晚才回來，去——赴宴吧，我相信是。」

詹姆斯醫生的注意力現在轉到病人身上了。不管落到身上的是哪一個「專業」，是「病例」還是「幹活」，他都習慣了全心投入。

病人看起來年紀約莫三十，面貌魯莽放蕩，但五官還算端正，對於幽默的喜好和沉迷在他臉上拉出幾條笑紋，稍稍彌補了不足。他的衣服泛著一股潑翻了酒的臭味。

醫生脫下他的上衣，然後用一把小刀把他襯衫漿燙硬挺的前胸從領口劃開到腰際。障礙物去除之後，他把耳朵貼在他的心臟位置，專心地聽著。

「二尖瓣逆流？」他直起身子，輕聲地說，句尾是尚不確定的揚升語調。他又聽了很久，這次的語氣是很有把握的診斷，「二尖瓣閉鎖不全」。

「夫人，」他以不知消除過多少人焦慮的口吻說，「可能——」他慢慢朝那位女士轉過頭，卻看見她臉色慘白，整個人一軟，倒在黑人老婦懷裡。

「可憐的孩子！可憐的孩子！他們要害死辛蒂孀孀的心肝寶貝嗎？但願上帝降下天譴，懲罰那個偷走她的感情、打碎了她天使般心靈的人，那傢伙害得她——」

「把她的腳抬起來，」詹姆斯醫生幫忙扶住那個癱軟的女子，「她的房間在哪裡？我們得把她移到床上去。」

「在這裡，先生，」那女人戴著頭巾的頭往某扇門的方向揚了揚，「那就是艾美小姐的房間。」他們把她搬進房，在床上安頓好。她的脈搏很弱，但很規律。她沒有恢復意識，直接從暈厥進入了深度睡眠。

「她累壞了，」醫生說，「睡眠是最好的藥方。等她醒過來，給她一杯熱甜酒——假如吃得下的話，裡頭打個蛋。她額頭上的傷是怎麼來的？」

「撞了一下，先生。可憐的孩子跌了一跤——不，先生，」老婦人多變的種族本性讓她突然暴怒起來——「老辛蒂才不替那個魔鬼撒謊。是他幹的，先生。希望上帝讓他的手爛掉——

該死！辛蒂答應她可愛的小姐絕不說出去的。艾美小姐頭上的傷，先生，是自己弄的。」

詹姆斯醫生朝一支富麗堂皇的燈架走去，把燈火調暗了些。

「你在這裡陪著小姐，」他給了指示，「保持安靜，讓她好好睡。要是她醒了，就給她喝熱甜酒。如果情況有什麼不對，就來告訴我。情況有點怪。」

「這裡的怪事還多著呢。」黑女人又要開始說話，但醫生用不常見的強硬語氣讓她住了口，這種口氣常常只用來制止歇斯底里病患。他回到另一個房間，輕輕把身後的門關上。床上的病人還是原來的姿勢，但眼睛已經睜開了，嘴唇微微動著，像是在說些什麼。詹姆斯醫生低頭仔細聽，他說的是：「錢！錢！」

「聽得懂我說什麼嗎？」醫生問，聲音很小，但很清楚。

病人微微點了點頭。

「我是醫生，是你太太請來的。他們跟我說你是錢德勒先生。你病況嚴重，千萬不能激動或難過。」

病人的眼神似乎在對他示意，醫生彎下腰，聽著那依舊很微弱的字句。

「錢──兩萬塊錢。」

「錢在哪裡？──在銀行嗎？」

那眼神表示否定。「告訴她」──聲音越來越弱了──「兩萬塊──她的錢」──他的目光在房間裡游移。

「你把錢放在某個地方了？」——詹姆斯醫生的聲音彷彿塞壬女妖[4]，努力想從那個男人瀕臨消失的理智中召喚出祕密來——「在這個房間裡嗎？」

他覺得自己從逐漸黯淡下去的眼中看見了同意的眼神閃動。他手指下的脈搏細而弱，彷彿一根絲線。

詹姆斯醫師另一個職業本能在他腦子和心裡浮現。他行動一向快速敏捷，立刻決定要問出這筆錢的下落，就算賠上一條人命也在所不惜。

他從口袋裡掏出一本小小的空白處方箋，按照最佳處理方式，根據患者需要潦草地開了一種藥物。他走到內間門口輕聲把老婦人叫出來，把處方箋交給她，要她拿著到藥房去取藥。

她嘀嘀咕咕地走了之後，醫生走到女士床前。她還是沉沉地睡著，脈搏強了一點，額頭上除了受傷發炎的那一塊之外，也不燙了，只有一層薄薄的汗。只要不被打擾，應該還能再睡上幾個小時。他發現鑰匙插在門上，回另一間房的時候便順手把門鎖上了。

詹姆斯醫生看了看錶，他有半小時的時間可以自由支配，因為半小時之內那個老女人幾乎不

---

4 塞壬（Siren）：希臘神話中人首鳥身的女妖。荷馬史詩《奧德賽》中描寫，塞壬女妖們居住在西西里島海域的一座島嶼上，每逢船舶駛過，她們就曼聲歌唱，引誘航海者觸礁身亡。

可能回來。他找到一只水罐和一個玻璃杯，他打開醫藥箱，拿出裝著硝化甘油的小瓶——在他那些慣用了手搖曲柄鑽的弟兄嘴裡，這東西就叫做「油」。

他把一滴濃厚的淺黃色液體滴進玻璃杯，拿出銀色的皮下注射針筒，裝好針頭，小心地用玻璃針筒上的刻度量每一滴水，他用了將近半杯水稀釋那滴油。

那晚兩個小時之前，詹姆斯醫生就是用同一支針筒吸了未稀釋的同一種液體，打進了一臺保險箱的鎖眼，一聲沉悶的爆炸之後，控制鎖栓的機械裝置就被摧毀了。現在，他打算用同樣的方式，摧毀人體內最重要的機械裝置——他要撕碎他的心臟——兩次衝擊，都是為了之後可以弄到錢。

同樣的方法，不同的偽裝。那一位是擁有粗魯原始力量的巨人，這一位是個弄臣，隱藏在天鵝絨和蕾絲下的雙手卻和前者一樣致命。因為現在玻璃杯裡和醫生小心吸進針筒裡的是硝化甘油溶液，是醫學界已知最厲害的強心劑。他用兩盎司炸毀了堅固的鐵製保險箱門，現在，他要用五十分之一滴，讓一個活人的複雜機制永遠靜止下來。

但是，不是立刻停止，這不是他想要的。一開始，活力會迅速增加，每個器官和功能都受到強力刺激。心臟會勇敢地對這個刺激做出致命的反應，血管中的血液會更迅速地回到它的源頭。

但是，詹姆斯醫生很清楚，這種心臟病受到過度刺激，就像被來福槍打中一樣，意思就是死。當血流量在盜賊的「油」刺激下快速升高，擠滿原本就堵塞的動脈，就會迅速造成「禁止通行」

狀態，生命之泉也就停止流動了。

醫生解開昏迷的錢德勒胸前的衣服，輕鬆熟練地把針筒裡的溶液用皮下注射法打進心臟附近的肌肉。他做兩種職業都確實保持整潔的習慣，接著便仔細擦乾了針頭，把保持通暢用的細銅絲重新穿進針頭裡。

三分鐘後，錢德勒睜開眼睛，開始說話了，他用微弱卻還聽得清楚的聲音問是誰在照料他。詹姆斯醫生又重新解釋了一次自己為什麼在這兒。

「我太太呢？」病人問。

「她睡著了——她實在累壞了，又擔心過度，」醫生說，「我不會叫醒她的，除非——」

「不——需要。」由於某個惡魔作祟，錢德勒呼吸急促，說話一字一頓。「為了——我——去打擾——她，——她也——不會——感謝——你的。」

詹姆斯醫生拉了把椅子到床邊，時間不多，每一句對話都不容浪費。

「幾分鐘前，」他用另一種職業嚴肅而坦白的口氣說，「你打算跟我說一件跟錢有關的事。我不指望你完全信任我，但我有責任告訴你，焦慮和擔憂對你的恢復有害。如果你有什麼關於這方面的話想說——可以解除跟這件事有關的心理壓力——兩萬塊錢，我想你提到的是這個金額——還是說出來比較好。」

錢德勒已經沒有辦法轉頭，但他把眼睛轉向說話者的方向。

「我——說了——錢——在哪裡——嗎?」

「沒有，」醫生回答，「我只是從你模糊不清的話裡推斷，你很關心那筆錢的安全。如果它就在這個房間裡——」

詹姆斯醫生停住了口。從病人嘲諷的臉上，他是不是只察覺到一陣恍然大悟，和一絲懷疑呢?他是不是太急了?是不是說得太多?但錢德勒接下來的話又讓他恢復了自信。

「還能——在哪裡呢，」他喘著氣，「除了——那邊——那個——保險箱?」

他的眼神朝房間某個角落示意，醫生這才第一次發現那裡有個小小的鐵製保險箱，被窗簾下襬遮住了一半。

他站起來，拿起病人的手腕。他的脈搏有力地跳動著，卻有著不祥的間隔。

「把手臂舉起來。」詹姆斯醫生說。

「你知道的——我動不了，醫生。」

醫生快步走向通往走廊的門，打開門仔細聽了一陣，一點聲音也沒有。他不再多繞圈子，直接走向保險箱檢查了一下。那是個製作簡陋、設計簡單的保險箱，只能防防手腳不乾淨的佣人。以他的技術，這只能算是個玩具，一個草編紙糊的東西。錢等於已經到手了。他可以在兩分鐘內用鉗子拉出密碼盤，鑽透鎖栓，打開保險箱。要是再換另一種方法，說不定一分鐘內就能完成。

他跪在地板上，耳朵貼著密碼盤，慢慢地轉動旋鈕。不出他所料，這個保險箱只用了一個組合密碼。他敏銳的耳朵聽見了觸動鎖芯的輕微咖答聲，他利用這個線索——手把轉動了，他一把打開了門。

保險箱裡空蕩蕩的——那空空的鐵箱子裡，連一張紙片都沒有。

醫生站起來，回到床邊。

垂死的男人額上滲出大顆大顆的汗珠，唇邊和眼裡卻有一抹嘲弄而陰鬱的笑意。

「我以前——從來——沒看過，」他痛苦地說，「醫生——兼——做賊的！你——是不是——都拿——雙份收入——呢——親愛的——醫生？」

情勢突然變得非常難堪，詹姆斯醫生的高超能力從來沒受過這麼嚴峻的考驗。受害者惡魔般的幽默讓他陷入了既荒謬又危險的陷阱，但他依舊鎮定沉著，維持住自己的尊嚴。他拿出錶，等著這個男人死去。

「你——對那筆錢——也太——猴急了點。但是——這錢——親愛的醫生——它沒有——落在你手裡——的危險。它很安全——絕對安全——。它全部——都在——賽馬——賭注經紀人——那裡。兩——萬塊——艾美的錢。我——拿去賭馬——輸得光光的——一毛不剩。我是個壞胚子，賊先生——抱歉——醫生，不過我賭博——從不耍詐。我走過這麼多地方——從來沒想過——我會碰上——像你這樣——徹頭徹尾的——惡棍，醫生——抱歉——賊先生，給——你的——受害者——抱歉——病人——倒杯水——是不是——違反——你們道上的——規矩？」

詹姆斯醫生給他弄來一杯水，他幾乎沒有辦法吞嚥了。強大的藥物反應規律襲來，一波比一波激烈。但即使要死了，他還是非得狠狠地刺人一下才行。

「賭徒——酒鬼——敗家子——這些我都是，但是——醫生兼盜賊！」

對他的刻薄奚落，醫生只有一個回答。他彎下身，盯著錢德勒迅速凝滯下去的目光，指了指那女子沉睡的房間門，動作如此嚴厲而意味深長。於是躺著的男人用盡最後的力氣，微微抬起頭看。他什麼也沒看見，卻聽見了醫生冷冰冰的話——他此生聽見的最後聲音：

「我——可從來沒打過女人。」

企圖弄懂這樣的人是徒勞的，沒有哪一門學問能完全總結他們。對於這類不屬於主流的人，人們會說：「他會這麼做」或者「他會那麼做」。我們只知道他們存在，可以觀察他們，互相聊著他們赤裸裸的表演，就像孩子們觀看討論木偶戲一樣。

然而深究起這兩人的自我本位主義，是很可笑的——一個謀殺者兼盜賊，居高臨下地站在受害者面前；另一個犯的錯更卑劣，即使法律上他的罪要輕得多，這時正令人厭惡地躺在房子裡，房子的所有人是被他凌虐、糟蹋、毆打的妻子。他們一個是虎，一個是狼——彼此都厭惡對方的醜惡，明明身在罪惡的泥坑裡，卻都標榜自己的行為準則（如果不談榮譽的話）潔白無瑕。

詹姆斯醫生那句反駁一定狠狠刺傷了對方僅存的羞恥心與男子氣概，成了致命的一擊。他的臉漲成深紅色——恥辱的臨終潮紅，呼吸停止，幾乎連一絲顫動都沒有，錢德勒死了。

他剛嚥下最後一口氣，黑人老婦就帶著藥回來了。詹姆斯醫生輕輕合上死者的眼皮，告訴她這個死訊。她並不悲傷，只是由於一種代代相傳的，與死亡的抽象式和解，依然心裡一酸，眼睛一濕，抽起鼻子來，她向來的嘮叨又出現了。

「就是這樣啊！一切在我主手中。祂審判有罪的人，幫助落難的人，現在祂要幫助我們了。辛蒂為了買這瓶藥，連最後一個兩毛五硬幣都花掉了，結果藥也沒用上。」

「我這樣理解你的話對嗎？」詹姆斯醫生問，「錢德勒太太沒有錢？」

「錢？先生，你知道艾美小姐為什麼會暈倒，為什麼這麼虛弱？是餓的啊，先生。這三天，房子裡除了一些碎餅乾之外完全沒東西吃。幾個月前小姐就把自己的戒指和錶賣了。這棟漂亮房子，和裡頭的紅地毯、豪華家具，先生，全是租來的，催租的人凶得要命。那個魔鬼——饒恕我，上帝——他已經在祢手中得到了報應——他把家產全敗光了。」

醫生沉默不語，她便繼續說了下去。他從辛蒂雜亂無章的獨白拼出了一個和幻想、任性、災難、殘暴及尊嚴相關的老套故事。她喋喋不休述說的模糊概況中，出現了幾幅小小的清晰畫面——一個南方模範家庭，一樁結得太快的後悔婚姻，一段充滿錯誤和虐待的不幸生活，然後，不久之前，她繼承了一筆錢，帶來了解救的希望，可是這隻惡狼把錢搶走了，離家兩個月，揮霍一空，某天又不像話地爛醉回家。在一團模糊扭曲的敘事線之中，始終有一條不搶眼卻又清晰無比的純白絲線——是這位黑人老婦單純、持久、高尚的愛，不管面對什麼困境，都始終如一地追隨著她的女主人。

等到她終於停下來，醫生才開口問她家裡有沒有威士忌或任何一種烈酒。老婦人說有，餐具櫃裡還有那隻惡狼剩下的半瓶白蘭地。

「照我交代你的，調一杯熱甜酒，」詹姆斯醫生說，「把小姐叫醒，讓她喝下，順便告訴她發生的事。」

十幾分鐘後，錢德勒太太被老辛蒂攙扶著進來了。因為睡了一會，再加上剛剛喝了有興奮作用的酒，看起來稍微有了點力氣。詹姆斯醫生已經用被單把床上的屍體蓋好了。

那位女士悲哀的眼睛帶著幾分恐懼，朝屍體瞥了一眼，又往她忠誠的保護者貼近了點。她的眼睛乾乾的，亮亮的，彷彿不幸已經耗盡她所有的力氣。她的淚水之泉已經枯竭，感情也麻木了。

詹姆斯醫生站在桌邊，他穿上了大衣，帽子和醫藥箱也拿在手裡了。他的表情平靜而冷淡——行醫多年，對人類的痛苦已經司空見慣。只有他柔和的棕眼睛表達了某種謹慎、職業性的同情。

他溫和簡潔地告訴她們，因為這時候很晚了，要找到能幫忙的人鐵定很困難，他會親自去找幾個合適的人過來料理必要的後事。

「最後，還有一件事，」醫生說，指著依舊大開的保險箱，「你丈夫，錢德勒先生，臨終之前知道自己撐不過去了，要我打開保險箱，把設定的密碼告訴了我。假如你哪天需要用錢，請記得，密碼是四十一。先往右邊轉幾圈，然後往左轉，停在四十一這個數字上。他不讓我叫醒你，即使他知道自己快要死了。

「他說他在保險箱裡放了一筆錢——不是什麼大錢——但也夠你完成他最後的請求了。他要你回老家去，等到日後，時間沖淡這一切的時候，請原諒他對你犯下的種種罪過。」

他指著桌子，桌上整整齊齊放著一疊紙鈔，和兩堆小山一樣的金幣。

「錢在這兒，正如他所說——總共八百三十塊錢。請讓我留張名片給你，以備日後不時之需。」

所以，他在生命的最後時刻是想著她的！——那麼真心——卻來得那麼遲！然而這個謊言，在她以為一切都化為塵灰的地方煽亮了最後一朵柔情的火花。她大聲哭喊著：「羅伯！羅伯！」然後轉身撲進她忠心的僕人懷裡，寬慰的淚水稀釋了她的悲痛。這樣想也好，在往後的歲月裡，這個殺人凶手的謊言就像一顆小星星，在愛情的墳墓上方閃耀，撫慰著她，獲得寬恕本身就是一件好事，不管她先生究竟是請求過，還是沒有。

艾美像個孩子一樣，在女僕的輕聲安慰下，靠在她黑色的懷裡慢慢平靜下來，等到她終於抬起頭——醫生已經不見了。

——原刊於一九〇二年四月號《黑貓》（The Black Cat）雜誌，並收錄於《滾石》（Rolling Stones, 1912）一書。

菜單上的丘比特

「女人的特質，就是不按牌理出牌。」在這個話題上提出各種見解之後，傑夫．彼得斯說。「女人要的就是你沒有的東西。東西越稀罕，她就越想要。她喜歡收集絕對得不到的東西當紀念，喜歡有人在耳邊說她從沒聽過的事。用單一面向看待事物，是不符合女人個性的。」

「說起來是我的不幸，因為天性如此，跑過的地方又多，」傑夫說話時，視線穿過雙腳之間，意味深長地看著雜貨店的火爐，「所以對一些事情會比大部分人看得更透徹。美國每個城鎮我幾乎都去過，我一邊站在街上吸著汽車廢氣，一邊和人們聊天，用音樂、口才、巧妙的手段和話術把這些人迷得暈陶陶的，再把珠寶、藥品、肥皂、養髮水、跟其他零零碎碎的用品賣給他們。旅行期間，我一直很留心女人的行為舉止，一方面當作消遣，也有點贖罪的意味。對男人來說，了解某個特定的女人得花上他一輩子；但要是他帶著渴求，努力鑽研，花個——十年吧，也多少能對女性的想法有個大致概念。有一次我就學到了教訓，那時我剛從沙凡那啟程，帶著達比公司生產的防爆燈油粉，一路經過棉花帶[1]，再跑到西岸去忙巴西鑽石和一種專利火種的買賣。那時奧克拉荷馬州剛開始繁榮，古斯里[2]就在這股風潮中像一坨自發麵團一樣發展起來。新興城鎮都是一個樣——你得排隊才有機會洗把臉，要是你吃飯時間超過十分鐘，就會有一筆住宿費加到帳單裡；你在外面的木板上睡了一夜，隔天早上就會有人來找你收伙食費。

「因為天性如此，也因為從小就被這樣教導，我總是擺脫不了找好餐廳填飽肚子的習慣。所以我尋尋覓覓，終於發現了一個完全符合理想的地點。我在一棟屋子旁邊找到一間剛開張不久、頂了個帳篷的餐廳，老闆追著這股經濟繁榮的風潮來到這裡，用木板草草搭了間屋子，生活起居和做菜都在裡面，旁邊撐了個帳篷，飯菜做好就送到裡頭給客人享用。帳篷裡掛著歡樂的廣告標語，彷彿想把全世界的疲憊旅人從寄宿旅店和供烈酒旅社的罪惡中拯救出來。『試試媽媽的手工餅乾吧！』『我們的蘋果布丁和甜奶油醬[3]怎麼會這麼好吃啊？』『鬆餅和楓糖漿就是你小時候

---

1 沙凡那（Savannah）：位於美國喬治亞州，一七三三年立城。現爲喬治亞州第四大城。棉花帶（The Cotton Belt）：橫跨美國南部數州，自十八世紀後期至二十世紀，這個地區的主要經濟作物爲棉花，因而得名。

2 古斯里（Guthrie）：位於奧克拉荷馬州，十九世紀因位居鐵路中心而繁榮，後因奧克拉荷馬市的興起而衰落。

3 蘋果布丁（Apple Dumpling）：一種用整顆或半顆蘋果包覆麵皮所烤製的甜點。甜奶油醬（Hard Sauce）：雖名爲「醬」卻不是液體，是一種以奶油打發，加入糖和不同酒類（如蘭姆酒或白蘭地）混合均勻的甜點配料。

的味道。』『你絕對聽不到我們的炸雞咕咕叫！』真是讓人胃口大開的好文章！我對自己說，思念媽媽味道的遊子當天晚上絕對要去大快朵頤一番。就是這麼回事。我就在這兒碰到了這個故事的主角梅恩．杜根。

「杜根老爹來自印第安納州，身高六呎，肩寬一呎，整天懶懶散散，癱在屋裡的搖椅上回憶一八九六年玉米嚴重歉收的事。杜根老媽掌廚，梅恩就負責招呼餐廳裡的客人。

「我一見到梅恩，就知道人口普查報告出了問題，全美國只有這一個才算女人。要詳細形容她的特徵並不容易。她的身形和天使差不多，有一雙動人的眼睛，以及專屬她的獨特魅力。要是你注意起像她這樣的女孩，就會發現從布魯克林大橋西邊到愛荷華州康索布拉夫法院都碰得到類似的人。她們在商店、餐廳、工廠和辦公室裡自食其力。她們待人友善、個性誠實、輕鬆自在，溫柔而活潑，遇到人生挑戰毫不逃避。她們碰到男人時面不改色，也發現男人只是條可憐蟲。《海濱圖書館[4]》裡說男人是童話故事裡的王子，這種毫無根據的說法，她們早就不信了。

「梅恩就是那樣的女孩。她充滿活力，快樂而風趣。她眨眼間幾句機靈話可以把寄宿的旅客唬得一愣一愣的，你在旁邊聽了肯定憋笑憋得難過。對於個人的愛慕之情，我其實不願意探討得太深，因為我很同意一個說法，我們稱之為『愛情』的這種由於身體微恙所導致的心不在焉和前後矛盾，應該跟牙刷一樣視為個人隱私。我的看法是，心的傳記應該和肝的歷史傳奇一樣，只出現在雜誌的廣告頁上[5]。所以我沒有把自己對梅恩的感覺一一條列出來，這點你應該會諒解。

「我很快就養成了一個固定習慣，就是不在固定時間去吃飯，只要客人一少，我就跑去帳篷。梅恩會穿著黑色連身裙和白色圍裙，面帶笑容地迎上來說：『嗨，傑夫，怎麼不在吃飯時間來呢？是想看看你能給我們找多少麻煩是吧！要不要來個炸雞牛排豬排火腿蛋肉派……』以及諸如此類的話。她叫我傑夫，但語氣中沒有任何親密感，只是單純當個稱呼用。她對我們這些客人都是直接喊名不喊姓，為的是方便。通常我會在那裡解決兩頓飯才走，當中就拖拖拉拉地耗時間，就像參加那種不斷換著盤子和妻子，一邊吃一邊互相取笑的大型社交宴會。梅恩耐著性子，親切招待，總不能因為客人光顧時過了吃飯時間，就把帳篷收了，放著上門的生意不做。

「沒過多久，另外一個名叫艾德．柯利爾的傢伙也加入在用餐時段之外跑來整人的行列。他和我就在早餐和中餐、中餐和晚餐之間熟了起來，整個餐廳簡直像個大型馬戲團，梅恩這個女侍好像永遠表演不完。那個叫柯利爾的傢伙滿肚子算計和心機，之前的工作不知道是鑽井、保險、還是巧取豪奪土地之類的，我記不清了。他是個圓滑客氣、說起話來讓你覺得頭頭是道的人。就在我們兩個人刻意湊熱鬧之下，柯利爾和我成了這間美食帳篷餐廳的常客。梅恩對我們完全一視同仁，對我們表示親切時就像賭場莊家發牌，一張給柯利爾，一張給我，再一張給寄宿的客人，

4 見235頁註10。

5 心的傳記指愛情小說，肝的歷史傳說指藥品廣告。

從不藏私做鬼。

「我和柯利爾自然而然成了熟識，在餐廳之外的地方也偶爾會在一起。撇開他肚裡的鬼主意不說，他還算是個性格不錯的傢伙，雖然帶了點敵意，人倒是相當親切。

「『我注意到，你喜歡等客人走光了才去餐廳吃飯。』有一天我對他這麼說，想探探他的口風。

「『喔，沒錯，』柯利爾想了一下，『一大堆寄宿旅客吃飯弄得鬧哄哄的，我神經敏感，受不了。』

「『我也是，』我說，『小姑娘很不錯，你不覺得嗎？』

「『原來是這麼回事啊，』柯利爾笑著說，『嗯，現在你這麼一說我才注意到，她看起來好像還蠻順眼的。』

「『她很對我的胃口，』我說，『我準備追她。特此通知。』

「『我也跟你一樣把話說白了吧，』柯利爾坦承，『只要藥房的消化糖漿[6]沒賣光，我是不會讓你輕鬆如願的，因為等到一切結束，你肯定會消化不良。』

「於是柯利爾和我的情場之爭開始了。餐廳進了新貨，梅恩招呼我們時愉快親切又貼心，丘比特和廚師在杜根餐廳裡日以繼夜地工作著，戰況看來平分秋色。

「九月的一個晚上，吃過晚餐之後，等到餐廳裡的事情都結束了，我找了梅恩一起散步。我們走了好一段距離，快到城外時，在一堆原木上坐了下來。這樣的機會千載難逢，所以我把心裡準備好的話都說了出來，我告訴她，巴西鑽石和火種生意累積的財富已經足以保證我們兩人的幸福，但就算把這兩樣東西加起來，也沒有某個人的眼睛亮，還有杜根這個姓應該換成彼得斯，如果她不同意，請列明不同意的理由。

「梅恩沒有立刻回應，只是明明白白地打了個寒顫，我開始明白了一些事情。

『傑夫，』她說，『聽了你的話，我覺得很抱歉。我喜歡你，但這種喜歡和對其他人的喜歡沒什麼不一樣，這世上沒有哪個男人是我想嫁的，以後也絕對不會有。你知道男人在我眼中是什麼嗎？男人是座墳墓，一具埋葬了牛排豬排肝臟和培根火腿蛋的石棺。男人就是那樣，也就只是那樣。我看著男人吃啊吃，吃啊吃，這樣看了兩年，他們在我眼裡成了兩隻腳的反芻動物，除此之外什麼也不是。他們就只是手拿刀叉朝著桌上的盤子左右開弓的某種東西，這種形象在我心中和記憶裡已經牢不可破。我也試過克服這種想法，但就是做不到。我聽過其他女孩狂熱地吹捧自己的情人，可是我始終無法理解。男人在我心裡引起的情感波動和香腸絞肉機與食品儲存櫃是一樣的。有一次我去看了齣日場戲，裡面有個男演員讓女孩們神魂顛倒，可是我感興趣的卻是他到底喜歡點五分熟、七分熟還是全熟的牛排，是愛吃荷包蛋或是太陽蛋[7]。就是這樣。不會的，

---

6 當時風行的消化糖漿稱爲「Pepsin Syrup」，是一種含有胃消化酶的糖漿，在藥商廣告下，民眾普遍認爲這種糖漿有益健康。

7 荷包蛋是雙面的煎蛋，反之只有煎單面的煎蛋因爲形似太陽，因此稱爲太陽蛋。

傑夫，我不會和男人結婚，看著他坐下吃早餐，然後回來吃中餐，接著再回來吃晚餐，吃吃吃，就只是吃。』

「『但是，梅恩，』我說，『這種感覺會消退的。你只是看太多了。有一天你一定會結婚的。而且男人也不是老吃個不停。』

「『就我現在的觀察所得，他們就是吃個不停。不，我告訴你我接下來的打算。』梅恩的眼睛突然興奮地亮了起來，『在特勒荷特[8]，有個女孩叫蘇西．佛斯特，是我的手帕交。她在城裡的鐵路餐廳服務，我在那個鎮上一家餐廳做過兩年。蘇西看到的情況比我還糟，因為在火車站吃飯的男人根本是狼吞虎嚥。他們還會一面大吃大喝，一面跟你打情罵俏。哎！蘇西和我全都計畫好了。我們會把賺的錢存起來，等存夠了，就把我們物色好的一座小農莊跟五英畝地買下來，然後住在一起，種點紫羅蘭賣給東部市場。男人最好別帶著食慾接近農莊。』

「『難道女孩都不——』我開口想問，但梅恩毫不猶豫地打斷我的話。

「『不，她們不吃。她們只偶爾吃一點點，就只有這樣。』

「『我還以為甜食——』

「『拜託，換個話題吧。』梅恩說。

「我之前說了，過去那番體驗讓我看清楚，女人的特質就是喜歡追尋謊言和假象。比方說吧，牛肉造就了英國[9]，香腸讓德國舉世聞名[10]，而山姆大叔的偉大得歸功於炸雞[11]和酥派，但是那些自說自話學派的年輕女孩就是怎麼也不相信，他們認為莎士比亞、魯賓斯坦和莽騎兵[12]才是貢獻最多的人。

「這個情況想起來就讓人心煩。我沒辦法放棄梅恩，但是想到要放棄吃飯的習慣又讓我痛苦萬分。我太早養成好吃的習慣了。在我活過的二十七個年頭裡，我一直在人生的路上盲目地東奔

---

8 特勒荷特（Terre Haute）：位於美國印第安納州西部的一座城市。

9 數個世紀以來，牛肉一直是英國人的驕傲，例如一七三一年一首〈英國從前的烤牛肉〉（The Roast Beef of Old England）便是當時的國歌，至今皇家海軍用餐時仍然會播放。歌詞第一句便是：「偉大的烤牛肉就是英國人的食物」。

10 香腸長久以來便是儲存肉類的一種方式。歐洲香腸的歷史可以追溯到西元前八世紀的高盧地區，大約是現今法國與比利時一帶。其中以德國最具代表性，光是香腸便有一千五百多種。

11 山姆大叔：美國的形象代表，通常描繪成穿著禮服、頭戴星條旗禮帽、留著山羊鬍、鷹勾鼻的老人。美國炸雞可追溯自蘇格蘭與西非飲食，兩者因爲英國殖民與奴隸貿易而在美國南方結合起來。隨著黑奴解放，漸漸成爲美國南方的常見菜餚。

12 魯賓斯坦（Rubinstein）：是常見的德國與猶太姓氏。作者在此所指可能爲鋼琴家安東・魯賓斯坦（Anton Rubinstein, 1829～1894），他是當時歐洲的著名鋼琴家與作曲家，是猶太裔俄國人。莽騎兵（Rough Riders）：美國第一志願騎兵團（1st United States Volunteer Cavalry）的別稱，是美西戰爭期間募集的一支志願軍團，在美西戰爭中戰功彪炳。由於身爲騎兵，卻如步兵一般徒步作戰，「莽騎兵」的綽號便因此而來。

西跑，屈服在食物這個致命怪獸迷人又陰險的誘惑之下。來不及了，我永遠都會是個只知道吃的兩腳反芻動物。從龍蝦沙拉一路吃到甜甜圈，我的人生就要毀在這堆食物上頭了。

「我還是一直去杜根的帳篷餐廳吃飯，希望梅恩能解開心結。我對真愛有充分的信心，因為就算沒有豐盛大餐，真愛也常恆久永存，那麼面對美食，真愛說不定也能通過考驗。我繼續伺候著自己的毀滅性惡習，只是每次我在梅恩面前把一塊馬鈴薯送進口裡的時候，都覺得自己正在葬送心中最深愛的希望。

「我想柯利爾一定也和梅恩談過，得到了相同的答案，因為有一天他點了一杯咖啡和一塊餅乾，坐在角落裡小口地慢慢吃，那副模樣簡直就跟先在廚房塞飽了冷的烤牛肉和炒甘藍，才到客廳裝秀氣的女孩一樣。我心領神會，也跟著有樣學樣，也許我們都覺得找到竅門了！隔天我們又照著這個方法試了一次，結果杜根老爹端了一盤子讓人流口水的美食出來。

『先生啊，最近胃口不太好啊？』他用慈父般的口氣問，話裡卻帶著點刺，『我看工作挺輕鬆的，我的關節炎應付得過去，所以想幫梅恩分擔點工作。』

「所以我和柯利爾又恢復原樣，大快朵頤起來。我注意到，那段時間我的胃口好得非比尋常，吃起東西來一發不可收拾，這種吃法肯定讓梅恩一看到我進門就恨得牙癢癢的。後來我才發現，我被柯利爾設計了，這是他第一次用這種陰險毒辣的手段陷害我。他跟我平常就會一起到城裡喝點酒，擋擋對食物的飢渴。那個人居然買通了十來個酒保，在我點的每一杯酒裡都摻了大量的蘋果樹牌巨蟒開胃藥酒。不過，他最後一次陷害我的手法才真是讓我印象深刻。

「有一天，柯利爾沒來帳篷吃飯。有人告訴我，他當天早上就離開城鎮了。現在我唯一的對手就是餐廳的菜單了。

「柯利爾要離開的前幾天，送了一桶兩加侖的上好威士忌給我，說是一個表弟從肯塔基州寄來的。我現在有理由相信，酒裡面幾乎全是那個蘋果樹牌巨蟒開胃藥酒。我繼續大吃大喝。在梅恩的眼中，我仍然只是一頭用雙腳行走的動物，而且比反芻動物還會吃。

「柯利爾拉著他的貨離開之後約莫一星期，鎮上來了個小型馬戲團，在鐵路旁邊架起了帳篷。我判斷這是那種展覽假古董和怪東西的騙人玩意兒。有天晚上我去找梅恩，杜根老媽說她和弟弟湯瑪斯去看秀了。那個星期，同樣的情況出現了三次。星期六晚上，她看完表演回家路上被我攔住，她願意和我到階梯上坐一下說說話，我注意到她看起來跟以前不一樣了。她的眼神比以前更溫柔，像在閃閃發光。她不再是那個要遠離貪吃男人、改種紫羅蘭的梅恩．杜根，反而更像是在上帝的精心安排下的創作，親切隨和，正適合沉浸在巴西鑽石和火種的光芒之中。

「『這場《無與倫比世界現存奇珍異寶展覽會》，』我說，『似乎真的讓你上當了。』

「『只是換換環境而已。』梅恩說。

「『要是你這樣每天晚上都去，』我說，『很快就需要換下一個了。』

「『別生氣啦，傑夫，』她說，『那裡可以讓我暫時不去想餐廳生意的事情。』

「『那些奇珍異獸不吃東西嗎？』我問。

「『不是全部都吃。有一些是蠟做的。』

「『那你可要當心了，別沉迷在裡面了。』我不假思索，愚蠢地脫口而出。

「梅恩臉紅了。我不知道她心裡在想什麼。我心裡燃起了一絲希望，說不定是我的關心減輕了男人毫不遮掩胡吃海塞的那份罪孽。她說了些關於星星的話題，語氣恭敬客氣，我則是胡扯了一堆，像是兩人心意要相通啦，用真愛和火種一起照亮我們的家之類的話。梅恩認真地聽著，沒有一點嘲諷的表情，我對自己說：『傑夫老兄啊，附在食客背後的穢氣就要讓你驅除乾淨了，你就要踩死盤桓在肉汁湯碗裡的毒蛇啦。』

「星期一晚上我去找她，梅恩又跟湯瑪斯去了那個無與倫比展覽會。

「『我願四十一個徹頭徹尾新手船員的咒罵，』我喃喃地說，『以及九隻頑固蚱蜢所帶來的噩運，永遠降臨在這個千篇一律的展覽會上，阿門。我明天晚上會親自去瞧瞧，研究一下到底這個展覽會有什麼邪惡的吸引力。難道我這樣一個天性敦厚老實的人，就該先被吃飯的刀叉，接著又被一個參觀費十分錢的馬戲團搶走心愛的人嗎？』

「隔天晚上在展覽會開始之前，我先去探了探，發現梅恩不在家。這次她沒跟湯瑪斯去馬戲團，因為湯瑪斯帶著他的計畫，在餐廳帳篷外的草地上攔住了我，我連晚餐都還沒來得及吃。

「『要是我跟你說一件事，傑夫，』他說，『你打算給我什麼呢？』

「『那要看它值多少錢，老弟。』我說。

『姊姊被一個怪胎迷住了，』湯瑪斯說，『展覽會裡頭的一個怪胎。我不喜歡他，但她喜歡。我偷聽到他們說話。我猜你也許會想知道。喏，傑夫，告訴你這件事值不值兩塊錢呢？我在鎮上看到一把打靶用的步槍——』

「我掏光了口袋，把一堆五毛和兩毛五的零錢叮叮噹噹地漏到湯瑪斯的帽子裡面。這個消息跟打樁機一樣當頭給了我一記重槌，我懵了好一陣子沒回過神來，我一面把零錢像流水一樣送出去，臉上傻傻地笑著，心裡卻痛苦萬分，我像個笨蛋一樣愉快地說：

『謝謝你，湯瑪斯——謝謝——，呃，一個怪胎，湯瑪斯，你剛剛是這麼說的吧。現在，你可以再說清楚一點，那個醜八怪到底是憑什麼讓梅恩看上的？如果你不介意的話，湯瑪斯？』

『就是這個傢伙，』湯瑪斯一面說，一面從口袋裡抽出一張黃色的傳單，從我鼻子底下遞過來，『他可是世界絕食冠軍。我猜就是這點讓我姊姊動心。他什麼都不吃，準備要禁食四十九天。今天是第六天。就是這個人。』

「我看著湯瑪斯手指著的那個名字——艾德亞多．柯利耶里教授，『啊！』我不禁讚嘆，『真不賴啊，艾德．柯利爾。你居然出了這招，我得給你拍拍手。不過除非她哪天真成了怪胎夫人，否則我絕對不會放手把這個女孩交給你的。』

「我大步奔向展覽會，繞到帳篷後面，我一到，就看到有個人像條蛇一樣，從帆布底扭啊扭地鑽出來，又晃啊晃地站起來，像一匹吃了瘋馬草的野馬似地跟我撞個正著。我一把攬住他的脖子，就著天上的星光仔細端詳。這就是艾德亞多．柯利耶里教授，穿著人類的衣服，一隻眼睛流露出孤注一擲的決心，另一隻眼睛卻顯得有些焦躁。

「『哈囉，怪胎，』我說，『停一下別亂動啊，讓我看看你到底有多怪。你是當了威羅普斯─瓦羅普斯、婆羅洲的賓棒[13]，還是掛著哪個怪胎名字，讓自己在展覽會被人指著鼻子罵？你現在有什麼感覺啊？』

『傑夫．彼得斯，』柯利爾說話的聲音很虛弱，『放開我，不然我就要給你一拳了。我現在有天大的急事，手給我放開！』

『哎呀，這怎麼行呢，艾德，』我一面說，一面死抓著不放，『讓老朋友好好看看你的怪樣子嘛。你這小子，扮得這樣維妙維肖還真是下了不少苦功啊。不過呢，就別提什麼拳打腳踢的事了，因為你現在什麼也做不了。你頂多只有個放狠話的膽，還有個餓塌了的肚子。』

「情況真的是這樣，那個人虛弱得像隻吃素的貓。

「『只要給我半小時準備，同時給我一塊兩呎見方的牛排，』他口氣懊悔，說起話來倒還是以前那個樣子，『這件事，不管要跟你吵多少回合我都奉陪，傑夫。我說啊，發明絕食技藝的那個人真是該死。他的靈魂真該永遠鎖在一口深不見底的大鍋邊兩呎，鍋裡就是煮得滾沸的燉菜。我不想再掙扎下去，傑夫，我要投奔敵營了。你到裡面就會找到梅恩小姐，她正仔細看著那個現存唯一的活木乃伊和那隻見聞廣博的豬。她是個好女孩，傑夫。要是我把禁食習慣再多堅持一會，我一定能打敗你。就短期來說，你得承認禁食這招真的管用。我是那樣盤算的，但是啊，傑夫，都說推動世界的原動力是愛，我告訴你，這話一點道理都沒有。推動世界的其實是開飯的號角聲。我很愛梅恩小姐，我整整六天沒吃東西就是為了符合她的想法。這六天裡，我就吃了一口東西。我拿了根大木棍把一個身上刺青的傢伙打昏，把他正在吃的那個三明治搶來吞了。經理扣掉了我全部薪水，但是我想要的不是錢，而是那個女孩。我很願意把我的性命奉獻給她，可是為了一碗燉牛肉，我就算置自己永生的靈魂於險境也在所不惜。餓肚子實在太可怕了，傑夫。一個男人餓得發慌時，什麼愛情、事業、家庭、宗教、藝術和愛國，都不過是空口白話罷了！』

「艾德．柯利爾可憐兮兮地對我說了這些話，我判斷他的愛慕之情和口腹之慾打得難分難解，而最後餐廳大獲全勝。我一直沒討厭過艾德．柯利爾。我在心裡遍尋各種合宜的應對詞句，想找句話來安慰他，但當下就是找不到適合的。

『如果你放我走，』艾德說，『那我就千恩萬謝了。我這次實在很慘，但是我會讓那些提供

13 威羅普斯—瓦羅普斯（Willopus-Wallopus）和賓棒（Bim-Bam）都是十九世紀末二十世紀初，北美洲伐木工之間流傳的民間故事裡的可怕怪物。然而除了名字之外，人們對這些怪物一無所知，因爲一八四一至一八六一年間的作家都認爲這些怪物已經絕跡。

食物的餐廳比我更慘。我要把鎮上每一家餐廳的菜都吃得精光。我要在一條深度及腰的沙朗牛肉河中漫步，在火腿蛋裡游泳。真是慘透了啊，傑夫．彼得斯，一個男人居然走到這一步，為了吃而放棄自己喜歡的女人，簡直比為了一隻鷓鴣放棄出版權的以掃還糟糕啊[14]。但說回來，餓肚子這件事實在太殘酷了。現在，傑夫，請容我告退，因為我聞到附近有煎火腿的香味飄過來，我的雙腳正迫不及待地要往那個方向衝過去呢。』

『好好吃頓大餐去吧，艾德．柯利爾，』我對他說，『別把這件事放在心上。我自己呢，也是被當成隨時都在吃的人。對於你的遭遇，我深感遺憾。』

「這時空氣裡突然飄來一陣濃濃的煎火腿香味，這位絕食冠軍鼻子一噴氣，便拔腿朝黑暗處奔去，投向了食物的懷抱。

「某些有文化修養的人總是宣稱愛情和浪漫情懷能緩解所有困難，我真希望他們當時就在那兒目睹一切。艾德．柯利爾是個傑出的人物，不僅足智多謀，還是個情場高手，竟然會放棄自己的心上人，氣急敗壞地跑到附近街上，去追尋等而下之的食物。這是對詩人的一記當頭棒喝，也是給最賣座的小說情節的一記耳光。對被過度豐沛的感情撐暈了的心來說，空蕩蕩的胃袋就是讓它清醒的最佳解藥。

「我當然很急著知道柯利爾和他的計謀到底把梅恩迷惑到什麼程度。我走進無與倫比展覽會場，一進去就看到她。她看到我有點吃驚，卻沒有心虛的樣子。

『外頭的夜色很美，』我說，『很涼爽，讓人心情愉快。天上的星星一等一的亮，全都乖乖排在自己的位置上。不知道你願不願意暫時跟這些動物世界的意外產品告別一下，和一個這輩子從來沒上過展覽會節目單的普通人去散散步？』

梅恩偷偷朝四周掃了一眼，我知道這是什麼意思。

『喔』，我說，『我很不願意告訴你這件事，不過那個喝風就能活的奇葩已經從籠子裡逃走了，他剛剛從帳篷底下爬出去。這會兒，應該已經跟鎮上半數的熟食餐車合而為一了。』

『你說的是艾德．柯利爾？』梅恩說。

『我說的就是他，』我回答，『真可惜，他又回到了罪惡的深淵。我在帳篷外碰到他，他明白表示自己打算把全世界的食物都吃光。一個原本理想崇高的人，卻頹敗到自願當一隻十七歲的蝗蟲，這真是太讓人傷心了啊。』

梅恩定定地看著我的眼睛，直到她看透了我的心思。

『傑夫，』她說，『這種話真不像平常的你會說的。我並不在意聽到艾德．柯利爾被嘲笑。

---

14 出自《聖經》創世紀二十五章二十九至三十四節，以掃為了喝一碗紅豆湯（Pottage）而願意用長子名分（birthright）與雅各交換。作者故意在這裡用了相似的字「鷓鴣」（partridge）和「出版權」（copyright），表示說話的人已經餓昏了。

一個男人也許會做些荒謬可笑的事情，但如果這些事是為女人做的，在這個女人看來就沒什麼可笑的。這可是百裡挑一的男人。他不吃東西，就只是為了讓我高興。要是我對他做的事情沒有一點感動，豈不是太鐵石心腸不知好歹了嗎？他做的這一切，你辨得到嗎？』

『我知道，』我懂她的意思，『我是該罵。但我實在忍不住。我的額頭上已經烙上了吃客的標誌。夏娃太太跟蛇在討價還價時[15]，就把這吃東西的差事交代給我了。我好像才從火裡跳出來又掉到鍋裡一樣[16]。我猜我已經是全世界大胃王冠軍了。』我低聲下氣，梅恩的怒火也消了一點。

『艾德．柯利爾跟我是好朋友，』她說，『就像你跟我一樣。我給他的答案和給你的是一樣的，都說我沒有結婚的打算。我喜歡和艾德在一起，聊聊天什麼的。我一想到有個男人從此不動刀叉，而且還是為了我才這樣做，心裡就非常高興。』

『你沒愛上他嗎？』我已經顧不得理智了，『你有沒有答應要當怪胎太太？』

「有時候我們就是這樣，偶爾會冒出對自己沒什麼好處的話。梅恩臉上露出淺淺的微笑，又像冰又像糖，有點像檸檬淋醬，她用一種和說話內容相比實在親切過頭的口氣說：『你沒資格問這個問題，彼得斯先生。要是你能四十九天不吃東西，有了說話的立場，也許那時我會告訴你答案。』

「所以，就算柯利爾遭到自己的肚子背叛，被迫出局，我追到梅恩的機會似乎也沒有增加，而且這時我在古斯里的生意又出了問題。

「我在這裡待太久了。我賣出去的巴西鑽石開始出現磨損的痕跡，火種碰到早上濕氣重就常常點不起來。在我這一行，總是有個時間點，會聽到成功之星指引我：『往下個城鎮前進吧。』我那時候為了不錯過任何一個小鎮，都是駕著四輪馬車到處跑。所以幾天後，我把馬車準備妥當，就去向梅恩道別。並不是就此放棄追她，我只是想去奧克拉荷馬市做一兩個星期生意，然後再回來對梅恩發動新一波的攻勢。

「我到了杜根家，卻發現梅恩穿著一件亮眼的藍色旅行洋裝，拎著一個小手提箱站在門口。好像是她有個好姊妹羅蒂·貝爾在特勒荷特當打字員，下個星期四要結婚，梅恩為此請了一個星期假，想在婚禮上幫點忙。梅恩正在等一部貨運馬車，準備上車前往奧克拉荷馬市。我馬上不以為然地大加反對，提議由我自己來護送。杜根老媽也找不出理由拒絕，因為貨運馬車的司機先生是要收錢的。

15 出自《聖經》創世紀第二章第七節至第三章二十四節，夏娃原本不願意吃分別善惡樹上的果子，但後來聽信蛇的話吃了，被耶和華逐出伊甸園。

16 「才從鍋裡跳出來又掉進火裡」（Out of the frying pan Into to the fire）是一句俚語，用來比喻一個人面對的情況原本就很糟，後來變得更糟。作者特意將這句話顛倒過來，變成「才從火裡跳出來又掉到鍋裡」（Out of the fire into the frying pan），來比喻男主角好像跳進鍋裡大吃一樣。

「所以三十分鐘之後，梅恩和我就一起坐上我那部白色帆布篷的輕便彈簧馬車[17]，朝著南邊出發。

「那真是個令人讚美的早晨。微風盈盈，可以聞到濃郁的花草香，還不時看到小小的棉尾兔在路上穿梭嬉戲。我那兩匹肯塔基棕馬放開大步往前直衝，速度之快，地平線就像一條晒衣繩似的迎面而來，讓你忍不住要低頭閃躲。梅恩談興很濃，一路講個不停，像個孩子一樣嘰嘰喳喳說著印第安納那邊的事情，一下子說老家怎麼樣，一下子說以前在學校如何作弄人，平常喜歡做些什麼，還有對街強森家那幾個女孩有多討厭，完全沒有提到艾德．柯利爾或是食物之類讓氣氛僵硬的話題。

「大約中午時分梅恩找食物的時候，才發現她裝在籃子裡的午餐沒帶。我已經很有吃點小食的胃口了，但是梅恩似乎對於沒有午餐這件事一點也不在意，所以我也沒抱怨。對我來說，食物是個痛點，我決定在聊天時，所有的話題都不要跟它扯上關係。

「至於我是怎麼迷路的，我想這裡就不多提了。路上光線昏暗，四周雜草叢生，還有個梅恩坐在旁邊吸引了我全副心神，這些理由夠不夠充分，就讓你自己去判斷了。不過我是真的迷了路，就在當天的傍晚，按理說，我們應該已經到了奧克拉荷馬市，但我們卻在某個不為人知的河谷邊來來回回找不到路，這時大雨又傾盆而下。我們深陷泥濘中，看到高地的小丘上有間小木屋，屋子四周長滿了雜草和荊棘，零星散落著木頭，小屋看上去憂鬱淒清，讓人心酸。照我們現在的情況來判斷，我們得在這個屋子過夜了。我把情況解釋給梅恩聽，她覺得讓我決定就好。她並不像大多數的女人會在這時變得情緒化或怪罪他人，只說沒有關係。她很清楚我並不是故意的。

「我們發現這屋子沒有人住，裡面有兩個空房間。前院有個以前關牲口的小廄，裡頭的架子上有一大堆放了很久的乾草。我把馬安置在那裡，拿舊乾草去餵，牠們哀怨地看著我，好像要我賠不是一樣。剩下的乾草我就一堆堆抱進屋裡，打算用來鋪床。我還把專利火種和巴西鑽石都帶進屋去，這兩樣東西碰到水會變成怎麼樣誰都不能保證。

「梅恩和我把馬車座椅放在地上坐下，我在壁爐裡點了一大堆火種，因為那天晚上很冷。依我判斷，梅恩還蠻高興的。這對她來說也是換環境，讓她對事物有了不同的看法。她有說有笑，眼睛裡的光芒讓火種的火光都相形失色。我的口袋裡裝滿了雪茄，就我的看法，人類從來就沒有墮落過，我們仍然和以前一樣待在伊甸園裡。外頭下著大雨，黑漆漆的地方就是天堂的河流，而手執火焰劍的天使也還沒有豎起『禁止接近草地』的標示[18]。我打開一兩籮筐的巴西鑽石，有戒

17 彈簧馬車：十九世紀很受美國農夫歡迎的一種馬車，可以用來運送貨物或是乘客，主要的特點是車廂上有一個裝了彈簧的後門，以利上下貨，有的時候馬車也會裝上遮篷。

18 出自《聖經》創世紀第三章二十四節，亞當和夏娃被耶和華逐出伊甸園之後，耶和華派了基路伯拿著四面轉動的火焰劍，把守在伊甸園的入口，不讓他們再進入伊甸園。

指、胸針、項鍊、耳環、手鐲、皮帶和墜飾，讓梅恩戴上。她整個人閃閃發亮，耀眼奪目，像個富可敵國的公主，她的臉上泛起淡淡的紅暈，差一點就要叫人拿面鏡子過來。

「夜深了，我用乾草，還有我駕車時用的蓋腳布和馬車上拿來的毯子，在地板上鋪了一個漂漂亮亮的床，好說歹說才讓她躺下睡覺。我坐在另外一個房間抽菸，聽著外頭滂沱的雨聲，沉思著一個人在七十年左右的生命裡，直到葬禮來臨之前，到底要經歷多少人生的興衰起伏。

「我一定是在黎明前盹了一下，眼睛也閉上了，再睜開眼睛的時候，天已經大亮了，梅恩就站在我前面，頭髮梳得整整齊齊，眼裡閃著讚頌生命的光。

「『哎呀，傑夫！』她嚷著，『我還真是餓了，我可以吃得下一頭——』

「我抬起頭，和她的目光相接。她的笑容一下子收住了，露出一副疑心的冰冷表情。然後我哈哈大笑，還躺在地上免得笑岔了氣。我覺得這實在太有意思了。其實就我的本性和親切的個性來說，我本來就是喜歡開懷大笑的人，這時還真是笑到了盡興。等我笑完，梅恩坐在那兒背對著我，整個人散發出一股肅殺之氣。

「『別生氣啦，梅恩，』我說，『我真的控制不住。你今天的髮型真的很好笑，要是你自己看得見就好了！』

「『不用編故事了，先生，』梅恩冷靜而睿智地說，『我的頭髮沒什麼問題，你笑什麼我清楚得很。啊，傑夫，看外面。』她走到牆邊，從木頭間的縫隙往外望。我打開小木窗看，發現整條河床都氾濫了，小木屋所在的那塊土地成了幾百碼寬黃色急流中的一座孤島。大雨還是狂瀉不止，我們唯一能做的，只有待在原地等待鴿子銜著橄欖枝回來[19]。

「我不得不承認，那一整天，不管說什麼話、做什麼消遣都索然無味。我很清楚梅恩又回到了長久以來對事情只抱持片面看法的狀態了，但我無力改變。

「拿我自己來說，我已經完全被吃的欲望淹沒了。我有了幻覺，看到肉末馬鈴薯泥和火腿出現在我面前，我還不斷地自言自語：『傑夫？你想吃什麼？——服務生來的時候，嘿，老兄，你想點什麼菜？』我把菜單上各式各樣喜歡的菜都點了個透，然後想像那些菜上桌的樣子。我想所有餓壞的人都會這樣做的，除了吃，飢餓的腦子完全無法專心在別的事情上。這也可以看出，小餐桌斷了的桌腳滾輪、假的伍斯特辣醬和沾滿了咖啡漬的餐巾才是當務之急的問題，能不能得到永生或是兩國之間和不和平都在其次。

「我坐在那裡，腦袋裡天馬行空，自己跟自己爭辯得非常激烈，我的牛排到底是要配蘑菇、還是來個克里奧爾[20]風味呢？梅恩坐在另外一個座椅上，手托著頭，一副想得出神的樣子。

---

19 出自《聖經》創世紀第八章十一節，因大洪水在海上漂流的諾亞放出一隻鴿子，鴿子回來時銜了一片橄欖葉子，諾亞因此知道洪水已經消退。

20 克里奧爾（Creole）：在烹飪上，克里奧爾風格指的是以番茄，青椒和洋蔥來烹調的食物。

『馬鈴薯要家常式切塊煎的，』我在心裡說，『肉末馬鈴薯泥要在鍋裡烘得金黃金黃的，旁邊再加上九個水煮荷包蛋。』我小心翼翼地用手在口袋裡探著，看看能不能摸到一顆花生、麥粒或者兩顆爆米花。

「夜晚再度降臨，河水還在漲，大雨仍然下個不停。我看著梅恩，注意到她臉上的表情，就像一個女孩走過冰淇淋攤位時一樣絕望。我知道這個可憐的女孩餓了，也許這是她生平第一次挨餓。她的眼裡有股不安，女人只有在錯過了一餐，或是裙子快要從背後鬆脫的時候才有這種眼神。

「第二天晚上十一點左右，我們還是鬱悶地坐著，困在我們遇難的船艙裡。我努力把心思從跟吃有關的東西上頭拖開，但是，我還沒來得及綁牢它，它又猛力地衝了回來。我把我聽過的每一樣美食都好好地想了一遍。我回到了小時候，記起了自己愛吃得不得了的熱鬆餅，淋透了甜高粱糖漿或者鹹培根肉汁。然後隨著年紀漸長一路回想過來，想到好吃的就停一下，沾鹽的青蘋果、加了楓糖漿的鬆餅、去膜玉米泥、維吉尼亞老式炸雞、整支玉米、肋排和甜薯派，最後是喬治亞州布倫瑞克的燉菜，這可是美食中的頂級美食，因為裡面什麼都有。

「有人說，快要淹死的人會看到自己的人生一幕幕在眼前掠過。那樣的話，要是一個人快餓死了，就會看到他所吃過每餐飯的幽魂在眼前飄過，而且還會發明新菜色，廚師靠著它就能大賺一筆。要是有人能蒐集餓死的人臨終前說的最後幾句話，雖然也許必須細細分析才能發現其中奧妙，但要是集成了一本食譜，肯定能賣個上百萬本。

「我猜我一定想這些吃的東西想得忘我了，因為在違背我自己意願的情況下，我竟然開口對著那個想像中的服務生大喊：『來啊，給我切一片厚牛排，五分熟，外加炸薯條，還要六片吐司，上面加嫩嫩的炒蛋。』

「梅恩咻一下轉過頭來，眼睛閃閃發亮，臉上突然綻開了笑容。

『我的要七分熟，』她像連珠炮似的一口氣說，『配上法式菜絲湯，還要煎三個太陽蛋。泡杯茶，鬆餅煎焦一點，一次要來兩份。喔，傑夫，這不是太好了嗎！然後我還要半份炸薯條，跟一點咖哩雞飯，再一杯冰淇淋加蛋奶凍，還要──』

『別急，』我打斷她，『還有雞肝派、煎腰子配吐司，還有烤羊排，加──』

『喔，』梅恩又切進來，語氣興奮得不得了，『加薄荷醬，還有火雞沙拉，還要放填餡的橄欖，還要紅莓塔，還要──』

『繼續點下去啊，』我說，『趕快把炸南瓜端上來，還有熱的玉米麵包加甜牛奶，別忘了蘋果布丁配甜奶油醬，再來個十字紋樹莓派──』

「沒錯，我們這種像在餐廳點菜的對話持續了整整十分鐘，菜單上的食物從豪華主菜到零星小食全都被我們上上下下翻來覆去的點了個過癮。梅恩更是遙遙領先，因為她對食物的來龍去脈再清楚不過，點出來的菜讓我飢渴難耐。似乎梅恩就要跟食物言歸於好，不再像以前那樣輕視飲食這門讓她厭惡的學問了。

「隔天早上，我們發現洪水退了。我套好馬，就這樣一路濺著泥水，有點驚險地穿過泥濘，重新回到大路上。我們只走錯了幾哩路，不到兩小時就到達奧克拉荷馬市。我們第一眼看到的就是個大大的餐廳招牌，我們迫不及待地衝進去。當我回過神來，我已經和梅恩坐在桌邊，桌上擺著刀叉碗盤，她一點也沒有輕蔑的表情，反而甜甜地笑著，一副肚子很餓的樣子。

「這家餐廳才剛開張，各種食材都準備得很充分。我指頭在菜單上猛點，叫了一大堆菜，分量多到服務生一直往外望著馬車，想知道還有多少人要進來。

「我們就這麼坐著，菜一道道的端上來。這桌菜足夠十二個人吃，但是我們感覺也像有十二人份的飢餓。我看著桌子對面的梅恩，微笑起來，因為我想起了以前的事。梅恩看著桌上的菜，表情就像一個男孩看著他生平第一次得到的懷錶。接著她定定地看著我，眼裡盈滿了淚水。服務生走開了，去準備更多的菜。

「『傑夫，』她的聲音柔柔的，『我一直是個笨女孩，總是從錯的角度去看事情。我以前從來沒有過這樣的感覺。男人每天都是這麼餓的，對嗎？他們又高大又強壯，做著這世上的辛苦工作，他們吃飯，並不是為了刁難餐廳裡傻傻的女服務生，對嗎，傑夫？你曾經說過——就是，你問過我的——你想要我——嗯，傑夫，如果你還把我放在心裡，我會很高興，也很願意永遠跟你面對面的坐在餐桌上。現在，給我點東西吃吧，快點，拜託。』

「所以啦，就像我說的，女人偶爾需要改變一下對事情的觀點。她們厭倦看到一成不變的老東西——像是毫無變化的老餐桌、洗臉盆跟縫紉機。給她們一點點不一樣的——一趟短短的旅行、一點小小的休息，在處理家務時的煩躁怨恨裡加上一點玩鬧，在情緒爆炸時多一點安撫，一點點搗蛋、一點點你爭我奪，那麼在這場遊戲裡，每一個人都會是贏家。」

——收錄於《西部之心》（Heart of the West, 1907）一書，後刊於一九一一年六月號《短篇故事》（Short Stories）雜誌。

心與手

在丹佛車站，一大波旅客湧進了往東的波士頓與緬因鐵路[1]特快車二等車廂。其中一節車廂裡，坐著一位非常漂亮的年輕女子，她衣著簡潔優雅，身邊擺著的都是有經驗的旅行者會選用的豪華舒適物品。而在剛上車的乘客裡，有兩位年輕男子，其中一位面貌舉止勇敢而坦率，顯得很帥氣；另一位臉色惱怒陰沉，身材健壯，服裝邋遢。兩個人用手銬銬在一起。

他們沿車廂走道走來，車廂裡只剩下一個可旋轉的空座位，正面對著那位迷人的年輕女子。他們連在一起坐下，年輕女子冷淡迅速地瞥了他們一眼，之後臉上卻出現了燦爛的美麗笑容，圓潤的頰上也泛起淡淡的紅暈。她伸出一隻戴著灰色手套的手跟他們握手招呼，開口說話時聲音豐富甜美，字斟句酌，顯示她是個很習慣說話、也習慣有人聽她說話的人。

「欸，伊斯頓先生，看來你希望我先打招呼，那我就只好先開口了。你在西部碰到老朋友，難道都認不出來的嗎？」

聽見她的聲音，較年輕的那位猛地一愣，看起來有點尷尬，不過他很快就平復下來，用左手握住了她的手指。

「是費爾柴德小姐啊，」他微笑著說，「我必須為另一隻手向你道歉，它目前另有要事在身。」

他微微抬起右手，手腕上一隻閃亮的「手鐲」把他和同伴的左手鎖在一起。女子眼中的欣喜慢慢轉成一種不明所以的恐懼。紅暈從她頰上消失了，雙唇微微開著，似乎想緩解內心的緊張。伊斯頓像是被她逗樂了似的輕輕一笑，他正要繼續說下去，卻被另一個人搶了先。那個臉色陰沉的男人，一直用他敏銳精明的眼睛偷偷看著女孩的表情。

「請容我冒昧插話，小姐，不過我看你跟這位警察先生很熟，如果你能請他在送我入監的時候——也就是他馬上要做的事——替我說幾句好話，我在那兒的日子就會好過多了。他正要把我送去萊文沃思監獄[2]，我因為造假被判了七年刑。」

「噢！」女孩深深舒了口氣，臉也恢復了血色。「所以這就是你在這裡做的工作？當警察！」

「親愛的費爾柴德小姐，」伊斯頓平靜地說，「我總得做點事情。錢花起來就跟長了翅膀一樣快，而且你也知道，要跟上我在華盛頓那群朋友的步調，也少不了錢。我看見西部有這個機會，

---

1 波士頓與緬因公司（The Boston and Maine Corporation）以波士頓與緬因鐵路之名爲人所知，是新英格蘭地區的美國一級鐵路，一九八三年起成爲泛美鐵路網（Pan Am Railways network）的一部分。

2 萊文沃思監獄（Leavenworth Penitentiary）：美國聯邦系統中最古老的一座監獄，也是最危險的監獄之一。一八九六年修建，位於堪薩斯州郊外，只關押男性犯人，百年歷史中只有一名罪犯逃獄成功。

就——當然，警察的地位是沒有大使高，但是——」

「那位大使啊，」女孩親切地說，「已經不再來找我了，他原本就不必來的，這你應該知道。現在，你已經是個闖勁十足的西部英雄了，你騎馬、射擊，面對各種危險，生活跟在華盛頓大不相同啊。你那些老朋友都很想念你呢。」

女孩的目光又被那副寒光閃閃的手銬吸引住，她視線回到手銬上，微微睜大了眼睛。

「不必擔心這個，小姐，」另外那個男人說，「所有警察押解犯人的時候，都是把自己跟犯人銬在一起，以防逃跑。伊斯頓先生很清楚自己的職責。」

「我們很快就會在華盛頓見到你了吧？」女孩問。

「我想不會太快，」伊斯頓說，「恐怕我游手好閒的日子已經結束了。」

「我喜歡西部。」女孩自顧自地說，眼裡閃著溫柔的光。她看向車窗外，說話的口吻變得真誠淳樸，不再有氣派和禮節的虛飾。「媽媽跟我這個夏天是在丹佛度過的，她一星期前回家了，因為我爸爸有點不舒服。我也可以在西部生活，也會很快樂的。我覺得這裡的氣氛跟我很搭。金錢不是一切，但人們總是有所誤解，而且執迷不悟——」

「我說，警察先生，」臉色陰沉的男人低沉惱怒地說，「這實在太不公平了，我需要喝杯水，而且我一整天連根菸都沒得抽。你還沒聊夠啊？帶我去吸菸車廂，行嗎？我想抽菸想得半死。」

兩個連在一起的旅人站起身來，伊斯頓臉上同樣帶著淡淡的微笑。

「抽菸這種請求我實在沒辦法拒絕，」他口氣輕快，「香菸是可憐人的朋友。再見了，費爾柴德小姐。職責所在，你明白的。」他伸出手和她握手道別。

「你不去東部，真是太可惜了，」她說，語句中的氣派和禮節又回來了，「不過我想，你一定得繼續往萊文沃思去的，對吧？」

「是的，」伊斯頓說，「我一定得繼續往萊文沃思去。」

兩個男人側著身子，穿過走道進了吸菸車廂。

附近座位上有兩個乘客聽見了他們大部分的對話。其中一個說：「那個警察真是好人哪，有些西部人真不錯。」

「而且還那麼年輕就當上了警察，對嗎？」另一個人問。

「年輕！」第一個說話的人大喊，「嘿——噢！你沒看出來嗎？哎——你見過警察把犯人銬在自己右手上的嗎？」

——原刊於一九〇二年十二月號《人人雜誌》（Everybody's Magazine），並收錄於《流浪兒》（Waifs and Strays, 1917）一書。

紀念品

琳內特．達曼德小姐轉身背對著百老匯。這不過是以牙還牙，因為百老匯也常常這樣對待她[1]。然而，看起來還是百老匯占了上風，因為這位《惡有惡報》劇組的前任女主角事事都得求百老匯，反之卻並非如此。

就這樣，琳內特．達曼德小姐在她俯瞰百老匯街的窗邊轉過椅子，背對窗外坐下，抓緊時間補一隻黑絲長統襪的棉織後跟。窗下喧囂閃亮的繁華百老匯一點也不吸引她，她最渴望的，是那條仙境般街上某間更衣室裡滯悶的空氣，以及那個變化無常的地方觀眾呼喊的轟鳴。同時，也別忽略了那些絲襪。絲做的東西可真不耐穿，但是——說到底，不然還能穿什麼呢？

塔利亞旅店望著百老匯，就像馬拉松[2]望著海洋。它矗立在兩條主要大道匯流處，就像漩渦上方一座陰鬱的懸崖。劇團的人巡迴演出結束之後都會聚在這裡，解開腳上的厚底鞋[3]，拍掉襪子上的灰塵。這附近的街道到處都是售票處、劇院、經紀人事務所、演藝學校，和通過這幾條荊棘之路以後會到達的高級龍蝦餐廳。

走過昏暗帶霉味的塔利亞旅店的古怪走廊，會發現自己好像在一艘大方舟或一部大篷車裡，而它即將啟航，即將起飛，即將轉動車輪離開。這房子始終瀰漫著一股不安、期待、轉瞬即逝，甚至焦慮恐懼的感覺。那些走廊就是一座迷宮，要是沒有人帶著走，你徘徊其中，就像個迷失在森姆．萊特[4]謎題裡的遊魂。

不管你在哪個轉角轉彎，都會突然碰上穿著布袋般家居服的人，或者走進死巷。你會看見憂心忡忡的悲劇演員身披浴袍，躡手躡腳地尋找不知道在哪裡的浴室。幾百個房間不斷傳出嗡嗡的交談聲、新舊歌曲的片段，以及聚在一起的演員不時爆出的哄笑聲。

夏天到了，他們的劇組也散了，演員們在自己喜歡的旅館裡休息，同時也拚命纏著經紀人，好爭取下一季的演出合約。

---

1 這裡作者玩了一個雙關，因爲「turned her back on Broadway」直譯是「轉身背對百老匯」，另一個意思是「拒絕了百老匯」。

2 馬拉松（Marathon）：希臘城市，臨愛琴海，因馬拉松戰役而成爲馬拉松長跑起源地。

3 指的是演出希臘悲劇時演員穿的半統綁繩厚底鞋（buskin）。

4 森姆．萊特（Sam Loyd, 1841～1911）：美國智力遊戲設計師，在一八七〇年左右發明了稱爲「十五之謎」（15-Puzzle）的數字盤遊戲，風靡美國，各辦公室到處可以見到上班時間嚴禁想這個遊戲的告示。法國甚至有人認爲這個遊戲引起的災禍比酒精或菸草更大。

到了下午這個時候，這天跑各家經紀公司的行程已經結束。當你心不在焉地走過生了苔的走廊，會有活生生的夢幻美人擦身而過，她戴著面紗，閃著星星般的眼睛，垂帶飄飄，絲綢衣服一掃，在沉悶的走廊裡留下一股歡樂的氣息，和一段屬於素馨花的記憶。認真的年輕喜劇演員用他們多才多藝的喉結，聚在門口聊著刺殺林肯總統的布斯[5]。遠處不知道哪裡飄來火腿燉紅卷心菜的味道，還夾雜著包食宿旅店餐廳的杯盤碰撞聲。

塔利亞旅店生活的嗡嗡聲，每隔一段合理而健康的間隔，就會被小心翼翼拔開啤酒瓶塞的爆聲打斷，整個旅店因而有了生氣。這樣加了標點符號之後，在這親切旅店的日子似乎也變得輕鬆了——逗號最受歡迎，分號令人皺眉，而句號，則是絕對禁止的。

達曼德小姐的房間很小。衣櫃到臉盆架之間只放得下她的搖椅，還得直著放才行。衣櫃上放著一般用品，還有這位前女主角在街頭表演時收集的紀念品，以及她最親密、最優秀的戲劇界朋友照片。

她一面補襪子，一面往其中一張照片看了兩三眼，見了老友似地微笑起來。

「真想知道莉現在在哪兒啊。」她低聲說。

如果你有幸看見了這張照片，乍看之下，可能會以為看見了一朵被狂風颳上天的複瓣白花。但是花卉王國裡可找不到這種花瓣式的白色漩渦。

你看見的，其實是羅莎莉．雷小姐薄如蟬翼的短裙，當時她正倒掛在紫籐纏繞的鞦韆上，離舞臺遠遠的，懸在觀眾頭頂上方。你可以看見，相機完全沒辦法表現她優美有力的踢腿，每天晚上，在這激動人心的一刻，都會有一條黃色的絲質吊襪帶從她敏捷的腿上甩脫、踢飛，飛得又高又遠，落在底下興奮的觀眾身上。

你也可以看見，在這群身穿黑衣，以男性為主的歌舞雜耍[6]觀眾裡，有上百隻手伸了起來，希望能抓住空中那條飛舞的閃亮紀念品。

兩年來，每年四十週巡迴演出的高票房全靠羅莎莉．雷小姐這幕拿手好戲。她這十二分鐘裡還有其他表演——載歌載舞，模仿兩三個自己也是模仿別人的演員，在梯子上拿著雞毛撢子做驚險的平衡動作。但是當一隻纏滿花朵的鞦韆從空中放下來，羅莎莉小姐笑容滿面地坐上去，腿上那條引人注目的金黃色襪帶即將滑落，成為一條在空中飄蕩、人人都想要的獎賞時——那一刻，所有觀眾都不約而同地站起來——當然也可能是約好的——讚賞她的絕技，也讓雷小姐的名字成為售票處最受歡迎的票房保證。

5 約翰．威爾克斯．布斯（John Wilkes Booth, 1838～1865）：美國戲劇演員，於一八六五年四月十四日刺殺了美國總統林肯。逃脫過程中跳到舞臺上，大喊：「這就是暴君的下場！」。

6 歌舞雜耍（Vaudeville）：又稱滑稽通俗喜劇，是十九世紀後期至二十世紀初流行於美國劇場的一種綜藝娛樂節目，主要表演魔術、雜技、喜劇、馴獸、歌舞等節目，是當時北美最流行的娛樂。

兩年即將結束，雷小姐突然對她最好的朋友達曼德小姐宣布，她要去長島北岸一個古老的村子度過夏天，之後，就不會再回到舞臺上了。

琳內特．達曼德小姐才剛說了想知道老朋友人在什麼地方，十七分鐘後，就有人急促地敲著她的房門。

來人正是羅莎莉．雷。隨著達曼德一聲尖銳的「請進」，她進了房間，帶著一股疲倦的不安，重重地把手提包放在地板上。正如我所說，就是羅莎莉沒錯，她穿著一件寬鬆、風塵僕僕的旅行外套，緊緊繫著一條有長流蘇的棕色面紗，裡頭是一套灰色套裝，腳上穿著棕色牛津鞋，還套著淡紫色的鞋套。

當她拿下面紗和帽子，你會看見一張相當漂亮的臉，紅紅的，似乎被某種不尋常的情緒困擾著，顯得有點不安，大大的眼睛因為不快樂而減了幾分明亮。一頭濃密的暗褐色頭髮原本就是草草攏上去的，有幾綹小小的髮絲已經逃離了大卷波浪，從髮梳和髮夾的桎梏中散了下來。

有別於社會上那些非職業婦女姊妹們的招呼形式，他們兩人見面時並沒有大呼小叫、激烈的肢體接觸、親吻示意、一來一往的問答這些顯眼的動作。她們只是短短一抱，互相在臉頰淡淡親一下，就彷彿重回了當年。四處流浪的表演者在十字路口街角碰了面，就跟士兵或在國外荒野旅行的人一樣，都只是簡短致意而已。

「我租下了高你兩樓的走道房間，」羅莎莉說，「不過我還沒上去，就直接過來看你了。要是他們沒告訴我，我還不知道你也住這裡。」

「我從四月底就住在這裡了，」琳內特說，「我馬上就要跟《致命遺產》劇組一起巡迴演出，下星期在伊莉莎白首演。我還以為你不再表演了呢，莉，把你的近況告訴我吧。」

羅莎莉熟練地一扭身，坐上了達曼德小姐的衣箱，頭靠在貼了壁紙的牆上。因為長年的習慣，這些周遊四方的女主角和同業姊妹們這樣就能把自己弄得舒舒服服，就像陷在最深最軟的扶手椅裡一樣。

「我會跟你說的，琳。」她說，年輕的臉上帶著一種嘲諷又漠然放棄的異樣表情。「明天我又要走回百老匯的老路，把經紀人辦公室椅子上的漆再磨掉一點了。這三個月，直到今天下午四點鐘以前，要是有誰跟我說，我會再聽見那堆經紀人說什麼『請留下姓名地址』之類的廢話，我一定會用道道地地費斯克夫人式[7]的大笑回敬他。琳，借我一條手帕吧。嘖！長島那些火車可真要命，我臉上這些煤灰，不用抹軟木炭都可以去演托普西[8]了。欸，說到軟木塞——有沒有什麼東西喝，琳？」

達曼德小姐打開臉盆架上的一扇小門，拿出一只瓶子。

7 米妮・馬登・費斯克（Minnie Maddern Fiske, 1865～1932）：美國著名女演員。

8 托普西（Topsy）：小說《湯姆叔叔的小屋》（Uncle Tom's Cabin）中，一名不知來自何方的黑人奴隸女孩。

「裡頭還有差不多一品脫曼哈頓雞尾酒，可是酒杯拿去插了一簇康乃馨——」

「噢，把瓶子給我，酒杯留著給別的客人用吧。謝了！這樣喝最適合我，你也一樣。這可是我三個月來第一次喝酒！

「沒錯，琳，我上一季結束之後就告別舞臺，不想表演了，因為我過膩了這種日子。我尤其打心裡討厭男人——我們這種靠演出度日的人必須接觸的那種男人，你也清楚這對我們來說是怎麼回事——從要我們去試坐新車的劇場經理，到直呼我們小名的貼海報工，上上下下都需要對付。

「散場之後，我們需要去見的那些男人尤其壞透了。像是守在後臺門口那群人，還有劇場經理的朋友，說要帶我們去吃飯，炫耀身上的鑽石，還說要把我們介紹給『丹』啦、『戴夫』啦、『查理』什麼的。那些人都是畜生，我討厭他們。

「我跟你說，琳，我們這種在舞臺上表演的女孩子真是太可憐了。我們都是好人家出身，懷著正正當當的志向辛苦工作，希望在這一行出人頭地，卻始終不能如願。你會聽到很多人沒頭沒腦地對女舞群的十五塊週薪表示深切同情。呸！舞群的悲哀，根本是一隻龍蝦就能治好的悲哀。

「要是還有眼淚，就為那些週薪三十到四十五塊，擔任爛戲女主角的女演員們流吧。她明知自己不會更上一層樓，但依然年復一年地堅持下去，期待著那個永遠不會來的『機會』。

「還有我們不得不表演的那些蠢節目！在音樂喜劇裡讓另一個女孩子拎著你的小腿滿臺

亂爬，表演『獨輪車合唱』，這跟我在廉價劇場不得不表演的東西相比，都已經算是莊重的正統劇了。

「但我最恨的還是男人——吃飯的時候隔著桌子對你使眼色挑逗、對你胡言亂語的男人，他們會先估估看你價值多少，再試著用符茲堡葡萄酒或是微甜香檳收買你。還有那些男觀眾，他們拍手、大喊、狂叫、推擠、洋洋得意——就像一大群野獸，眼睛死死盯著你，只等你落在他們爪下，就立刻把你生吞活剝。噢，我真的好討厭他們！

「嗯，我沒跟你提太多自己的事，是嗎，琳？

「我存了兩百塊錢，夏天一開始就把舞臺工作辭了。我去了長島，在那裡發現了一個我見過最美的小村落，叫做桑德港，就在海邊。我打算在那裡度過夏天，研究一下發聲法，準備秋天開個班。有個老寡婦在那兒有座農舍，為了有伴，偶爾會出租一兩間房。她收了我當房客，另外還有一位，是亞瑟．萊爾牧師。

「沒錯，他是主角，琳，你猜對了。我一分鐘內就可以把整個故事告訴你，這只是齣短短的獨幕劇而已。

「他一上場，我就覺得心動。他才開口說第一句臺詞，我就徹底淪陷了。他跟觀眾席那些男人完全不同。他又高又瘦，進屋的時候一點動靜都聽不見，但是你感覺得到。他臉長得像畫裡的騎士——就像一位圓桌武士——聲音像大提琴獨奏，還有他那瀟灑的風度！

「琳，要是你拿約翰．德魯[9]演得最好的一場客廳戲去跟他比，會覺得約翰根本應該以擾亂治安之名被抓起來才對。

「細節我就不說了，不過，不到一個月，亞瑟和我就訂婚了。他在一間小小的流動式循道宗教堂佈道，等我們結了婚，就會有一座餐車大小的牧師住宅，還會有母雞和忍冬花。亞瑟總是跟我講一大堆和天堂有關的東西，但我心思一直離不開那些忍冬花和母雞。

「不，我沒跟他說我吃過舞臺飯這回事。我討厭這一行，以及跟它相關的一切，我要跟它一刀兩斷，覺得挑起事端沒什麼好處。我是個好女孩，我沒有什麼好懺悔的，除了我是個發聲老師之外，那大概是我唯一有點良心不安的地方了。

「噢，我跟你說，琳，那時我好快樂。我在唱詩班唱歌，參加縫紉聚會，吟唱〈安妮．蘿莉〉之類的歌，還配上口哨，村裡的週報還寫了報導，說我『已經接近職業水準』。亞瑟跟我去划船，在林子裡散步，在海邊摸蛤蜊，對我來說，這個小小的村莊簡直是世界上最美好的地方，我可以在那裡快樂地住一輩子，如果——

「但是有天早上，我正幫著葛雷老太太，也就是那位寡婦，在後門門廊上撕豆子絲，她話匣子就開了，很多房東都有這種毛病。萊爾先生在她眼裡簡直是凡間聖人——我也是這麼覺得。她說遍了他所有的美德和風度，最後才告訴我，亞瑟不久前有過一段浪漫非常的戀愛，不過結局並不美滿。她似乎不清楚詳情，只知道他受了很大的打擊。她說他整個人蒼白了，也瘦了，他還留著那位女士的某個紀念品或信物，收在一個小小的花梨木盒裡，鎖在他書房的書桌抽屜。

『有好幾次，』她說，『我看見他晚上悶悶不樂地看著那個盒子，要是有誰進了房間，他就會馬上把盒子鎖起來。』

「哎，你可以想像，我簡直迫不及待要抓住亞瑟的手腕，把他拉下舞臺，在他耳邊喝個倒彩。

「當天下午，我們在水邊坐著小船，在睡蓮間漂來漂去。

「『亞瑟，』我說，『你從來沒跟我說你有過另一段戀情，不過葛雷太太告訴我了。』我繼續說了下去，讓他知道我已經曉得這件事。我最討厭聽見男人撒謊。

「『在你來之前，』他說，眼睛坦誠地看著我，『我有過一段戀情——很強烈的愛。既然你知道了，我會把一切都坦白告訴你。』

「『我聽著。』我說。

「『我親愛的艾達，』亞瑟說——當然我在桑德港的時候用的是真名——『事實上，前一次算是一場精神戀愛。這位女士雖然勾起了我最深的情感，而且我也覺得她是我心目中的完美女性，但我從來沒有面對面見過她，也沒跟她說過話。那是一種理想化的愛情。而我對你的愛，雖然也很理想，卻是不一樣的。你不會讓那件事成為我們之間的芥蒂吧。』

9 約翰・德魯（John Drew, 1827～1862）：愛爾蘭裔美國舞臺劇演員、劇院經理。

『她漂亮嗎？』我問。
『她非常美。』亞瑟說。
『你常常見到她嗎？』我問。
『有十幾次吧。』他說。
『總是隔著一段距離嗎？』我說。
『總是隔著相當遠的距離。』他說。
『而你愛她？』我問。
『她就像是我心目中美和優雅——以及靈魂——的完美化身。』亞瑟說。
『你一直鎖得好好的、偶爾會看得出神的東西，是從她那兒得到的紀念品嗎？』
『是個紀念，』亞瑟說，『我很珍惜。』
『是她送你的？』
『是從她那兒來的。』他說。
『用一種間接的方式？』我問。
『是有點間接，』他說，『然而又很直接。』
『為什麼你不去見她呢？』我問，『是因為你們的地位差距太大嗎？』
『她所在的位置可比我高多了，』亞瑟說，『好了，艾達，』他繼續說，『這都是過去的事了，你不會嫉妒的，對吧？』

『嫉妒！』我說，『嘿，先生，你在說什麼啊？知道這件事之後，我對你的評價比之前還要高十倍。』

「確實如此，琳——不知道你有沒有辦法理解。這種理想化的愛情對我來說是前所未有的，我覺得那是我聽過最美、最偉大的東西。想想看，一個男人愛著一個從來沒跟他說過話的女人，對他腦海和心中的她忠誠不渝！噢，我聽了覺得真了不起。我以前認識的男人，都是帶著鑽石、迷藥或加薪承諾來找你的——他們的理想長什麼樣！——算了，不提他們了。

「是的，這讓我比以前更尊敬亞瑟了。我沒辦法嫉妒他崇拜過的那個遙不可及的女神，因為我很快就要擁有他了。我也開始把他當凡間聖人看待，就跟葛雷老太太一樣。

「今天下午大約四點鐘，有人到租屋處來找亞瑟，要他去看教區裡的一個病人。葛雷老太太在榻上睡午覺，就只剩我無聊的一個人。

「我經過亞瑟的書房，朝裡頭望了一下，看見他那串鑰匙還掛在書桌抽屜上忘了帶走。欸，我想我們偶爾都會做出跟藍鬍子的太太[10]一樣的事，對吧，琳？我打定主意要看看他藏得那麼嚴

10《藍鬍子》（Bluebeard）：法國詩人夏爾·佩羅（Charles Perrault, 1628～1703）創作的童話。名叫藍鬍子的一名貴族娶過幾個妻子，都下落不明，後來他又娶了一位女孩。藍鬍子臨時有事要離開，把城堡鑰匙交給她，交代絕不可打開某一間房。女孩忍不住開了，結果在房間中發現了前幾任妻子的屍體。

密的紀念品，倒不真的在乎那是什麼——就只是好奇而已。

「我打開抽屜的時候，還想像了一兩樣可能的東西。我覺得也許是一朵乾了的玫瑰花苞，是她從陽臺扔下來的，或者是一張雜誌上剪下來的圖片，因為她在這社會上地位很高嘛。

「我打開了抽屜，裡頭有個紳士領圈盒大小的花梨木匣。我在那串鑰匙裡找出那支小小的鑰匙，把鎖開了，掀開了蓋子。

「我看了那個紀念品一眼，就回到自己房裡打包行李。我把一些零星東西丟進旅行包，用髮梳篦了一兩下頭髮，戴上帽子，跑到老太太那兒踢踢她的腳。我在那兒的那段時間，因為亞瑟的關係，總是拚命讓自己用最適當最正確的字眼說話，後來也自然而然就運用自如，但這一刻我完全做不到。

「『別打呼啦，』我說，『坐起來聽我說，發薪水了。我要離開這裡，我還欠你八塊錢，我會叫運貨工人來搬我的行李箱。』

「我把錢交給她。

「『哎呀，克洛斯比小姐！』她說，『發生什麼事了？我還以為你在這裡很高興呢。哎呀，年輕女孩子就是這麼難懂，跟你想像的完全不一樣。』

「『你說得真是對極了，』我說，『有些女孩是這樣的。但你這話對男人就不適用了。你只要認清楚一個男人，就會知道天下所有男人都是一個樣！這就是人類所有問題的答案。』

「然後我就搭上四點三十八分那班滿是煤煙的火車，來到這裡。」

✕

「莉，你還沒告訴我盒子裡裝的是什麼。」達曼德小姐焦急地問。

「一條黃色的絲質吊襪帶，就是我以前在鞦韆上表演歌舞劇的時候，從腿上踢到觀眾堆裡去的。還有雞尾酒嗎，琳？」

——原刊於一九〇八年二月號《安斯利》（Ainslee）雜誌，
並收錄於《城市之聲》（The Voice of the City, 1908）一書。

剪亮的燈[1]

當然，這問題有兩個面向，讓我們先看另一個吧。我們常常聽到人說「商店女郎」，事實上這種人是不存在的。她們只是在商店工作，靠這一行吃飯。那為什麼要把她們的職業變成形容詞呢？公平一點，我們也沒把住在第五大道那些女孩稱做「婚姻女郎」啊[2]。

露和南西是好朋友，因為老家吃不飽，所以一起到大城市找工作。南西十九歲，露二十歲，兩個都是漂亮、勤奮、沒有當舞臺女演員野心的農村女孩。

高高在上的小天使指引她們到一間便宜正派的包食宿公寓，兩人都找到了工作，成了工薪一族。她們依然是好朋友。半年過去，我才請你上前一步，為你們介紹一下。愛管閒事的讀者啊，這兩位是我的女性朋友，南西小姐和露小姐。你跟她們握手時請注意一下她們的服裝——這麼做的時候要小心一點。是的，要小心，因為她們跟坐在馬展包廂裡的女士一樣，被人盯著看是會暴怒的。

露在一家手工洗衣店當熨燙女工，按件計酬。她身上的紫色連身衣裙很不合身，帽子上的羽毛也比該有的長了四吋，但她的貂皮暖手筒和圍巾可是花了二十五塊錢買的，而在冬季結束前，它的同類會在商品櫥窗裡被標上七塊九毛八的打折價。她臉頰紅潤，淺藍色的眼睛亮亮的，整個人心滿意足。

南西就是你所謂的商店女郎了——因為你習慣這樣稱呼。這一行的人本來沒什麼典型可言，但任性的一代總是想找出某種典型，那麼南西也應該算是典型了。她梳著高聳的龐巴度夫人髮型[3]，還有片誇張的直瀏海。她的裙子質料雖然差，卻有著得體的喇叭形下襬。她沒有皮草可以抵擋料峭春寒，但她穿著絨面短外套的樣子，就彷彿那是件波斯小羊皮裘一樣自信滿滿！不屈不撓非找出典型不可的人哪，你在她的臉、她的眼裡看見的，就是典型的商店女郎神情。那神情是對欺騙女性的反抗，沉默而輕蔑，是宣布報復即將到來的悲傷預言。即使在她笑得最響亮的時候，這神情也始終存在。同樣的神情在俄羅斯農民的眼睛裡看得到，而在某天，當大天使加百列[4]吹響最後審判的號角時，我們之中殘存的那些人也能在他的臉上看到。這神情男人們看了都

1 從前的蠟燭或煤油燈芯，燃燒久了之後會變得黯淡，必須修剪掉過長的燈芯才能恢復亮度。
2 因爲第五大道住的都是富豪，當年能住在第五大道的女孩，都是因爲婚姻才得到這種地位。
3 見277頁註3。
4 加百列（Gabriel）：傳達天主信息的天使。他奉差遣向童女瑪利亞傳遞耶穌將降生的消息，傳說《啓示錄》中身分未明、吹響號角宣布最後審判開始的天使就是他。

應該羞愧不安，但眾所周知，男人的反應總是一面假笑，一面奉上繩子紮好的一束鮮花。

你掀掀帽子致意之後，就可以走了。露已經愉快地跟你說了「再見」，南西也露出了譏諷卻甜美的微笑，不知道為什麼，這笑容似乎只是掠過你，像隻白色的蛾，飄上了房頂，直往星空而去。

她們兩人在街角等丹。丹是露穩定交往中的男伴。至於他忠不忠實呢？這個嘛，要是瑪莉必須請十幾個送傳票的人替她找心愛的小羊，丹一定會是其中一個的。

「你不冷嗎，南西？」露說，「你在那家老商店做事，一星期才拿八塊錢，真是傻瓜啊！我上週賺了十八塊五毛呢。當然燙衣服不像站在櫃檯後面賣蕾絲看起來那麼時髦，但是賺得多啊，我們這些燙衣工每星期進帳都在十塊錢以上。我也不覺得這工作有什麼不體面。」

「你做你自己的就好，」南西翹起鼻子說，「我寧願一星期拿八塊錢，睡走道隔出來的房間。我就喜歡待在高檔東西和時髦的人群裡。而且你看看，我有多好的機會啊！嘿，我們手套部門有個女孩子就嫁給了一個匹茲堡人——好像是個鋼鐵老闆、鐵匠還是什麼的——幾天前身家達到了一百萬呢。總有一天，我也要找個有錢人。我不是在誇耀自己的長相還是什麼，但要是有大獎可拿，我是絕不會放過這個機會的。一個待在洗衣店的女孩能有什麼戲唱？」

「嘿，我就是在那裡遇見丹的呀，」露得意洋洋地說，「他來拿他最好的襯衫和領圈，就看見我在第一張熨衣板上燙衣服。我們每個人都想在第一張熨衣板那兒工作。艾拉．瑪格妮斯那天病了，我就頂替了她的位置。他說他第一眼就注意到我的手臂有多圓潤多白皙，那時候我袖子是捲起來的。洗衣店也會有上流人士來，他們會把衣服放在手提箱裡，進門的時候動作又急又快，從這點就認得出來。」

「露，你怎麼能穿這種上衣呢？」南西低垂著眼，用一種溫和的蔑視眼神看著那件讓人不舒服的衣服，「你品味也太差了。」

「這件上衣？」露喊著，氣得張大了眼睛，「怎麼會，這件上衣是我花了十六塊錢買的，本來要二十五塊呢。有個女人把這件衣服放在洗衣店裡一直沒來拿，老闆就把衣服賣給我了，這衣服上的刺繡有好幾碼長呢。你還不如把你身上那件又醜又素的東西拿出來說說。」

「這件又醜又素的東西呢，」南西平靜地說，「是仿范·阿爾斯泰恩·費雪夫人的一件衣服做的。店裡的女孩說，她去年在我們店裡就花了一萬兩千塊。這衣服我自己做的，只花了一塊五毛錢。假如站在十呎外，你根本看不出我這件跟她的有什麼不一樣。」

「噢，好吧，」露溫和地說，「如果你想餓著肚皮擺架子，那請便。但我還是會做我的工作、賺我的高薪，過段時間有了餘錢，就去給自己買點喜歡的迷人衣服穿。」

這時候丹來了，他是個週薪三十塊錢的電工，一個認真的年輕人，繫著現成的活結領帶，一點也沒有染上城市的輕浮習氣。他用羅密歐般悲傷的眼神看著露，彷彿她的繡花上衣是面蜘蛛網，每隻蒼蠅都興沖沖地想撲上去。

「這是我朋友，歐文斯先生——跟丹佛斯小姐握個手吧。」露說。

「非常高興認識你，丹佛斯小姐，」丹伸出手說，「我常常聽露提起你。」

「謝謝，」南西說，用她冰冷的指尖碰了碰他的手指，「我也聽過她提起你——幾次。」

露笑出聲來。

「你這種握手法，也是從范·阿爾斯泰恩·費雪夫人那兒學來的嗎，南西？」她問。

「如果我都學了，你也可以放心模仿一下。」南西說。

「噢，這我完全用不上，這種握手法對我來說太時髦了。手翹得那麼高，還不是為了秀鑽戒，還是等我有幾枚鑽戒之後再試吧。」

「先學起來，」南西睿智地說，「要拿鑽戒就更容易了。」

「咳，為了解決你們的爭論，」丹帶著爽朗愉快的笑容說，「請容我提個建議。因為我沒辦法帶兩位小姐到蒂芬妮[5]盡我的本分，那我們去看場小小的歌舞劇如何？我手上有票。既然我們握不到戴著真鑽石的手，去看看舞臺上的閃亮鑽石怎麼樣？」

忠誠的侍從走在人行道邊，露在他身旁，身上鮮豔漂亮的衣服讓她看起來有點像孔雀；南西走在裡側，身材纖細，服裝黯淡得像隻麻雀，走起路來卻是道道地地的范·阿爾斯泰恩·費雪姿態——他們就這樣出發了，去進行花費節制的晚間消遣。

我想，把一家大型百貨公司當教育機構看的人並不多，但對南西而言，她工作的百貨公司就有幾分像。她身邊全是散發著高品味和優雅氣息的精美事物。要是你生活在奢華的氛圍裡，那麼奢華就屬於你，不管付錢的人是你還是別人。

她接待的大多數顧客都是在衣著舉止，與社交界的地位被當成典範、引領風騷的女性。南西開始從她們身上吸取養分——根據她自己的看法，擷取每個人的精華。

她從某個人身上模仿了一個手勢，然後拚命練習，接著從另一個人那裡學了某個意味深長的揚眉，又從其他人那兒學到走路、拿皮包、微笑、招呼朋友、以及跟「低等身分」的人說話的姿態。她從最喜歡的模特兒范．阿爾斯泰恩．費雪夫人那裡得到了最精采的一樣東西：一種輕柔低緩的聲音，清晰如銀鈴，音調完美如畫眉。浸淫在這種上流社會精緻高尚的教養氣氛之中，她不深受影響是不可能的。據說，好習慣勝過好原則，那麼，也許好舉止也能勝過好習慣。父母的教誨也許未必能讓你永保新英格蘭的清教徒良心，但如果你坐在一張直背椅上，重複念著「稜鏡與朝聖者（prisms and pilgrims）」這個糾正口音的繞口令四十次，連魔鬼都會離你遠遠的。每當南西用范．阿爾斯泰恩．費雪的音調說話，她四肢百骸都能感覺到那股稱為「貴族義務[6]」的興奮舒爽。

---

5 蒂芬妮公司（Tiffany & Co.）：美國知名鐘錶和珠寶銀飾公司。一八三七年在紐約成立。蒂芬妮制定了一套自己的寶石、鉑金標準，並被政府採納爲官方標準。

6 貴族義務（noblesse oblige）：起源於中世紀歐洲封建制度的傳統觀念，認爲貴族階層有義務爲社會承擔責任，也引申爲一個人的舉止風範必須與其地位相符。

在大百貨學校裡還有另一個學習來源。無論何時，當你看見三四個商店女郎聚在一起，在鐲子叮噹響的伴奏下聊著顯然無關緊要的話題，可別以為她們是在批評埃塞爾[7]後腦杓髮型的梳法。這種聚會也許沒有男人的審議機構那麼莊嚴隆重，卻和夏娃首次跟長女進行的會議一樣重要，在這次會議中，她們讓亞當明白了自己在家庭中的適當地位。這是場關於共同防禦，以及進攻、反擊與對抗世界的戰略理論交流的女性會談。世界是個大舞臺，男人就是死命往臺上扔花束的觀眾。而女人，則是所有幼小動物中最無助的一群——她有小鹿的優雅，卻沒有牠的敏捷；有鳥兒的美麗，卻沒有飛翔的能力；有蜜蜂甜蜜的負荷，卻沒有它——噢，讓我們把這個比喻丟到一邊去吧——我們有些人說不定已經被螫過了呢。

在這種軍事會議上，她們互相傳遞武器，交換著彼此在生活戰略上的發明和規劃。

「我跟他說，」莎蒂說，「太放肆了！你以為我是誰，居然敢跟我說這種話？你們猜他怎麼回我的？」

一群不同髮色的腦袋，棕色的、黑色的、亞麻色的、紅色的和黃色的，上上下下此起彼落。答案出來了，避開攻擊的策略定下來了，日後每個人跟共同敵人——男人——交戰時都能用。

於是，南西學會了防禦的藝術；對女人來說，成功的防禦就是勝利。

百貨公司的課程表應有盡有。也許再也沒有別的大學能像這裡一樣，這麼符合她的畢生志向——抽中嫁入豪門的大獎。

她在店裡的位置得天獨厚。音樂部門近在咫尺，她可以聽見一流作曲家的作品，並且日漸熟悉——熟悉這些音樂，至少能讓她冒充有音樂鑑賞力，在社交圈稍稍踏出嘗試而渴望的一步。她還從藝術品、昂貴精緻的布料，和幾乎等同於女性文化的飾品中吸收了教育的影響。

店裡的其他女孩很快就察覺到南西的野心。「南西，你的百萬富翁來了。」只要有看上去有身分的男人靠近她的櫃檯，她們就會這樣喊。

當男人們陪女眷來店裡，女眷們買東西的時候，男人們總習慣逛到手帕專櫃，在一條條麻紗小方塊裡頭消磨時間。其實南西模仿高貴出身的神態和真實的秀麗外貌才是吸引他們的原因，許多男人因此到她面前展現自己的風度。這當中也許真有幾個百萬富翁，其餘的肯定只是在依樣畫葫蘆。

南西學會了如何鑑別這些人。手帕專櫃的盡頭有扇窗子，她可以從那兒看見底下街上那一排排等著顧客的汽車。她看了那些車，也察覺到車子就跟它們的主人一樣，是有差別的。

有一次，一位迷人的紳士買了四打手帕，然後隔著櫃檯，擺出一副考費杜阿王[8]的神情向她

7 埃塞爾．巴里摩爾（Ethel Barrymore, 1879～1959）：美國著名女演員。

8 考費杜阿王（King Cophetua）：英格蘭傳說中的非洲國王。在故事中，這位非洲國王原本對女色毫無興趣，後來看到乞丐女佩妮羅鳳（Penelophon），突然就愛上了她，並娶她爲妻。於是，乞丐女一步登天成爲皇后。在西方文化中，偏愛貧女的富男，被稱爲具有「考費杜阿情結」（Cophetua complex）。

示愛。他走了之後，店裡一個女孩說：「怎麼了，南西，你對那人態度還真冷淡啊。他看起來就是個有錢的貨，依我看來，沒什麼問題。」

「他？」南西說，臉上帶著最冷淡、最甜美、最公事公辦的范．阿爾斯泰恩．費雪式微笑，「我可不這麼認為。我看見他停在外頭的車了，十二匹馬力，還請了個愛爾蘭司機！然後你再看看他買的是什麼手帕——絲的！而且他還有手指炎。抱歉，來個真的吧，不然寧願不要。」

店裡兩位最「高尚」的女性——一個領班和一個收銀員——有幾個「闊綽的紳士朋友」，偶爾會一起出去吃飯。有一次他們邀了南西。那頓晚餐是在一家富麗堂皇的餐廳吃的，要吃到那兒的除夕大餐，得在一年前訂位。在座的兩位「紳士朋友」——一個童山濯濯——奢華生活令人禿頭，我們可以證明這一點；另一位是個年輕人，用了兩種非常有說服力的方式讓你覺得他既有錢又精明老練：一是他咒罵所有的酒都有瓶塞味，另一個是他戴了鑽石袖釦。這個年輕人在南西身上發現了難以抗拒的優點。本來商店女郎就是他喜歡的風格，而眼前的這一位，除了她原本階層的直率魅力之外，還加上了屬於他這個上流社會的聲音和風度。於是隔天，他就出現在店裡，在一盒透花刺繡日晒漂白的愛爾蘭亞麻布手帕上方，鄭重地向她求婚。南西拒絕了。十呎外一個頂著棕色龐巴度夫人髮型的同事一直在注意這邊的動靜。那個被打了回票的求愛者一走，她就把南西狠狠地罵了一頓。

「你怎麼能笨成這樣啊！那傢伙是個百萬富翁——他可是老范．史基透斯的姪子呀。而且他跟你求婚也是真心的，你是瘋了不成，南西？」

「我瘋了？」南西說，「因為我沒答應他，是嗎？總之他並不是什麼百萬富翁，這點是看得出來的。他家每年只准他花兩萬塊，前幾天晚上吃飯的時候，那個禿頭佬還拿這件事取笑他。」

那個棕色龐巴度頭貼近她，瞇起了眼睛。

「我說，你到底想要什麼？」她問，因為沒嚼口香糖，聲音有點沙啞。「那樣對你還不夠？你是想當個摩門教徒[9]，然後去嫁洛克斐勒、格拉斯通．竇伊[10]、西班牙國王跟這一整伙人？難道一年兩萬對你來說還不夠好？」

在那雙淺薄的黑眼睛逼視下，南西的臉微微地漲紅了。

「不完全是錢的問題，卡莉，」她解釋，「那晚吃飯的時候，他的朋友拆穿了他一個噁心的謊話，是關於一個女孩的，他說他沒有跟她看過戲。反正，我就是受不了說謊的人。總歸一句話——我不喜歡他，就是這樣。我就算要把自己賣了，也不會選在大拍賣那一天。不管怎樣，我總得找個坐在椅子上看上去還像個男子漢的人。沒錯，我是在努力找對象，但這個對象也得

---

9 摩門教（Mormon）常被認爲實行一夫多妻制。

10 格拉斯通．竇伊（Gladstone Dowie, 1877～1945）：第一波靈恩運動領導人約翰．亞歷山大．竇伊（John Alexander Dowie, 1847～1907）的長子。

有點能耐，不能只是個嘩啦啦亂響的撲滿。」

「精神病房就是為你這種人準備的！」棕色龐巴度頭說了這麼一句，轉身走了。

南西繼續靠每週八塊錢的薪水培養這些崇高的思想——如果這不算是不切實際的理想的話。她為了追蹤那隻不知名的偉大「獵物」餐風露宿，日復一日啃著乾麵包，勒緊腰帶。她的臉上始終帶著淡漠而無畏、甜美卻冷酷的微笑，像是一個知道自己註定要獵到好男人的獵手。百貨公司就是她的森林。有好幾次，她也在獵場裡舉起了來福槍，瞄準了似乎有寬大鹿角的肥美獵物，卻總是因為某種準確無誤的深度直覺——也許是獵人的直覺，也許是女人的直覺——讓她沒有扣下扳機，繼續追蹤下去。

露在洗衣店的生活倒是十分滋潤得意。她每週十八塊五的工資有六塊錢拿來付食宿費，其他的錢主要都花在衣服上。跟南西比起來，她增進品味和風度的機會要少得多。在蒸氣瀰漫的洗衣店裡，除了不斷的工作之外，就只剩下想著晚上要去哪裡玩這件事了。許多昂貴光鮮的衣服在她的熨斗底下經過，她對服裝不斷增長的喜愛，也許就是從那塊導熱金屬傳遞到她身上去的。

一天的工作結束了，丹在洗衣店外等她。不管她站在什麼樣的光線之下，丹始終是她忠實的影子。

偶爾他會對露越來越招搖、樣式卻沒有什麼進步的衣服誠實而煩惱地瞄上一眼，但這並不是對她不忠誠；他只是很反感這些衣服引來路人注意她。

露對她的好朋友也是忠誠不減。不管他們去哪裡，讓南西同行已經成了一條鐵則，丹也衷心而愉快地擔起了這額外的責任。在這找樂子三人組裡，也許可以這樣說，露提供的是色彩，南西提供了聲音，而丹負責承擔。這個護衛，穿著整潔卻顯然是現成貨的衣服，繫著現成的活結領帶，還擁有可靠、親切而現成的智慧，從不大驚小怪，也不跟人衝突。有些好人，當他們在你眼前的時候，你幾乎忘了他的存在，一旦他們不在了，你又會清楚地想起他，丹就是這樣的人。

對南西高尚的品味而言，這些現成娛樂偶爾難免有點難以下嚥，但她畢竟年輕；青春總是飢不擇食的，這時候還不是當美食家的年紀。

「丹總是希望我馬上嫁給他，」露有一次這麼跟她說，「可是為什麼要嫁？我獨立自主，我自己賺的錢，高興怎麼花就怎麼花；他絕對不會同意我婚後繼續工作的。說到這個，南西，為什麼你要死死地待在那家破店，讓自己缺衣少食的過苦日子呢？如果你願意，我可以立刻幫你在洗衣店找到一個位置。我總覺得，要是你可以多賺點錢，就會少幾分高傲氣了。」

「我並不覺得自己高傲，露，」南西說，「但我寧願半餓著肚子待在老地方，我想是習慣了吧。這就是我要的機會，我也不想永遠站櫃檯。我每天都在學新東西，我工作的時候面對的一直是優雅富裕的人——即使我只是在服侍他們；要是發現了獵物的蹤跡，我是絕不會錯過的。」

「抓到你的百萬富翁了嗎？」露帶著揶揄的笑容問。

「還沒選定，」南西回答，「我一直在觀察他們。」

「天哪！竟然還選！南西啊，你可一個都別讓他們溜了，就算他身價離百萬還差幾塊錢也好。但當然，你這話是在開玩笑——百萬富翁是不會考慮我們這種上班女孩的。」

「他們還是考慮一下比較好，」南西說，口吻中帶著冷靜的智慧，「說不定我們裡頭有人能教他們怎麼當心自己的錢。」

「要是有百萬富翁跟我說話，」露大笑著說，「我一定會瘋掉的啊。」

「那是因為你一個百萬富翁也不認識。闊佬跟一般人唯一的差別，就是他們需要人緊緊地盯著。露，你不覺得你這件外套的紅絲襯裡顏色太亮了點嗎？」

露看著她朋友樸素的暗橄欖色外套。

「嗯，我不覺得——不過跟你身上那件看上去像褪了色的東西比，可能真的是亮了一些。」

「這件外套呢，」南西得意地說，「剪裁款式都跟前些日子范．阿爾斯泰恩．費雪夫人穿的那件一模一樣。材料費花了我三塊九毛八，她那件我想超過一百塊。」

「噢，好吧，」露輕鬆地說，「我不覺得憑這件衣服釣得到百萬富翁。不管怎樣，要是我比你先逮到一個，你可別太吃驚。」

確實，要決定這對朋友的價值觀孰是孰非，恐怕得請個哲學家來才行。自尊和挑剔讓女孩們擠進商店和辦公室工作，用最微薄的薪水維持生活，露卻完全沒有這種想法；她在吵雜滯悶的洗衣店裡愉快地拿著熨斗聲勢浩大地走來走去。她的工資維持舒適生活之外還有剩餘，所以衣服也跟著沾了光，直到她終於會偶爾用餘光不耐煩地瞄瞄丹那身整潔卻毫不講究的衣服——那永恆不變、堅定不移的丹。

至於南西，她就是成千上萬人中的一個。代表上流社會良好出身和格調的絲緞、珠寶、蕾絲、飾品、香水和音樂，都是為女人而生的，她也理當有公平的一份。如果對她而言這些東西是她生命的一部分，只要她願意，就讓她繼續接近它們吧。她可不會像以掃那樣出賣自己[11]，因為她要保住自己的長子名分，而且做為代價的那碗紅豆湯又常常太稀薄了。

南西待在適合自己的環境裡，她帶著堅定而滿足的心情，吃著廉價食物，籌畫著便宜的服裝，在這環境中茁壯成長。她已經了解了女人，現在正從習性和符合條件兩方面研究男人這種動物。有一天，她一定會擒獲她要的獵物；不過她對自己許下承諾，她只要她心目中最大、最好的，小一點點都不行。

為此，她一直著意修剪著自己的燈芯，把燈點得亮亮的，等待著在適當時刻出現的那位新郎。

但是她也學到了另外一課，也許是無意之中學到的。她的價值標準開始改變了。有時候她心

11 以掃（Esau）：《聖經》創世紀記載，以掃是以撒和利百加的長子，有一孿生兄弟雅各。以掃因爲一碗紅豆湯而隨意地將長子的名分「賣」給了雅各。

裡的那個美元符號會變得模糊，化成一串字母，拼出了像是「真理」、「榮譽」之類的字樣，偶爾還直接拼出了「仁慈」。讓我們打個比方吧，有個人在某片大森林裡獵麋鹿，卻看見一個小小的山谷，翠苔滿布，綠樹掩映，溪水潺潺地對他說著話，要他歇歇腳，放鬆一下。這種時候，就算是寧錄[12]的矛也會變鈍的。

於是，南西有時也想知道，在穿著波斯小羊皮裘的人心裡，這件衣服的價值是不是始終和市價一樣高。

某個週四傍晚，南西下班之後，穿過第六大道往西來到洗衣店，要和露跟丹一起去看場音樂喜劇。

她到的時候，丹正好從洗衣店出來，臉上有種古怪而緊張的表情。

「我想我應該來這裡一趟，看看他們有沒有她的消息。」他說。

「誰的消息？」南西問，「露不在裡頭嗎？」

「我以為你知道，」丹說，「她從星期一就沒有來過這裡，也不在她的住處，所有東西都搬空了。她跟洗衣店裡的一個女孩說，說不定她會去歐洲。」

「有沒有誰在什麼地方見過她？」南西問。

丹看著她，緊咬著牙關，平靜的灰眼睛裡有冰冷的光。

「洗衣店的人告訴我，」他用刺耳的聲音說，「昨天他們看見她經過——坐在一部汽車裡，跟一個百萬富翁在一起，我想，就是你跟露老是心心念念的那種。」

南西第一次在男人面前畏縮了。她伸出微微發抖的手，按住丹的袖子。

「你沒有權利對我說這種話——好像我跟這件事有什麼關係似的！」

「我不是那個意思。」丹口氣軟了下來，手伸進背心口袋裡摸索了一陣。

「我買了今晚的戲票，」他說，盡可能輕鬆地表現他的殷勤，「如果你——」

無論何時，南西見到有勇氣的人總是敬佩的。

「我跟你去，丹。」她說。

三個月過去，南西才再次見到露。

某天傍晚，這位商店女郎在薄暮中沿著一個安靜的小公園快步走回家，突然聽見有人喊她的名字，她一轉身，正好接住撲進她懷裡的露。

在這第一下擁抱之後，她們兩人抬起頭，像兩條準備互相攻擊或彼此纏綿的蛇，上千個問題在她們敏捷的舌頭上顫動。接著南西注意到，富貴已經降臨在露身上，那昂貴的皮草、閃亮的寶石，以及展現裁縫技藝的創作，一切再清楚不過。

「你這個小傻瓜！」露大喊，聲音又響又親熱，「我看見你還是在那家店工作，而且跟以前穿

---

12 寧錄（Nimrod）：傳說中建造巴別塔的人，公然蔑視耶和華，是個強悍的獵人。

得一樣寒酸。你想獵的那個大傢伙怎麼樣啦——我想，還沒動手吧？」

然後露看著她，在南西身上看見了某個比富貴更好的東西——那東西在她眼中閃爍，比寶石更亮；在她頰上暈染，比玫瑰更紅；像電流一樣舞動，急著想從她的舌尖跳出來。

「是啊，我還在那家店，」南西說，「但是我下星期就要辭職了。我抓到獵物了——世上最大的一個。露，你現在不會在意了，對吧？——我就要嫁給丹了——嫁給丹！——他現在是我的丹了——怎麼了，露！」

公園轉角有個剛來不久、皮膚不錯的年輕警察在巡邏，這些新面孔能讓人比較忍受得了警察，至少看上去順眼一點。他看見一個穿著昂貴毛皮大衣、手上戴著鑽石戒指的女人，蹲在公園的鐵欄杆邊瘋狂地哭著，旁邊一個身材苗條、衣著樸素的上班女子緊靠著，正努力安慰她。但是這位擁有吉布森[13]筆下形象的菜鳥警察，裝作什麼也沒看見，就這麼走過去了。因為他還夠聰明，知道這種事遠不是他所代表的權力所能及，即使他用警棍敲著人行道，聲音響徹天際。

——原刊於一九〇六年八月號《麥克盧爾》（McClure）雜誌，並收錄於《剪亮的燈》（The Trimmed Lamp, 1907）一書。

---

13 查理斯．達納．吉布森（Charles Dana Gibson, 1867～1944）：美國平面設計師和插畫家。十九世紀九〇年代，吉布森創作了他心目中理想的美國女孩形象「吉布森女孩」，從此聲名鵲起。

見鬼的機會[1]

「居然是個運磚箱！」金索文太太又可憐兮兮地重複了一次。貝拉米．貝爾摩爾夫人同情地揚了揚一邊眉毛，以此表達她的慰問，以及相當分量的故作驚奇。

「真難想像，她還到處講，」金索文太太又扼要地重述了一次，「說她住在我們這間出租公寓的時候見到鬼了——這可是我們最頂級的客房——一個肩上扛著運磚箱的鬼——是個穿工作服的老頭，抽著菸斗，還扛著個運磚箱！從這個荒謬說法就可以看出她居心不良。金索文家從來沒有人扛過運磚箱。每個人都知道金索文先生的父親是靠大型營造合約致富的，但他可沒動手做過一天工。這棟房子是按他的規劃建造的，但是——噢，運磚箱！為什麼她要這麼殘忍，這麼惡毒啊？」

1 標題原名「A Ghost of a Chance」是一個片語，指的是很渺茫的機會，指「機會難得」。然而，作者以「ghost」為雙關，寫了一個見鬼的故事。故標題取作「見鬼的機會」。

「真是太糟了。」貝爾摩爾夫人低聲說，美麗的眼睛帶著讚許的眼光看了這漆成丁香紫和古金色的大房間一眼。「這就是她看見鬼的房間啊！噢，不，我不怕鬼，別以為我會怕，我很高興你們把我安排在這個房間裡。我覺得家族鬼魂好有意思！不過確實，這個故事聽起來是有點矛盾，我還以為費契蘇普金斯夫人會講出好一點的故事來呢。他們不是用運磚箱搬磚頭嗎？鬼為什麼要把磚頭搬進大理石和石頭造的別墅裡呢？我很抱歉，不過這讓我覺得，費契蘇普金斯夫人開始有點老糊塗了。」

「這棟房子啊，」金索文太太繼續說，「是在我們家族獨立戰爭時期老宅的地基上建起來的，就算真有鬼也不是什麼太奇怪的事。我們有個金索文上尉在格連將軍[2]麾下打過仗，雖然我們一直找不到文件證明。要是真有家族鬼魂，為什麼就不能是他，而是個砌磚工人呢？」

「獨立戰爭時期的祖先鬼魂，這點子不錯，」貝爾摩爾夫人表示同意，「但你也知道鬼有多任性多不體諒人。也許就跟愛情一樣，鬼也是從人的眼裡長出來的。這些見了鬼的人有個優勢，就是沒有人能證明他們的故事不是真的。在充滿惡意的人眼裡，獨立戰爭時期的軍用背包說不定很容易就看成了運磚箱。親愛的金索文太太，別再想這件事了。我確定那就是軍用背包沒錯。」

「但是她跟每個人都講了啊！」悲痛的金索文太太傷心欲絕，「她每個細節都不放過。還有菸斗。工作服的問題又要怎麼避開呢？」

「根本就不必跟著攪和，」貝爾摩爾夫人說，一面優美地打了個克制的哈欠，「那樣太不自然、也太老派了。菲麗絲，是你嗎？請幫我準備洗澡水。金索文太太，你們崖頂公寓是七點鐘吃晚飯嗎？你能在晚飯前來這裡聊聊真是太好了！我真喜歡這樣不拘禮的接待方式，讓人覺得賓至如歸。所以，抱歉，我得更衣了。我真懶啊，老是把事情拖到最後一刻。」

費契蘇普金斯夫人是金索文太太從社交界這塊派上拿到的第一顆大李子。長久以來，這塊派一直在最頂層的架子上，高不可攀，但靠著錢包和鍥而不捨的努力，終於讓它的高度降了一點下來。

費契蘇普金斯夫人是時髦社會炫耀群體的日光反射儀，她的風趣和言談舉止讓人眼睛一亮，在社交圈裡人盡皆知，同時也傳播著西洋鏡[3]裡最新奇大膽的事物。以前她的聲望和領袖地位非常穩固，根本不需要在跳四對舞[4]的時候玩什麼把戲，比如把活青蛙傳來傳去之類的，就可以獲得眾人的擁護。但如今，要維持住她的寶座，這也成了必須要做的事。而隨著年華老去，荒唐胡鬧和她已經不相稱了，小報也把她的報導從一版縮減到兩欄。她的風趣變成了毒舌，行為舉

2 納瑟內爾・格連（Nathanael Greene, 1742～1786）：美國獨立戰爭時期大陸軍將領，南方戰場後期的大陸軍指揮官。

3 西洋鏡（peep-show）：一種娛樂裝置，箱子裡裝著照片，以暗箱操作，利用放大鏡觀看箱內圖像。最早內容多半是世界風土人情，之後也有一些有色內容，這個詞也因此引喻爲「窺視他人不堪之事」。

4 四對舞（cotillon）：又稱沙龍舞、方陣舞，通常是舞會最後一首，可以不斷交換舞伴。

止也變得粗魯而不知體諒。彷彿她覺得身為皇室，就得藐視比自己弱小的君主恪遵的傳統，才能鞏固自己的獨裁地位。

在金索文家邀請的某種壓力之下，她居然紆尊降貴地來了，在這裡待了一夜。為了報復女主人，她帶著讓人不快的歡樂和尖酸的幽默說了個故事，說她看見了扛運磚箱的鬼。女主人原本以為可以藉此打進她垂涎已久的社交小圈圈，心裡興奮得不得了，結果來的卻是毀滅式的失望。聽說了這件事的人反應只有兩種——不是表示同情，就是哈哈大笑。

但不久之後，因為中了第二個獎，而且比第一個還要好，金索文太太的期待和心情又恢復了。貝拉米．貝爾摩爾夫人接受了邀請到訪崖頂公寓，而且會停留三天。貝爾摩爾夫人是年輕貴婦圈的一員，她的美貌、家世和財富，不需花任何力氣，就為她在社交圈這至聖之地準備了一個預定席。她慷慨地給了金索文太太夢寐以求的榮耀，而同時，她也希望這能讓特倫斯高興。也許這三天行程，能以解開他這個滿是謎團的人做為結束。

特倫斯是金索文太太的兒子，今年二十九歲，外型相當好看，還有兩三個頗吸引人又神祕的特點。比如其中一點，他對母親完全言聽計從，這就怪得足以引人注意。其次是他的話很少，少到讓人想發火，似乎若不是非常羞怯，就是非常深沉。特倫斯之所以讓貝爾摩爾夫人感興趣，就是因為她不能確定究竟哪一個才是答案。

她打算多花點時間研究他，除非她忘了這件事。如果他只是害羞，她就會放棄他，因為害羞令人生厭；如果是個性深沉，她也會放棄他，因為深沉的人實在太危險了。

在她到訪的第三天下午，特倫斯去找貝爾摩爾夫人，發現她正在房間角落翻著一本相簿。

「您人真是太好了，」他說，「願意光臨寒舍，讓我們有挽回名聲的機會。我想您也聽說了費契蘇普金斯夫人臨走前放了把火的事吧。她用一個運磚箱把事情鬧了個天翻地覆，我媽為了這件事難過得要命。貝爾摩爾夫人，您待在這兒的期間，能不能替我們再看見一個鬼——一個出色、闊氣的鬼，頭上戴著皇冠，腋下還夾著支票簿那種？」

「那位老夫人講這種故事只是因為好玩，特倫斯，」貝爾摩爾夫人說，「說不定是因為你們讓她晚餐吃撐了。你媽媽也未必把這些話當真的，對吧？」

「我想她是當真的，」特倫斯回答，「就像運磚箱裡每一塊磚都砸在她身上一樣。她是個好媽媽，我不想看她這麼擔憂。真希望這鬼是某個運磚工會的，而且馬上就要鬧罷工，不然我們家可就不得安寧了。」

「我就睡在這個鬧鬼的房間裡啊，」貝爾摩爾夫人沉思著說，「但這房間太好了，就算我怕，我也不想換，更何況我根本不怕。我覺得講個合你們心意的、高貴的鬼故事去打對臺沒什麼用，不是嗎？要是有用，我很樂意，但這太明顯是為了洗白另一個故事才編出來的，我覺得可能不會有效果。」

「確實，這樣不會有用。」特倫斯說，一面思索，一面用兩根手指撩著他棕色的捲髮。「那麼，見到了同一個鬼，沒穿工作服，箱子裡全是金磚，怎麼樣？那就把這個鬼從勞動階級一下子提升到金融界去了。您覺得這樣夠不夠體面？」

「你們有個祖先跟英國人打過仗，不是嗎？你媽媽提過這件事。」

「我想有，就是那群穿無縫式背心跟高爾夫球褲的老傢伙裡頭的一個。我個人是不在乎什麼為美洲殖民地奮戰的美國兵啦，但是我媽媽一心想要顯赫、家聲和眾人的注目，我只想讓她高興。」

「你是個好孩子，特倫斯，不想讓你媽媽難過。」貝爾摩爾夫人攏了攏自己的絲裙子。「過來坐我旁邊，我們一起看相簿吧，就跟二十年前的人一樣。現在把他們每個人的事都講給我聽。這個高高的、靠在邊邊、一隻手扶著希臘式柱子的高貴紳士是誰啊？」

「那個大腳的老傢伙？」特倫斯伸長了脖子問，「那是歐布拉尼根叔公，以前在包厘街開酒館的。」

「我要你坐下，特倫斯。要是你讓我不開心，或者不聽我的話，明天早上我就說我看見了一個穿著圍裙還端了一大堆啤酒的鬼。嗯，這樣好多了，特倫斯，你這個年紀了還害羞，要承認它才真是件臉紅的事哪。」

※

最後一天吃早餐時，貝爾摩爾夫人明確地宣布她看見了鬼，在座每個人都是又驚又喜。

「那個鬼有沒有扛著一個——一個——一個——？」金索文太太過於急切，太激動了，連那個字眼都說不出來。

「沒有，真的——差了十萬八千里。」

同桌的其他人七嘴八舌提出一大堆問題：「你嚇著了嗎？」、「它做了什麼？」、「它什麼樣子？」、「它什麼打扮？」、「它說了什麼嗎？」、「你尖叫了嗎？」

「我盡量一次回答所有的問題，」貝爾摩爾夫人頗有英雄氣概地說，「雖然我已經餓壞了。有個東西驚醒了我——我不確定是聲音還是碰觸——然後就看見那兒站著一個幽靈。我夜裡向來不點燈，所以房裡是全黑的，但我看得很清楚，不是在作夢。那是個高大的男人，從頭到腳都是白濛濛的。它穿著舊殖民時代的全套服裝——白色假髮、寬鬆的裙襬式外套、蕾絲皺領，還佩著一把劍。在黑暗中，它看起來虛無飄渺，發著微光，移動起來毫無聲息。沒錯，我一開始是有點嚇到了——或者應該說是吃了一驚。這是我生平第一次看到鬼。不，它什麼也沒說，我也沒有尖叫。我用手肘撐起身體，它靜悄悄地滑開，到了門那邊，就不見了。」

金索文太太彷彿飄上了七重天[5]。「這說的就是格連將軍麾下的金索文上尉啊，我們的先祖，」她說著，聲音因為驕傲寬慰而發顫，「貝爾摩爾夫人，我衷心覺得我必須為我們的鬼親戚向您道歉。恐怕他是真的驚擾了您的休息。」

特倫斯向母親送去一個祝賀的微笑。金索文太太終於達成了她的目標，他喜歡看見她高興的樣子。

「我想我應該丟臉地承認，」貝爾摩爾夫人已經開始享用她的早餐，「我並沒有受到太大打擾。我想，碰上這種事，慣例應該是尖叫昏倒，讓你們所有人衣衫不整地跑過來才對。但是，在第一陣驚嚇過後，我真的就不怎麼慌了。那鬼做完了那點它該做的事，就安安靜靜地退下了，我也就繼續睡我的覺。」

幾乎所有聽了這段話的人，都客氣地沒直說貝爾摩爾夫人這故事是捏造的，是為了抵銷費契蘇普金斯夫人說的那個糟糕幽靈才給的慷慨賜予。但在座也有一兩個人察覺到，她堅定的口氣中確實有她自己深信不疑的成分。她說出來的每個字都那麼真實坦蕩。就算是不信邪的人——如果這人觀察力夠敏銳的話——也不得不承認，她確實見到了那個怪異的訪客，至少是在一個非常鮮明的夢裡見到的。

過了一會兒，貝爾摩爾夫人的女僕開始收拾行李，兩小時內，汽車就會來接她去車站。特倫斯信步走到東側走廊，貝爾摩爾夫人迎上來，眼裡閃著光，像是有什麼祕密要說。

「我不想把全部經過告訴其他人，」她說，「但是我想告訴你。某種程度上，我覺得你應該負責。你猜昨晚那個鬼是怎麼把我弄醒的？」

「嘩啦啦的鐵鍊聲，」特倫斯想了一會兒，說：「或者是呻吟聲？通常不出這兩種。」

「你也許碰巧知道，」貝爾摩爾突然說了句不相干的話，「你那位不肯安眠的祖先金索文上尉，是不是有哪位女性親屬跟我長得很像？」

「我想沒有，」特倫斯帶著如墮五里霧中的表情說，「從來沒聽說過有誰以美貌出名的。」

「那，」貝爾摩爾夫人眼神認真地看著那個年輕人，「為什麼那個鬼要吻我呢？我確定它吻了我。」

「天哪！」特倫斯驚呼一聲，訝異地張大了眼睛，「貝爾摩爾夫人！您意思是說，他真的吻了您？」

「我說的是『它』，」貝爾摩爾夫人糾正他，「我希望用正確的非人稱代名詞稱呼它。」

「不過，為什麼您說是我該負責呢？」

「因為你是那個鬼唯一在世的男性親屬。」

---

5 七重天（Seventh heaven）：西方傳說中天界分七重，第七重天是其中的至善之地。

「我明白了，『直到三四代[6]』的意思是吧。可是說真的，他有沒有——它有沒有——您怎麼——？」

「幾乎？」

「我怎麼知道？那誰還知道呢？我在睡覺，就是那個吻把我弄醒的，我幾乎可以肯定。」

「嗯，我醒過來的時候，正好——噢，你懂我的意思嗎？當你突然被弄醒，很難確定自己是在作夢，還是——但你就是知道——天哪，特倫斯，難道我得分析最基本的感覺，才能適應你那過於實際的理解力嗎？」

「但是，說到吻一個鬼，您知道，」特倫斯低聲下氣地說，「我真的需要最初級的說明。我從來也沒吻過鬼。它是不是——是不是——？」

「因為你需要說明，我就分析給你聽，」貝爾摩爾夫人表情認真，卻又帶著微微的笑意，鄭重地說，「那種感覺，是一種混合了肉體和精神的感覺。」

「當然了，」特倫斯突然變得很慎重，「這是個夢，或者某種幻覺。現在已經沒有人相信鬼魂這種事了。貝爾摩爾夫人，如果您說這個故事是出於善意，那我真不知道該如何表達我的感激才好。它讓我媽高興得不得了。一個獨立戰爭時期的祖先，這點子實在太妙了。」

貝爾摩爾夫人嘆了口氣。「我的命運，跟所有見到鬼的人一樣，」她放棄了爭辯，「我有幸遇見了鬼魂，結果卻被歸因於吃多了龍蝦沙拉，不然就是說謊。好吧，至少這次事件還為我留下了一個回憶——一個來自無形世界的吻。特倫斯，就你所知，金索文上尉是個勇敢的男人嗎？」

「他在約克鎮打敗仗了，我想是這樣，」特倫斯回憶著，「據說他在那裡打了第一場仗之後，就帶著他那群人倉皇地逃了。」

「我想他一定是膽小，」貝爾摩爾夫人心不在焉地說，「說不定他還可以再來一次。」

「再打一仗嗎？」特倫斯呆呆地問。

「不然我還能指什麼？我得先去準備一下了，汽車一小時內就會到。我非常喜歡崖頂公寓。這早晨真是美極了，是吧，特倫斯？」

去車站的半路上，貝爾摩爾夫人從手袋裡拿出一條絲手帕，她看著它，臉上帶著一抹古怪的笑意。接著她把那條手帕打了幾個死結，在車子經過懸崖邊的時候，順手扔了下去。

特倫斯在自己房間裡吩咐僕人布魯克斯。「把這些東西打包好，」他說，「送到名片上這個地址去。」

那是紐約一家服裝出租店的名片，而「這些東西」包括一件一七七六年的紳士服裝，是白仿緞質料配上銀釦子、白色絲質長統襪、一雙白色小山羊皮鞋；再加上一頂白色假髮和一把劍，就成了完整的一套。

---

6 出自《聖經》出埃及記第二十章第五節：「恨我的，我必追討他的罪，自父及子，直到三四代。」

「然後找一下，布魯克斯，」特倫斯有點擔心地加了一句，「我有一條角落繡了姓名縮寫的絲手帕不見了，一定是掉在哪兒了。」

一個月後，貝爾摩爾夫人和一兩位時髦人士正在擬一張搭車去卡茲奇山[7]旅遊的邀請名單。貝爾摩爾夫人仔細檢查了那張名單做最後審查，特倫斯．金索文的名字也在上面。貝爾摩爾夫人拿起鉛筆，輕輕地把那個名字劃掉。

「他太害羞了！」她親切地低聲解釋。

——原刊於一九〇三年一月號《風流客》（The Smart Set）雜誌，並收錄於《七上八下》（Sixes and Sevens, 1911）一書。

---

7 卡茲奇山（Catskills Mountains）：美國紐約州哈德遜河以西、奧本尼西南方的一處高原。由於保留著自然風光，且距離紐約市不遠，自二十世紀初開始，東歐移民都會來這裡度假。

命運之路

我走上許多條路
探尋它通往何方
真誠的心與堅強，皆因愛而閃耀
難道這一切，都無法讓我在這場爭戰之中
指揮，閃避，或支配，打造
我的命運？

大衛·米尼歐未出版的詩

歌唱完了。歌詞是大衛寫的，曲調帶著鄉村風格。圍在小酒館桌邊的人都熱烈鼓掌，因為他們的酒錢是這位年輕詩人付的。只有公證人帕皮諾先生聽了之後輕輕搖了搖頭，因為他是個讀書人，而且沒跟其他人一樣喝他請的酒。

大衛出了小酒館，走到村裡的街道上，夜風一吹，他滿頭酒氣略散了點，這才想起自己白天跟伊馮娜吵了一架，已經決定當天晚上要離開家，到外頭廣闊的世界闖出一番名號來。

「等到每個人都傳誦我詩作的那一天，」他愉快地自言自語，「也許她就會後悔今天跟我說過這麼難聽的話。」

除了還在酒館狂歡的那伙人之外，村裡的人都已經睡了。大衛輕手輕腳地溜進父親農舍中自己的房間，把衣服打了個小小的包，挑在一根木棒上，便昂首走向了離開韋爾努瓦的路。

他經過父親的羊群，入夜之後牠們都挨在羊欄裡——這些羊白天是他負責放牧的，他總是任牠們到處亂跑，自顧自地在小紙片上寫他的詩。他看見伊馮娜窗戶的燈還亮著，突然又有些動搖。也許那燈光表示她睡不著，正在懊悔自己不應該發脾氣，說不定到了明天早上——不過，不！他心意已決。韋爾努瓦不適合他，這裡沒有人理解他的想法。他的命運和未來，就在路的那一端。

黯淡月光下，原野上橫著一條三里格[1]長的路，直得像農夫犁出來的。大家都相信，只要沿著這條路走，無論如何總會到達巴黎；詩人一面走，一面低聲地把這個地名念了又念。大衛從來沒有離開韋爾努瓦，到這麼遠的地方去過。

左邊的岔路

這條路直直地延伸了三里格之後，便成了一個謎。它和另一條寬些的路直角相交了。大衛很不確定地在路口站了一會兒，然後選了左邊那條路。

這條比較大的路不久之前剛有車子經過，在路面的塵土上留下了幾條車輪印。半小時後，這些痕跡便得到了親眼證實。一部笨重的大馬車卡在陡峭小山邊的一條小溪裡，車夫和馭手[2]一邊吆喝，一邊扯著馬籠頭。路邊站著一個身穿黑衣的魁梧男人，和一個裹著淺色長斗篷的苗條女子。

大衛看那些僕人使力不得法，二話不說便上前指揮。他要馭手們別再對馬吼叫，把力氣放在車輪上，由車夫一個人用馬匹熟悉的聲音催馬；大衛自己也在車後用肩膀用力頂，大家同時一使勁，大馬車就上了堅實的地面。馭手們爬上了馬背。

1 里格（league）：法國長度單位，約等於三英里。

2 馭手（postilion）：四輪大馬車除了車上有一位車夫之外，前面的馬隊另有馭手，通常坐在左邊的馬背上，所以也稱爲左馬馭手。

大衛斜著身子在原地站了一會兒。那個高大的男人對他一揚手，說：「你也上車。」聲音很大，就跟他的身材一樣，但因為教養和習慣的緣故，口氣還算溫和。這樣的聲音，由不得人不服從。年輕詩人遲疑了一下，但這短暫的沉默又立刻被第二次命令打斷。大衛踏上了踏板，黑暗中，他隱約看見那位小姐坐在後座的身影。他正打算坐對面，那個聲音又迫使他改變了決定：「你坐小姐旁邊。」

那男人沉重的身軀一轉，在前座坐下。馬車開始上山，那位小姐靜靜地縮在自己的位子上。大衛分辨不出她的年紀，只聞到她的衣服飄出一股細細的幽香，引得這位詩人浮想聯翩，相信眼前的神祕之下必然埋藏著美好。這就是他常常幻想的奇遇，但目前他還毫無頭緒，因為和他同車的這兩位旅伴，始終沒開口說過一句話。

約莫一小時之後，大衛透過車窗看見馬車已經走在某個市鎮的街道上，不一會兒，就停在一棟關了門、熄了燈的屋子前面。馭手下了馬，急不可耐地猛敲大門。樓上一扇方格窗猛地拉開，冒出一個戴著睡帽的頭。

「三更半夜的是誰在這裡吵人？我們打烊了，這麼晚還在外頭亂跑的旅客都是搾不出幾個錢的。別再敲我的門了，走吧。」

「開門！」馭手唾沫四濺地大喊，「來的是博貝圖伊侯爵老爺。」

「啊！」上頭一聲驚叫，「我的天哪，請恕罪，我真的不知道——都這麼晚了——我馬上就去開門，這房子任憑老爺使用。」

裡頭傳來鐵鍊和門閂嘩啦啦的聲響，門開了。銀酒壺旅店的老闆站在門口，身上隨便披著一件衣服，手裡拿著蠟燭，又冷又怕地打著哆嗦。

大衛跟在侯爵後面下了車。「扶著小姐。」侯爵下了命令，詩人照做了。當他扶著她下車時，覺得她的小手一直在發抖。接著又是一個命令：「進屋去。」

他們進了旅店的長飯廳，裡面有張大大的橡木桌，幾乎跟飯廳一樣長。高大的先生在最近的一張椅子上坐下，小姐頹然坐進靠牆的另一張椅子，看起來十分疲累。大衛站在一旁尋思著，也許這時就是開口告辭、繼續上路的最佳時機。

「老爺，」店主鞠著躬說，腰幾乎要彎到地上，「要、要是我早知道老爺要大駕光臨，一定會準備豐盛的東西款待。可、可是現在只有酒和冷雞肉，也許，也許——」

「蠟燭。」侯爵張開肥白的手指，做了個他特有的手勢。

「好、好的，老爺。」店主拿來六根蠟燭，點著了放在桌上。

「假如老爺願意賞光，嚐點勃根地葡萄酒——那倒是有一桶——」

「蠟燭。」侯爵又張開了手指。

「那是當然——我馬上——我用跑的去拿，老爺。」

飯廳裡又多了十二根亮晃晃的蠟燭。侯爵碩大的身軀把椅子塞得滿滿的，除了手腕和脖子雪白的縐紗之外，他一身純黑，甚至連劍柄和劍鞘都是黑的。表情有種譏諷式的高傲，鬍子兩端高高翹起，幾乎要碰到那對飽含嘲笑的眼睛。

小姐靜靜地坐著，大衛這時才看出她年紀很輕，有種哀婉動人的美。他正對著她令人生憐的美麗出神，侯爵低沉的聲音又把他嚇了一跳。

「你叫什麼名字，做什麼的？」

「我叫大衛．米尼歐，是個詩人。」

侯爵的鬍子翹得離眼睛更近了。

「你靠什麼維生？」

「我也是個牧羊人，我替我父親放羊。」大衛回答，頭抬得高高的，臉卻紅了。

「那麼聽好，牧羊詩人先生，看你今晚碰上了什麼好運。這位小姐是我的姪女，露西．瓦雷那小姐。她出身貴族，每年有一萬法郎俸祿。至於她的美貌，你自己看看就知道了。要是你這位牧羊人覺得合意，她立刻可以成為你的妻子。別打岔。今晚我送她去孔德．維爾莫的莊園，她原本答應跟他成婚的。賓客都到齊了，神父也等著要證婚，她就要嫁給一個身分和財富都門當戶對的人了。到了聖壇前，這位溫柔聽話的小姐突然變了個樣，像頭母豹一樣殘暴又丟人地撲向我，在目瞪口呆的神父面前毀掉了我替她訂的婚約。當下我就發下毒誓，要把她嫁給離開莊園後碰上的第一個人，不管這人是王子、燒炭工還是個賊。你，這位牧羊人，就是我們碰到的第一個人。

小姐今晚一定要成婚，不是你，就是別人。你有十分鐘時間考慮，別說話或問問題惹我生氣。就十分鐘，牧羊人，時間過得很快的。」

侯爵白皙的手指在桌上敲得咚咚響，不動聲色地等待著，就像一座門窗緊閉、不讓任何人接近的大宅邸。大衛想開口，卻又被那個高大男人的態度擋了回去。於是他站在小姐椅子旁邊，彎身行了一禮。

「小姐。」他開了口，同時驚訝地發現，自己居然能在這麼優雅美麗的人面前流暢地說出話來。「你也聽說了我是個牧羊人，但有時候，我也會幻想自己是個詩人。如果對美的熱愛和珍惜是對於一個詩人的考驗，那麼我的幻想現在更加強烈了。小姐，我有什麼地方能為你效勞嗎？」

年輕女子抬頭看著他，眼裡沒有淚水，只有悲傷。因為明白這場奇遇的嚴重性，他坦率熱情的臉顯得非常認真；他健壯挺拔的身形，和他漾著同情的藍眼睛，也許再加上她迫切需要卻求之不得的幫助和善意，她像是被融化了似的，突然迸出淚來。

「先生，」她低聲說，「看來你是個真誠善良的人。他是我叔叔，是我父親的弟弟，也是我唯一的親人。他愛上了我母親，而他恨我，因為我長得太像她了。他讓我過著長期的恐怖生活，我看見他就害怕，以前從來沒敢違抗過他。但今晚他想把我嫁給一個年紀大我三倍的男人。請原諒我給你帶來的煩惱，先生。當然他逼迫你做的這件瘋狂事你一定會拒絕，但至少，請容我對你剛才慷慨大度的言語表示感謝，已經好久沒有人跟我說話了。」

現在這位詩人的眼中有的已經不只是慷慨大度了。他肯定是個詩人，因為他已經把伊馮娜拋到腦後，這位剛認識的美人既清新又優雅，完全把他迷住了。那一縷淡淡的香味，讓他整個人充滿了一種異樣的情感，他用柔情的眼光溫暖地注視著她，她也渴望地迎向它。

「十分鐘之內，」大衛說，「要達成我必須花上好幾年才能做到的事。小姐，我不會說我同情你，這不是事實，事實是——我愛你。現在我還沒有資格要求你的愛，但先讓我把你從這個殘暴的人手裡救出來吧，到了那個時候，也許愛情就會降臨了。我想我一定會功成名就，不會永遠都是個牧羊人。現在我要做的，就是全心全意珍惜你，減少你生活的痛苦。小姐，你願意把命運託付給我嗎？」

「哎，你這樣的自我奉獻，只是因為同情而已！」

「是因為愛。小姐，快要沒有時間了。」

「你會後悔的，然後就會看輕我。」

「我會把讓你幸福當成我活著的唯一目的，讓我自己配得上你。」

她從斗篷下伸出美麗的小手，放在他手裡。

「我願意，」她深吸了一口氣，「把終身託付給你。而且——而且愛情——也許不像你想的那麼遙不可及。去跟他說吧。要是離開了他那對眼睛的控制，也許我就會忘了這一切。」

大衛走過去，站在侯爵面前。那黑色的身軀動了動，嘲弄的眼睛往牆上的大鐘掃了一眼。

「還有兩分鐘。一個牧羊人決定自己要不要接受一位又美又有錢的新娘居然需要八分鐘！說吧，牧羊人，你願意娶小姐為妻嗎？」

「小姐她，」大衛驕傲地站著，「已經答應屈尊下嫁，成為我的妻子。」

「說得好！」侯爵說，「你還真有舌粲蓮花的本事，牧羊人先生。否則，小姐下個碰到的可能還要更糟。只要教堂和惡魔允許，現在就盡快把這事情辦了吧！」

他用劍柄大聲敲桌子，店主雙腿發抖，慌慌張張地跑來，他帶了更多蠟燭，希望自己猜中了大老爺的心思。「去找個神父來，」侯爵說，「一個神父，懂了沒？十分鐘內神父就要到，否則——」

店主丟下了蠟燭，轉身就跑。

牧師來了，眼睛睜不太開，還帶著點火氣。他讓大衛．米尼歐和露西．瓦雷那結為夫婦，把侯爵扔給他的一塊金子收進口袋，又拖著腳步走進黑夜裡。

「酒。」侯爵又對店主張開那不祥的手指下令。

「斟滿。」酒送來之後，他又說。他站在桌首，映著燭光，就像一座怨恨自大的黑山，他的眼光落在他姪女身上時，彷彿眼底屬於舊愛的回憶都化作了滿腔惡毒。

「米尼歐先生，」他舉起酒杯，「喝酒之前先聽我說——你娶了個會讓你一生蒙羞悲慘的妻子。她血液裡繼承的，是奔流的骯髒謊言和血腥毀滅。她將給你帶來恥辱與煩惱。降臨在她身上的魔鬼，就展現在她連鄉巴佬都願意曲意欺騙的眼睛、肌膚和嘴上。詩人先生，這就是你期待的幸福生活。喝酒吧。小姐，我總算是把你擺脫掉了。」

侯爵喝了酒。那女孩微弱地發出一聲痛苦呻吟，像是受了突來的創傷。大衛端著酒杯，往前走了三步，面對侯爵。神情舉止一點也不像個牧羊人。

「剛才，」他鎮定地說，「承蒙您稱我『先生』。由於我和小姐成婚，讓我和您的地位稍微接近了些——比如說，間接取得的社會階層之類的。那我是不是可以期待自己，在某件我想到的小事情上和閣下更平起平坐一點？」

「可以，放羊的。」侯爵用譏諷的口氣說。

「那麼，」大衛說著，一面把手裡的酒往嘲笑他的那對輕蔑眼睛潑了過去，「說不定您會願意紆尊降貴，跟我打一架。」

侯爵狂怒，突然爆出一聲咒罵，聲音響得像支號角。他從黑色劍鞘拔出劍來，對一旁不知所措的店主喊：「拿劍來，給這個笨蛋！」他轉向小姐，令人膽寒地大笑起來，說：「夫人，你給我找的活兒太多了。看來今晚我不但得給你找到丈夫，還得讓你變成寡婦才行。」

「我不會擊劍。」大衛說，同時因為在妻子面前承認這件事而紅了臉。

「『我不會擊劍。』」侯爵模仿著他的腔調說。「那我們難道要跟農夫一樣拿木棍打？喂！弗蘭索瓦，把我的槍拿來！」

馭手從馬車槍套裡拿來兩把閃亮的鑲銀裝飾大手槍，侯爵扔了一把到大衛手邊的桌上。「到桌子那頭去，」他喊，「就算是個放羊的也應該會扣扳機，有幸死在博貝圖伊家族槍下的牧羊人可沒幾個。」

牧羊人與侯爵面對面，各據長桌一端。店主嚇得全身發抖，手在空中亂抓，一面結結巴巴地說：「侯、侯、侯爵大人，看在基督分上！別在我店裡動手啊！——別濺了血——不然以後就沒有客人上門了啊——」侯爵狠狠地看了他一眼，嚇得他收住了嘴。

「膽小鬼，」博貝圖伊侯爵吼道，「你要是有能耐停一陣子不磨牙，就來替我們報數。」

店主重重地跪倒在地板上，不但不知道要說什麼，連聲音都發不出來了。但從他的動作，還是看得出他為了自己的店和顧客，拚命地求他們不要動武。

「我來報數吧。」小姐用清晰的聲音說。她走向大衛，給了他甜蜜的一吻。她眼睛閃閃發光，雙頰也染上了紅暈。她靠牆站著，兩個男人舉著槍，等她報數。

「一——二——三！」

兩把槍幾乎同時響起，燭火只閃了一下。侯爵站在那兒，微笑著，左手五指撐開按著桌尾。大衛站得挺挺的，接著非常緩慢地轉過頭，眼睛搜尋著他的妻子，然後就像一件沒掛好的衣服一樣滑落下來，垮在地板上。

瞬間成了寡婦的少女恐懼而絕望地小聲驚叫，她奔向他，伏在他身上。她發現了他的傷口，接著她抬起頭，臉上又是她原先黯淡的憂鬱神色。「射穿了他的心，」她低聲說，「啊，他的心！」

「過來，」侯爵的大嗓門又轟然響起，「上車去！天亮之前我一定要把你脫手。今晚你就得再嫁，嫁個活的，小姐，不管我們接下來碰到的是土匪還是鄉巴佬。要是這一路都碰不到另一個，就嫁給我們家開大門的那個粗人。出去上車！」

身材魁梧的侯爵怒不可遏，小姐再度披上了她神祕的披風，馭手拿起了武器，所有人都走出店外，坐上了等著的馬車。他們離去時沉重的車輪聲傳遍了沉睡中的村莊。在銀酒壺旅店的飯廳裡，店主心慌意亂地絞著手，地上是被殺了的詩人，桌上二十四根蠟燭的火焰還不住地跳動閃爍著。

右邊的岔路

這條路直直地延伸了三里格之後，便成了一個謎。它和另一條寬些的路直角相交了。大衛很不確定地在路口站了一會兒，然後選了右邊那條路。

他不知道這條路會通到哪裡，但他已經決定了，今晚就要把韋爾努瓦遠遠地拋在身後。他走了一里格，經過一座大莊園，看起來剛熱鬧過一陣。每扇窗子都燈火通明，大石頭砌的莊園大門外，賓客的車輛在路面的塵土上留下了一道道車轍痕跡。

大衛又走了三里格，實在走累了，就躺在路邊一堆松枝上睡了一會，醒來之後又繼續往未知的前路走去。

就這樣，他在這條大路上走了五天。累了就睡在大自然芳香的床或農民的乾草堆上，吃的是農家慷慨招待的黑麵包，渴了就喝小溪裡的水，或者牧羊人請的飲料。

他終於走過一座大橋，踏進了那座微笑著的城市，這裡功成名就或一敗塗地的詩人都是世界最多的。當巴黎小聲對他用低音唱出嗡嗡的人聲、腳步聲、車聲組成的歡迎曲，那歌聲如此有活力，他不禁呼吸急促起來。

大衛在康蒂路一棟老房子頂樓租了房間，然後便坐在一張木椅上，開始寫詩。這條街原本住的都是有頭有臉的人物，現在已經是落魄人士的聚集地了。

房子很高大，殘破中仍有些高貴氣派，但大部分都無人居住，只剩下灰塵和蜘蛛。到了夜裡，到處都是叮叮噹噹的打鐵聲，和鬧事的人從一家酒館喝到下一家酒館的喧譁聲。曾經的上流階層宅院，現在只剩下一團腐臭破敗的爛汙。但大衛發現這兒的房租正適合他羞澀的荷包。不管白天晚上，他都埋首紙筆之間拚命寫詩。

一天下午，他下樓採買食物，帶了麵包、凝乳和一瓶劣質薄酒回來。陰暗的樓梯爬到一半，他遇上了——或者應該說撞上了，因為她坐在樓梯上沒動——一位年輕女子，美得超越詩人的想像。她披著一件寬鬆的黑色斗篷，前襟開著，露出了底下華麗的禮服。眼神顧盼之間，可以看見她每個思緒的細微變化。那雙眼只消一瞬，便可以從孩子般的圓潤無邪，化成吉普賽人的細長狡獪。她一手掀起裙襬，露出一隻小小的高跟鞋，鞋帶散著沒繫。她彷彿仙女下凡，不適合屈尊俯身，只有魅惑和命令的權力！也許她早就看見大衛上來了，所以在這兒等著他來幫她。

啊，真抱歉占住了樓梯，可是這鞋！——這搗蛋的鞋！哎呀！不繫好可不行。啊！要是先生願意幫個忙就好了！

詩人繫著那不聽話的緞帶，手指都在抖。繫好之後，他原本可以立刻從她所在的危境之中溜開，但那雙眸子變成了細長狡獪的吉普賽人眼睛，讓他無法脫身。他靠在樓梯欄杆上，手裡還抓著他那瓶泛酸的葡萄酒。

「你人真好，」她微笑著說，「先生也住這裡？」

「是的，夫人。我——我想是的，夫人。」

「住三樓？」

「不，夫人，更高一點。」

那位貴婦人的手指動了動，盡量克制住自己的不耐煩。

「抱歉，我這樣問一定很冒昧，先生可以寬恕我嗎？我這樣打聽人家的住處實在很不恰當。」

「夫人，別這麼說。我住在——」

「不不不，不用告訴我。現在我知錯了，但我還是對這棟房子和裡頭的一切非常感興趣。這裡以前是我家，我常來這兒，只是想重溫往日的幸福時光。你覺得這算是理由嗎？」

「不需要什麼理由，我告訴你吧，」詩人結結巴巴地說，「我住在頂樓——樓梯轉角的小房間。」

「前面那間嗎？」貴婦人偏著頭問。

「是後面那間，夫人。」

那位女士如釋重負地嘆了口氣。

「那我就不再耽擱你了，先生，」她說，又變成了圓潤無邪的眼睛，「好好照顧我的房子。哎呀！現在應該只有回憶屬於我了。再見，你這麼熱心，請接受我的感謝。」

她走了，只留下一個微笑和一縷甜香。大衛夢遊似地爬完樓梯，但等到他清醒過來，那笑容和香氣依然在他身邊徘徊不去，之後也彷彿從未離開。這位他一無所知的女士讓他用抒情詩描繪眼睛，用歌謠敘述一見鍾情，用頌詩寫那卷曲的秀髮，還用十四行詩形容她纖纖玉足上的便鞋。

他肯定是個詩人，因為他已經把伊馮娜拋到腦後；這位剛認識的美人既清新又優雅，完全把他迷住了。那一縷淡淡的香味，讓他整個人充滿了一種異樣的情感。

✕

某天夜裡，在同一棟房子三樓的一個房間裡，有三個人圍坐在一張桌子前。除了這張桌子、三張椅子，和桌上的一根蠟燭之外，房間裡就沒有其他家具了。其中一個是個魁梧的男人，一身黑衣，表情有種譏諷式的高傲，鬍子兩端高高翹起，幾乎要碰到那對飽含嘲笑的眼睛。另一個是位年輕貌美的女士，眼睛可以像孩子般圓潤無邪，也可以像吉普賽人一樣細長狡獪，但現在就跟所有的謀叛者一樣，眼神鋒利，充滿野心。第三個是實際下手的人，一個鬥士，一個大膽急躁的執行者，全身透著火爆與武器的氣息。另外兩人稱呼他德斯羅爾上尉。

他一拳頭敲在桌上，咬牙切齒地說：

「就是今晚，趁今晚他參加午夜彌撒的時候下手。我煩透了毫無結果的謀劃，也受不了暗號、密碼、祕密會議和這些聽不懂的話了。我們就光明正大當謀反分子吧。如果法蘭西必須除掉這個人，那我們就公開殺了他，不需要設什麼羅網陷阱。我決定了，就今天晚上，說到做到，我親自來。今天晚上，趁他做午夜彌撒的時候下手。」

女士轉向他，熱切地看了他一眼。女人無論多麼工於心計，對於魯莽的勇氣也不得不表示拜服。魁梧的男人撫摸著自己的翹鬍子。

「親愛的上尉，」他說，聲音很響，但因為習慣的緣故口氣還算溫和，「這次我同意你的看法，等待是不會有結果的。宮中侍衛站在我們這邊的人已經夠多了，進行計畫應該沒問題。」

「就是今晚，」德斯羅爾上尉又捶桌重複了一次，「你也聽到我說的了，侯爵，我會親自動手。」

「但是，」高大的男人溫和地說，「現在有個問題。我們得把消息送到宮裡我們自己人那邊，約好暗號，皇家馬車的隨從必須是我們最可靠的人。都這個時候了，哪裡還有信差能潛到南邊大門去送信呢？里布駐紮在那裡，只要消息到得了他手裡，一切都萬無一失。」

「信我來送。」女士說。

「你，女伯爵？」侯爵揚起了眉毛，「你忠誠可表，這我們知道，但是——」

「聽我說！」女士喊了一聲，站起身來，雙手按在桌上，「這棟房子頂樓住了一個外地來的年輕人，既忠厚又不知社會險惡，就跟他在家鄉放的羊一樣。我在樓梯間碰過他兩三次，也仔細問過他，怕他住得離我們聚會的房間太近。只要我想，他一定聽我的。他住在閣樓裡寫詩，我想他說不定還夢到我呢。他一定會照我的吩咐做的，送信去皇宮的事就派給他。」

侯爵從椅子站起來，行了一禮。「你沒讓我把話講完，女伯爵，」他說，「我要說的是：『你忠誠可表，但是你的智慧和魅力更遠遠在此之上。』」

當這幾個謀反分子定下大計時，大衛正在為他的詩〈樓梯上的愛神〉細細修飾。他聽見門上傳來怯生生的敲門聲，他開了門，當下心猛地一跳，因為發現眼前的人竟然是她。她微微喘著氣，像是遇上了什麼困難，雙眼圓潤無邪，像個孩子。

「先生，」她喘著氣說，「我有困難，想求你幫忙。我相信你人又好又真誠，而且我也找不到其他能幫忙的人了。我是一路擠過那些自我吹噓的男人才跑到這兒來的啊！先生，我媽媽快要死了，我叔叔在皇宮當侍衛長。我一定得找個人送信給他，不知道能不能期待你——」

「小姐，」大衛打斷了她的話，眼睛因為渴望為她服務而發光，「你的期待就是我的雙翼，告訴我怎麼去他那兒。」

女士把一封火蠟密封的信塞進他手裡。

「到南邊大門去——記住，是南大門——然後跟那兒的守衛說『獵鷹已離巢』，他們就會讓你過去了，接著你就從南邊入口進皇宮。進去之後重複這句暗語，要是有人答出『他想出擊，便讓他去』，你就把這封信交給他。先生，這是我叔叔告訴我的暗號，因為現在國家動盪不安，有人密謀行刺國王，黃昏之後說不出暗號的人都不能入宮。先生，如果你願意，請把這封信交給我叔叔，好讓我媽媽闔眼前能見他一面。」

「把信給我吧，」大衛急切地說，「但是這麼晚了，我怎能讓你一個人穿街過巷回家去？我——」

「不，不——你快去。現在每一刻都跟珠寶一樣珍貴，」女士說著，眼睛細長狡獪，彷佛吉普賽人，「以後我會找機會報答你的。」

詩人把信塞進胸口，奔下樓梯。那位女士等他走了，便回到樓下房間。

侯爵挑了挑眉，向她打了個問訊。

「他走了，」她說，「送信去了，跟他的羊一樣，動作快，但是蠢。」

德斯羅爾上尉又捶了一拳，捶得那桌子搖晃起來。

「該死！」他大吼，「我沒帶槍！別的槍我信不過。」

「拿這把吧。」侯爵從披風底下抽出一支發亮的大傢伙，還有鑲銀裝飾。「沒有比這把打得更準的了。但是要小心拿好，因為上頭有我的紋章和家徽，而且他們已經在懷疑我了，今晚我得盡可能遠離巴黎，明天一定要在我的莊園裡現身。您先請，親愛的女伯爵。」

侯爵吹滅了蠟燭，女士披上斗篷，和兩位男士輕手輕腳地下了樓，融入了康蒂路上狹窄人行道的擁擠人流裡。

大衛一路疾行，到了皇宮南大門，一根長戟抵住了他的胸口，但他一句話把它擋了回去：「獵鷹已離巢」。

「過去吧，兄弟，」守衛說，「快點。」

到了皇宮南面階梯處，又有幾個守衛上前來抓他，但聽見暗號便彷彿中了魔法似地停了手。其中一個守衛走向他，才開口說：「他想出擊——」還沒說完，守衛群中卻意外起了一陣騷動。一個表情機敏、軍人姿態的人突然穿出人群，從大衛手裡搶走了那封信。「跟我來。」他說，帶他進了大廳，接著把信拆開讀了。他招來旁邊經過的一位穿火槍手軍官制服的人。「泰特羅上尉，把看守南邊入口和南大門的守衛全部逮捕監禁，改派我們熟知根柢、忠於皇室的人。」接著他對大衛說：「跟我來。」

他帶他穿過走廊和前廳，進入一座寬敞的大廳，那裡坐著一個神色憂鬱的人，穿著暗色衣服，在一張寬大的皮面椅子上若有所思。他對那個人說：

「陛下，我跟您說過，皇宮裡到處都是叛徒和奸細，就像塞滿老鼠的陰溝。陛下，您也曾經以為這都是我的幻想。因為這群人串通共謀，這個人居然直接闖進大門來了。他帶了一封信，被我截了下來。我帶他到這兒來，是想讓陛下知道我並不是多慮。」

「我來問他。」國王在椅子上挪了挪身體，用一對眼皮幾乎蓋住視線的呆滯眼睛看著大衛。

詩人跪在他面前。

「你從什麼地方來的？」國王問。

「從一個叫韋爾努瓦的村子，在厄爾－盧瓦省，陛下。」

「為什麼來巴黎？」

「我——我想當詩人，陛下。」

「你在韋爾努瓦是做什麼的？」

「替我父親放羊。」

國王又動了動身體，眼皮睜開了一點。

「啊！在田野裡啊！」

「是的，陛下。」

「你住在田野裡，在涼爽的清晨時分出門，躺在樹籬和草地之間，羊群自由地在山腰散步；你喝流動的溪水，在樹蔭下吃香甜的黑麵包，不用說，你還聽見了畫眉在樹林裡鳴唱。是這樣嗎，牧羊人？」

「是的，陛下，」大衛鬆了一口氣，「還可以聽見蜜蜂在花上採蜜，而且，說不定還能聽見採葡萄的人在山坡上唱歌。」

「是，是，」國王說，有點不耐煩，「人唱歌是不一定會聽見，但畫眉是一定有的，它們常常在樹林裡啾啾叫，對吧？」

「陛下，哪兒的鳥都沒有厄爾—盧瓦的畫眉唱得甜。我還寫了幾首詩，盡可能表現它們的歌聲。」

「你可以背出來嗎？」國王急切地說，「我很久以前聽過畫眉的歌聲，要是有人能真的理解它們唱的內容，那一定比擁有整個王國還要美妙。到了晚上，你把羊趕進羊欄，然後平靜安祥地坐下，舒舒服服吃著麵包。你能背一下那些詩嗎，牧羊人？」

「詩的內容是這樣的，陛下，」大衛恭敬而熱情地說：

懶惰的牧羊人啊，看你的寶貝小羊
在草地上歡躍；
看樅樹在微風中起舞，
聽牧神吹著蘆笛

聽我們在樹梢呼喚，
看我們停在你的羊群身上；
給我們一點羊毛吧，讓我們做個暖暖的窩，
就在枝椏——

一個刺耳的聲音突然打斷了吟詩，「陛下，請允許我問這位打油詩人一兩個問題。時間所剩不多，陛下，要是我擔心您的安全讓您不高興，只好請您寬恕了。」

「多馬爾公爵忠誠可鑑，我不會生氣的。」國王說完，又窩回椅子裡，眼皮再度垂了下來。

「首先，」公爵說，「我把他帶的那封信念給您聽：

今晚是皇太子逝世週年忌，如果他按照慣例參加午夜彌撒，爲兒子的靈魂祈福，獵鷹就會在廣場街的街角出擊。要是他確實如此打算，在皇宮西南角樓上房間點起紅燈，好讓獵鷹留意。

「鄉下人，」公爵嚴肅地說，「這些話你都聽見了。是誰叫你送這封信的？」

「公爵大人，」大衛真誠地說，「我會告訴您的。有位女士把這封信交給我，她說她母親病了，要通知她叔叔到病榻邊見最後一面。我不知道信裡寫的是什麼意思，但我可以發誓，她是個美麗善良的好人。」

「形容一下那個女人的樣子，」公爵命令，「再說說你是怎麼被騙的。」

「形容她！」大衛微微一笑，「您這是在命令語言創造奇蹟。好吧，她是陽光與幽暗的化身，身姿苗條如楊樹，動作也像楊樹一樣優美。凝視她的眼睛，會發現它們變化多端；這一刻是圓的，下一刻便是半睜半閉，像是太陽躲在兩片雲間偷看。她來的時候，天堂也隨她一起降臨；她走的時候，世界又是一片渾沌，只留下一縷山楂花的香氣。她來見我的地方，是在康蒂路二十九號。」

「就是我們監視的那棟房子，」公爵轉向國王，「真謝謝這位詩人的如簧巧舌，為我們把惡名昭彰的凱貝多女伯爵的形象描繪得清清楚楚。」

「陛下，公爵大人，」大衛認真地說，「希望我拙劣的言詞沒有形容偏差。我仔細觀察過那位女士的眼睛，我以性命擔保，不管有沒有那封信，她都是個天使。」

公爵直視著他。「我會拿你來驗證，」他慢慢地說，「今天午夜，你就穿上國王的衣服，坐上皇家馬車去做彌撒。你願意接受這個試驗嗎？」

大衛微笑。「我觀察過她的眼睛，」他說，「我已經從她的眼裡得到了證明。您想驗證就驗證吧。」

深夜十一點半，多馬爾公爵親手在皇宮西南角窗口點起一盞紅燈。十一點五十分，大衛從頭到腳換上國王的衣服，頭蓋在斗篷底下，由公爵攙扶著，從皇宮緩緩走向等待的馬車。公爵扶他上了車，關上門，馬車便朝大教堂急馳而去。

泰特羅上尉帶著二十個人，在廣場街街角的一棟房子裡待命，只等謀反分子一現身，就撲上去抓住他們。

但不知道什麼原因，密謀的人似乎稍微改變了計畫。皇家馬車才到克里斯多福街，離廣場街還有一個街區，德斯羅爾上尉突然帶著一幫即將成為弒君者的人衝了出來，開始攻擊馬車。車上的守衛雖然被提前出現的襲擊嚇了一跳，卻仍然下車英勇戰鬥。衝突聲引起了泰特羅上尉那群人的注意，連忙趕到街頭救援。但此時，德斯羅爾這個亡命之徒卻扯開了國王座車的門，把槍抵在車裡那個黑暗的人形上，開了火。

這個時候，皇家的增援部隊即將趕到，街頭到處是喊叫聲和刀劍碰撞聲，但受了驚嚇的馬匹已經跑了。車裡的座墊上躺著可憐的假扮國王兼詩人的屍體，是被博貝圖伊侯爵大人的佩槍打死的。

主幹道

這條路直直地延伸了三里格之後，便成了一個謎。它和另一條寬些的路直角相交了。大衛很不確定地在路口站了一會兒，然後坐在路邊休息起來。

他不知道這些路通往何處，似乎每一條都通往一個充滿機遇和危險的大世界。接著，他坐在那兒，視線突然落在一顆明亮的星星上，他和伊馮娜曾經用兩人的名字為那顆星星命了名。那顆星星讓他想起了伊馮娜，懷疑自己的決定是不是太過草率。為什麼只因為兩個人吵了嘴，他就要離開她、離開家呢？難道愛情真的這麼脆弱，碰上了正好能反證愛情的嫉妒，便不堪一擊了嗎？夜裡小小的傷心，總是能被清晨降臨治癒。他這時候回家還來得及，韋爾努瓦的村民還在甜美的夢鄉，誰都不會發現。他的心屬於伊馮娜，在這個他住熟了的村莊裡，他可以寫詩，可以尋找自己的幸福。

大衛站起來，甩掉了心裡的不安和誘使他出走的瘋狂情緒。他堅定地朝來的那條路走回去，等到他再度回到韋爾努瓦，流浪的渴望已經消失無蹤。他經過羊欄，羊兒們聽見他遲歸的腳步聲，都擂鼓似地急著朝他奔來，這聲音充滿家的熟悉感，也溫暖了他的心。他悄悄溜進自己的小房間躺下，對自己這晚從令人煩惱的陌生道路上成功逃離深感慶幸。

他真懂女人的心思啊！隔天傍晚，伊馮娜待在路旁的井邊，年輕人總是聚在那裡，好讓神父以後有證婚的工作做。雖然她嘴上沒有讓步的意思，眼角餘光卻不斷地搜尋大衛的身影。他看見她在看他，便不顧她抿緊的嘴，直接和她搭話，終於讓她態度軟化，之後他們一起回家，他還得到了一個吻。

三個月後，他們結婚了。大衛的父親精明能幹，事業成功，為他們辦了一場三里格外都有人談論的婚禮。兩個年輕人在村裡人緣都好，街上來祝賀的人排成人龍，草地上也辦了舞會。為了讓客人盡興，他們還特地從德赫請了木偶劇團和雜耍藝人。

一年之後，大衛的父親過世了，他繼承了羊群和農莊。他有了全村最賢慧的妻子，伊馮娜的奶桶和銅水壺擦得晶光發亮——嘿，要是你在陽光下經過，那光芒可是會亮瞎你的。但你一定得再看看她打理的花園，花床整整齊齊，鮮豔繽紛，你的雙眼也因此重見光明。說不定你還能聽見她唱歌，啊呀，那歌聲傳得那麼遠，可以一直傳到鐵匠佩雷·格魯諾打鐵鋪邊那棵雙瓣栗樹的樹頂上。

但是有一天，大衛從塵封已久的抽屜裡抽出一張紙，又開始咬起鉛筆頭。春天又來了，觸動了他的心。他肯定是個詩人，因為他已經把伊馮娜拋到腦後。新生的美麗大地既清新又優雅，完全把他迷住了。森林和牧場的香氣讓他整個人充滿了一種異樣的情感。之前他白天帶羊出去，晚上把羊平安帶回，但現在他就只是懶懶地躺在樹籬底，在一張紙片上拼湊字句。羊群到處亂跑，野狼察覺了詩人苦思詩句正是在為牠準備大餐，也大膽從森林裡竄出來，趁機偷羊。

大衛的詩作越積越多，羊群卻越來越少。伊馮娜的嗅覺變得敏銳、脾氣變得尖刻、說話也變得傷人了。她的鍋子和水壺不再發亮，眼中卻出現了火光。她直接對詩人挑明，就是因為他的疏忽才讓羊群變少，給家裡帶來麻煩。於是大衛請了個男孩來看羊，自己鎖在農舍樓上的小房間裡寫更多的詩。那個男孩也有詩人個性，卻沒有寫作的本領，便靠著睡覺消磨時間。狼馬上發現寫詩跟睡覺的人沒什麼兩樣，於是羊群持續變少，伊馮娜的脾氣也以同樣的速度變壞。有時候她會站在花園裡，隔著高高的窗戶對大衛破口大罵，那罵聲傳得那麼遠，連在鐵匠佩雷．格魯諾打鐵鋪邊那棵雙瓣栗樹的樹頂上都聽得見。

帕皮諾先生是個善良、睿智、愛管閒事的老公證人，什麼事他都看在眼裡，這個情況自然也逃不過他的眼睛。他去找大衛，先深深吸了口鼻菸提神，然後說：

「米尼歐小友啊，當年你父親的結婚證書是我蓋的章，要是我不得不為他的兒子做破產公證，我會很難過的。但你已經走在破產的路上了，這話我是以你的老朋友身分說的，現在聽著，有些話我必須告訴你。我感覺你是打定主意要當詩人，我在德赫有個朋友叫布里爾先生——若爾日．布里爾。他住的地方除了一小塊落腳之地，其他地方都塞滿了書。他是個博學的人，每年都會去巴黎，自己也寫書。他會告訴你巴黎地下墓穴[3]是什麼時候建的，人們怎麼給天上的星星取名，還有鴴鳥為什麼有長長的喙。他對詩的意義和形式的理解，就跟你對羊叫聲一樣熟。我給你寫封

3 巴黎地下墓穴（Catacombes de Paris）：法國巴黎著名的藏骨堂，位於十四區的丹費爾－羅什洛廣場。原爲地下採石場。一七八六年，巴黎爆發瘟疫，爲了解決墓地不足和公共衛生問題，人們將公墓的屍骨轉移至此，至一八一四年爲止。地下墓穴估計藏有六百萬具遺體，現已改建爲博物館，開放部分區域供民眾參觀。

信，你帶著去找他，你把詩帶去給他看看，然後你就會知道自己是應該繼續寫下去，還是應該把心力轉到你妻子和事業上頭。」

「寫信吧，」大衛說，「真可惜你沒早點告訴我這件事。」

隔天早上太陽才剛露臉他就啟程往德赫去，腋下夾著他珍貴的詩卷。中午時分，他已經在布里爾先生家門口擦鞋子上的灰了。那位博學的先生拆開帕皮諾寫的信，戴著眼鏡慢慢地讀信裡的內容，速度慢得像太陽蒸乾水。他把大衛帶進書房，讓他坐在彷彿書海拍岸的小島上。

布里爾先生非常正直，即使見到那足有一根指頭厚、捲得亂七八糟的詩稿也沒有退縮。他把詩卷攤在膝上開始讀，再細微的地方也不放過；他一頭栽進那些詩作裡，就像蟲子鑽進核果，一心一意尋找著核心的果仁。

而在他讀詩這段時間，大衛就困在孤島上，在浩瀚文學典籍的浪花中發著抖。濤聲在他耳邊怒吼，他彷彿在大海中航行，手裡卻連一份航海圖或羅盤都沒有。他覺得這世界上，一定有一半的人都在寫書。

布里爾先生讀完了最後一頁詩，拿下了眼鏡，用手帕揩了揩。

「我的老朋友帕皮諾還好嗎？」他問。

「非常硬朗。」大衛說。

「米尼歐先生，你有多少隻羊？」

「三百零九隻，昨天數的。羊群遭了噩運，從八百五十隻掉到這個數目。」

「你有妻有家，日子也過得舒適。羊群為你帶來富足的生活。你帶著他們去田野，呼吸著清新的空氣，心滿意足地吃著香甜的麵包。你要做的就只是提高警覺，剩下的就是躺在大自然的懷抱裡，聽著樹林裡畫眉的啁啾聲。我說得對嗎？」

「是這樣的。」大衛說。

「我讀了你全部的詩，」布里爾先生眼睛在書海裡掃了一圈，彷彿想從一望無垠的海平面上找出一片船帆來，接著他繼續說，「米尼歐先生，看看那邊窗外，告訴我，你在樹上看見了什麼。」

「我看見一隻烏鴉。」大衛看著窗外說。

「當我有逃避責任的傾向時，」布里爾先生說，「這隻鳥就會幫助我。這鳥你很熟悉的，米尼歐先生；牠是翱翔空中的哲學家。牠很快樂，因為牠順從了牠的天命。即使擁有古怪的眼睛和鬧騰的腳步，也沒有誰跟牠一樣喜悅滿足。這片田野為牠生產了牠想要的一切，牠也從不因為羽毛沒有黃鸝鮮亮而傷心。米尼歐先生，你聽見上天賜給牠的歌聲了嗎？你覺得夜鶯比牠更幸福嗎？」

大衛站了起來。那隻烏鴉在樹上聲音粗嘎地叫著。

「我很感謝你，布里爾先生，」他慢慢地說，「難道，在這堆難聽的烏鴉叫裡，就連一聲夜鶯的鳴囀都找不出來嗎？」

「如果有，我是不可能錯過的，」布里爾先生嘆了一口氣說，「每個字我都細細讀了。小伙子，去過你詩意的生活吧，寫詩這種事，還是不要再試了。」

「非常感謝你，」大衛再度致謝，「我這就回去放我的羊。」

「如果你願意跟我一起吃頓飯，」那位有學問的人說，「放下對這件事的痛苦失望，我可以跟你詳細說明箇中理由。」

「不用了，」詩人說，「我得回到田野裡，對著我的羊嘎嘎叫。」

回韋爾努瓦的時候，他腋下夾著詩稿，一路腳步沉重。一回到村裡，他就去了商店，那家店是一個姓齊格勒的亞美尼亞猶太人開的，入什麼貨就賣什麼。

「朋友，」大衛說，「森林裡的狼群老是跑到山坡上騷擾我的羊，我得買把槍保護牠們。你有什麼槍？」

「米尼歐老友，今天對我來說真不是個好日子，」齊格勒雙手一攤，「因為我感覺到，我得用十分之一價格賣你一把槍啊。上星期我剛從黑市商販那兒弄到一車貨，他是從皇宮門警那兒買來的，賣的是一位大爵爺的莊園和財產——我不知道他的頭銜——他密謀弒君，被放逐了。這裡頭有幾把上等好槍，像這把——噢，簡直給王子用都配！——米尼歐老友，我只賣你四十法郎——這樣的話我少賺十法郎啊。不過火繩槍的話——」

「這支就行了，」大衛把錢扔在櫃檯上，「上子彈了嗎？」

「我這就裝，」齊格勒說，「火藥和子彈再加十法郎。」

大衛把槍收在外套底下，走回自己的農莊。伊馮娜不在，最近她老是到處串門子，但廚房爐子的火還生著。大衛打開爐門，拿出外套下的詩稿丟在煤上。詩稿熊熊燃起時就像在唱歌，在煙道裡發出刺耳的聲音。

「烏鴉的歌！」詩人說。

他回到閣樓的房間，關上了門。村裡非常安靜，所以有二十幾個人聽見了那支大手槍發出的轟鳴聲。村民往他的農舍跑去，樓上的硝煙引起了他們注意，大家蜂擁上了樓。

男人們把詩人的屍體放在床上，笨手笨腳地擺弄它，想遮掩可憐的黑烏鴉撕裂的羽衣。女人們喋喋不休，熱切地說著惋惜的話。有幾個女人跑開了，去通知伊馮娜。

消息靈通的帕皮諾先生站在第一批趕到的村民當中，他拿起手槍，仔細觀察鑲銀槍把，表情裡混合了對那把槍的鑑賞，和對死者的哀悼。

「槍柄上刻的是，」他對旁邊的神父解釋，「博貝圖伊侯爵大人的家徽。」

——原刊於一九〇三年四月號《安斯利》（Ainslee）雜誌，
並收錄於《命運之路》（Roads of Destiny, 1909）一書。

夢

莫瑞作了個夢。

心理學和科學都在探索，希望能為我們解釋，我們的精神自我在「死神的孿生兄弟——睡眠[1]」所掌管的國度徘徊時，到底經歷了什麼樣的奇特冒險。這個故事並不企圖闡明什麼，只是要記錄一下莫瑞作了什麼夢。作夢最讓人百思不解的，就是在這種彷彿醒著的睡眠狀態中，時間範圍可以長達數個月或甚至數年，但實際上夢境不過數秒或數分鐘而已。

莫瑞在自己的牢房裡等著，這裡關的都是死刑犯。走廊天花板上有一盞弧光燈，把他的桌子照得亮晃晃的。桌上有張白紙，一隻螞蟻狂亂地東鑽西躲，因為莫瑞拿了個信封擋著它的去路。執行電刑的時間訂在傍晚八點鐘。看著它用盡昆蟲所有智慧做出的古怪滑稽行為，莫瑞不禁笑了起來。

這個監牢裡還有七個死刑犯。從他來到這裡，已經看了三個人被帶出去行刑。有一個發了瘋，那奮力抵抗的樣子，就像匹被陷阱抓住的野狼。第二個好一點，沒有太失控，就只是聖人似地不斷向上帝禱告，許下一大堆根本做不到的承諾。第三個就全身發軟，連站都站不住，只好綁在木板上抬出去。他很想知道自己的心、雙腳和臉孔到了行刑時刻會給他帶來什麼樣的聲名，因為今晚就是他的大日子，他覺得現在一定快八點了。

這裡的牢房有兩排，在他的正對面是波尼法奇歐的牢房，這個西西里人殺了自己的未婚妻和兩個前去逮捕他的警察。莫瑞會花好幾個小時和他下棋，兩個人彼此看不見對方，只隔著走廊互喊棋步。

波尼法奇歐歌唱家似的沉穩聲音轟隆隆地傳過來：

「啊，莫瑞先生，你覺得——還好吧——是嗎？」

「還好，波尼法奇歐。」莫瑞平靜地回答，一面讓螞蟻爬上信封，再輕輕地把它甩在石板地上。

「那就好，莫瑞先生。像我們這樣的男人，就得死得像個男人。下星期就輪到我了。沒關係。莫瑞先生，記住，上一盤是我贏了。說不定找個時間我們再來一盤。搞不好我們被送到『那邊』之後，還是得大吼著棋步來下棋呢。」

波尼法奇歐說完他冷硬的人生哲學，緊接著就是一串震耳欲聾、有音樂韻律的大笑聲，它沒

---

1 桑納托斯（Thanatos）是希臘神話司掌死亡的死神，在羅馬神話中稱爲「Mors」，是睡神希普諾斯（Hypnos）的孿生兄弟。

能溫暖莫瑞麻木的內心，反而讓他的心更冷了。只是，波尼法奇歐也只能活到下個星期。

當走廊盡頭的門打開，囚犯們都會聽到那個鋼製門栓熟悉的響亮喀啦聲。三個人走到莫瑞的牢房，打開了門。其中兩個是監獄守衛，另一個是「連」——不，那是從前的叫法，現在要稱呼他連納德．溫斯頓牧師了，他是他的鄰居，也是從小就認識的朋友。

「他們讓我來擔任監獄牧師。」他一面說，一面在莫瑞的手上緊緊握了一下。他左手抱著一本小小的聖經，食指像書籤一樣扣在特定的某一頁上。

莫瑞淡淡地笑了笑，把他小桌上的兩三本書和筆筒排好。他想說點什麼，又好像找不到適當的字句表達心裡的想法。

這個房間有八十呎長，二十八呎寬，囚犯們為這裡取了個綽號，叫做「靈薄道[2]」。靈薄道的守衛是個身材魁梧、外表兇悍，心地卻很善良的人。他從口袋裡抽出一瓶一品脫分量的威士忌，交給莫瑞，然後說：

「你知道，這沒什麼大不了的。每個要去的人都覺得需要點壯膽的東西。習慣了就沒什麼好擔心了，知道吧。」

莫瑞一口氣把酒喝乾。

「這才像個男人！」守衛說，「只要來點輕鬆小酒，什麼事都會順順利利的。」

他們從牢房走出來到走廊，其他七個死刑犯都很清楚他們的一舉一動。靈薄道是這個世界之外的世界，當人的五感被剝奪掉一種或更多，就會有另外一種感官把缺失的部分補上。每個人都知道這時已經接近八點，也知道莫瑞八點鐘就要坐上電椅。眾多監獄的靈薄道上都有些頂級罪犯。在那些公然殺人、還把對手或是追捕的警察打倒在地，臉上因原始衝動和激烈打鬥而漲紅的男人眼裡，人類與老鼠、蜘蛛和蛇無異，他們根本不屑一顧。

所以當莫瑞隨著左右兩個守衛穿過走廊時，七個死刑犯裡只有三個向莫瑞道別。除了波尼法奇歐之外，還有試圖逃獄時殺了個守衛的馬爾文，以及搶劫火車時，因為快遞郵差不肯聽從命令舉手投降，憤而一槍斃了他的巴賽特。其他四個怨憤難舒的死刑犯靜靜地待在牢房裡，不用說，他們一定正在品味自己在靈薄道這個社會裡排擠他人的快感，而不是在回想自己不甚光彩的犯罪過程。

莫瑞很訝異自己這樣平靜，近乎冷漠。行刑室裡有大約二十個人，包括監獄人員、新聞記者，還有順利溜進來看熱鬧的不相干

---

2 靈薄道（Limbo Lane）：「Limbo」這個字一方面指監獄，一方面指靈薄獄，也就是地獄的邊緣。

這裡的一句話才寫到一半，死神之手打斷了歐亨利說的最後一個故事。

他本來打算讓這個故事有別於自己的其他作品，希望用之前沒有嘗試過的寫作風格做為新系列的開端。

「我想讓社會大眾看看，」他說：「我寫得出新的東西——我的意思是，對我來說是全新的——是一個不用俚語、情節平鋪直敘的故事，這種方式更接近我心目中真正的故事寫作。」

在動筆寫目前這個故事前，他簡要地描述了自己打算如何發展故事情節：莫瑞因為妒火中燒，用殘忍的方式謀殺了自己的情人。一開始，面對死刑判決，莫瑞一派鎮定，外在的一切表現都顯示他對自己的命運無動於衷。當他走到電椅旁邊，驚駭感卻吞噬了他。他覺得暈眩、神智不太清楚，像是昏迷了似的。行刑室裡的一切——見證人、旁觀者、準備行刑的人——在他眼裡都變得很不真實。他的腦子閃過一個想法，這是個荒唐的錯誤。為什麼他會被綁在電椅上？他做了什麼？他犯了什麼罪？就在他們調整電椅皮帶的那短暫的片刻，他出現了幻覺。他作了一個夢。他在樹蔭下的花叢裡看見了一座小小的農莊，四周非常明亮，陽光普照。那兒有個女人和一個小孩，他和他們攀談，發現那是他的妻子和孩子，而農莊正是他們的家。所以，這終歸是個錯誤。有人犯了一個巨大的、無法挽回的錯誤。對於他犯罪的指控、開庭受審、判決有罪，以電椅執行死刑——都只是一場夢。他把妻子攬在懷裡，親吻了孩子。是的，那就是幸福，就是一場夢，接著，典獄長比了個手勢，接通了致命的電流。

莫瑞作了個錯的夢。

——原刊於一九一〇年九月號《柯夢波丹》（Cosmopolitan）雜誌，並收錄於《滾石》（Rolling Stones, 1912）一書。〈夢〉是歐亨利生前最後一篇作品，過世後在他的房間桌上發現這篇手稿，經過整理之後刊登發表。

國家圖書館出版品預行編目資料

歐亨利短篇小說選集／歐亨利（O. Henry）著；王聖棻、魏婉琪譯
——二版——臺中市：好讀，2020.12
面；　公分，——（典藏經典；113）

ISBN 978-986-178-531-8（平裝）

874.57　　109018737

好讀出版

典藏經典 113

歐亨利短篇小說選集

Selected short stories of O. Henry

作　　者／歐亨利（O. Henry）
譯　　者／王聖棻、魏婉琪
總 編 輯／鄧茵茵
文字編輯／王智群、莊銘桓
行銷企畫／劉恩綺
發 行 所／好讀出版有限公司
407 台中市西屯區工業 30 路 1 號 1 樓
407 台中市西屯區大有街 13 號（編輯部）
TEL: 04-23157795 FAX: 04-23144188 http://howdo.morningstar.com.tw
(如對本書編輯或內容有意見，請來電或上網告訴我們)
法律顧問／陳思成律師

總 經 銷／知己圖書股份有限公司
106 台北市大安區辛亥路一段 30 號 9 樓
TEL: 02-23672044 ／ 23672047 FAX: 02-23635741
407 台中市西屯區工業 30 路 1 號 1 樓
TEL: 04-23595819 FAX: 04-23595493
E-mail:service@morningstar.com.tw
網路書店：http://www.morningstar.com.tw
讀者專線：04-23595819#230
郵政劃撥：15060393（知己圖書股份有限公司）
印刷／上好印刷股份有限公司

線上讀者回函
更多好讀資訊

初　　版／西元 2018 年 4 月 15 日
二版二刷／西元 2023 年 4 月 1 日
定　　價／380 元
如有破損或裝訂錯誤，請寄回臺中市 407 工業區 30 路 1 號更換（好讀倉儲部收）

Published by How Do Publishing Co., Ltd.
2023 Printed in Taiwan

ISBN 978-986-178-531-8